Widmung

Max und Valeria Sorock
Zwei Sucher nach der Wahrheit

T. Lobsang Rampa

Die Höhle der Ahnen

Englische Ausgabe unter dem Titel:
«THE CAVE OF THE ANCIENTS» by T. Lobsang Rampa · Corgi Books · Great Britain
Corgi Books are published by Transworld Publishers, Ltd. · Great Britain
© 1963 T. Lobsang Rampa

Deutsche Erstausgabe: © 2003 Betzel Verlag GmbH · Nienburg
Autor: Tuesday Lobsang Rampa
Titel: Die Höhle der Ahnen
Titelbild: Alle Rechte vorbehalten
Überarbeitete Ausgabe: Mai 2026
Übersetzung: Irene Jacob

Bibliografische Information der Deutschen Nationalbibliothek: Die Deutsche Nationalbibliothek verzeichnet diese Publikation in der Deutschen Nationalbibliografie, detaillierte bibliografische Daten sind im Internet über dnb.dnb.de abrufbar.

© 2024 T. Lobsang Rampa
Verlag: BoD · Books on Demand GmbH, Überseering 33, 22297 Hamburg, bod@bod.de
Druck: Libri Plureos GmbH, Friedensallee 273, 22763 Hamburg
ISBN: 978-3-7597-0463-4

Inhaltsverzeichnis

Vorwort

Dieses Buch behandelt das Okkulte und die geistigen Kräfte und Fähigkeiten des Menschen. Es ist ein leicht verständliches Buch, das weder Fremdwörter noch Sanskrit noch irgendwelche anderen veralteten Sprachen enthält. Die Durchschnittsperson möchte gerne über die Dinge Bescheid wissen und nicht Worte erraten müssen, die der durchschnittliche Autor selbst nicht versteht! Ein Autor, der seine Arbeit versteht, kann auch in seiner Muttersprache schreiben, ohne dass er den Mangel an Kenntnis gleich mit einem Fremdwort auskleiden muss.

Zu viele Leute verfangen sich in Hokuspokus. Die Gesetze des Lebens sind einfach. Es besteht daher nicht die geringste Notwendigkeit, sie mit mystischen Kults oder Pseudoreligionen zu verschönern, noch besteht für irgendjemand die Notwendigkeit, Anspruch auf göttliche Offenbarungen zu erheben. Jeder kann dieselben Offenbarungen erfahren, wenn er daran arbeitet.

Keine Religion hält den alleinigen Schlüssel zum Himmel, noch wird irgendjemand für immer und ewig verdammt, nur weil er die Kirche mit einem Hut auf dem Kopf statt ohne Schuhe betritt. In Tibet tragen die Eingänge zu den Lamaklöstern die Inschrift:

Tausend Mönche, tausend Religionen.
Glaube was du willst, solange es die Aussage beinhaltet:
«Was du nicht willst, das man dir tu, das füg auch keinem andern zu».

So wird man «durchkommen», wenn man endgültig abberufen wird.

Einige sind der Meinung, dass man inneres Wissen nur dann erlangen kann, wenn man sich irgendeinem Kult anschließt und obendrein noch eine beträchtliche Summe dafür bezahlt. Doch die Gesetze des Lebens besagen: «Suche, und du wirst finden.»

Dieses Buch ist die Frucht eines langen Lebens. Die Frucht einer der auserlesensten Ausbildung in den bedeutendsten Lamaklöstern Tibets und eine, die durch strengstes Befolgen der Regeln erlangt wurde. Es ist das Wissen, das die Ahnen längst vergangener Zeiten lehrten und in den Pyramiden von Ägypten, den hohen Tempeln der Anden und dem größten Verwahrungsort okkulten Wissens auf der Welt, im Hochland Tibets, niedergeschrieben ist.

T. Lobsang Rampa

Kapitel 1

Der Abend war mild, herrlich und ungewöhnlich warm für diese Jahreszeit. Der süße Duft von Weihrauch, der sanft in der windstillen Luft aufstieg, trug zur Beruhigung unserer Gemüter bei. In der Ferne ging die Sonne glühend hinter den hohen Gipfeln des Himalaya unter und färbte die schneebedeckten Bergspitzen blutrot, wie als Warnung vor dem Blut, das Tibet dereinst tränken würde.

Von den Doppelgebäuden des Potala und unserem eigenen Chakpori Lamakloster krochen langsam immer längere Schatten auf die Stadt Lhasa zu. Unter uns, auf der rechten Seite, bahnte sich eine verspätete Karawane indischer Händler ihren Weg zum Pargo Kaling, dem Westtor. Die letzten frommen Pilger eilten mit ungebührlicher Hast auf ihrem Rundgang über die Lingkhorstraße, als fürchteten sie, von der samtenen Dunkelheit der schnell herannahenden Nacht überholt zu werden.

Der Kyi Chu, der Fluss des Glücks, floss fröhlich auf seiner endlosen Reise zum Meer und warf helle Lichtblitze als Anerkennung an den zu Ende gehenden Tag. Die Stadt Lhasa war erleuchtet von den goldenen Schimmern der Butterlampen. Vom nahegelegenen Potala erklang eine Langhorntrompete und kündete das Ende des Tages an und ihre Klänge hallten durch das ganze Tal, prallten an den Felsen ab und kehrten mit einem veränderten Ton wieder zu uns zurück.

Ich blickte auf die mir vertraute Szene und schaute zum Potala hinüber, wo Hunderte von Fenstern funkelten, während Mönche jeden Ranges am Ende des Tages ihren eigenen Beschäftigungen nachgingen. Hoch oben auf dem mächtigen Bauwerk bei den goldenen Grabmälern stand beobachtend eine einsame und unnahbare Gestalt. Und während die letzten Sonnenstrahlen hinter den Gebirgsketten versanken, ertönte erneut eine Langhorntrompete und der Klang tiefer Gesänge erhob sich aus dem Tempel darunter. Schnell verblasste das letzte Licht. Schnell tauchten die Sterne am Himmel auf, die wie glitzernde Juwelen auf einem purpurfarbenen Hintergrund prangten. Ein Meteor schoss über den Himmel und verglühte in einer letzten flammenden Pracht, bevor er als rauchendes Staubkorn auf die Erde fiel.

«Eine wunderschöne Nacht, Lobsang», sagte eine mir vertraute und geliebte Stimme.

«Ja, wirklich ein herrlicher Abend», erwiderte ich, während ich mich schnell erhob, sodass ich mich vor meinem Mentor verbeugen konnte. Er setzte sich an eine Wand und gab mir ein Zeichen, mich ebenfalls zu setzen. Er deutete mit dem Finger nach oben und sagte: «Bist du dir bewusst, Lobsang, dass die Menschen, wie du und ich, wie das da oben aussehen könnten?»

Ich blickte ihn sprachlos an. Wie konnte ich denn wie die Sterne am Nachthimmel aussehen? Der Lama war ein großer, stattlicher Mann mit einem vornehmen Kopf. Dennoch sah er nicht gerade wie eine Ansammlung Sterne aus!

Er lachte über mein erstauntes Gesicht. «Wie üblich nimmst du immer alles viel zu wörtlich, Lobsang, viel zu wörtlich.» Er lächelte. «Ich wollte damit nur andeuten, dass die Dinge nicht immer so sind, wie sie scheinen. Wenn du ‹Om mani padme hum› so groß schreiben könntest, dass die Buchstaben das ganze Lhasatal ausfüllen würden, dann wären die Leute nicht in der Lage, sie zu lesen. Sie wären viel zu groß für sie, um sie erfassen zu können.» Er machte eine kurze Pause und sah mich an, um sich zu vergewissern, dass ich seiner Erklärung folgen konnte. Dann fuhr er fort: «Dasselbe gilt für die Sterne: Sie sind so ‹groß›, dass wir nicht erkennen können, was sie in Wirklichkeit darstellen.»

Ich sah ihn an, als wäre er nicht ganz bei Trost. Was, die Sterne sollen etwas darstellen? Die Sterne waren doch, nun, eben – Sterne! Dann dachte ich an eine Schrift, die so groß war, dass sie das Tal ausfüllen würde und aufgrund ihrer Größe unlesbar wurde.

Die liebenswürdige, sanfte Stimme fuhr fort: «Nun stell dir vor, du würdest schrumpfen und schrumpfen und so klein werden wie ein Sandkorn.

10

Wie würde ich dann für dich aussehen? Angenommen, du würdest noch kleiner werden, so klein, dass selbst ein Sandkorn für dich so groß wie eine Welt wäre. Was würdest du dann von mir sehen?» Er hielt inne, sah mich eindringlich an und fragte: «Nun, was würdest du dann sehen?»

Ich saß da und starrte ihn an. Ich war wie vor den Kopf gestoßen und mein Mund stand offen, wie bei einem frisch an Land gezogenen Fisch.

«Du würdest, Lobsang», sagte der Lama, «eine Gruppe weit verstreuter Welten in der Dunkelheit schweben sehen. Aufgrund deiner winzigen Größe würdest du die Moleküle meines Körpers als einzelne Welten mit unermesslich viel Raum dazwischen sehen. Du würdest Welten sehen, die um andere Welten kreisen. Du würdest ‹Sonnen› sehen, die die Moleküle gewisser geistiger Zentren wären. Du würdest ein ‹Universum› sehen!»

Mein Kopf streikte. Ich hätte beinahe schwören können, dass die «Maschinerie» oberhalb meiner Augenbrauen krampfhaft zuckte vor lauter Bemühung, all diesem sonderbaren und spannenden Wissen zu folgen.

Mein Mentor, der Lama Mingyar Dondup, streckte seine Hand aus und hob sachte mein Kinn an. «Lobsang», kicherte er, «du schielst ja vor Anstrengung, mir zu folgen.» Er lehnte sich lachend zurück und ließ mir einige Augenblicke Zeit, um mich etwas zu erholen. Dann sagte er: «Schau dir einmal den Stoff deiner Robe an. Befühle ihn!»

Ich tat wie geheißen und kam mir beim Befühlen und Ansehen meiner alten Robe, die ich trug, irgendwie albern vor.

Der Lama bemerkte: «Der Stoff fühlt sich weich an und du kannst nicht hindurchsehen. Doch stell dir nun vor, du blickst durch ein Vergrößerungsglas, das diesen Stoff um das Zehnfache vergrößern würde. Denke dabei an die dicken Fäden der Yakwolle. Jeder Faden wäre zehnmal dicker als diese, die du hier siehst. Dann wärst du in der Lage, Licht zwischen den Fäden hindurchzusehen. Aber wenn man die Fäden millionenfach vergrößern würde, dann könnte man mit einem Pferd zwischen ihnen hindurchreiten, außer wenn der Fadenstrang zu hoch wäre, um darüber hinwegzusteigen!»

Jetzt, nachdem er mir das erklärt hatte, ergab es einen Sinn für mich. Ich saß da und dachte nickend nach, worauf der Lama spöttisch bemerkte: «Wie eine alte klapprige Frau!»

«Herr Lehrer», sagte ich schließlich, «dann besteht sämtliches Leben aus sehr viel Raum, der mit Welten bestückt ist?»

«Nein, ganz so einfach ist das nicht», erwiderte er. «Setz dich etwas bequemer hin. Ich werde dir jetzt ein wenig von dem Wissen erzählen, das wir in der Höhle der Ahnen entdeckt haben.»

«In der Höhle der Ahnen!», rief ich voller Neugier aus. «Werden Sie mir davon und von der Expedition erzählen!»

«Ja, ja», beschwichtigte er, «das werde ich, aber zuerst wollen wir uns mit dem Menschen und dem Leben befassen, so wie es die Ahnen in den Tagen von Atlantis verstanden haben.»

Insgeheim interessierte mich die Höhle der Ahnen weitaus mehr. Eine Expedition hoher Lamas hatte sie entdeckt. Sie enthielt einen sagenhaften Schatz von Wissen und Artefakten, die aus einer prähistorischen Zeit stammten, als die Erde noch sehr jung war. Aber da ich meinen Mentor gut kannte, wusste ich, dass es zwecklos war, darauf zu hoffen, dass er mir die Geschichte erzählen würde, bevor er dazu bereit war – und das war er noch nicht. Über uns schienen die Sterne in voller Pracht, die in der dünnen, reinen Luft von Tibet durch nichts getrübt wurden. In den Tempeln und Lamaklöstern ging ein Licht nach dem anderen aus. Aus der Ferne, getragen von der Nachtluft, drang das klagende Heulen eines Hundes herüber, gefolgt vom Antwortgebell jener im Dorfe Shö unter uns. Die Nacht war ruhig, geradezu friedlich. Nicht eine Wolke segelte an dem soeben aufgegangenen Mond vorüber. Die Gebetsfahnen hingen schlaff und leblos an ihren Masten. Von irgendwoher war ein schwaches Geklapper einer Gebetsmühle zu vernehmen. Ein frommer Mönch im Aberglauben gefangen und sich der Realität nicht bewusst, drehte sein Rad in der vergeblichen Hoffnung, die Gunst der Götter zu erlangen.

Der Lama, mein Mentor, lächelte über den Klang und sagte: «Jedem nach seinem Glauben, jedem nach seinem Bedürfnis. Die Inszenierungen der zeremoniellen Religionen sind für viele ein Trost. Wir sollten daher jene nicht verurteilen, die auf ihrem Weg noch nicht so weit gekommen sind oder noch nicht in der Lage sind, ohne Krücken dazustehen. Ich werde dir jetzt etwas über die Natur der Menschen erzählen, Lobsang.»

Ich fühlte mich diesem Mann sehr nahe. Der Einzige, der mir jemals Rücksicht und Liebe entgegengebracht hatte. Ich hörte aufmerksam zu, um ja sein Vertrauen in mich nicht aufs Spiel zu setzen. Jedenfalls dachte ich zu Beginn so, doch schon bald fand ich das Thema faszinierend und hörte ihm mit gespannter Ungeduld zu.

«Die ganze Welt ist aus Schwingungen erschaffen. Alles Leben, alles Unbelebte, besteht aus Schwingungen. Selbst der mächtige Himalaya», sagte der Lama, «ist lediglich eine Ansammlung schwebender Teilchen, in der kein Teilchen das andere berühren kann. Die Welt, das Universum, besteht aus winzigen Materieteilchen, um die andere Materieteilchen kreisen. Und genauso wie Welten um unsere Sonne kreisen, die ihre Distanz immer wahren und sich nie berühren, so besteht auch alles andere, was existiert, aus sich drehenden Welten.» Er hielt inne und blickte mich an. Vielleicht fragte er sich, ob ich die ganze Sache nachvollziehen konnte. Doch das konnte ich leicht.

Er fuhr fort: «Die Geister oder Geistwesen, die wir Hellsichtigen in den Tempeln sehen, sind Menschen, lebendige Menschen, die diese Welt verlassen haben und in ein Stadium eingetreten sind, wo ihre Moleküle so weit auseinander liegen, dass der ‹Geist› durch die dicksten Mauern gehen kann, ohne auch nur ein einziges Molekül dieser Wand zu berühren.»

«Ehrwürdiger Herr Lehrer, warum empfinden wir ein Kitzeln, wenn ein Geist an uns vorbeigeht?», fragte ich.

«Jedes Molekül und jedes noch so kleine Sonnen- und Planetensystem ist von einem elektrischen Feld umgeben. Es ist natürlich nicht die Art Elektrizität, die der Mensch mit Maschinen erzeugt, sondern von einer feineren

Art. Es ist die Elektrizität, die wir manchmal nachts am Himmel leuchten sehen. Und genauso, wie die Erde an den Polen über die Nordlichter oder Aurora Borealis verfügt, so besitzt selbst das kleinste Materieteilchen sein ‹Nordlicht›. Ein Geist, der uns zu nahe kommt, versetzt unserer Aura einen leichten Schlag und dies nehmen wir als ein Kitzeln wahr.»

Um uns herum war die Nacht still. Kein Windhauch störte die Stille. Uns umgab eine Ruhe, wie man sie nur in Ländern wie Tibet kennt.

«Ist denn dieses elektrische Feld, das wir sehen, die Aura?», fragte ich.

«Ja», erwiderte mein Mentor. «In Ländern außerhalb Tibets, wo der Strom durch Hochspannungsleitungen fließt, wird ein ‹Koronaeffekt› beobachtet und selbst die Elektroingenieure bestätigen diesen. Bei diesem ‹Koronaeffekt› scheinen die Stromleitungen von einem bläulichem Korona- oder Auralicht umgeben zu sein. Es wird meistens in einer dunklen, nebligen Nacht beobachtet. Doch für die, die es sehen können, ist es natürlich immer da.» Er blickte mich eingehend an. «Wenn du nach Chungking gehst, um Medizin zu studieren, wirst du ein Apparat benutzen, der die elektrischen Gehirnwellen aufzeichnen kann. Sämtliches Leben, alles was existiert, besteht aus Elektrizität und Schwingung.»

«Jetzt bin ich aber etwas verwirrt!», entgegnete ich. «Wie kann denn das Leben gleichzeitig Schwingung und Elektrizität sein? Ich verstehe zwar das eine, aber nicht beides.»

«Aber mein lieber Lobsang», lachte der Lama, «ohne Schwingung und ohne Bewegung gibt es keine Elektrizität! Es ist die Bewegung, welche die Elektrizität erzeugt, daher sind sie eng miteinander verbunden.»

Er sah meinen ratlosen Blick und mit seinen telepathischen Kräften las er meine Gedanken. «Nein», sagte er, «es geht hier nicht um irgendeine Schwingung! Lass es mich dir auf folgende Weise erklären: Stell dir eine riesige Tastatur eines Musikinstrumentes vor, die sich von hier bis in die Unendlichkeit erstreckte. Die Schwingung, die wir als fest und stofflich betrachten, wird von einer Taste, das heißt, von einer Note auf dieser Tastatur repräsentiert. Die nächste Taste könnte den Ton repräsentieren und die übernächste das Augenlicht. Weitere Tasten stehen für Gefühle, Sinneswahrnehmungen und Zwecke, für die wir auf dieser Erde kein entsprechendes Verständnis haben. Ein Hund kann höhere Töne hören als ein Mensch, und ein Mensch kann tiefere Töne hören als ein Hund. Einem Hund könnte in hohen Tönen etwas gesagt werden, die er hören kann und der Mensch würde davon nichts mitbekommen. Auf diese Weise können Menschen aus der sogenannten geistigen Welt mit jenen kommunizieren, die noch auf dieser Erde leben, sofern der irdische Mensch die besondere Gabe des Hellhörens hätte.»

Der Lama unterbrach und lachte leise: «Ich halte dich vom Bett ab, Lobsang, aber morgen Vormittag hast du frei, um dich davon zu erholen.» Er zeigte nach oben zu den Sternen, die in der klaren Luft so hell funkelten. «Seit ich die Höhle der Ahnen besucht und die wunderbaren Instrumente ausprobiert habe, die seit den Tagen von Atlantis unversehrt geblieben sind, habe ich mich immer wieder mal mit einem wunderlichen Gedankenspiel vergnügt. Ich stelle mir gerne zwei kleine empfindungsfähige Geschöpfe vor, kleiner noch als der kleinste Virus. Es spielt keine Rolle, welche Form sie haben, Hauptsache, sie sind intelligent und besitzen hochentwickelte Superinstrumente. Stell sie dir nun vor, wie sie sich draußen unter freiem Himmel in ihrer eigenen unendlich kleinen Welt unterhalten, genauso wie wir es gerade tun:

‹Oh, ist das nicht eine wundervolle Nacht›, rief A aus und blickte fasziniert zum Himmel hinauf.

‹Ja›, erwiderte B, ‹da fragt man sich nach dem Sinn des Lebens, was wir sind und wohin wir gehen?›

A blickte zu den Sternen hinauf, die in endlosen Reihen über den Himmel zogen und sann darüber nach und sagte: ‹Welten, nichts als Welten, Millionen, Milliarden davon. Ich frage mich nur, wie viele davon wohl bewohnt sind?›

‹Unsinn!›, wetterte B, ‹das ist Frevel! Das ist vollkommen lächerlich! Du weißt doch so gut wie ich, dass es kein Leben außer auf dieser, unserer Welt gibt. Sagen uns die Priester nicht immer, dass wir nach dem Ebenbild Gottes erschaffen wurden? Und wie kann es anderes Leben geben, wenn es nicht genau wie unseres ist? Nein, das ist unmöglich. Du verlierst langsam den Verstand!›

Und während A davonging, murmelte er schlecht gelaunt vor sich hin: ‹Sie alle könnten sich irren, weißt du, sie könnten sich alle irren!›»

Der Lama Mingyar Dondup lächelte mich an und sagte: «Ich habe mir sogar noch eine Folgegeschichte ausgedacht! Hier ist sie:

In einem fernen Forschungslabor mit einer für uns unvorstellbaren Technik, in dem Mikroskope von fantastischer Leistungsfähigkeit zur Verfügung stünden, arbeiteten zwei Wissenschaftler zusammen. Einer saß nach vorn gebeugt auf einem Hocker und blickte, seine Augen fest auf ein Super-Supermikroskop gepresst, hindurch. Plötzlich begann er seinen Stuhl auf dem polierten Boden mit einem kratzenden Geräusch rückwärtszuschieben. ‹Komm, Chan, schau dir das mal an!›, rief er seinem Assistenten zu.

Chan erhob sich und ging zu seinem aufgeregten Vorgesetzten hinüber und setzte sich vor das Mikroskop.

‹Ich habe ein Millionstel eines Körnchens Bleisulfid auf dem Objektträger›, sagte der Vorgesetzte. ‹Jetzt schau dir das einmal an!›

Chan regulierte die Einstellung und Pfiff vor Überraschung durch die Zähne. ‹Du meine Güte!›, rief er aus. ‹Das sieht ja aus, als blicke man durch ein Teleskop ins Universum. Lodernde Sonnen, kreisende Planeten…!›

Der Vorgesetzte sagte versonnen: ‹Ich frage mich, ob wir jemals genügend Vergrößerung haben werden, um eine einzelne Welt zu sehen. Ich möchte zu gerne wissen, ob es dort auch Leben gibt?›

‹Unsinn!›, sagte Chan schroff. ‹Das kann es nicht geben. Das kann nicht sein. Sagen uns die Priester nicht immer, dass wir nach dem Ebenbild Gottes erschaffen wurden? Wie kann es also dort intelligentes Leben geben?›»

Über uns kreisten die Sterne endlos und ewig auf ihren Bahnen. Lächelnd griff der Lama Mingyar Dondup in seine Robe und brachte eine Schachtel Streichhölzer hervor. Eine Kostbarkeit, die aus dem fernen Indien hierher gebracht wurde. Langsam entnahm er der Schachtel ein Streichholz und hielt es hoch. «Ich werde dir jetzt Schöpfung zeigen, Lobsang!», sagte er unbekümmert.

Vorsichtig zog er den Kopf des Streichholzes über die Reibfläche der Schachtel, und als es aufflammte, hielt er den brennenden Spahn hoch. Dann blies er ihn aus. «Schöpfung und Auflösung», sagte er. «Der aufflammende Streichholzkopf stieß Tausende von Partikeln aus, von denen sich jedes von seinen Artgenossen löste. Jedes war eine separate Welt. Das Ganze war ein Universum. Und das Universum starb, als die Flamme ausging. Kannst du sagen, dass es auf diesen Welten kein Leben gab?»

Ich sah ihn zweifelnd an und wusste nicht, was ich darauf antworten sollte.

«Wenn es Welten gewesen wären, Lobsang, und es Leben auf ihnen gegeben hätte, dann hätten die Welten für diese Leben Millionen von Jahren existiert. Sind wir vielleicht letztlich nur ein entzündetes Streichholz? Leben wir hier mit unseren Freuden und Leiden, meistens Leiden und denken, dass dies eine Welt ohne Ende ist? Denke darüber nach und morgen werden wir uns weiter darüber unterhalten.» Er erhob sich und entschwand meinen Blicken.

Ich stolperte über das Dach und tastete blindlings nach dem oberen Ende der Leiter, die nach unten führte. Unsere Leitern waren anders als die in der westlichen Welt; sie bestanden aus eingekerbten Pfosten. Ich fand die erste Einkerbung, die zweite und die dritte, dann rutschte ich mit dem Fuß aus, wo jemand Butter aus einer Lampe verschüttet hatte. Ich sauste dem Pfosten entlang nach unten und landete in einem wirren Knäuel an dessen Fuße und sah mehr Sterne, als es am Himmel gab. Proteste der schlafenden Mönche hagelten auf mich ein. Aus dem Dunkeln tauchte eine Hand auf und verpasste mir eine Ohrfeige, dass es in meinem Kopf nur so klingelte. Schnell sprang ich auf und eilte in die mich schützende Dunkelheit. So leise wie möglich suchte ich mir einen Platz zum Schlafen, wickelte meine Robe um mich und löste mich von meinem Bewusstsein. Nichts störte mich, weder die Geräusche der herumeilenden Füße noch unterbrachen die Schneckenhörner oder Silberglocken meine Träume.

Der Morgen war schon weit fortgeschritten, als ich von einem beherzten Fußtritt geweckt wurde. Benommen blickte ich in das Gesicht eines stämmigen Chelas.

«Wach auf! Wach auf, du fauler Hund!» Er trat erneut mit dem Fuß gegen mich und das nicht gerade zimperlich. Ich schnappte seinen Fuß und drehte ihn um. Mit einem knochenerschütternden Knall schlug er auf den Boden auf und schrie: «Der Herr Abt! Der Herr Abt! Er will dich sprechen, du durchgedrehter Blödmann!»

Ich verpasste ihm einen Tritt für die vielen, die er mir gegeben hatte und rückte meine Robe zurecht und eilte davon. «Kein Essen, kein Frühstück!», brummte ich. «Warum will mich immer dann jemand sprechen, wenn gerade Essenszeit ist?» Ich rannte die endlosen Korridore entlang, schwang mich um die Ecken herum und löste bei den wenigen alten Mönchen, die tattrig herumgingen beinahe eine Herzattacke aus. Doch die Räumlichkeiten des Herrn Abts erreichte ich in Rekordzeit. Ich eilte hinein, fiel auf die Knie und verbeugte mich respektvoll vor ihm.

Der Abt nahm meinen Rekord zur Kenntnis. Nur kurz vernahm ich ein hastig unterdrücktes Kichern. «Ah!», sagte er. «Der wilde junge Mann, der über die Felsen fällt, die Stelzenfüße mit Fett beschmiert und für mehr Wirbel sorgt als jeder andere hier.» Er hielt inne und sah mich streng an. «Doch du hast fleißig studiert. Deine Leistungen sind gut, sogar außerordentlich gut», sagte er. «Deine metaphysischen Fähigkeiten sind von sehr hoher Qualität und du bist in deinen geisteswissenschaftlichen Arbeiten so weit fortgeschritten, dass ich dich ganz speziell und persönlich vom Oberlama, Mingyar Dondup, ausbilden lasse. Auf ausdrücklichen Wunsch Seiner Heiligkeit wird dir damit eine beispiellose Gelegenheit geboten. Nun erstatte deinem Lama, deinem Mentor, Bericht.» Der Herr Abt entließ mich mit einer Handbewegung und wandte sich dann wieder seinen Unterlagen zu. Erleichtert, dass keine meiner zahllosen «Sünden» ans Licht gekommen waren, eilte ich weg.

Mein Mentor, der Lama Mingyar Dondup, saß da und wartete auf mich. Er betrachtete mich eingehend, als ich eintrat und fragte: «Hast du dein Fasten schon gebrochen?»

«Nein, Herr Lehrer, der ehrwürdige Herr Abt ließ mich kommen, als ich noch schlief. Ich bin hungrig!»

Er lachte und meinte: «Ach, dachte ich mir's doch, du hättest so einen leidvollen Gesichtsausdruck, so als wärst du misshandelt worden! Also, geh und iss zuerst dein Frühstück und komm nachher wieder hierher zurück.» Ich brauchte keine weitere Aufforderung dazu. Ich war wirklich hungrig und das mochte ich gar nicht. Wie wenig wusste ich doch damals, obwohl es mir prophezeit worden war, dass mich der Hunger durch viele Jahre meines Lebens begleiten würde.

Gestärkt durch das reichliche Frühstück, aber dennoch etwas verzagt bei dem Gedanken an noch mehr harte Arbeit, kehrte ich zu meinem Mentor zurück. Er erhob sich, als ich eintrat. «Komm», sagte er, «wir werden eine Woche im Potala verbringen.» Er ging voraus und trat von der Vorhalle ins Freie, wo bereits ein Stallmönch mit zwei Pferden auf uns wartete. Besorgt betrachtete ich das mir zugewiesene Pferd, und noch besorgter starrte dieses zu mir zurück, da es von mir noch weniger hielt als ich von ihm. Mit einem Gefühl drohenden Unheils bestieg ich das Pferd und hielt mich fest. Pferde waren schreckliche Geschöpfe, gefährlich, temperamentvoll und ohne Bremsen. Die Reitkunst zu erlernen, wäre die allerletzte Ausbildung gewesen, die ich hätte ausüben wollen.

Wir ritten den Bergpfad vom Chakpori hinunter, überquerten die Mani Lakhangstraße, wo zu unserer Rechten der Pargo Kaling lag. Bald erreichten wir das Dorf Shö, wo mein Mentor einen kurzen Halt einlegte. Dann mühten wir uns die steilen Stufen des Potala hinauf. Auf einem Pferd die Stufen hinaufzureiten ist eine unangenehme Erfahrung, und meine größte Sorge war, nicht herunterzufallen! Mönche, Lamas und Besucher marschierten allesamt in einem unaufhörlichen Strom die Treppen hinauf und hinunter. Einige blieben stehen und bewunderten die Aussicht und andere, die vom

Dalai Lama persönlich erwartet wurden, dachten nur an ihre Audienz mit ihm. Zuoberst auf dem Treppenabsatz angekommen, blieben wir stehen und ich rutschte dankbar und ohne Anmut von meinem Pferd. Der arme Gaul gab ein entrüstetes Wiehern von sich und wandte mir angewidert den Hintern zu!

Zu Fuß gingen wir weiter und kletterten Leiter um Leiter hoch, bis wir die höheren Etagen des Potala erreichten, wo der Lama Mingyar Dondup in der Nähe des Raums der Wissenschaften seine ihm zugeteilten Dauerzimmer hatte. Im Raum der Wissenschaften befanden sich seltsame Geräte aus allen Ländern der Welt, aber die sonderbarsten von allen waren die aus der fernsten Vergangenheit. Endlich erreichten wir unser Ziel, und ich ließ mich in dem Zimmer, das nun meines war, häuslich nieder. Von meinem Fenster aus, hoch oben im Potala, nur ein Stockwerk tiefer als das des Dalai Lama, konnte ich über Lhasa und das Tal blicken. Weit entfernt konnte ich die große Kathedrale, den Jokhang, sehen, dessen goldenes Dach im Sonnenschein glänzte. Die Ringstraße oder Lingkhor erstreckte sich über eine weite Entfernung und bildete einen kompletten Rundgang um die ganze Stadt Lhasa herum. Andächtige Pilger drängten sich auf ihm, um am größten Sitz okkulter Gelehrsamkeit der Welt Niederwerfungen zu erbieten. Ich wunderte mich über mein großes Glück, einen solch wunderbaren Mentor wie den Lama Mingyar Dondup zu haben. Ohne ihn wäre ich nur ein einfacher Chela, der sein Leben in einem dunklen Schlafsaal fristen müsste, anstatt beinahe auf dem Dach der Welt zu sein.

Plötzlich, so urplötzlich, dass ich vor Überraschung aufschrie, packten mich zwei starke Arme und hoben mich in die Luft. Eine tiefe Stimme sagte: «So, so, alles, was du über deinen Mentor denkst, ist, dass er dich hoch hinauf in den Potala bringt und dich mit diesem ungesunden, süßen Konfekt aus Indien füttert?» Mein Mentor lachte über meinen Protest und ich war zu naiv oder zu verwirrt, um zu realisieren, dass er wusste, was ich von ihm dachte!

Schließlich sagte er: «Wir stehen in Verbindung miteinander. Wir kannten einander in einem vergangenen Leben gut. Du besitzt das ganze Wissen dieses vergangenen Lebens und brauchst lediglich daran erinnert zu werden. Jetzt aber haben wir zu arbeiten. Komm mit in mein Zimmer.»

Ich rückte meine Robe zurecht, steckte meine Schale in die Brusttasche zurück, die mir während des Hochhebens herausgefallen war und begab mich rasch hinüber in das Zimmer meines Mentors. Er bat mich, mich zu setzen. Und als ich es mir bequem gemacht hatte, fragte er: «Und, hast du dir die Sache mit dem Leben, über die wir letzte Nacht gesprochen haben, überlegt?»

Niedergeschlagen ließ ich den Kopf hängen und antwortete: «Herr Lehrer, zuerst musste ich schlafen. Dann wollte der Abt mich sprechen, danach Sie. Anschließend musste ich essen, und dann wollten Sie mich wieder sprechen. Ich bin heute noch gar nicht dazugekommen, an irgendetwas anderes zu denken!»

Ein Lächeln überflog sein Gesicht, während er sagte: «Über den Einfluss der Nahrung werden wir uns später noch unterhalten, doch lass uns vorerst mit unserem Thema, dem Leben, fortfahren.» Er griff nach einem Buch, das in einer fremden Sprache geschrieben war. Inzwischen weiß ich, dass es die englische Sprache war. Er blätterte Seite um Seite um und endlich fand er das, wonach er suchte. Er reichte mir das offene Buch, das an der Stelle mit einem Bild versehen war, und fragte: «Weißt du, was das ist?»

Ich schaute auf das Bild, doch es war so gewöhnlich für mich, dass ich mich weit mehr für die merkwürdige Schrift darunter interessierte. Doch ich verstand sie nicht. Ich gab ihm das Buch wieder zurück und sagte vorwurfsvoll: «Sie wissen doch», ehrwürdiger Lama, «dass ich das nicht lesen kann!»

«Aber erkennst du, was auf dem Bild abgebildet ist?», fragte er hartnäckig nach.

«Nun, ja natürlich, es ist nur ein Naturgeist und er sieht nicht anders aus als irgendeiner hier.» Ich wurde immer verwirrter. Um was ging es eigentlich?

Der Lama öffnete das Buch erneut und sagte: «In den fernen Ländern jenseits des Meeres sind die allgemeinen Fähigkeiten, Naturgeister zu sehen, verloren gegangen. Wenn jemand im Westen einen solchen Geist sieht, dann wird es als Unfug angesehen. Der Seher wird sogar regelrecht beschuldigt, wenn er ‹Dinge sieht›. Die westlichen Menschen glauben nur an Dinge, die sie greifen, in Stücke reißen oder in einen Käfig sperren können. Im Westen werden Naturgeister als Feen oder Elfen bezeichnet, und selbst den Märchen schenkt man keinen Glauben.»

Das erstaunte mich sehr. Ich konnte jederzeit Natur- und andere Geister sehen und betrachtete sie als etwas absolut Natürliches. Ich schüttelte den Kopf, um ihn vom Nebelschleier zu befreien.

Der Lama Mingyar Dondup sprach weiter: «Sämtliches Leben, wie ich es dir letzte Nacht erklärt habe, besteht aus schnell schwingender Materie, die eine elektrische Ladung erzeugt. Die Elektrizität ist somit das eigentliche Leben der Materie. Wie bei der Musik gibt es verschiedene Oktaven. Stell dir vor, dass der Durchschnittsmensch auf einer bestimmten Oktave schwingt, dann werden folgedessen ein Naturgeist und ein Geistwesen auf einer höheren Oktave schwingen. Und weil der Durchschnittsmensch nur auf einer Oktave lebt, denkt und glaubt, sind die Personen anderer Oktaven für ihn unsichtbar!»

Ich zupfte an meiner Robe herum und dachte darüber nach. Das ergab keinen Sinn für mich. Ich konnte doch auch Geister und Naturgeister sehen, also sollte sie doch auch jeder andere sehen können.

Mein Mentor, der meine Gedanken las, erwiderte: «Du siehst die Aura der Menschen. Doch die meisten Menschen sehen sie nicht. Du siehst Naturgeister und Geistwesen. Die meisten Menschen sehen sie jedoch nicht. Alle Kleinkinder sehen solche Erscheinungen, das kommt daher, weil sie noch sehr jung und aufnahmefähiger sind. Und sowie das Kind älter wird, stumpfen diese Wahrnehmungen durch die Lebensumstände ab. Im Westen werden Kinder, die ihren Eltern erzählen, dass der Spielkamerad, mit dem sie spielen, ein Geist ist, Lügen gestraft oder der ‹blühenden Fantasie› wegen ausgelacht. Das Kind aber fühlt sich deswegen ungerecht behandelt und nach einiger Zeit überzeugt es sich selbst, dass alles nur Fantasie war! Du, aufgrund deiner besonderen Erziehung und Schulung, siehst Geister und Naturgeister und wirst sie immer sehen, genauso wie du immer die Aura der Menschen sehen wirst.»

«Dann sind selbst die Naturgeister, die sich um die Blumen kümmern, dasselbe wie wir?», fragte ich.

«Ja», erwiderte er. «Sie sind dasselbe wie wir, außer, dass sie viel schneller schwingen und ihre Materieteilchen weiter auseinanderliegen. Deshalb kannst du deine Hand direkt durch sie hindurchstrecken, genauso wie du deine Hand direkt durch einen Sonnenstrahl strecken kannst.»

«Haben Sie schon einmal einen Geist berührt, ich meine, einen Geist ‹angefasst›?», fragte ich.

«Ja, das habe ich!», erwiderte er. «Das ist möglich, wenn man seine eigene Schwingungsfrequenz erhöht. Ich werde dir davon erzählen.»

Mein Mentor läutete seine Silberglocke. Ein Geschenk eines hohen Abts von einem der besser bekannteren Lamaklöster Tibets. Der Bedienungsmönch, der uns inzwischen gut kannte, brachte uns nicht Tsampa, sondern Tee aus indischen Plantagen und jenes Süßgebäck, das für Seine Heiligkeit, den Dalai Lama, speziell über die Berge hierhergebracht wurde, und das ich, nur ein armer Chela, so sehr liebte. «Belohnung für besondere schulische Leistungen», wie Seine Heiligkeit oft zu sagen pflegte. Der Lama Mingyar Dondup hatte schon die ganze Welt bereist, beides, sowohl physisch als auch astral. Eine seiner wenigen Schwächen war seine Vorliebe für indischen Tee. Eine Vorliebe, die auch ich mit ihm teilte! Wir machten es uns bequem und als ich meine Kekse gegessen hatte, nahm mein Mentor und Freund das Gespräch wieder auf.

«Vor vielen Jahren, als ich noch ein junger Mann war, stürmte ich hier im Potala um eine Ecke, genauso wie du manchmal, Lobsang! Ich war etwas spät dran für die Andacht, und zu meinem Schrecken sah ich einen stattlichen Abt daherkommen, der mir den Weg versperrte. Er war ebenfalls in

Eile! Es blieb mir keine Zeit, um auszuweichen und ich machte mich gerade bereit, um meine Entschuldigung vorzubringen, als ich direkt durch ihn hindurchstürzte! Er war genauso erschrocken wie ich. Wie auch immer, ich war so verwirrt, dass ich einfach weiterrannte und dadurch nicht zu spät kam, immerhin nicht zu spät.»

Ich lachte und dachte an den würdevollen Lama Mingyar Dondup in Eile!

Er lächelte mich an und fuhr fort: «Später in dieser Nacht dachte ich darüber nach. Ich dachte: ‹Warum nicht mal einen Geist berühren?› Je mehr ich darüber nachdachte, desto entschlossener war ich, einen Geist anzufassen. Sorgfältig überdachte ich mein Vorhaben. Ich las alle alten Schriften, die ich zu diesem Thema zusammentragen konnte. Ich holte mir auch den Rat von einem sehr gelehrten Mann, der hoch oben in den Bergen in einer Höhle lebte. Er gab mir viele Ratschläge und führte mich auf den richtigen Weg. Ich werde dir nun dasselbe erzählen, was er mir damals erzählt hat, weil es direkt mit dem Thema, einen Geist zu berühren, zu tun hat.»

Er goss sich noch etwas Tee nach und nippte eine Weile daran, bevor er fortfuhr: «Das Leben, wie ich es dir bereits gesagt habe, besteht aus einer Ansammlung von Teilchen, kleinen Welten, die um kleine Sonnen kreisen. Die Bewegung erzeugt etwas, das wir, in Ermangelung eines besseren Ausdrucks, ‹Elektrizität› nennen. Wenn wir vernünftig essen, können wir unsere Schwingungsfrequenz erhöhen. Eine vernünftige Diät, keine verschrobene Kultidee, verbessert die Gesundheit und erhöht die eigene Frequenz der Grundschwingung. Auf diese Weise kommen wir näher an die Schwingungsfrequenz eines Geistes heran.» Er machte eine kurze Pause und zündete ein neues Weihrauchstäbchen an. Als es richtig glühte, wandte er seine Aufmerksamkeit wieder mir zu.

«Der einzige Zweck des Weihrauchs besteht darin, die Schwingungsfrequenz des Raumes, in dem er abgebrannt wird und die Schwingungsfrequenz jener, die sich in diesem Raum befinden, zu erhöhen. Wenn der richtige Weihrauch verwendet wird, denn alle sind für eine entsprechende

Schwingung entwickelt, können wir gewisse Ergebnisse erzielen. Eine ganze Woche lang hielt ich mich an eine strikte Diät, eine die meine Schwingung oder meine Frequenz erhöhte. In dieser Woche brannte ich ebenso ununterbrochen den passenden Weihrauch in meinem Zimmer ab. Am Ende dieser Zeit befand ich mich beinahe ‹außerhalb› von mir. Ich hatte das Gefühl, dass ich mehr schwebte als lief. Ich hatte sogar Schwierigkeiten, meinen Astralkörper in meinem physischen Körper zu halten.» Er sah mich an und lächelte, als er sagte: «Du hättest wahrscheinlich keine Freude gehabt an einer solch strikten Diät!»

«Nein», dachte ich, «ich würde lieber ein ordentliches Essen berühren als irgendeinen guten Geist!»

«Am Ende der Woche», erzählte der Lama, mein Mentor, weiter, «ging ich nach unten in den inneren Tempelraum und brannte noch mehr Weihrauch ab. Ich erbat ein Geistwesen herzukommen und mich zu berühren. Plötzlich fühlte ich die Wärme einer mir wohlgesinnten Hand auf meiner Schulter. Ich drehte mich um, um zu sehen, wer mich in meiner Meditation störte. Ich sprang vor Schreck beinahe aus meiner Robe, als ich sah, dass ich von einem Geist berührt wurde, einem, der vor mehr als einem Jahr ‹gestorben› war.» Der Lama Mingyar Dondup hielt abrupt inne und lachte schallend, als er an dieses lange zurückliegende Erlebnis dachte.

«Lobsang», stieß er schließlich hervor, «der alte tote Lama lächelte mich an und fragte mich, warum ich mir all diese Mühe gemacht hätte, wenn ich doch nur in die Astralwelt hätte gehen müssen! Ich muss gestehen, dass ich über alle Massen beschämt war, dass mir eine solch naheliegende Lösung nicht in den Sinn gekommen war. Nun, wie du nur zu gut weißt, gehen wir in die Astralwelt, um mit Geistern und Naturgeistern zu sprechen.»

«Sie haben sich bestimmt telepathisch miteinander unterhalten», bemerkte ich, «aber ich habe keine Erklärung für die Telepathie. Ich tue es, aber, wie tue ich es?»

«Du stellst mir eine sehr schwierige Frage, Lobsang!», lachte mein Mentor. «Die einfachsten Dinge sind oft am schwierigsten zu erklären. Sag mir, wie würdest du den Vorgang des Atmens erklären? Du tust es, jeder tut es, aber wie erklärt man diesen Vorgang?»

Ich nickte betrübt. Ich wusste, dass ich immer Fragen stellte, aber das war die einzige Möglichkeit, die Dinge zu verstehen. Die meisten anderen Chelas zeigten dafür kein Interesse. Solange sie ihr Essen hatten und nicht zu viel arbeiten mussten, waren sie zufrieden. Ich aber wollte mehr, ich wollte alles wissen.

«Das Gehirn», sagte der Lama, «ist wie ein Radiogerät, ist wie der Apparat, mit dem der Mann, namens Marconi, Nachrichten über die Ozeane schickte. Die Ansammlung von Teilchen und elektrischen Ladungen, die einen Menschen bilden, besitzen ein elektrisch gesteuertes Gehirn oder ‹Radiogerät›, das dem Wesen sagt, was es zu tun hat. Wenn eine Person denkt, ein Glied zu bewegen, dann fließen elektrische Ströme durch die entsprechenden Nerven, um die Muskeln zu der gewünschten Bewegung anzuregen. Auf die gleiche Weise werden beim Denken Radio- oder elektrische Wellen, die eigentlich aus dem höheren Radiofrequenzspektrum stammen, vom Gehirn ausgestrahlt. Bestimmte Instrumente können diese Schwingungen ermitteln und sogar aufzeichnen. Die westlichen Ärzte nennen sie Alpha-, Beta-, Delta- und Gammawellen.»

Ich nickte unmerklich. Ich hatte davon bereits von den anderen Medizinlamas gehört.

«Nun», fuhr mein Mentor fort, «sensitive Menschen können diese Schwingungen ebenfalls wahrnehmen und sie verstehen. Ich kann deine Gedanken lesen und wenn du es versuchst, kannst du auch meine lesen. Je mehr sich zwei Menschen im Einklang und in Harmonie miteinander befinden, desto leichter fällt es ihnen, diese Gehirnwellen, die Gedanken sind, zu lesen. So entsteht Telepathie. Zwillinge zeigen oft eine starke telepathische Verbindung zueinander. Insbesondere eineiige Zwillinge, bei denen das Gehirn des einen eine Kopie des anderen ist, sind so eng miteinander verbunden, dass es oft schwer ist festzustellen, welcher der beiden den ursprünglichen Gedanken überhaupt hervorbrachte.»

«Ehrwürdiger Herr Lehrer, wie Sie wissen, kann ich die Gedanken der meisten Menschen lesen. Warum kann ich das?», fragte ich. «Gibt es überhaupt viele Menschen mit dieser besonderen Gabe?»

«Du, Lobsang», erwiderte mein Mentor, «hast eine besondere Begabung und wirst speziell geschult. Deine Kräfte werden mit allen uns zur Verfügung stehenden Mitteln gefördert und verstärkt, denn du hast eine sehr schwierige Aufgabe im Leben vor dir.» Er schüttelte ernst den Kopf. «Eine sehr schwierige Aufgabe in der Tat. In den alten Tagen, Lobsang, konnte sich die ganze Menschheit noch telepathisch mit der Tierwelt unterhalten. In den kommenden Jahren, wenn die Menschheit die Torheit der Kriege eingesehen haben, wird diese Fähigkeit wiedererlangt werden. Einmal mehr werden die Menschen und die Tiere in Frieden zusammenleben, wo keiner dem anderen etwas Böses wünscht.»

Unter uns dröhnten wiederholt die Gongs, dann ertönten die Trompeten. Der Lama Mingyar Dondup sprang auf und sagte: «Wir müssen uns beeilen, Lobsang, die Tempelandacht beginnt gleich. Seine Heiligkeit wird persönlich anwesend sein.»

Hastig erhob ich mich, rückte meine Robe zurecht und eilte meinem Mentor hinterher, der sich bereits weit vorne im Korridor und beinahe schon außer Sicht befand.

Kapitel 2

Der große Tempel schien wie ein lebendiges Etwas zu sein. Von meinem Standort aus, hoch oben unter dem Dach, konnte ich hinunterschauen und den ganzen Umfang des riesigen Tempelraumes sehen. Am frühen Morgen hatten mein Mentor, der Lama Mingyar Dondup und ich, uns in einer besonderen Mission an diesen Ort begeben. Jetzt befand sich der Lama bei einer Besprechung mit einem hohen Würdenträger. Mir war es in dieser Zeit erlaubt, frei herumzuschlendern und mich umzusehen. Bei dieser Gelegenheit hatte ich diesen priesterlichen Beobachtungsposten mitten unter den mächtigen Dachsparren entdeckt. Als ich auf dem balkonartigen Laufgang herumstreunte, fand ich eine Türe und stieß sie wagemutig auf. Da meine Aktion kein lautes Missfallen nach sich zog, spähte ich hinein. Der Raum war leer. Ich ging hinein und befand mich in einem kleinen Steinraum, der wie eine im Stein eingebaute Zelle in einer Tempelmauer aussah. Hinter mir befand sich die kleine hölzerne Türe, links und rechts von mir Steinwände und vor mir ein Steinsims von etwa einem Meter Höhe.

Leise bewegte ich mich nach vorne und kniete mich hin, sodass nur mein Kopf über den Sims ragte. Ich blickte nach unten und fühlte mich wie ein Gott im Himmel, als ich auf die gewöhnlichen Sterblichen und auf die verschwommene Undeutlichkeit des Tempelbodens so viele Meter unter mir hinabsah.

Draußen vor dem Tempel begann die purpurne Abenddämmerung der Dunkelheit Platz zu machen. Die letzten Strahlen der untergehenden Sonne verblassten hinter den schneebedeckten Bergen und sandten einen schillernden Lichtregen durch das ewige, von den allerhöchsten Berggipfeln herab wehende Schneegestöber.

Die Dunkelheit des Tempels wurde durch Hunderte von flackernden Butterlampen aufgelockert und stellenweise sogar noch erhellt. Lampen, die wie goldene Lichtpunkte einen strahlenden Glanz rundum verbreiteten. Ich sah auf sie herab, so als ob die Sterne zu meinen Füßen lägen statt über meinem Kopf. Unheimliche Schatten strichen lautlos über die mächtigen Säulen. Schatten, die mal dünn und länglich, mal kurz und flach waren, aber immer grotesk und bizarr, wobei das einfallende Licht das Gewöhnliche unheimlich und das Ungewöhnliche unbeschreiblich erscheinen ließ.

Ich spähte und starrte nach unten. Ich fühlte mich, als lebte ich in einer Halbwelt und ich war mir gar nicht mehr sicher, was ich sah und was ich mir einbildete. Zwischen dem Boden und mir trieben blaue Weihrauchwolken dahin und stiegen schichtweise höher und höher. Sie erinnerten mich noch mehr an eine Aussicht eines Gottes, der durch die Wolken auf die Erde herabblickte. Aus den Räuchergefäßen stiegen sanfte und dicht wirbelnde Weihrauchwolken auf, die von den jungen frommen Chelas hin und her geschwenkt wurden. Auf leisen Sohlen und mit reglosen Gesichtern schritten sie auf und ab. Und beim Wenden und wieder Wenden widerspiegelten sich in den goldenen Weihrauchgefäßen Millionen von Lichtpunkten, die glitzernde Lichtstrahlen aussandten. Von meinem Aussichtspunkt aus konnte ich unten das rote, durch den Luftzug entfachte Glühen des Weihrauchs in den Gefäßen sehen, das manchmal beinahe in Flammen ausbrach und roter Regen schnell erlöschender Funken versprühte. Der frisch zu neuem Leben erweckte Weihrauch stieg in dickeren blauen Rauchsäulen auf und bildete über und hinter den Chelas einen Weg aus Rauch. Der Rauch stieg höher und bildete eine weitere Wolke innerhalb des Tempels. Er wirbelte und drehte sich in den schwachen Luftströmen, die von den sich bewegenden Mönchen ausgingen, und wirkte wie etwas Lebendiges, wie ein Wesen, das man nur schemenhaft erkennen konnte und das im Schlaf atmete und sich drehte. Eine Weile starrte ich nach unten und wurde von der Vorstellung beinahe hypnotisiert, mich im Inneren eines lebenden Wesens zu befinden, wo ich das Heben und Senken der Organe beobachtete und den Körpergeräuschen und dem Leben selbst zuhörte.

Durch die Schummrigkeit und die Weihrauchwolken hindurch konnte ich die geschlossenen Reihen der Lamas, Trappas und Chelas sehen. Mit überkreuzten Beinen am Boden sitzend, erstreckten sie sich in endlosen Reihen, bis sie im entferntesten Winkeln des Tempels unsichtbar wurden. Alle erschienen in den Roben ihres Ranges wie ein lebendiger, gemusterter Flickenteppich in den vertrauten Farben. Gold, Safrangelb, Rot, Braun und ein sehr fein gesprenkeltes Grau. Die Farben schienen zum Leben erweckt und ineinanderzufließen, sobald sich ihre Träger bewegten. Ganz vorne im Tempel saß Seine Heiligkeit, der Erhabene. Die Dreizehnte Inkarnation des Dalai Lama. Die verehrteste Person in der ganzen buddhistischen Welt.

Eine Weile beobachtete ich das Geschehen und lauschte den Gesängen der tiefen Stimmen der Lamas, die von den hohen Stimmen der kleinen Chelas betont wurden. Ich beobachtete die Weihrauchwolken, wie sie im Einklang mit den tieferen Klängen mitschwangen. Lichter flackerten, gingen aus und wurden durch neue ersetzt, und auch der zur Neige gehende Weihrauch wurde aufgefüllt in einem Regen roter Funken. Die Andacht nahm ihren Lauf. Ich kniete da und beobachtete. Beobachtete die tanzenden Schatten, die sich an den Wänden vergrößerten und sich wieder auflösten. Ich beobachtete die glitzernden Lichtpunkte, bis ich kaum mehr wusste, wo ich mich befand, noch was ich tat.

Ein bejahrter Lama, gebeugt unter der Last seiner Jahre, die weit über die normale Lebensspanne hinausging, trat langsam vor seine Ordensbrüder. Um ihn herum standen aufmerksame Trappas mit Weihrauchstäbchen und einer Butterlampe in der Hand. Er verbeugte sich vor dem Erhabenen, drehte sich langsam um und verbeugte sich in jede der vier Himmelsrichtungen der Erde, bis er sich schließlich den versammelten Mönchen im Tempel wieder zuwandte. Mit einer erstaunlich starken Stimme für einen so alten Mann rezitierte er:

«Höret die Stimmen unserer Seelen. Dies ist die Welt der Illusion. Das Leben auf der Erde ist nichts als ein Traum, das nur ein Augenzwinkern in der Zeit des ewigen Lebens ist.»

«Höret die Stimmen unserer Seelen, ihr alle, die traurig und niedergeschlagen seid. Dies ist die Welt der Schatten. Und die Leiden werden vergehen und für die Rechtschaffenen wird die Herrlichkeit des ewigen Lebens weitergehen. Das erste Weihrauchstäbchen wird entfacht, auf dass eine beunruhigte Seele geführt werden möge.»

Ein Trappa trat vor und verbeugte sich vor Seiner Heiligkeit, bevor er sich langsam drehte und sich der Reihe nach in alle vier Himmelsrichtungen verneigte. Dann zündete er ein Weihrauchstäbchen an, drehte sich erneut und zeigte damit in jede der vier Himmelsrichtungen. Der tiefstimmige Gesang erhob sich wieder und verklang, gefolgt von den hohen Stimmen der jungen Chelas. Ein stattlicher Lama rezitierte bestimmte Passagen und unterstrich sie, indem er mit Nachdruck seine Silberglocke läutete, die nur bei besonderen Anlässen, wenn Seine Heiligkeit anwesend war, geläutet wurde. Als die Glocke ausklang, sah er sich etwas verstohlen um, um zu sehen, ob seine Vorstellung auch genügend Anerkennung gefunden hatte.

Der bejahrte Lama trat einmal mehr vor. Er verbeugte sich vor dem Erhabenen und in die vier Himmelsrichtungen. Ein weiterer Trappa stand aufmerksam bereit, jedoch auffällig ängstlich in der Gegenwart des Staats- und Religionsoberhauptes. Der alte Lama rezitierte:

«Höret die Stimmen unserer Seelen. Dies ist die Welt der Illusion. Das Leben auf der Erde ist eine Prüfung, damit sie uns von unserem Unrat reinigen möge und wir immer zu aufwärts gehen.»

«Höret die Stimmen unserer Seelen, ihr alle, die Zweifel hegt. Bald wird die Erinnerung an das Erdenleben schwinden und es wird Frieden und Erlösung von den Leiden geben. Das zweite Weihrauchstäbchen wird entfacht, auf dass eine zweifelnde Seele geführt werden möge.»

Der Gesang der Mönche unter mir wurde lauter und schwoll wieder an, während der Trappa das zweite Weihrauchstäbchen entfachte und das Ritual der Verbeugung vor Seiner Heiligkeit und dem Zeigen des Weihrauchstäbchens in alle vier Himmelsrichtungen ausführte. Die Wände des Tempels schienen zu atmen und im Gleichklang mit den Gesängen zu schwingen. Rund um den bejahrten Lama herum versammelten sich geisterhafte Gestalten – solche, die erst kürzlich und unvorbereitet aus dem Leben geschieden waren, solche, die nun führerlos und allein herumwanderten.

Die flackernden Schatten schienen zu springen und sich wie Seelen in Qualen zu winden. Mein Bewusstsein, meine Wahrnehmung und selbst meine Gefühle schwebten zwischen zwei Welten. In der einen verfolgte ich mit hingerissener Aufmerksamkeit den Verlauf der Andacht unter mir. In der anderen sah ich die «Zwischenwelt», wo die Seelen der Neuverstorbenen aus Furcht vor dem Fremden und Unbekannten zitterten. Abgesonderte Seelen, eingehüllt in eine nasskalte, anschmiegsame Dunkelheit. Sie wimmerten vor Angst und Einsamkeit. Getrennt voneinander, getrennt von allen anderen wegen ihres fehlenden Glaubens, waren sie so unbeweglich wie ein Yak, das in einem Gebirgsmoor feststeckt. Und in diese klebrige Dunkelheit der «Zwischenwelt», die nur von dem schwachblauen Licht der Geistgestalten etwas erhellt wurde, drang der rezitierende Gesang, die Aufforderung, des alten Lamas hinein:

«Höret die Stimmen unserer Seelen. Dies ist die Welt der Illusion. Und während der Mensch in der größeren Wirklichkeit stirbt und auf der Erde wiedergeboren wird, so muss er auf der Erde sterben, um in der größeren Wirklichkeit wiedergeboren zu werden. Es gibt keinen Tod, sondern nur Geburt. Die Schmerzen des Todes sind die Schmerzen der Geburt. Das dritte Weihrauchstäbchen wird entfacht, auf dass die sich fürchtende Seele geführt werden möge.»

In mein Bewusstsein drang ein telepathischer Befehl: «Lobsang! Wo steckst du? Komm unverzüglich zu mir!» Mit großer Anstrengung kehrte ich in diese Welt zurück, richtete mich unsicher auf und wankte auf tauben Füßen aus der kleinen Tür. «Ich komme, ehrwürdiger Herr Lehrer!», dachte ich an meinen Mentor gerichtet. Ich rieb mir die Augen, die in der kalten Nachtluft nach der Wärme und dem Weihrauch des Tempels tränten. Stolpernd und tastend bewegte ich mich hoch über dem Boden zu meinem Mentor, der in einem Raum direkt über dem Haupteingang wartete.

Er lächelte, als er mich sah. «Du meine Güte, Lobsang!», rief er aus. «Du siehst ja aus, als hättest du einen Geist gesehen.»

«Herr Lehrer, das habe ich. Ich habe sogar mehrere gesehen», erwiderte ich.

«Heute Nacht, Lobsang, werden wir noch hierbleiben», teilte mir der Lama mit. «Morgen werden wir dann dem Staatsorakel einen Besuch abstatten. Du wirst die Erfahrung interessant finden. Doch nun ist es Zeit, etwas zu essen und dann zu schlafen.»

Während wir aßen, war ich geistesabwesend. Ich dachte an das, was ich im Tempel gesehen hatte. Ich fragte mich, wie dies überhaupt «die Welt der Illusion» sein konnte. Schnell beendete ich meine Abendmahlzeit und ging in das mir zugeteilte Zimmer. Ich wickelte mich in meine Robe, legte mich hin und schlief bald ein. Träume, Alpträume und merkwürdige Traumbilder plagten mich während der Nacht.

Ich träumte, dass ich mich aufgesetzt hatte und hellwach war. Große Kugeln aus irgendetwas rasten wie ein Sandsturm auf mich zu. Ich saß aufrecht und in weiter Ferne erschienen kleine Flecken, die immer größer und größer wurden, bis ich sehen konnte, dass es wirklich Kugeln in allen Farben waren. Die Kugeln wuchsen weiter an bis zu der Größe eines Menschenkopfes. Sie rasten auf mich zu, an mir vorbei und hinter mir weiter. In meinem Traum, wenn es überhaupt ein Traum war, konnte ich meinen Kopf nicht drehen, um zu sehen, wohin sie gerast waren. Es gab nur diese unzähligen Kugeln, die aus dem Nichts auftauchten, an mir vorbeirasten und ins Nichts verschwanden. Es erstaunte mich ungemein, dass mich keine der Kugeln traf. Sie sahen fest und stofflich aus, und doch waren sie für mich ohne jede Substanz. Mit einer derart erschreckenden Plötzlichkeit, die mich hellwach rüttelte, sagte eine Stimme hinter mir: «So wie ein Geist die dicken, festen

Wände des Tempels sieht, so siehst du es jetzt!» Ich zitterte vor Besorgnis. War ich «tot»? War ich vielleicht in der Nacht gestorben? Doch warum machte ich mir überhaupt Sorgen über den «Tod»? Ich wusste ja, dass der sogenannte Tod nur eine Wiedergeburt in die andere Welt war. Also legte ich mich wieder hin und fiel einmal mehr in den Schlaf.

Die ganze Welt erzitterte, knackte und taumelte auf eine verrückte Art. Ich setzte mich in Panik auf und dachte, der ganze Tempel würde über mir einstürzen. Die Nacht war dunkel und nur der gespenstische Glanz der Sterne über mir verbreitete einen Hauch Licht. Ich starrte geradeaus und spürte, wie mir vor Angst die Haare zu Berge standen. Ich war wie gelähmt und konnte keinen Finger rühren, und noch schlimmer, die Welt wurde immer größer und größer. Die glatten Steine der Wände wurden immer gröber und gröber und wurden zu einem porösen Gestein, ähnlich dem eines erloschenen Vulkans. Die Räume zwischen den Steinen wurden zunehmend größer und größer, und ich sah, dass sie mit Alptraumkreaturen bevölkert waren, wie ich sie neulich durch das gute deutsche Mikroskop des Lama Mingyar Dondup gesehen hatte.

Die Welt wurde noch größer und größer. Die furchterregenden Wesen wuchsen zu gewichtigen Größen an, die mit der Zeit so riesig wurden, dass ich ihre Poren sehen konnte! Die Welt wurde noch größer und noch größer. Dann dämmerte es mir, dass ich immer kleiner und kleiner wurde. Mir wurde bewusst, dass ein Sandsturm um mich herum blies. Von irgendwoher hinter mir flogen Sandkörner an mir vorbei, doch keines davon berührte mich. Schnell wurden auch sie zunehmend größer und größer. Einige davon waren so groß wie der Kopf eines Menschen, andere dagegen wie der Himalaya. Und dennoch berührte mich keines von ihnen. Sie wurden immer größer, bis ich jedes Gefühl für Raum und Zeit verlor. In meinem Traum schien es mir, als läge ich draußen mitten unter den Sternen, kalt und bewegungslos, während eine Galaxie nach der anderen an mir vorbeizog und sich in der Entfernung auflöste. Wie lange ich so verblieb, konnte ich nicht sagen. Es schien, als läge ich schon seit einer Ewigkeit dort. Schließlich stürzte eine ganze Galaxie, eine ganze Reihe von Universen direkt auf mich herab. «Das ist das Ende!», dachte ich noch, als diese Vielzahl von Welten in mich krachten.

«Lobsang, Lobsang! Hast du das Zeitliche gesegnet?» Die Stimme dröhnte und hallte durch das Universum, wurde von den Welten zurückgeworfen – und hallte von den Wänden meiner Steinkammer zurück. Schmerzvoll öffnete ich meine Augen und versuchte, sie zu fokussieren. Über mir befand sich ein Schwarm heller Sterne, die mir irgendwie bekannt vorkamen. Sterne, die sich langsam auflösten und von dem gütigen Gesicht des Lamas Mingyar Dondup ersetzt wurden. Er rüttelte mich leicht. Helle Sonnenstrahlen fielen in mein Zimmer. Ein Sonnenstrahl beleuchtete einige Staubkörnchen in der Luft, die in allen Farben des Regenbogens aufblitzten.

«Lobsang! Es ist schon spät. Ich habe dich schlafen lassen. Doch jetzt ist es Zeit für dich, noch etwas zu essen und dann müssen wir uns auf den Weg machen.» Noch immer schlafgetrunken, rappelte ich mich auf. Irgendwie war ich diesen Morgen nicht ganz bei mir. Mein Kopf schien mir zu groß zu sein, und meine Gedanken kreisten immer noch um die «Träume» der Nacht. Ich packte meine wenigen Habseligkeiten in den vorderen Teil meiner Robe und verließ das Zimmer auf der Suche nach Tsampa, unserem Grundnahrungsmittel. Ich kletterte die eingekerbten Pfostenleitern hinunter und klammerte mich an ihnen fest, aus Angst herunterzufallen. Immer weiter stieg ich hinunter, bis ich schließlich den Ort erreichte, wo die Kochmönche ihre Zeit verbrachten.

«Ich bin gekommen, um Essen zu holen», sagte ich kleinlaut.

«Essen? Um diese Zeit am Morgen? Verschwinde!», brüllte der oberste Kochmönch. Er holte aus und war dabei, mir eine Ohrfeige zu verpassen, als ein anderer Mönch heiser flüsterte: «Er ist mit dem Lama Mingyar Dondup hier!»

Der oberste Kochmönch sprang wie von einer Wespe gestochen auf. Dann brüllte er seinen Hilfskoch an: «Also dann! Worauf wartest du noch? Gib dem jungen Herrn sein Frühstück!»

Normalerweise hätte ich in dem Lederbeutel, den alle Mönche bei sich tragen, genug Gerste haben müssen, aber da wir zu Besuch waren, waren meine Vorräte erschöpft. Alle Mönche, egal ob Chelas, Trappas oder Lamas, trugen den Lederbeutel mit Gerste und die Schale bei sich, aus der man ass.

Tsampa, mit gebuttertem Tee gemischt, bildete das Grundnahrungsmittel Tibets. Würden tibetische Lamas Speisekarten drucken, dann gäbe es nur ein Wort zu drucken: Tsampa!

Nach der Mahlzeit fühlte ich mich etwas besser. Ich begab mich zu meinem Mentor und wir machten uns auf unseren Pferden auf den Weg zum Lamakloster des Staatsorakels. Wir sprachen unterwegs nicht miteinander. Mein Pferd hatte eine so eigenartige Gangart, die meine volle Aufmerksamkeit erforderte, wenn ich an Ort und Stelle bleiben wollte.

Als wir der Lingkhorstraße entlang ritten baten einige Pilger, die den hohen Rang meines Mentors an seiner Robe erkannten, sie zu segnen. Nachdem er ihnen den Segen erteilt hatte, setzten sie ihren heiligen Rundgang fort und sahen aus, als wären sie bereits auf halbem Weg zur Erlösung. Bald führten wir unsere Pferde durch den Weidehain und erreichten den steinigen Pfad, der zum Wohnsitz des Orakels führte. Im Hof angekommen, nahmen uns die Stallmönche die Pferde ab und ich rutschte dankbar vom Sattel.

Hier wimmelte es nur so von Menschen. Aus dem ganzen Land kamen die höchsten Lamas angereist, um anwesend zu sein, wenn das Orakel mit den Mächten in Verbindung treten würde, die diese Welt lenken. Und ich durfte auf besondere Vereinbarung und Anordnung Seiner Heiligkeit ebenfalls dabei sein. Uns wurde gezeigt, wo wir schlafen konnten. Ich gleich neben dem Zimmer des Lama Mingyar Dondup und nicht im Schlafsaal mit den vielen anderen Chelas. Als wir an einem kleinen Tempel im Hauptgebäude vorbeigingen, hörte ich: «Höret die Stimmen unserer Seelen. Dies ist die Welt der Illusion.»

«Ehrwürdiger Herr Lehrer», sagte ich zu meinem Mentor, als wir allein waren, «wie kommt es, dass dies die Welt der Illusion ist?»

Er schaute mich mit einem Lächeln an und erwiderte: «Und, was ist denn die Wirklichkeit? Du berührst diese Wand und deine Finger werden vom Stein aufgehalten. Aus diesem Grund nimmst du an, dass die Wand aus einer festen Struktur besteht, durch die nichts dringen kann. Wenn du dort aus dem Fenster blickst, steht das Himalayagebirge, wie das Rückgrat der Erde stramm und fest da. Und dennoch kann sich ein Geist so frei durch die massiven, steinigen Berge hindurchbewegen, wie durch die Luft. Das Gleiche kannst auch du tun, wenn du dich im Astralzustand befindest.»

«Aber wie kann das ‹Illusion› sein?», fragte ich. «Ich hatte letzte Nacht einen Traum, der wirklich eine Illusion war. Ich werde jetzt noch kreidebleich, wenn ich daran denke!»

Mein Mentor hörte mir mit unendlicher Geduld zu, während ich ihm meinen Traum schilderte. Als ich mit der Geschichte fertig war, sagte er: «Ich werde dir über die Welt der Illusion etwas erzählen müssen. Aber nicht jetzt, denn wir müssen zuerst beim Orakel vorsprechen.»

Das Staatsorakel war ein erstaunlich junger Mann, dünn und von sehr kränklicher Erscheinung. Ich wurde ihm vorgestellt und sein alles durchdringender Blick drang direkt durch mich hindurch, so dass mir vor Angst eine Gänsehaut über den Rücken lief.

«Ja! Du gehörst dazu. Ich erkenne dich an», sagte er. «Du verfügst über diese inneren Kräfte. Du sollst das Wissen ebenfalls erhalten. Ich werde dich später sehen.»

Der Lama Mingyar Dondup, mein verehrter Freund, sah mich erfreut an. «Du hältst jeder Eignungsprüfung stand, Lobsang, jedes Mal!», sagte er. «Nun komm, wir wollen uns in das Heiligtum der Götter zurückziehen und uns unterhalten.» Er lächelte während des Weitergehens und bemerkte: «Und über die Welt der Illusion reden.»

Der heilige Tempelraum war menschenleer, wie mein Mentor schon im Voraus wusste. Flackernde Butterlampen brannten vor den Heiligenbildern und veranlassten, dass ihre Schatten hüpften und sich bewegten wie in einem exotischen Tanz. Der Rauch des Weihrauchs drehte sich spiralförmig aufwärts und bildete über uns eine tiefliegende Wolke. Zusammen saßen wir neben dem Lesepult, von dem für gewöhnlich der Tempelvorleser aus den Heiligen Büchern las. Wir saßen in der Meditationshaltung mit überkreuzten Beinen und mit verschränkten Fingern.

«Dies ist die Welt der Illusion», sagte mein Mentor, «deshalb rufen wir die Seelen herbei, dass sie uns hören. Denn sie allein befinden sich in der Welt der Wirklichkeit. Wir sagen, wie du sehr wohl weißt, ‹Höret die Stimmen unserer Seelen›. Wir sagen nicht, ‹Höret unsere irdischen Stimmen›. Nun hör mir gut zu und unterbrich mich nicht, denn das, was ich dir jetzt zu sagen habe, ist die Grundlage unseres tief verwurzelten Glaubens. Wie ich dir später noch erklären werde, müssen die Menschen, die noch nicht genügend entwickelt sind, zuerst einen Glauben haben, der sie trägt und ihnen das Gefühl gibt, dass ein gütiger Vater oder eine gütige Mutter über sie wacht. Denn erst wenn man die entsprechende Entwicklungsstufe erreicht hat, kann man das akzeptieren, was ich dir jetzt erzählen werde.»

Ich blickte meinen Mentor an und dachte, dass er für mich die ganze Welt war und ich wünschte mir, wir könnten immer zusammen sein.

«Wir sind Geschöpfe des Geistes», sagte er. «Wir sind so etwas wie eine elektrische Ladung, die mit Intelligenz ausgestattet ist. Diese Welt, dieses Leben, ist die Hölle. Sie ist ein Prüfungsort, an dem unser Geist durch das Leiden geläutert wird, indem er lernt seinen grobstofflichen Körper zu kontrollieren. Genauso wie eine Marionettenpuppe mittels Fäden vom Puppenmeister kontrolliert wird, so wird unser physischer Körper mittels elektrisch geladener Fäden von unserem Überselbst, von unserem höheren Geist, kontrolliert. Ein guter Marionettenmeister kann die Illusion erzeugen, dass die hölzernen Marionettenpuppen lebendig sind, dass sie aus eigenen Willen handeln. Auf dieselbe Weise halten wir, bis wir es besser wissen, unseren physischen Körper für das Einzige, was zählt. In dieser geistesfeindlichen Atmosphäre der Erde vergessen wir die Seele, die uns wirklich lenkt. Wir denken, dass wir nach eigenem freien Willen handeln, und dass wir uns nur vor unserem ‹Gewissen› zu verantworten haben. Auf diese Weise, Lobsang, entsteht die erste Illusion. Die Illusion, dass die Marionette, der physische Körper, derjenige sei, der zählt.» Er hielt inne, als er meinen verdutzten Gesichtsausdruck sah. «Und?», fragte er. «Was bedrückt dich noch?»

«Ehrwürdiger Herr Lehrer», sagte ich, «wo befinden sich denn meine elektrisch geladenen Fäden? Ich kann nichts sehen, was mich mit meinem Überselbst verbindet!»

Er lachte und erwiderte: «Kannst du Luft sehen, Lobsang? Nicht, solange du dich im physischen Körper befindest.» Er lehnte sich nach vorne und packte meine Robe, dass mir der Schreck in alle Glieder fuhr, während ich ihm in seine alles durchdringenden Augen sah. «Lobsang!», sagte er streng, «ist dir deine Geistesgabe abhandengekommen? Bestehst du vom Nacken an aufwärts nur noch aus Knochen? Hast du die Silberschnur vergessen, diesen Leitungsstrang elektrischer Energie, der dich hier auf der Erde mit deiner Seele, dem Überselbst, verbindet? Wirklich, Lobsang, du befindest dich tatsächlich in der Welt der Illusion!»

Ich fühlte, wie ich errötete. Natürlich wusste ich, dass es die Silberschnur gab. Diese Schnur mit dem bläulichen Licht, die den physischen Körper mit dem Seelenkörper verband. Schon viele Male hatte ich diese schimmernde und mit Licht und Leben pulsierende Schnur beobachtet, wenn ich astralreiste. Sie war wie die Nabelschnur, die das neugeborene Kind mit der Mutter verband. Nur mit dem Unterschied, dass das «Kind», der physische Körper, keinen Augenblick lang mit einer durchtrennten Silberschnur leben könnte.

Ich schaute auf. Mein Mentor war nach meiner Unterbrechung wieder bereit fortzufahren: «Wenn wir uns in der physischen Welt befinden, neigen wir zu denken, dass nur die physische Welt von Bedeutung ist. Das ist eine der Sicherheitsvorkehrungen des Überselbsts. Wenn wir uns an die Seelenwelt mit all ihrer Glückseligkeit erinnern würden, dann würden wir nur mit der allergrößten Willensanstrengung hierbleiben wollen. Wenn wir uns an frühere Leben erinnern würden, in denen wir vielleicht bedeutender waren als in diesem Leben, hätten wir nicht die nötige Demut. Ich werde jetzt noch etwas Tee kommen lassen. Danach werde ich dir die Geschichte von einem Chinesen erzählen, oder besser gesagt, dir sein Leben schildern von seinem Tode an bis zu seiner Wiedergeburt und von seinem Tod und der Ankunft in der nächsten Welt.» Der Lama streckte seine Hand aus, um die kleine Silberglocke im Tempelraum zu läuten aber aufgrund meines Gesichtsausdrucks hielt er inne. «Nun?», fragte er. «Wolltest du mich noch etwas fragen?»

«Ehrwürdiger Herr Lehrer, warum gerade ein Chinese und nicht ein Tibeter?»

«Weil», erwiderte er, «wenn ich ein Tibeter sage, du vielleicht versuchen würdest, den Namen mit irgendjemandem, den du kennst, in Verbindung zu bringen, und das mit einem falschen Ergebnis.»

Er läutete die Glocke und ein Bedienungsmönch brachte uns Tee. Mein Mentor sah mich nachdenklich an. «Bist du dir eigentlich bewusst, Lobsang, dass wir mit diesem Tee Millionen von Welten schlucken?», fragte er. «Flüssigkeiten haben einen geringeren molekularen Zusammenhalt. Wenn du die Moleküle dieses Tees vergrößern könntest, dann würdest du feststellen, dass sie wie der Sand am Ufer eines unruhigen Sees herumrollen. Selbst Gas oder sogar die Luft selbst, besteht aus Molekülen oder aus winzigen Teilchen. Wie auch immer, wir sind hier etwas vom Thema abgekommen. Eigentlich wollten wir ja den Tod und das Leben eines Chinesen diskutieren.» Er trank seinen Tee aus und wartete, bis auch ich meinen ausgetrunken hatte.

«Seng war ein alter Mandarin», begann mein Mentor. «Sein Leben war vom Glück begünstigt. Jetzt im Ruhestand dieses Lebens fühlte er eine große Zufriedenheit. Seine Familie war groß und seine Nebenfrauen und Sklaven zahlreich. Selbst der Kaiser von China persönlich hatte ihm seine Gunst erwiesen. Und während seine betagten, kurzsichtigen Augen durch das Fenster seines Zimmers spähten, konnte er nur noch schwach den wunderschönen Garten mit den herumstolzierenden Pfauen sehen. Nur noch leise vernahmen seine geschwächten Ohren die Gesänge der Vögel, die spät abends auf ihre Schlafbäume zurückkehrten. Seng legte sich zurück.

Entspannt ruhte er auf seinen Kissen. In seinem Innern konnte er die raschelnden Finger des Todes spüren, die ihn von den Fesseln des Lebens erlösten. Langsam sank die blutrote Sonne hinter die alten Pagoden. Langsam sank der alte Seng zurück in seine Kissen und ein rauer, rasselnder Atemstoß zischte durch seine Zähne. Das Sonnenlicht verblasste und im Zimmer wurden die kleinen Lampen angezündet. Doch der alte Seng war gegangen – mit den letzten untergehenden Sonnenstrahlen des Tages gegangen.»

Mein Mentor schaute mich an, um sich zu vergewissern, dass ich ihm zuhörte, dann fuhr er fort: «Der alte Seng lag zusammengesunken auf seinen Kissen. Seine knackenden und keuchenden Körpergeräusche verstummten. Nicht länger floss Blut durch seine Arterien und Venen. Es gurgelte auch keine Flüssigkeit mehr in seinem Körper. Der Körper des alten Seng war tot, gestorben und nutzlos. Doch wenn ein Hellseher anwesend gewesen wäre, hätte er einen schwach blauen Dunst rund um den Körper des alten Sengs gesehen. Er hätte gesehen, wie sich der blaue Dunst in eine Gestalt formte und dann aufstieg bis über den physischen Körper hinaus. Über dem Körper schwebte sie waagerecht darüber und war noch immer mit der stetig dünner werdenden Silberschnur verbunden. Nach und nach wurde die Silberschnur dünner und dünner und löste sich schließlich auf und die Seele, die der alte Seng war, trieb wie der Rauch einer Weihrauchwolke davon und entschwand mühelos durch die Wände.»

Der Lama füllte seine Tasse mit Tee auf und achtete darauf, dass auch meine gefüllt war, dann fuhr er fort: «Die Seele trieb weiter durch Sphären und durch Dimensionen, die der materialistische Verstand nicht begreifen kann. Zuletzt erreichte sie eine wunderschöne Parklandschaft, die mit großen Gebäuden versehen war. Bei einem blieb sie stehen. Hier ging die Seele, die der alte Seng war, hinein und überquerte einen vor Sauberkeit glänzenden Boden. Eine Seele, Lobsang, in ihrer eigenen Umgebung, ist genauso feststofflich wie du hier auf dieser Erde. Die Seele in der Welt der Seelen kann genauso von Wänden und Mauern begrenzt werden und über einen

Boden laufen. Eine Seele dort hat andere Fähigkeiten und Talente als die, die wir auf der Erde kennen. Diese Seele des alten Sengs ging also weiter und betrat schließlich einen kleinen Raum. Er setzte sich und betrachtete die Wand vor ihm. Plötzlich schien sich die Wand aufzulösen und an ihrer Stelle sah er Szenen. Szenen seines Lebens. Er sah das, was wir als Akasha-Chronik bezeichnen. Dies ist die Chronik oder Aufzeichnung all dessen, was jemals geschehen ist und die von denjenigen, die geschult sind, ohne weiteres gesehen werden kann. Sie kann ebenso von jeder Person gesehen werden, die vom Erdenleben in das jenseitige Leben gegangen ist, und jeder Mensch sieht dann die Aufzeichnungen seiner Erfolge oder Misserfolge. Er sieht seine Vergangenheit und richtet sich selbst! Und es gibt keinen strengeren Richter als die Person, die sich selbst richtet. Wir sitzen nicht zitternd vor einem Gott. Wir sitzen da und sehen alles, was wir getan haben und alles, was wir tun wollten.»

Ich saß schweigend da. Ich fand das alles höchst interessant. Ich hätte stundenlang zuhören können. Auf jeden Fall war es viel besser als diese langweiligen Hausaufgaben!

«Die Seele, die der alte Seng, der chinesische Mandarin war, saß da und sah noch einmal sein ganzes Leben, das er auf der Erde hatte und das, wie er dachte, so erfolgreich war», fuhr mein Mentor fort. «Er sah und bedauerte seine vielen Fehler. Dann erhob er sich, verließ den kleinen Raum und machte sich schnell zu einem größeren Raum auf, wo ihn Männer und Frauen der Seelenwelt erwarteten. Ruhig lächelnd und mit Mitgefühl und Verständnis, warteten sie auf sein Erscheinen und um sein Ersuchen um Führung. In ihrer Gesellschaft sitzend, erzählte er ihnen von seinen Fehlern und den Dingen, die er tun wollte oder im Sinne zu tun hatte, und scheiterte.»

«Aber ich dachte, Sie sagten, er würde nicht gerichtet, sondern er richte sich selbst!», sagte ich schnell.

«Das ist richtig, Lobsang», erwiderte mein Mentor. «Er hat sich ja erst, nachdem er seine Vergangenheit und seine Fehler gesehen hatte, an diese

Berater gewandt, um von ihnen Ratschläge zu erhalten. Doch bitte, unterbreche mich nicht. Höre mir zu und spare deine Fragen für später auf. Wie ich schon sagte», fuhr der Lama fort, «die Seele des alten Sengs saß mit den Beratern zusammen und erzählte ihnen von seinen Fehlern. Er erzählte ihnen von den Qualitäten, die er in seiner Seele noch entwickeln musste, bevor er sich weiterentwickeln konnte. Aber zuerst musste er noch auf die Erde zurückkehren, um sich seinen toten Körper anzusehen, dann folgte eine Zeit der Erholung, das können Jahre oder auch Hunderte von Jahren sein und dann würde ihm geholfen werden, die notwendigen Voraussetzungen für seine weitere Entwicklung zu finden. Die Seele, die der alte Seng war, ging also zurück auf die Erde, um ein letztes Mal seinen toten Körper anzusehen, der nun für das Begräbnis bereit war. Danach war er nicht länger die Seele des alten Sengs, sondern eine Seele, die bereit war, sich zu erholen und er kehrte in das Land im Jenseits zurück. Eine unbestimmte Zeit ruhte er sich aus und erholte sich und studierte die Lektionen seiner vergangenen Leben und bereitete sich für das kommende Leben vor. In diesem Leben jenseits des Todes waren für ihn die Gegenstände, Materialien und Objekte genauso fest und stofflich, wenn er sie berührte, wie es auf der Erde gewesen war. Er ruhte sich aus, bis zu der vorherbestimmten Zeit und den entsprechenden Bedingungen.»

«So was mag ich!», rief ich aus. «Das finde ich sehr interessant.»

Mein Mentor lächelte mich an, bevor er fortfuhr: «Als die vereinbarte Zeit heranrückte, wurde die wartende Seele von jemandem, der diese Aufgabe innehatte, gerufen und in die Welt der Menschen geleitet. Sie blieben stehen, unsichtbar für die Augen der Menschen, beobachteten die künftigen Eltern, sahen sich das Haus an und schätzten die Wahrscheinlichkeit ein, dass dieses Haus die gewünschten Möglichkeiten bieten würden, um die Lektionen zu lernen. Lektionen die dieses Mal gelernt werden mussten. Zufrieden zogen sie sich zurück. Monate später spürte die werdende Mutter eine plötzliche Regung in sich, während die Seele in das ungeborene Kind einfuhr und es zum Leben erweckte. Zur gegebenen Zeit wurde das Kind in die Welt der Menschen geboren. Die Seele, die einmal den Körper des alten Sengs belebt hatte, kämpfte nun von neuem mit den widerstrebenden Nerven und dem Verstand des Kindes Lee Wong, das in bescheidenen Verhältnissen in einem Fischerdorf in China aufwuchs. Einmal mehr wurden die hohen Schwingungen einer Seele in die niederen Schwingungsoktaven eines materiellen Körpers transformiert.»

Ich saß da und dachte eine ganze Weile darüber nach. Schließlich fragte ich: «Ehrwürdiger Lama, wenn dem so ist, warum haben dann die Leute Angst vor dem Tod, der doch nur eine Erlösung von den Schwierigkeiten auf der Erde ist?»

«Das ist eine vernünftige Frage, Lobsang», erwiderte mein Mentor. «Doch wenn wir uns an die Freuden der anderen Welt erinnern würden, dann könnten viele von uns die Mühen hier nicht ertragen. Deshalb besitzen wir eine in uns eingeimpfte Angst vor dem Tod.» Er sah mich etwas spöttisch von der Seite an und bemerkte: «Einige von uns mögen weder die Schule noch die so notwendige und erforderliche Disziplin an den Schulen, deren Nutzen sich erst beim Heranwachsen und als Erwachsener zeigt. Es wäre nicht gut, von der Schule wegzulaufen und zu erwarten, dass man beim Lernen vorankommt, noch ist es ratsam, sein Leben vorzeitig zu beenden.»

Ich wunderte mich darüber, weil erst vor wenigen Tagen ein einfacher, kranker alter Mönch sich hoch oben von einer Einsiedelei stürzte. Er war ein sehr mürrischer Mann gewesen, der alle Versuche, ihm zu helfen, abgelehnt hatte. Ja, es war besser so für den alten Jigme, dachte ich. Besser für ihn und besser für die anderen.

«Ehrwürdiger Herr Lehrer, dann war es also ein Fehler, dass sich der Mönch Jigme das Leben genommen hat?», fragte ich.

«Ja, Lobsang, er hat eine sehr schwere Verfehlung begangen», erwiderte mein Mentor. «Jede Person verfügt über eine ihr zugeteilte Lebensspanne auf der Erde. Wenn sie ihr Leben vor dieser Zeit beendet, dann muss sie beinahe umgehend wieder auf die Erde zurückkehren. Deshalb gibt es so traurige Momente, wo ein Kind, das geboren wird, vielleicht ein paar Monate lebt und dann stirbt. Das wird die Seele eines zurückgekehrten Selbstmörders sein, der den Körper übernimmt und so die Zeit auslebt, die er vorher noch zu leben gehabt hätte. Selbstmord ist nie gerechtfertigt. Selbstmord ist ein sehr schwerwiegender Verstoß gegen sich selbst und gegen sein Überselbst.»

«Aber, ehrwürdiger Herr Lehrer, wie ist es mit den hochgeborenen Japanern, die rituellen Selbstmord begehen, um für die in Ungnade gefallene Familie zu büßen?», fragte ich. «Sicher gelten sie als tapfere Männer, wenn sie so etwas tun.»

«Nein, das ist nicht so, Lobsang», sagte mein Mentor sehr nachdrücklich. «Tapferkeit bedeutet nicht zu sterben, sondern zu leben, und das im Angesicht der Not und des Leidens. Zu sterben ist leicht. Zu leben, das ist der tapfere Akt! Nicht einmal die theatralische Demonstration von Stolz im rituellen Selbstmord kann über dessen Falschheit hinwegtäuschen. Wir sind hier, um zu lernen, und wir können nur lernen, indem wir unsere zugeteilte Lebensspanne ausleben. Selbstmord ist nie gerechtfertigt!»

Ich dachte wieder an den alten Jigme. Er war sehr alt, als er sich das Leben nahm, wenn er also wiederkommt, dachte ich, wird es nur für eine kurze Zeit sein. «Ehrwürdiger Lama, was ist denn der Zweck der Angst?» fragte ich. «Warum müssen wir so sehr unter der Angst leiden? Ich habe bereits festgestellt, dass die Dinge, vor denen ich mich am meisten fürchte, nie eintreten. Dennoch hege ich weiterhin diese Ängste!»

Der Lama lachte und sagte: «Das geht uns allen so. Wir fürchten das Unbekannte. Doch die Angst ist notwendig. Angst spornt uns an, weil wir sonst faul wären. Die Angst verleiht uns zusätzliche Stärke, mit der wir Unfälle verhindern. Die Angst ist ein Förderer, die uns zusätzliche Kraft und Antrieb verleiht und unseren eigenen Hang zur Faulheit überwinden lässt. Du würdest für deine Schularbeiten auch nicht lernen, wenn du nicht Angst vor dem Lehrer hättest oder befürchten müsstest, vor den anderen dumm dazustehen.»

Mönche kamen in den Tempelraum. Chelas eilten umher und zündeten noch mehr Butterlampen und Weihrauch an. Wir erhoben uns und begaben uns nach draußen in die Abendkühle, wo eine leichte Brise mit den Weideblättern spielte. Die großen Langhorntrompeten schallten vom weit entfernten Potala herüber, die an den Wänden des Staatsorakel-Klosters schwach widerhallten.

Kapitel 3

Das Lamakloster des Staatsorakels war klein, kompakt gebaut und sehr abgelegen. Ein paar kleine Chelas spielten mit sorglosem Eifer am Boden. Hier schlenderten keine Gruppen Trappas lässig in dem sonnendurchfluteten Hof herum oder vertrieben sich die Abendstunden mit leichtem Geplauder. Alte Männer, alte Lamas waren hier in der Mehrzahl. Betagte Männer mit weißen Haaren und gebeugt unter der Last der Jahre gingen bedächtig ihren Beschäftigungen nach. Dies war der Sitz der Seher. Den betagten Lamas im allgemeinen und dem Orakel selbst oblag die Aufgabe der Prophezeiung und der Wahrsagung. Hierher verirrte sich kein ungebetener Gast, noch kam je ein Reisender und fragte nach einer Unterkunft oder nach Nahrung. Dies war für viele ein gefürchteter Ort. Er war für alle verboten, außer für jene mit einer speziellen Einladung. Mein Mentor, der Lama Mingyar Dondup, war eine Ausnahme. Er konnte jederzeit ein und aus gehen und war in der Tat ein gerne gesehener Gast.

Ein anmutiger Hain von Bäumen verlieh dem Lamakloster eine Privatsphäre und schützte es vor neugierigen Blicken. Starke Steinmauern bewahrten die Gebäude vor allzu neugierigen Besuchern, falls es denn welche geben sollte, die den Zorn des mächtigen Orakellamas für ihre Neugierde riskieren wollten. Sehr gepflegte Räume wurden stets für Seine Heiligkeit, den Erhabenen, bereitgehalten, der gelegentlich diesen Tempel des Wissens besuchte. Die Atmosphäre war ruhig. Der allgemeine Eindruck war von Frieden und von ruhigen Männern geprägt, die gelassen ihren wichtigen Pflichten nachgingen.

Hier bot sich keine Gelegenheit für Krakeeler oder lärmende Störenfriede an, denn die ganze Anlage wurde von den großen Männern aus Kham bewacht, die ständig durch den Ort patrouillierten. Riesige Männer, von denen viele über zwei Meter groß waren und keiner unter hundertzwanzig Kilo wog. Sie wurden in ganz Tibet als Polizeimönche eingesetzt. Die ihnen anvertraute Aufgabe war in den Gemeinschaften von manchmal tausenden von Mönchen, Ordnung zu halten. Die Polizeimönche waren immer auf der Hut und durchstreiften wachsam das Grundstück. Sie führten mächtige Stäbe mit sich und für jeden mit einem schlechten Gewissen waren sie ein furchterregender Anblick, denn nicht immer verbirgt sich hinter einer Mönchsrobe ein religiöser Mann. Es gibt, wie überall in allen Gesellschaften auch Übeltäter und faule Männer. Und so waren die Männer aus Kham immer beschäftigt.

Auch die Klostergebäude fielen in ihren Bewachungsbereich. Es gab hier keine hohen Gebäude und auch keine eingekerbten Pfostenleitern zu erklimmen. Dieses Lamakloster war für alte Männer gedacht, welche die Beweglichkeit der Jugend verloren hatten und deren Knochen gebrechlich waren. Die Korridore waren leicht zugänglich und die Ältesten unter ihnen lebten im Erdgeschoss. Das Staatsorakel selbst wohnte ebenfalls im Erdgeschoss neben dem Tempel der Weissagung. Neben ihm logierten die ältesten und gelehrtesten Männer und der ranghöchste Polizeimönch der Kham-Männer.

«Wir werden nun das Orakel aufsuchen, Lobsang», sagte mein Mentor. «Er hat großes Interesse an dir bekundet und ist bereit, dir viel Zeit zu widmen.»

Die Einladung oder Verfügung erfüllte mich mit Schwermut. Bisher hatte mir noch jeder Besuch bei einem Astrologen oder Seher in der Vergangenheit nur schlechte Nachrichten, mehr Leid und noch mehr Bestätigung der kommenden Mühsale gebracht. Und für gewöhnlich musste ich meine beste Robe anziehen und wie eine ausgestopfte Gans dasitzen, während ich einem langweiligen alten Mann zuhören musste, der mir Floskeln auftischte, die ich lieber nicht hören wollte. Ich blickte misstrauisch auf.

Mein Mentor hatte Mühe, sein Lachen zu unterdrücken, während er auf mich herabblickte. Offensichtlich hatte er meine Gedanken gelesen, dachte ich betrübt, denn er brach in ein Gelächter aus und sagte: «Geh wie du bist. Das Orakel lässt sich nicht im Geringsten vom Zustand deiner Robe beeinflussen. Er weiß mehr über dich als du von dir selbst!»

Meine Stimmung verdüsterte sich noch mehr, und ich fragte mich, was ich wohl als Nächstes zu hören bekäme. Wir gingen den Korridor hinunter und nach draußen in den Hof. Ich warf einen flüchtigen Blick auf das hochaufragende Gebirge und hatte das Gefühl, als ginge ich zu einer Hinrichtung. Ein finster dreinblickender Polizeimönch erschien. Er sah für mich beinahe wie ein Berg in Bewegung aus.

Als er meinen Mentor erkannte, begann er zu lächeln und verbeugte sich tief. Dann sagte er: «Demütig werfe ich mich zu Ihren Lotusfüßen, heiliger Lama. Es wäre mir eine Ehre, wenn Sie mir gestatten würden, Sie zu Seiner Ehrwürden, dem Staatsorakel, zu begleiten.» Er schritt neben uns her und ich hatte das Gefühl, als erzittere der ganze Boden unter der Last seiner schweren Schritte.

Zwei Lamas standen neben der Türe, Lamas, keine gewöhnlichen Aufsichtsmönche. Auf unser Erscheinen traten sie zur Seite, sodass wir eintreten konnten.

«Der Heilige erwartet Sie», sagte einer lächelnd zu meinem Mentor.

«Er freut sich schon sehr auf Ihren Besuch, erhabener Mingyar», sagte der andere.

Wir traten ein und befanden uns in einem etwas schwach beleuchteten Raum. Einige Sekunden lang konnte ich nur sehr wenig erkennen. Meine Augen waren von dem hellen Sonnenlicht im Hof immer noch geblendet. Als sich mein Sehvermögen allmählich wieder normalisierte, erkannte ich einen kargen Raum. Es hingen nur zwei Wandteppiche an der Wand und in einer Ecke stand ein kleiner rauchender Weihrauchbrenner. In der Mitte des Raumes saß auf einem einfarbenen Kissen ein noch recht junger Mann. Er sah dünn und gebrechlich aus und ich war in der Tat erstaunt, als ich realisierte, dass dies das Staatsorakel von Tibet war! Seine Augen traten etwas hervor und er starrte mich an und durch mich hindurch. Ich hatte das Gefühl, dass er sich meine Seele und nicht meinen irdischen Körper ansah.

Mein Mentor, der Lama Mingyar Dondup, und ich warfen uns in der traditionellen und vorgeschriebenen Weise der Begrüßung nieder, dann erhoben wir uns und warteten.

Schließlich, als das Schweigen langsam ungemütlich wurde, sprach das Orakel: «Willkommen erhabener Mingyar. Willkommen Lobsang.»

Seine Stimme hatte einen etwas hohen Klang und war überhaupt nicht kräftig. Man hatte den Eindruck, als käme sie von weit her. Einige Zeit lang diskutierten mein Mentor und das Orakel über allgemeine Angelegenheiten. Dann verbeugte sich der Lama Mingyar Dondup, drehte sich um und verließ den Raum.

Das Orakel saß da und schaute mich an und sagte schließlich: «Hole dir ein Kissen und setz dich zu mir, Lobsang.»

Ich holte eines dieser gepolsterten Vierecke, die an der Wand hinten lagen, und platzierte es so, dass ich vor ihm sitzen konnte. Eine Zeit lang betrachtete er mich in bedrücktem Schweigen.

Doch, endlich nach einer Ewigkeit, als es mir unter seinen Blicken schon langsam ungemütlich wurde, fing er zu sprechen an. «So, so, du bist also Tuesday Lobsang Rampa», sagte er. «Wir kannten uns in einer früheren Existenzphase sehr gut. Nun, auf Geheiß des Erhabenen, muss ich dir von deinen kommenden Mühsalen berichten und welche Schwierigkeiten du zu meistern hast.»

«Aber, verehrter Herr!», rief ich aus. «Ich muss ja schreckliche Dinge in den vergangenen Leben verbrochen haben, dass ich nun derart darunter zu leiden habe! Mein Karma, mein vorbestimmtes Schicksal, scheint härter zu sein als das von jedem anderen.»

«Nein, das ist nicht der Fall», erwiderte er. «Es ist ein sehr verbreiteter Irrtum, dass Menschen denken, weil sie in diesem Leben Mühsale haben, leiden sie notwendigerweise für die Sünden vergangener Leben. Wenn du Metall in einem Ofen erhitzt, tust du es, weil es gesündigt hat und bestraft werden muss, oder tust du es, um die Qualität des Materials zu verbessern?» Er sah mich streng an und sagte: «Wie auch immer, dein Mentor, der Lama

Mingyar Dondup, wird das später mit dir diskutieren. Ich muss dir nur von der Zukunft berichten.»

Das Orakel klingelte seine Silberglocke, und ein Bediensteter trat leise ein. Er kam zu uns und stellte zwischen dem Staatsorakel und mir einen sehr niederen Tisch. Darauf platzierte er eine reichverzierte Silberschale, die rundum mit einer Art Porzellan eingefasst war. In der Schale brannte Holzkohle, die, als sie der Bedienungsmönch in die Luft schwang, hellrot aufflammte, bevor er sie mit ein paar gemurmelten Worten, dessen Bedeutung ich vergessen hatte, vor das Orakel stellte. Auf die rechte Seite der Schale stellte er ein sehr kunstvoll geschnitztes Holzkästchen und ging dann genauso leise, wie er kam, wieder hinaus.

Ich saß still da und fühlte mich unwohl. Ich fragte mich, warum ausgerechnet mir das alles widerfahren musste. Jeder sagte mir, was für ein hartes Leben ich haben werde. Sie schienen Freude daran zu haben. Mühsale waren schließlich Mühsale, selbst wenn ich offenbar nicht für die Sünden der vergangenen Leben bezahlen musste. Langsam streckte er die Hand aus und öffnete das Kästchen. Mit einem kleinen goldenen Löffel entnahm er ihm ein feines Pulver, das er auf die glühenden Kohlen streute.

Der Raum füllte sich mit einem schwachen blauen Dunst. Ich fühlte, wie sich meine Sinne drehten und mein Sehvermögen abnahm. Aus einer unermesslichen Ferne schien ich das Läuten einer großen Glocke zu hören. Der Klang kam immer näher, und die Lautstärke nahm immer mehr zu, bis ich dachte, mein Kopf würde zerspringen. Mein Sehvermögen klarte wieder auf und ich beobachtete aufmerksam, die aus der Schale endlos hochsteigende Rauchsäule. In dem Rauch sah ich eine Bewegung. Die Bewegung kam näher und hüllte mich ein, sodass ich ein Teil von ihr wurde. Von irgendwoher, jenseits meines Verständnisses, erreichte mich die Stimme des Staatsorakels, die eintönig weiter und weiter sprach. Doch seine Stimme war nicht nötig, ich sah die Zukunft. Ich sah sie so deutlich wie er.

Von einem Zeitpunkt an stand ich abseits und sah vor mir die Ereignisse meines Lebens, wie die Bilder eines fortlaufenden Films ablaufen. Meine frühe Kindheit, Ereignisse in meinem Leben, die Strenge meines Vaters. Alles wurde mir wirklichkeitsgetreu wiedergegeben. Einmal mehr saß ich vor dem großen Chakpori Lamakloster. Einmal mehr spürte ich die harten Felsen des Eisenberges, als mich der Wind vom Dach des Lamaklosters fegte und mich mit knochenbrechender Kraft den Berg hinunterschleuderte. Der Rauch wirbelte und die Bilder, die wir Akasha-Chronik nennen, liefen weiter. Ich sah wieder meine Einweihung. Ich sah geheime Zeremonien, abgezeichnet im Rauch, obwohl ich damals noch nicht geweiht war. Auf den Bildern sah ich mich selbst, wie ich mich auf den langen, einsamen Weg nach Chungking in China machte.

Eine sonderbare Maschine drehte und schwankte in der Luft. Sie stieg über die steilen Klippen von Chungking hinaus und fiel wieder ab. Und ich – ich saß am Steuer! Später sah ich eine ganze Flotte von diesen Maschinen. Auf ihren Flügeln prangte stolz die aufgehende Sonne Japans. Von den Maschinen fielen schwarze Punkte herab, die zur Erde rasten, explodierten und in Flammen und Rauch aufgingen. Zerschmetterte Körper schossen himmelwärts und eine Zeit lang regnete es Blut und menschliche Fragmente herab. Mir war schwer ums Herz und ich fühlte mich wie benommen. Die Bilder liefen weiter und sie zeigten mich, wie ich von den Japanern gefoltert werde. Ich sah mein Leben, sah die Mühsale, fühlte die Bitterkeit. Doch das größte Leid war die Hinterhältigkeit und die Bosheit einiger Menschen im Westen, die, wie ich sah, nur darauf aus waren, das Werk des Guten zu zerstören. Und das aus einem einzigen Grund, weil sie neidisch waren. Die Bilder liefen weiter und weiter und ich sah den wahrscheinlichen Verlauf meines Lebens, noch bevor ich es überhaupt gelebt hatte.

Wie ich sehr wohl wusste, konnten Wahrscheinlichkeiten sehr genau vorhergesagt werden. Nur die geringfügigeren Details waren manchmal anders. Die astrologischen Konfigurationen setzen die Grenzen von dem, was man sein und was man erdulden kann. Genauso wie der Regler eines Motors auf ein Minimum oder Maximum der Drehzahlen eingestellt werden kann.

Das ist in der Tat ein hartes Leben für mich, dachte ich. Mit einem Mal fuhr ich zusammen, dass ich beinahe von meinem Kissen abhob. Eine Hand legte sich mir auf die Schulter. Als ich mich umdrehte, blickte ich in das Gesicht des Staatsorakels, der nun hinter mir saß. Sein Blick war voller Mitleid und Trauer über diesen vor mir liegenden und äußerst schwierigen Weg.

«Du bist sehr übersinnlich veranlagt, Lobsang», sagte er. «Normalerweise muss ich diese Bilder meiner Kundschaft erklären. Der Erhabene hat, wie nicht anders erwartet, völlig recht.»

«Alles, was ich möchte», erwiderte ich, «ist hierbleiben und in Frieden leben. Warum sollte ich in den Westen gehen, wo sie so leidenschaftlich ihre Religionen predigen und versuchen, einem hinter dem Rücken die Kehle durchzuschneiden?»

«Es gibt eine Aufgabe, mein Freund», sagte das Orakel, «die erfüllt werden muss. Und du wirst sie trotz aller Widerstände erfüllen. Deshalb diese besondere und äußerst schwierige Ausbildung, die du hier durchlaufen musst.»

Ich fühlte mich höchst verdrießlich. Dieses ganze Gerede über Mühsale und Aufgaben, wenn doch alles, was ich mir wünschte, nur Frieden und Ruhe war und zwischendurch mal ein harmloses Vergnügen.

«Nun», sagte das Orakel, «es wird Zeit für dich, zu deinem Mentor zurückzukehren. Er hat dir viel mitzuteilen und erwartet dich.»

Ich erhob mich und verbeugte mich, bevor ich mich umdrehte und den Raum verließ. Draußen vor der Tür wartete der riesige Polizeimönch auf mich, um mich zu meinem Mentor zu begleiten. Zusammen gingen wir Seite an Seite, und dabei dachte ich an ein Bilderbuch, das ich einmal gesehen hatte, wo ein Elefant und eine Ameise Seite an Seite einen Dschungelpfad entlangliefen.

«Nun, Lobsang», sagte der Lama, als ich sein Zimmer betrat, «ich hoffe, du bist nach all dem, was du gesehen hast, nicht allzu deprimiert?» Er lächelte mich an und forderte mich auf, mich zu setzen. «Zuerst Nahrung für den Körper, Lobsang, und dann Nahrung für den Geist», rief er lachend aus, während er mit seiner Silberglocke dem Bedienungsmönch das Zeichen gab, uns Tee zu bringen.

Offensichtlich war ich gerade zur rechten Zeit gekommen! Die Regeln der Lamaklöster besagen, dass man sich während des Essens nicht umschauen darf. Die volle Aufmerksamkeit sollte der Stimme des Vorlesers geschenkt werden. Doch hier im Zimmer des Lama Mingyar Dondup gab es keinen Vorleser, der hoch über uns von einem Podium herab laut aus der Heiligen Schrift vorlas, um unsere Gedanken von einer solch gewöhnlichen Sache, wie dem Essen, abzulenken, noch befanden sich hier strenge Aufsichtsmönche, die jederzeit bereit waren, uns bei der kleinsten Übertretung der Regeln anzuspringen. Ich sah aus dem Fenster zum Himalayagebirge hinauf, das sich endlos vor mir erstreckte und ich dachte, dass bald die Zeit kommen wird, wo ich es nicht mehr sehen werde. Ich hatte Einblicke in die Zukunft erhalten, in meine Zukunft, und ich fürchtete mich vor den Dingen, die ich nicht ganz klar gesehen hatte, weil sie teilweise vom Rauch verschleiert waren.

«Lobsang», sagte mein Mentor, «du hast viel gesehen, doch noch mehr ist verborgen geblieben. Wenn du das Gefühl haben solltest, dass du den Plänen der Zukunft nicht ins Auge sehen kannst, dann bleibst du in Tibet und wir werden diese Tatsache zu unserem Bedauern akzeptieren müssen.»

«Ehrwürdiger Herr Lehrer», erwiderte ich, «Sie haben mir einmal gesagt, dass der Mann, der sich zaudernd auf seinen Lebenspfad begibt und umkehrt, kein rechter Mann ist. Ich will trotz des Wissens, welche Schwierigkeiten auf mich zukommen werden, vorwärts gehen.»

Er lächelte und nickte anerkennend. «Wie ich es erwartet habe», sagte er. «Du wirst am Ende Erfolg haben, Lobsang.»

«Ehrwürdiger Herr Lehrer, warum kommen die Menschen nicht mit dem Wissen auf diese Welt, was sie in früheren Leben gewesen sind und was sie in diesem Leben tun sollen?», fragte ich. «Warum muss es denn so etwas, wie Sie es nennen, ein ‹Geheimes Wissen› geben? Warum dürfen wir nicht alle, alles wissen?»

Der Lama hob seine Augenbrauen und lachte. «Du willst aber wirklich viel wissen», sagte er. «Doch dein Gedächtnis lässt auch etwas nach. Erst neulich sagte ich dir, dass wir uns normalerweise nicht an die vergangenen Leben erinnern. Könnten wir das, dann wäre die Belastung für uns noch größer auf dieser Welt. Wir pflegen zu sagen: ‹Das Rad des Lebens dreht sich, das den einen Reichtum und den anderen Armut bringt. Der Bettler von heute ist der Prinz von Morgen›. Wenn wir nichts von unseren vergangenen Leben wissen, dann beginnen wir alle von Neuem, ohne zu spekulieren, was wir in unseren vergangenen Leben waren.»

«Aber, wie ist das denn mit dem geheimen Wissen?», fragte ich. «Wenn alle Menschen dieses Wissen hätten, dann wären doch alle besser und sie würden sich schneller entwickeln?»

Mein Mentor lächelte mich an. «Das ist nicht ganz so einfach!», erwiderte er. Einen Augenblick saß er schweigend da, dann sprach er wieder: «Es gibt Kräfte in uns, das heißt, innerhalb der Kontrolle unseres Überselbsts, die um ein Vielfaches größer sind als alles, was der Mensch in der materiellen, der physischen Welt, in der Lage ist zu erschaffen. Besonders die westlichen Menschen würden solche Kräfte, wie wir sie beherrschen, missbrauchen, denn alles, was sie interessiert, ist Geld. Die westlichen Menschen bewegen nur zwei Fragen: ‹Können Sie das beweisen?› und ‹Wie kann ich profitieren?›»

Er lachte etwas jungenhaft und sagte: «Es amüsiert mich immer wieder, wenn ich an die ganze Technik und an die Apparate denke, die die Menschen benutzen, um eine sogenannte ‹drahtlose› Nachricht über den Ozean zu senden. ‹Drahtlos› ist die letzte Bezeichnung, die sie verwenden sollten, denn die Apparate sind an kilometerlangen Kabeln angeschlossen. Doch hier in Tibet können unsere geschulten telepathischen Lamas ihre Botschaften ohne jegliche Apparate senden. Wir begeben uns in den Astralbereich und reisen durch den Weltraum und die Zeit und besuchen andere Landesteile der Erde und andere Welten. Wir können levitieren, das heißt, enorm große Lasten heben durch die Anwendung von Kräften, die allgemein nicht bekannt sind. Nicht alle Menschen sind rein, Lobsang, so wie sich nicht immer unter einer Mönchsrobe ein heiliger Mann verbirgt. Es kann sich in einem Lamakloster genauso ein Bösewicht befinden, wie sich in einem Gefängnis ein Heiliger befinden kann.»

Ich schaute ihn etwas verwirrt an und fragte: «Aber, wenn alle Menschen dieses Wissen hätten, dann wären sie doch sicher alle gut?», fragte ich.

Der Lama sah mich kummervoll an, während er erwiderte: «Wir halten geheimes Wissen geheim, damit die Menschen davor geschützt werden. Viele Menschen, speziell die im Westen, denken nur an Geld und an Macht über andere. Und wie vom Orakel und anderen vorhergesagt, wird unser Land später von einem eigenartigen politischen Kult überfallen und physisch erobert werden. Einem Kult, der für den gewöhnlichen Menschen keine Gedanken übrig hat, sondern nur existiert, um die Macht der Diktatoren aufrechtzuerhalten. Diktatoren, die die halbe Welt unterjochen werden. Es gab hohe Lamas, die von den Russen zu Tode gefoltert wurden, nur weil sie ihnen das verbotene Wissen nicht preisgaben. Der durchschnittliche Mensch, Lobsang, der plötzlich Zugang zu verbotenem Wissen hätte, würde auf diese Weise reagieren: Zuerst hätte er Ehrfurcht vor der greifbaren Macht in seinen Händen. Dann fiele ihm ein, dass er nun ein Mittel hätte, um sich selbst über die kühnsten Träume hinaus reich zu machen. Er würde experimentieren und das Geld flösse ihm nur so zu. Mit zunehmendem Geld und Macht regte sich der Wunsch in ihm, noch mehr Geld und Macht zu gewinnen. Ein Millionär ist nie zufrieden mit einer Million, sondern er will immer gleich mehrere Millionen haben! Es wird gesagt, die absolute Macht mache den unentwickelten Menschen bestechlich. Und das geheime Wissen verleiht absolute Macht.»

Ein glänzender Einfall erwachte in mir. Ich wusste, wie Tibet gerettet werden konnte! Ich sprang aufgeregt auf und rief: «Damit wäre Tibet gerettet! Das geheime Wissen würde uns vor der Invasion retten!»

Mein Mentor blickte mich mitleidig an. «Nein, Lobsang», erwiderte er traurig, «wir wenden die Macht nicht für solche Zwecke an. Tibet wird unterdrückt und beinahe vernichtet werden. Doch Tibet wird in den kommenden Jahren wieder auferstehen und großartiger und reiner werden. Das Land wird im Ofen des Krieges vom Unrat gereinigt, wie das später mit der ganzen Welt geschehen wird.» Er sah mich von der Seite an. «Es muss Kriege geben, weißt du, Lobsang», sagte er ruhig. «Wenn es keine Kriege gäbe, dann würde die Weltbevölkerung zu groß werden. Und wenn es keine Kriege gäbe, dann gäbe es Seuchen und Plagen. Kriege und Krankheiten regulieren die Weltbevölkerung und schaffen für die Menschen auf der Erde und auf anderen Welten Gelegenheiten, für andere Gutes zu tun. Es wird immer Kriege geben, bis die Weltbevölkerung auf eine andere Weise kontrolliert werden kann.»

Die Gongs riefen uns zur Abendandacht. Mein Mentor erhob sich. «Komm mit, Lobsang», sagte er, «wir sind Gäste hier und müssen den Gastgebern unseren Respekt zeigen, indem wir an der Andacht teilnehmen.»

Wir gingen aus dem Zimmer und in den Hof hinaus. Die Gongs ertönten eindringlich. Sie wurden hier länger verkündet, als das es im Chakpori der Fall war. Wir machten uns überraschend langsam auf den Weg zum Tempel. Ich wunderte mich über unsere Langsamkeit, und als ich mich umsah, sah ich uralte und auch sehr gebrechliche Männer, die im Hof hinter uns her humpelten.

Mein Mentor flüsterte mir zu: «Es wäre sehr nett von dir, Lobsang wenn du dich zu den Chelas setzen würdest.» Ich nickte und machte mich auf den Weg den Tempelwänden entlang, bis ich dort ankam, wo die Chelas des Staatsorakel-Lamaklosters saßen. Sie musterten mich neugierig, während ich mich neben sie setzte. Beinahe unmerklich, wenn die Aufseher nicht hinsahen, drängten sie nach vorne, bis sie mich umkreist hatten.

«Woher kommst du?», fragte ein Junge, der der Sprecher zu sein schien.

«Chakpori», erwiderte ich flüsternd.

«Bist du der Junge, den der Erhabene hierher gesandt hat?», flüsterte ein anderer.

«Ja», flüsterte ich zurück, «ich bin gekommen, um das Orakel aufzusuchen, er sagte mir …»

«Ruhe!», brüllte direkt hinter mir eine grimmige Stimme. «Keinen Ton mehr von euch Jungen!»

Ich sah, wie der große Mann weiterging. «Pah!», sagte ein Junge, «kümmere dich nicht um ihn. Bellende Hunde beißen nicht.»

In diesem Augenblick erschien das Staatsorakel und der Abt. Sie kamen durch eine kleine Seitentür und die Andacht begann.

Bald strömten wir wieder hinaus ins Freie. Zusammen mit den anderen ging ich in die Küche, um meinen Lederbeutel mit Gerste aufzufüllen und Tee zu holen. Es bot sich keine Gelegenheit zum Plaudern. Mönche aller Ränge standen herum und unterhielten sich noch kurz vor dem Schlafengehen. Ich machte mich auf den Weg in das mir zugeteilte Zimmer, wickelte mich in meine Robe und legte mich Schlafen. Der Schlaf kam nicht sogleich. Ich schaute hinaus in die purpurne Dunkelheit, die von den goldglänzenden Butterlampen gepunktet war. Weit entfernt ragten die Felswände des ewigen Himalayagebirges wie Finger himmelwärts, so als flehten sie zum Gott der Welt. Helle weiße Strahlen des Mondlichtes funkelten durch die Felsspalten der Berge, um zu verschwinden und wieder aufzutauchen, während der Mond höher und höher kletterte. Es war windstill heute Nacht. Die Gebetsfahnen hingen schlaff an ihren Masten. Nicht eine einzige träge Wolke hing über der Stadt Lhasa. Ich drehte mich um und fiel in einen traumlosen Schlaf.

Sehr früh am Morgen schreckte ich aus dem Schlaf. Ich hatte verschlafen und würde zu spät zur Frühandacht kommen! Hastig schlüpfte ich in meine Robe, sprang auf und war mit einem Satz an der Tür. Den menschenleeren Korridor hinuntereilend, stürmte ich hinaus in den Hof direkt in die Arme eines Kham-Mannes!

«Wohin gehst du?», flüsterte er barsch, während er mich mit eisernem Griff festhielt.

«Zur Frühandacht», erwiderte ich. «Ich muss mich verschlafen haben.»

Er lachte und ließ mich los. «Oh», sagte er, «du bist ein Gast. Hier gibt es keine Frühandacht. Geh zurück und schlaf wieder.»

«Keine Frühandacht?», fragte ich verwundert. «Jeder geht doch zur Frühandacht!»

Der Polizeimönch musste sich in einer guten Laune befunden haben, denn er antwortete freundlich: «Wir haben hier alles alte Männer und einige davon sind sehr gebrechlich. Aus diesem Grund wurde die Frühandacht aufgehoben. Geh und ruhe in Frieden.»

Er tätschelte mir auf den Kopf, sanft für ihn, jedoch Donnerschläge für mich, und schob mich wieder in den Korridor zurück. Er machte auf dem Absatz kehrt und nahm sein Auf- und Abschreiten im Hof wieder auf. Seine schweren Schritte machten «Bonk! Bonk!» und sein schwerer Stab «Tsonk! Tsonk!», während er das dicke Ende bei jedem Schritt auf den Boden stieß. Ich eilte den Korridor entlang zurück in mein Zimmer und war innerhalb von Minuten wieder tief und fest eingeschlafen.

Etwas später am Tag wurde ich dem Abt und zwei Oberlamas vorgestellt. Eingehend befragten sie mich. Sie erkundigten sich nach meiner Familie, und an was ich mich noch aus den vergangenen Leben erinnerte sowie meine Beziehung zu meinem Mentor, dem Lama Mingyar Dondup. Schließlich erhoben sich die drei Männer etwas wackelig und gingen hintereinander zur Tür.

«Komm», sagte der Letztere und krümmte den Finger in meine Richtung. Verblüfft und wie benommen folgte ich ihnen gottergeben hinterher. Langsam begaben sie sich zur Tür, schlurften hinaus und gingen lethargisch den Korridor entlang. Ich folgte ihnen und vor Anstrengung, langsam zu gehen, stolperte ich beinahe über meine eigenen Füße.

Wir krochen weiter, vorbei an offenen Räumen, in denen Trappas und Chelas gleichermaßen neugierig zu unserem langsamen Vorbeigehen aufschauten. Ich spürte, wie meine Wangen vor Verlegenheit brannten, weil ich am Ende dieser Prozession ging. An der Spitze schlurfte der Abt mit Hilfe zweier Krücken. Als nächstes kamen die zwei Lamas, die so altersschwach und so gebrechlich waren, dass sie es kaum mit dem Abt aufnehmen konnten. Und ich, als letzter, konnte beinahe nicht langsam genug sein.

Schließlich und endlich erreichten wir hinten an einer Wand eine kleine eingelassene Türe. Wir blieben stehen, während der Abt mit einem Schlüssel hantierte und etwas in den Bart brummte. Einer der Lamas trat vor, um ihm zu helfen. Schließlich wurde die Tür mit einem protestierenden Quietschen der Türangeln aufgestoßen. Der Abt trat ein, gefolgt von einem und dann vom anderen Lama. Keiner sagte etwas zu mir und so ging ich mit hinein. Ein alter Lama schob hinter mir die Türe ins Schloss. Vor mir befand sich ein langer Tisch, auf dem sich alte verstaubte Objekte befanden. Alte Roben, uralte Gebetsmühlen, alte Essschalen und verschiedene Gebetsketten. Es standen auch ein paar zerbrochene Amulettkästchen und verschiedene andere Gegenstände auf dem Tisch, die ich nicht gleich auf den ersten Blick identifizieren konnte.

«Hmmmn. Mmmmn. Komm mal her, mein Junge!», kommandierte der Abt.

Ich ging zögernd auf ihn zu und er ergriff meinen linken Arm mit seiner knochigen Hand. Ich fühlte mich wie im Griff eines Skelettes!

«Hmmmn. Mmmmn. Junge! Hmmmm. Welche, wenn es denn welche gibt, dieser Gegenstände oder Objekte befanden sich während eines vergangenen Lebens in deinem Besitz?»

Er führte mich der Länge des Tisches entlang, dann drehte er mich herum und sagte: «Hmmmn. Mmmmn. Wenn du glaubst, dass irgendeiner oder mehrere dieser Gegenstände einmal dir gehörten, hmmmn, dann suche ihn oder sie heraus und hmmmn, hmmmn, bringe ihn oder sie, zu mir.»

Er setzte sich schwerfällig hin und es schien, als nähme er an meiner Tätigkeit keinen Anteil mehr. Die zwei Lamas saßen bei ihm und kein Wort wurde gesprochen.

Na gut, dachte ich, wenn die drei alten Männer es auf diese Weise spielen möchten, in Ordnung, dann spiele ich es eben auf ihre Weise! Psychometrie anzuwenden, ist selbstverständlich etwas vom Leichtesten. Ich ging langsam dem Tisch entlang und fuhr mit der linken ausgestreckten und nach unten gerichteten Handfläche über die verschiedenen Objekte hinweg. Bei gewissen Gegenständen empfand ich in der Mitte der Handfläche eine Art Jucken und durch meinen Arm lief ein leichtes Kribbeln oder Zittern. Ich wählte eine Gebetsmühle aus, eine alte beschädigte Schale und eine Gebetskette. Dann wiederholte ich meinen Gang auf der anderen Seite des langen Tisches noch einmal. Nur ein Gegenstand verursachte mir nochmals ein Jucken auf meiner Handfläche und in meinem Arm ein Kitzeln, eine alte zerrissene Robe in den letzten Zügen des Zerfalls. Die safrangelbe Robe eines hohen Amtsträgers. Die Farbe war vor Alter beinahe ausgebleicht und der Stoff am Auseinanderfallen und wie Pulver anzufassen. Vorsichtig und etwas überängstlich hob ich sie auf, damit sie mir ja nicht zwischen den Händen zerfiele. Übervorsichtig trug ich sie hinüber zu dem alten Abt und legte sie ihm zu Füßen. Dann kehrte ich zurück, um die Gebetsmühle, die alte beschädigte Schale und die Gebetskette zu holen. Ohne ein Wort zu sagen, untersuchten der Abt und die beiden anderen Lamas die Gegenstände und verglichen gewisse Zeichen oder geheime Markierungen mit jenen eines alten schwarzen Buches, das der Abt hervorbrachte. Eine ganze Weile saßen sie sich gegenüber und nickten mit den Köpfen auf ihren schrumpeligen Hälsen. Alte Köpfe, die vor Anstrengung zu denken, beinahe knackten.

«Ahaaa! Jaajaaa!», murmelte der Abt und keuchte wie ein überarbeitetes Yak. «Mmmn. Er ist es tatsächlich! Hmmmn. Eine erstaunliche Vorstellung. Mmmmn. Geh zu deinem Mentor, dem Lama Mingyar Dondup, mein Junge und hmmmn sage ihm, dass uns seine Anwesenheit eine Ehre wäre. Und du, mein Junge, brauchst nicht wiederzukommen. Ahaaa! Jaajaaa!»

Ich machte kehrt und lief aus dem Raum, froh darüber, diesen lebenden Mumien entkommen zu sein, deren trockene Unzugänglichkeit so weit von der herzlichen Menschlichkeit des Lama Mingyar Dondup entfernt war. Ich eilte um die Ecke und blieb ein paar Zentimeter vor meinem Mentor abrupt stehen.

Er lachte und sagte: «Oh, schau nicht so überrascht, ich habe die Botschaft ebenfalls erhalten.»

Er gab mir einen freundschaftlichen Klaps auf den Rücken und eilte weiter in Richtung des Raumes, wo sich der Abt und die zwei Lamas aufhielten. Ich ging in den Hof hinaus und trat müßig gegen einen Stein oder auch zwei.

«Bist du der Junge, dessen Inkarnation erkannt worden ist?», fragte eine Stimme hinter mir.

Ich drehte mich um und sah einen Chela, der mich gespannt beobachtete. «Ich weiß überhaupt nicht, was sie da tun», erwiderte ich. «Alles, was ich weiß, ist, dass ich die Korridore entlanggeschleppt wurde, damit ich ein paar alte Sachen von mir heraussuchen konnte. Jeder könnte das!»

Der Junge lachte gutmütig. «Ihr Chakpori-Männer versteht eben euer Handwerk», sagte er, «oder du wärst nicht in diesem Lamakloster. Ich habe mitbekommen, wie gesagt wurde, du wärst in einem vergangenen Leben eine hohe Persönlichkeit gewesen. Das musst du gewesen sein, sonst hätte dir das Orakel nicht persönlich einen halben Tag gewidmet.» Er zuckte mit den Schultern und bemerkte voller Abscheu: «Pass bloß auf, denn bevor du weißt, was geschehen ist, haben sie dich wiedererkannt und machen dich zum Abt. Dann wirst du nicht mehr mit den anderen in Chakpori spielen können.»

Von der Tür am anderen Ende des Hofes erschien die Gestalt meines Mentors. Schnell kam er auf uns zu. Der Chela, mit dem ich mich unterhalten hatte, verbeugte sich in tief bescheidener Begrüßung. Der Lama lächelte und wechselte mit ihm ein paar freundliche Worte, so wie er das immer tat.

«Wir müssen aufbrechen, Lobsang!», sagte mein Mentor. «Bald wird es Nacht und wir wollen nicht durch die Dunkelheit reiten.»

Zusammen gingen wir zu den Stallungen, wo ein Stallmönch mit unseren Pferden wartete. Widerstrebend stieg ich auf und folgte meinem Mentor auf dem Pfad durch die Weidenbäume hinterher. Wir trotteten schweigend dahin. Ich konnte mich nie vernünftig unterhalten, solange ich auf einem Pferderücken saß, da meine ganze Aufmerksamkeit dem Obenbleiben gewidmet war. Zu meinem Erstaunen ritten wir nicht zum Chakpori, sondern nahmen den Weg in Richtung Potala auf. Langsam erklommen die Pferde die Treppenflucht. Unter uns wurde das Tal bereits von den Schatten der Nacht eingeholt. Erleichtert stieg ich vom Pferd und eilte in den mir inzwischen wohlvertrauten Potala auf der Suche nach Essen.

Mein Mentor wartetc schon auf mich, als ich nach dem Nachtessen auf mein Zimmer ging. «Komm zu mir, Lobsang», rief er. Ich trat ein und auf sein Geheiß setzte ich mich. «Nun», sagte er, «ich nehme an, du hast dich sicher gefragt, was das alles zu bedeuten hat.»

«Oh! Ich nehme an, dass es etwas mit meiner Inkarnation zu tun hat», erwiderte ich sorglos. «Ich sprach im Lamakloster des Staatsorakels mit jemandem darüber, als Sie mich weggerufen haben.»

«Nun, das ist schön für dich», sagte der Lama Mingyar Dondup. «Doch jetzt müssen wir uns etwas Zeit nehmen und uns noch über verschiedenes Anderes unterhalten. Heute Abend brauchst du nicht zur Andacht zu gehen. Setze dich etwas bequemer hin und höre mir zu und unterbrich mich nicht. Die meisten Menschen kommen auf diese Welt, um gewisse Dinge zu lernen», fuhr mein Mentor fort. «Andere kommen, um vielleicht jenen in Not zu helfen, oder sie kommen, um eine spezielle und sehr wichtige Aufgabe zu vollenden.»

Er blickte mich streng an, um sich zu versichern, dass ich ihm zuhörte, dann fuhr er fort: «Viele Religionen verweisen auf die Hölle, den Ort der Bestrafung oder der Tilgung der Sünden. Doch die Hölle ist hier auf dieser Welt. Unser wirkliches Leben findet in der anderen Welt statt. Hierher kommen wir, um zu lernen und für die Fehler der vergangenen Leben zu bezahlen, oder, wie ich schon sagte, um zu versuchen, eine höchst wichtige Aufgabe zu vollenden. Du bist hier auf der Erde, um eine Aufgabe auszuführen, die mit der menschlichen Aura in Zusammenhang steht. Dein ‹Rüstzeug› wird eine außergewöhnliche geistige Wahrnehmung sein, eine hochsensibilisierte Fähigkeit, die menschliche Aura zu sehen, und all das Wissen, das wir dir über sämtliche okkulten Künste geben können. Der Erhabene hat verfügt, jedes nur erdenkliche Mittel einzusetzen, um deine Fähigkeiten und Talente zu fördern. Einzelunterricht, praktische Erfahrungen und Hypnose. Wir werden alles zur Anwendung bringen, damit du so viel Wissen wie nur möglich in kürzester Zeit aufnehmen kannst.»

«Das ist ja wirklich die Hölle!», sagte ich düster.

Der Lama lachte über meinen Gesichtsausdruck. «Doch diese Hölle ist lediglich das Sprungbrett in ein viel besseres Leben», erwiderte er. «Hier können wir einige der grundlegenderen Fehler beseitigen. Hier können wir in ein paar Jahren Erdenleben die Fehler tilgen, die uns vielleicht in der anderen Welt schon für längere Zeit geplagt haben. Das ganze Leben auf dieser Welt ist nur ein Augenzwinkern im Vergleich zu der anderen Welt. Die meisten Menschen im Westen», fuhr er fort, «denken, dass wenn man stirbt auf einer Wolke sitzt und Harfe spielt. Andere wiederum denken, dass wenn man diese Welt verlässt und in die nächste übergeht, sich in einem mystischen Zustand von Nichts oder Ähnlichem befindet.»

Lächelnd fuhr er fort: «Wenn wir die Menschen nur davon überzeugen könnten, zu realisieren, dass das Leben nach dem Tode viel realer ist als irgendetwas, was es auf der Erde gibt! Alles auf dieser Welt besteht aus Schwingungen. Die gesamten Weltschwingungen, und alles, was sich innerhalb dieser Welt befindet, kann mit einer Oktave auf einer Tonleiter verglichen werden. Wenn wir sterben und auf die andere Seite des Todes kommen, dann befindet sich diese ‹Oktave› auf der Tonleiter weiter oben.»

Mein Mentor hielt inne, griff nach meiner Hand und rieb meine Finger auf dem Fußboden. «Das, Lobsang, ist Stein», sagte er, «die Schwingung, die wir Stein nennen.» Wieder nahm er meine Hand und rieb die Finger an meiner Robe. «Das», sagte er, «ist die Schwingung, die als Wolle bezeichnet wird. Wenn wir alles auf der Schwingungsskala nach oben bewegen, behalten wir immer noch den relativen Härte- oder Weichheitsgrad bei. So ist es auch im Leben nach dem Tode, dem wirklichen Leben. Wir können dort genauso Dinge besitzen wie auf der Erde. Kannst du das nachvollziehen?», fragte er.

Das konnte ich. Ich wusste Dinge wie diese schon lange.

Der Lama unterbrach meine Gedanken. «Ja, ich bin mir bewusst, dass das hier alles allgemeines Wissen ist, doch wenn wir diese unausgesprochenen Gedanken einmal laut äußern, dann werden sie deinem Verstand klarer gemacht. Später», sagte er, «wirst du in die Länder der westlichen Welt reisen. Dort wirst du aufgrund der westlichen Religionen auf sehr viele Schwierigkeiten stoßen.» Er lächelte etwas gequält und bemerkte: «Die Christen nennen uns Heiden. In ihrer Bibel steht geschrieben, dass ‹Christus in die Wüste wanderte›. In unseren Schriften aber wird offenbart, dass Christus durch Indien wanderte, die indische Religion studierte, und dann hierher nach Lhasa kam und im Jokhang unter den besten Priestern jener Zeit studierte. Christus formulierte eine gute Religion, doch das heute praktizierte Christentum ist nicht mehr die Religion, die Christus gelehrt hatte.»

Mein Mentor sah mich etwas streng an und sagte: «Ich weiß, dass dich das ein wenig langweilt und du vielleicht denkst, ich wolle nur reden um des Redens willen. Doch ich habe die westliche Welt bereist, und ich habe die Pflicht, dich vor dem, was dich dort erwartet, zu warnen. Und das kann ich am besten, wenn ich dir von ihrer Religion erzähle, denn ich weiß, du hast ein fotografisches Erinnerungsvermögen.

Ich hatte die Gabe zu erröten, denn ich hatte gerade gedacht: «Er redet viel zu viel!»

Draußen im Korridor schlurften die Mönche in Richtung Tempel zur Abendandacht. Auf dem Dach über uns blickten die Trompeter über das Tal hinweg und bliesen die letzten Klänge zum abschließenden Tag. Und hier vor mir setzte mein Mentor, der Lama Mingyar Dondup, sein Gespräch fort: «Im Westen gibt es zwei grundlegende Religionen, doch in unzähligen Unterteilungen. Die jüdische Religion ist alt und tolerant. Mit den Juden wirst du keinen Ärger und keine Schwierigkeiten haben. Seit Jahrhunderten werden sie verfolgt und sie haben großes Verständnis und Mitgefühl für andere. Die Christen dagegen sind, außer sonntags, nicht so tolerant. Ich werde dir jetzt nichts über die einzelnen Glaubensrichtungen erzählen, du kannst das irgendwann selbst einmal nachlesen. Doch ich werde dir erzählen, wie die Religionen entstanden sind.»

Der Lama erklärte: «In den frühen Tagen des Lebens auf der Erde, bildeten die Menschen zuerst kleine Gruppen, sehr kleine Stämme. Es gab weder Gesetze noch Umgangsformen. Stärke war das einzige Gesetz. Ein starker und wilder Stamm führte Krieg gegen einen schwächeren Stamm. Im Laufe der Zeit trat ein starker, weiser Mann auf. Er erkannte, dass sein Stamm noch mächtiger sein könnte, wenn er organisiert wäre. Er gründete eine Religion und eine Verhaltensregel: ‹Seid fruchtbar und vermehret euch›, forderte er, im Wissen, dass mit jeder Geburt sein Stamm weiter wachsen würde. ‹Ehre deinen Vater und deine Mutter›, befahl er, in dem Wissen, dass, wenn er den Eltern die Autorität über ihre Kinder gab, er die Autorität über die Eltern hatte. Er wusste auch, dass, wenn er die Kinder davon überzeugen konnte, sich den Eltern gegenüber zum Dank verpflichtet zu fühlen, die Disziplin leichter durchzusetzen wäre. ‹Du sollst nicht Ehebrechen›, wetterte der Prophet zu jener Zeit. Sein wahrer Befehl aber beinhaltete, dass der Stamm nicht durch fremdes Blut eines anderen Stammes verdorben werden sollte, denn in einem solchen Fall gäbe es geteilte Loyalitäten. Mit der Zeit fanden die Priester heraus, dass es welche gab, die diese religiöse Lehren nicht immer befolgten. Nach reiflicher Überlegung und vielen Diskussionen arbeiteten jene Priester ein System von Belohnung und Bestrafung aus. ‹Der Himmel›, ‹das Paradies›, ‹die Walhalla›, nenne es wie du willst, waren für jene bestimmt, die den Priestern gehorchten. ‹Höllenfeuer›, ‹Verdammung› und die ‹immerwährende Pein› für jene, die den Priestern nicht gehorchten.»

«Dann sind Sie also gegen die organisierte Religion im Westen, Herr Lehrer?», fragte ich.

«Nein, nein, ganz und gar nicht», erwiderte mein Mentor. «Es gibt sehr viele Menschen, die würden sich verloren fühlen, wenn sie nicht das Gefühl oder die Vorstellung von einem allsehenden Vater hätten, der mit einem Protokollengel auf sie herabschaut und jederzeit sowohl die guten wie auch die schlechten Taten notiert! Wir sind Gott für die mikroskopisch kleinen

Kreaturen, die unseren Körper bewohnen, und die noch kleineren Kreaturen, die seine Moleküle bewohnen! Und wie steht es mit den Gebeten, Lobsang, hörst du dir oft die Gebete der Geschöpfe an, die in deinen Molekülen leben?»

«Aber Sie sagten doch, dass Gebete wirksam seien», antwortete ich mit einigem Erstaunen.

«Ja, Lobsang, Gebete sind sehr wirksam, wenn wir sie an unser eigenes Überselbst richten, an unseren wirklich wahren Teil von uns in einer anderen Welt, dem Teil, der unsere ‹Marionettenfäden› lenkt. Gebete sind sehr wirksam, wenn wir diese einfache und natürliche Regel befolgen. Eine Regel, die das Beten so wirkungsvoll macht.»

Er lächelte mich an, während er sagte: «Der Mensch ist nur ein Stäubchen in einer sorgenvollen Welt. Der Mensch fühlt sich nur in irgendeiner Form von ‹Umarmung der Mutter› sicher und wohl. Für die Menschen im Westen, die nicht in der Kunst des Sterbens geschult sind, ist der letzte Schrei oft, ‹Mutter!›. Ein Mensch, der unsicher ist und gleichzeitig versucht, den Anschein von Selbstvertrauen zu erwecken, wird an einer Zigarre oder Zigarette nuckeln, so wie ein Kleinkind an seinem Daumen. Psychologen sind sich einig, dass die Rauchgewohnheit lediglich eine Umkehr der Züge der frühen Kindheit ist, wo ein Kleinkind Nahrung und ‹Zuversicht› von der Mutter erhielt. Die Religion ist ein Tröster. Das Wissen über die Wahrheit des Lebens und des Todes, ist jedoch noch ein viel größerer Trost. Wir sind wie Wasser, wenn wir auf der Erde sind, wir sind wie Dampf, wenn wir in den Tod gehen und wir kondensieren wieder zu Wasser, wenn wir einmal mehr auf dieser Welt wiedergeboren werden.»

«Ehrwürdiger Herr Lehrer, halten Sie denn nichts davon, dass Kinder ihre Eltern ehren sollten?», fragte ich.

Mein Mentor sah mich überrascht an. «Du meine Güte, Lobsang, natürlich sollten Kinder den Eltern gegenüber Respekt zeigen, solange es die Eltern verdienen. Überdominanten Eltern sollte es jedoch nicht gestattet sein, ihre Kinder zu ruinieren. Und ein erwachsenes ‹Kind› trägt natürlich immer zuerst die Verantwortung für ihren Ehemann oder für seine Ehefrau. Ebenso sollte es den Eltern nicht erlaubt sein, ihre erwachsenen Nachkommen zu tyrannisieren oder ihnen Vorschriften zu machen. Dieses Verhalten der Eltern zu billigen, schadet sowohl den Eltern wie auch den erwachsenen Kindern. Es verursacht eine Schuld, die die Eltern in einem anderen Leben bezahlen müssen.»

Ich dachte an meine Eltern. An meinen strengen und hartherzigen Vater, der nie ein «Vater» für mich gewesen war. An meine Mutter, deren Hauptgedanke nur das gesellschaftliche Leben gewesen war. Dann dachte ich an den Lama Mingyar Dondup, der mehr als Mutter und Vater für mich war, die einzige Person, die mir jederzeit Freundlichkeit und Liebe zeigte.

Ein Botenmönch hastete herein und verneigte sich tief. «Ehrwürdiger Herr Mingyar», sagte er respektvoll, «ich komme im Auftrag Seiner Heiligkeit. Er lässt Sie grüßen und bittet Sie, so freundlich zu sein und zu ihm zu kommen. Darf ich Sie zu ihm begleiten, ehrwürdiger Herr?»

Mein Mentor erhob sich und ging zusammen mit dem Boten weg.

Ich ging hinaus und kletterte auf das Dach des Potala. Etwas höher zeichnete sich das Chakpori Medizinlamakloster in der Nacht ab. Neben mir flatterte schwach eine Gebetsfahne gegen den Mast. In der Nähe eines Fensters sah ich einen alten Mönch stehen, der emsig seine Gebetsmühle drehte und deren ‹Klack-Klack› laut in die Stille der Nacht hinaushallte. Die Sterne erstreckten sich am Himmel wie eine endlose Prozession, und ich fragte mich, ob wir für ein anderes Geschöpf irgendwo genauso aussehen?

Kapitel 4

Es war die Zeit des Logsar, dem tibetischen Neujahrsfest. Wir Chelas und auch die Trappas waren schon eine ganze Weile fleißig dabei Butterbilder anzufertigen. Letztes Jahr hatten wir uns nicht die Mühe gemacht und damit einigen Unmut ausgelöst. Andere Lamas hatten (zu Recht) geglaubt, dass wir von Chakpori weder Zeit noch Interesse für solche kindischen Beschäftigungen hätten. Dieses Jahr aber, auf Geheiß des Erhabenen selbst, mussten wir uns am Wettbewerb beteiligen und Butterbilder anfertigen. Unser Aufwand war bescheiden im Vergleich zu manch anderen Lamaklöstern. Auf einem Holzrahmen von etwa sechs Metern Höhe und neun Metern Länge modellierten und fertigten wir mit farbiger Butter verschiedene Szenen aus den Heiligen Büchern an. Unsere Figuren waren vollständig dreidimensional, und wir hofften, dass im Licht der flackernden Butterlampen die Illusion von Bewegung entstehen würde.

Der Erhabene selbst und alle hochrangigen Lamas sahen sich die Kunstwerke jedes Jahr an, und den Erbauern wurde viel Lob für ihre Bemühungen zuteil. Nach der Logsar Saison wurde die Butter wieder eingeschmolzen und das ganze Jahr über für die Butterlampen verwendet. Und während ich arbeitete, ich hatte etwas Geschick im Modellieren, dachte ich über all das nach, was ich in den letzten Monaten gelernt hatte. Bestimmte Aspekte der Religion gaben mir immer noch Rätsel auf, und ich nahm mir vor, meinen Mentor bei der erstbesten Gelegenheit danach zu fragen, aber jetzt ging es um die Butterskulptur!

Ich beugte mich vor und trug eine neue Schicht frisch eingefärbte Butter auf. Vorsichtig kletterte ich auf das Gerüst, sodass ich das Ohr in einer buddhaähnlichen Proportion aufbauen konnte. Rechts von mir lieferten sich zwei junge Chelas eine Butterballschlacht. Sie schöpften eine Handvoll Butter, formten das Zeug grob rund und warfen das schmutzige Geschoss dann auf den «Feind». Sie hatten viel Spaß dabei. Unglücklicherweise trat ein

Aufsichtsmönch hinter einer Steinsäule hervor, um zu sehen, was es mit dem Lärm auf sich hatte. Ohne ein Wort zu sagen, packte er die beiden Jungen, einen links und einen rechts am Kragen und warf beide in einen großen Bottich mit warmer Butter!

Ich drehte mich um und fuhr mit meiner Arbeit fort. Butter gemischt mit Lampenrußschwarz ergaben geformt sehr passende Augenbrauen. Bereits zeichnete sich in der Figur die Illusion von Leben ab. Ich dachte, dies ist schließlich die Welt der Illusion. Ich kletterte hinunter und überquerte den Raum, um mir einen besseren Eindruck von dem Werk zu verschaffen. Der Kunstmagister lächelte mich an. Ich war vielleicht sein Lieblingsschüler, da ich gerne modellierte und malte und mich bemühte, von ihm zu lernen.

«Das haben wir aber gut gemacht, Lobsang», sagte er freundlich. «Die Götter sehen lebendig aus.»

Er ging weg, um an einem anderen Teil der Skulptur Änderungen vorzunehmen und ich dachte: «Die Götter sehen lebendig aus! Gibt es überhaupt Götter? Warum wird uns über sie gelehrt, wenn es gar keine gibt? Das muss ich meinen Mentor fragen.»

Nachdenklich kratzte ich mir die Butter von den Händen. Drüben in der Ecke versuchten die zwei Chelas, die in die warme Butter geworfen wurden, sich immer noch sauber zu schrubben. Sie rieben ihre Körper mit feinem braunem Sand ein und mit ihrer ganzen Abschrubberei sahen sie in der Tat sehr albern aus. Ich kicherte und wollte gerade gehen, als ein schwergewichtiger Chela neben mich trat und sagte: «Darüber hätten selbst die Götter gelacht!»

Selbst die Götter, selbst die Götter, selbst die Götter. Diese Worte widerhallten mit jedem Schritt in meinem Kopf. Die Götter? Gab es Götter? Ich schlenderte zum Tempel hinunter und setzte mich hin und wartete auf den Beginn der mir vertrauten Andacht.

«Höret die Stimmen unserer Seelen, ihr alle, die da wandert. Dies ist die Welt der Illusion. Das Leben ist nur ein Traum. Alles, was geboren wird, muss sterben.»

Die Stimme des Priesters dröhnte weiter und rezitierte die mir wohlbekannten Strophen. Strophen, die nun meine Wissbegierde weckte.

«Das dritte Weihrauchstäbchen wird entfacht, um einen herumwandernden Geist herbeizurufen, auf dass er geführt werden möge.»

Ihm wird nicht von den Göttern geholfen, dachte ich, sondern, dass er von «seinen Mitmenschen» geführt werden möge, und warum nicht von den Göttern? Warum beten wir zu unserem Überselbst und nicht zu einem Gott?

Dem Rest der Andacht schenkte ich keine Beachtung mehr. Ich wurde von einem Ellenbogen, der mir heftig in die Rippen gestoßen wurde, aus meinen Gedanken gerissen.

«Lobsang! Lobsang! Was ist los mit dir, bist du tot? Steh auf, die Andacht ist vorbei!» Ich erhob mich stolpernd und folgte den anderen hinterher aus dem Tempel.

«Ehrwürdiger Herr Lehrer, gibt es einen Gott? Oder Götter?», fragte ich meinen Mentor ein paar Stunden später. Er blickte mich an und sagte: «Komm, Lobsang, wir gehen und setzen uns aufs Dach. Hier an diesem belebten Ort können wir uns nicht vernünftig unterhalten.»

Er drehte sich um und ging den Korridor entlang, durch die Lamaunterkünfte und über die eingekerbten Pfostenleitern hinauf bis auf das Dach. Einen Augenblick standen wir da und blickten auf die schöne, uns wohlvertraute Landschaft mit den hochaufragenden Bergketten, dem glänzenden Wasser des Kyi-Chu und dem Schilfgürtel des Kaling-Chu. Unter uns der Norbu-Linga oder der Juwelenpark, der sich wie ein Teppich aus lebendem Grün abzeichnete.

Mein Mentor zeigte mit der Hand auf die Umgebung und sagte: «Glaubst du, dass all dies nur Zufall ist, Lobsang? Natürlich gibt es einen Gott!» Wir gingen bis zur höchsten Stelle des Daches und setzten uns.

«Dein Denken ist etwas durcheinander, Lobsang», bemerkte mein Mentor. «Es gibt einen Gott. Es gibt Götter. Doch während wir auf dieser Erde sind, sind wir nicht in der Lage, die Form und die Natur Gottes zu erkennen. Wir leben in einer sogenannten dreidimensionalen Welt. Gott lebt in einer Welt, die so weit entfernt ist, dass der Mensch mit seinem Verstand, solange er sich auf der Erde befindet, nicht in der Lage ist, den Plan Gottes zu erfassen. Deshalb neigen die Menschen dazu, zu rationalisieren und nehmen an, dass Gott so etwas wie ein Mensch ist, ein Supermensch, wenn du diese Bezeichnung vorziehst. Doch der Mensch glaubt in seiner Einbildung, dass er nach dem Ebenbild Gottes erschaffen wurde! Der Mensch glaubt ebenfalls, dass es auf anderen Welten kein Leben gibt. Wenn jedoch der Mensch nach dem Ebenbild Gottes erschaffen wurde und die Bewohner anderer Welten anders aussehen, was geschieht dann mit unserer Vorstellung, dass nur der Mensch allein nach dem Ebenbild Gottes erschaffen wurde?»

Der Lama schaute mich eindringlich an, um sicherzugehen, dass ich seinen Ausführungen folgte. Aber natürlich konnte ich folgen, dies alles erschien so selbstverständlich für mich.

«Jede Welt, jedes Land in jeder Welt, verfügt über einen Gott oder Schutzengel. Wir nennen den Gott, der für die Welt verantwortlich ist, Manu. Er ist ein hochentwickeltes Geistwesen, ein Mensch, der sich durch Inkarnation über Inkarnation geläutert und vom Unrat befreit und nur noch das Reine zurückgelassen hat. Es gibt eine Gruppe hoher Wesen, die in Zeiten der Not auf die Erde kommen, um ein Exempel zu statuieren, damit sich die Normalsterblichen aus dem Sumpf der weltlichen Wünsche befreien können.»

Ich nickte, denn ich wusste davon. Ich wusste, dass Buddha, Moses, Christus und viele andere dieser Art waren. Ich wusste auch von Maitreya, von dem in den buddhistischen Schriften gesagt wird, dass er 5,656 *Millionen* Jahre nach Buddha oder Gautama, wie er genauer bezeichnet werden sollte, auf die Welt kommen wird. All dies und mehr war Teil unserer religiösen Standardlehre, genauso wie das Wissen, dass jede rechtschaffene Person die gleichen Chancen hat, egal welche Bezeichnung ihre eigene Religion trägt. Wir waren nie der Meinung, dass nur eine Religionsgemeinschaft «in den Himmel» kommt und alle anderen nur zum Vergnügen von allerlei blutrünstigen Feinden in die Hölle purzeln. Doch mein Mentor war bereit, wieder fortzufahren.

«Es gibt den Manu der Welt, das hochentwickelte Wesen, das die Geschicke der Erde lenkt. Es gibt auch geringere Manus, die die Geschicke eines Landes lenken. Nach endlosen Jahren wird der Weltmanu weiterziehen und der Nächstbeste, nun gut geschult, wird die Erde übernehmen und sich weiterentwickeln.»

«Ah», rief ich triumphierend aus, «dann sind also nicht alle Manus gut! Der Manu von Russland erlaubt den Russen, gegen unser Wohl zu handeln. Und der Manu von China erlaubt den Chinesen, unsere Grenzen zu stürmen und unsere Leute zu töten.»

Der Lama lächelte mich an. «Du vergisst, Lobsang», erwiderte er, «dass diese Welt die Hölle ist. Wir kommen hierher, um Lektionen zu lernen. Wir kommen hierher, um zu leiden, damit sich unser Geist weiterentwickeln kann. Not lehrt, Schmerz lehrt. Freundlichkeit und Rücksicht tun das nicht. Es gibt Kriege, damit die Menschen auf dem Schlachtfeld ihren Mut unter Beweis stellen können und wie Eisen im Ofen durch das Feuer des Gefechts gehärtet und gestärkt werden können. Der physische Körper, Lobsang, spielt keine Rolle, er ist nur eine vorübergehende Marionettenpuppe. Die Seele, der Geist, das Überselbst, nenne es wie du willst, ist alles, was es zu beachten gilt. Auf der Erde denken wir in unserer Blindheit, dass allein der physische Körper von Bedeutung ist. Die Angst, dass der Körper zu Schaden kommen könnte, trübt unsere Anschauung und verfälscht unsere Urteilskraft. Wir müssen zum Wohle unseres eigenen Überselbsts handeln und gleichzeitig andere unterstützen. Diejenigen, die blind dem Diktat anmaßender Eltern folgen, belasten nicht nur sich selbst, sondern auch die Eltern. Und jene, die blind dem Diktat einer starren Religion folgen, halten ebenso ihre Weiterentwicklung auf.»

«Ehrwürdiger Lama», rief ich dazwischen, «dürfte ich zu zwei Punkten Stellung nehmen?»

«Ja, du darfst», erwiderte mein Mentor.

«Sie sagten, dass wir viel schneller lernen, wenn die Bedingungen hart sind. Ich würde jedoch etwas mehr Freundlichkeit vorziehen. Ich könnte auf diese Weise besser lernen.»

Er schaute mich nachdenklich an. «Könntest du das wirklich?», fragte er. «Würdest du selbst dann, wenn du den Lehrer nicht zu fürchten brauchst, die Heiligen Schriften studieren? Würdest du in der Küche deinen Teil beitragen, wenn du keine Bestrafung für das Faulenzen fürchten müsstest? Würdest du?»

Ich ließ den Kopf hängen. Er hatte recht, ich arbeitete nur in der Küche, wenn mir das aufgetragen wurde. Ich studierte die Heiligen Bücher nur, weil ich Angst vor dem Versagen hatte.

«Und deine nächste Frage?», fragte der Lama.

«Nun, ehrwürdiger Herr Lehrer, wie kann denn eine starre Religion der eigenen Entwicklung schaden?»

«Ich werde dir dazu zwei Beispiele aufzeigen», erwiderte mein Mentor. «Die Chinesen glaubten, dass es keine Rolle spielte, was sie in diesem Leben taten, da sie für Fehler und Sünden bezahlen konnten, wenn sie wiederkamen. Auf diese Weise verfolgten sie den Weg der geistigen Faulheit. Ihre Religion wurde zu einer Art Opiat und betäubte sie in eine spirituelle Trägheit. Sie lebten nur noch für das nächste Leben, und so vernachlässigten sie ihre Kunstfertigkeit und ihr Handwerk. China verkam so zu einer Drittweltmacht, in der verbrecherische Kriegsherren eine Schreckensherrschaft begannen.»

Ich hatte beobachtet, dass die Chinesen in Lhasa unnötig brutal und völlig rücksichtslos zu sein schienen. Der Tod bedeutete ihnen nicht mehr als das Durchqueren eines Zimmers! Ich fürchtete den Tod überhaupt nicht, doch ich wollte wenigstens meine Aufgabe in nur einem Leben erledigen, statt es zu vernachlässigen und dann immer und immer wieder auf die Erde zurückkommen zu müssen. Der Prozess des Geborenwerdens, ein hilfloses Kleinkind zu sein, in die Schule gehen zu müssen, all das waren für mich «Schwierigkeiten». Ich hoffte sehr, dass dieses Leben mein letztes auf der Erde war. Die Chinesen hatten wunderbare Erfindungen, wunderbare Kunstwerke, eine wunderbare Kultur gehabt. Doch aufgrund eines zu sklavischen Festhaltens an einem Glauben verkam das ganze chinesische Volk und war für den Kommunismus eine leichte Beute. Das Alter und die Gelehrsamkeit wurden einst in China sehr respektiert, so wie es sein sollte. Doch den Weisen wurde nicht mehr die Ehre zuteil, die ihnen gebührte. Alles, was jetzt zählte, waren Gewalt, persönlicher Gewinn und Egoismus.

«Lobsang!» Die Stimme meines Mentors unterbrach meine Gedanken. «Wir haben von einer Religion gesprochen, die das Untätigsein lehrte, die lehrte, dass man sich bei anderen auf gar keine Art und Weise einmischen sollte. Man glaubte, dass man dadurch sein Karma mit zusätzlicher Schuld belasten würde – einer Schuld, die dann von Leben zu Leben weitergegeben wird.»

Er blickte aus dem Fenster über die Stadt Lhasa und über unser friedliches Tal hinweg, dann wandte er sich wieder mir zu. «Die Religionen des Westens neigen dazu, sehr militant zu sein. Die Menschen dort geben sich nicht damit zufrieden, das zu glauben, was sie glauben wollen, sondern sie sind bereit, andere zu töten, um sie dazu zu bringen, dasselbe zu glauben.»

«Ich verstehe nicht, wie das Töten einer Person eine gute religiöse Praxis sein sollte», bemerkte ich.

«Nein, ich auch nicht, Lobsang», antwortete der Lama, «doch zu Zeiten der Spanischen Inquisition folterte der eine Zweig der Christen jeden anderen Zweig, damit sie ‹bekehrt und gerettet› werden konnten. Die Menschen wurden auf der Folterbank gestreckt und auf dem Scheiterhaufen verbrannt, damit sie auf diese Weise überredet werden konnten, den Glauben zu wechseln! Selbst heute noch schicken diese Menschen Missionare in alle Welt hinaus, die versuchen, und dabei ist ihnen beinahe jedes Mittel recht, Bekehrte zu gewinnen. Es scheint fast, dass sie sich ihres Glaubens nicht ganz sicher sind, dass sie auf eine solche Weise andere gewinnen müssen, um von ihnen Anerkennung und Zustimmung für ihre eigene Religion zu erhalten, vermutlich im Sinne von, dass eine große Gemeinschaft auch mehr Sicherheit bedeutet.

«Ehrwürdiger Herr Lehrer, glauben Sie, dass die Menschen einer Religion folgen sollten?», fragte ich.

«Gewiss, wenn sie das wollen», erwiderte er. «Wenn die Menschen noch nicht die Stufe erreicht haben, wo sie das Überselbst und den Manu der Welt akzeptieren können, dann kann es für sie ein Trost sein, wenn sie sich an ein formelles Religionssystem halten können. Die Religion vermittelt geistige und spirituelle Disziplin und gibt den Menschen das Gefühl, zu einer Familie zu gehören, mit einem gütigen Vater, der immer über sie wacht und einer mitfühlenden Mutter, die immer bereit ist, in ihrem Namen beim Vater Fürsprache einzulegen. Ja, für diejenigen einer gewissen Evolutionsstufe ist eine solche Religion vorteilhaft. Doch je früher solche Menschen realisieren, dass sie zu ihrem Überselbst beten sollten, desto schneller werden sie sich weiterentwickeln. Wir werden manchmal gefragt, warum wir Heiligenbilder in unseren Tempeln haben, oder warum wir überhaupt Tempel haben. Ihnen können wir antworten, dass solche Bilder Mahner sind, dass auch wir uns entwickeln und mit der Zeit hohe spirituelle Wesen werden können. Und was unsere Tempel betrifft, unsere Tempel sind Orte, wo sich gleichgesinnte Menschen zusammenfinden können zum Zweck, sich gemeinsam in der Aufgabe zu bestärken, ihr Überselbst zu erreichen. Beim Beten, selbst wenn das Gebet nicht richtig vorgebracht wird, ist man in der Lage, eine höhere Schwingungsfrequenz zu erreichen. Die Meditation und Kontemplation innerhalb eines Tempels, einer Synagoge oder einer Kirche ist daher sehr hilfreich.»

Ich sann über das, was ich gerade gehört hatte, nach. Unter uns plätscherte der Kaling-Chu und floss schneller als er sich unter der Brücke der Lingkhorstraße hindurchzwängte. Südlich von mir, erspähte ich eine Gruppe Männer, die auf den Fährmann des Kyi-Chu Flusses warteten. Die

Händler waren am frühen Morgen bei meinem Mentor vorbeigekommen und hatten ihm Zeitungen und Zeitschriften gebracht. Zeitungen von Indien und anderen merkwürdigen Ländern der Welt. Der Lama Mingyar Dondup war schon oft und weit gereist und hielt sich über die Ereignisse außerhalb Tibets auf dem Laufenden. Zeitungen. Zeitschriften. Da war doch noch etwas in meinem Hinterkopf. Etwas, was mit dieser Diskussion zu tun hatte. Zeitung? Urplötzlich sprang ich auf, als hätte mich eine Nadel gestochen. Nein, es war nicht eine Zeitung, sondern eine Zeitschrift! Irgendetwas, was ich darin gesehen hatte. Was war das schon wieder? Jetzt wusste ich es! Es kam mir wieder in den Sinn. Ich blätterte in den Seiten und verstand kein einziges Wort dieser fremden Sprache, sondern schaute mir nur die Bilder an. Auf einer Seite hielt ich fragend inne. Das Bild zeigte ein geflügeltes Wesen, das in den Wolken über einem Feld schwebte, auf dem eine blutige Schlacht im Gange war. Mein Mentor, dem ich das Bild gezeigt hatte, las die Überschrift und übersetzte sie mir.

«Ehrwürdiger Lama!», rief ich ganz aufgeregt aus. «Heute früh erzählten Sie mir von dieser Erscheinung. Sie nannten sie den Engel von Mons, von dem viele Männer behauptet haben, ihn über dem Schlachtfeld gesehen zu haben. War das ein Gott?»

«Nein, Lobsang», erwiderte mein Mentor. «Viele, viele Männer sehnten sich in der Stunde ihrer Verzweiflung danach, die Gestalt eines Heiligen oder, wie sie es nennen, eines Engels zu sehen. Ihr dringendes Bedürfnis und ihre starken Emotionen, die ihnen auf dem Schlachtfeld eigen waren, verliehen ihren Gedanken, Wünschen und Gebeten Stärke. Auf diese Weise, so wie ich es dir bereits erklärt habe, ließen sie eine für sie spezifische Gedankenform entstehen. Und als die ersten geisterhaften Umrisse einer Gestalt auftauchten, wurden die Gebete und Gedanken der Männer, die sie hervorriefen, intensiviert, und so gewann die Gestalt an Stärke und Festigkeit und blieb für eine beträchtliche Zeit bestehen. Wir tun hier dasselbe, wenn wir unten im Tempel Gedankenformen entstehen lassen. Doch komm, Lobsang, der Tag ist schon weit fortgeschritten und die Logsar-Feierlichkeiten sind noch nicht zu Ende.»

Wir gingen den Korridor hinunter mitten in das geschäftige Treiben. Es herrschte ein emsiges Durcheinander, wie es während der Festzeit innerhalb eines Lamaklosters alltäglich war. Der Kunstmagister war auf der Suche nach mir. Er brauchte einen kleinen, leichten Jungen, der auf das Gerüst kletterte, um am Kopfe einer Figur nochmals etwas auszubessern. Ich folgte ihm in flottem Tempo den rutschigen Weg hinunter zum Butterraum. Ich zog eine alte Robe an, die schon mit eingefärbter Butter reichlich besudelt war und band mir ein dünnes Seil um die Hüfte, damit ich das Material daran hochziehen konnte. Ich kletterte auf das Gerüst. Es war wie der Magister vermutete, ein Teil vom Kopf war von der Holzleiste weggebrochen. Ich rief nach unten, was ich brauchte, ließ mein Seil nach unten baumeln und zog ein Eimer Butter hoch. Ein paar Stunden arbeitete ich daran, drehte dünnes Spanholz rund um die Streben der Stütze und formte einmal mehr Butter dagegen, sodass der Kopf fest an Ort und Stelle saß. Kritisch betrachtete der Kunstmagister das Werk vom Boden aus und gab mir ein Zeichen, dass er damit zufrieden war. Langsam und etwas steif löste ich mich vom Gerüst und kletterte herunter. Dankbar wechselte ich meine Robe und eilte davon.

Am nächsten Tag waren viele andere Chelas und ich unten in der Ebene von Lhasa, am Fuße des Potala im Dorf Shö. Offiziell schauten wir uns die Prozession, die Spiele und die Rennen an. Doch in Wirklichkeit spielten wir uns nur vor den einfachen Pilgern auf, die in Scharen von den Bergpfaden herkamen, um rechtzeitig zum Logsar in Lhasa zu sein. Aus der ganzen buddhistischen Welt kamen sie zu diesem Mekka des Buddhismus. Alte Männer, gebeugt von der Last ihrer Jahre, junge Frauen, die kleine Kinder auf dem Rücken trugen, sie alle kamen in dem Glauben, dass sie mit der Umrundung der Stadt und des Potalas für vergangene Sünden büßen und sich eine gute Wiedergeburt im nächsten Leben auf der Erde sichern würden. Wahrsager drängten sich auf der Lingkhorstraße, uralte Bettler baten um Almosen und

Händler mit ihren Waren, die von ihren Schultern hingen, drängten sich auf der Suche nach Kunden durch die Menge. Schon bald hatte ich genug von der hektischen Atmosphäre, von den Menschenmassen und ihren endlosen, nichtigen Fragen. Ich schlich mich von meinen Kameraden weg und ging langsam den Bergpfad hinauf in mein klösterliches Zuhause.

Auf dem Dach, an meinem Lieblingsplatz, war alles ruhig. Die Sonne verströmte eine angenehme Wärme. Unter mir, nun außer Sichtweite, vernahm ich das undeutliche Gemurmel der Menschen. Ein Gemurmel, das mich in seiner Undeutlichkeit eher besänftigte und mich veranlasste, in der Mittagswärme leicht einzudösen. Eine schattenhafte Gestalt materialisierte sich fast an der Grenze meiner Sicht. Schläfrig schüttelte ich meinen Kopf und zwinkerte mit den Augen. Als ich sie wieder öffnete, war die Gestalt immer noch da, nun etwas klarer und sich weiter verdichtend.

Plötzlich standen mir vor Schreck die Haare zu Berge. «Du bist aber nicht etwa ein Geist!», rief ich aus. «Wer bist du?»

Die Gestalt lächelte leicht und erwiderte: «Nein, mein Sohn, ich bin kein Geist. Ich studierte auch einmal im Chakpori und faulenzte einst genauso wie du jetzt auf diesem Dach. Dann wünschte ich mir nichts Sehnlicheres, als meine Befreiung von den irdischen Wünschen zu beschleunigen. Ich habe mich hinter die Wände dieser Einsiedelei dort oben einmauern lassen.» Er deutete nach oben und ich drehte mich um, um der Richtung seines ausgestreckten Fingers zu folgen.

«Nun», fuhr er telepathisch fort, «an diesem elften Logsar, seit dieser Zeit, habe ich das erreicht, nach dem ich immer getrachtet habe, die Freiheit nach Belieben herumstreifen zu können, während mein irdischer Körper geschützt in der Einsiedlerzelle zurückbleibt. Mein erster Ausflug ist hierher, sodass ich wieder einmal über die Menschenmenge blicken und diesen, in meiner Erinnerung angenehmen Fleck besuchen kann. Freiheit, Junge, ich habe die Freiheit erlangt!» Und damit löste er sich vor meinen Augen auf wie eine Weihrauchwolke, die vom Nachtwind verweht wurde.

Die Einsiedeleien! Wir Chelas hatten schon viel davon gehört und uns oft gefragt, wie sie wohl von innen aussehen mochten? Warum sperrten sich Männer in diese Steinzellen ein, die immer so bedenklich nahe an den Bergkanten standen? Ich beschloss, meinen verehrten Mentor danach zu fragen. Dann fiel mir ein, dass nur ein paar Meter entfernt, ein alter chinesischer Mönch lebte. Der alte Wu Hsi hatte ein sehr interessantes Leben gehabt. Er unterstand einige Jahre dem Palast des Kaisers von Peking als Mönch. Eines solchen Lebens überdrüssig, wanderte er nach Tibet aus, um Erleuchtung zu finden. Schließlich erreichte er das Chakpori und wurde aufgenommen. Nach ein paar Jahren auch davon überdrüssig, machte er sich zu einer Einsiedelei auf und lebte dort sieben Jahre lang ein einsames Leben. Nun war er wieder zurück im Chakpori und wartete auf den Tod. Rasch machte ich mich auf den Weg und eilte in den unteren Korridor und begab mich zu einer kleinen Zelle. Dort angekommen, rief ich dem alten Mann.

«Komm herein! Komm herein!», rief er mit seiner hohen zittrigen Stimme. Ich betrat seine Zelle und zum ersten Mal traf ich Wu Hsi den chinesischen Mönch. Er saß mit überkreuzten Beinen da. Trotz seines hohen Alters war sein Rücken noch gerade wie ein junger Bambusspross. Er hatte hohe Backenknochen und eine sehr gelbe pergamentähnliche Haut. Seine Augen waren tiefschwarz und leicht schräg gestellt. Ein paar widerspenstige Haare zierten sein Kinn und von der Oberlippe hingen ein paar duzend Haare seines langen Schnurrbartes herab. Seine Hände waren gelbbraun und von Altersflecken bedeckt, während seine Venen wie Baumäste herausstanden. Als ich auf ihn zuging, spähte er blind in meine Richtung, mehr fühlend als sehend.

«Hmmm, hmmm», sagte er, «ein Junge, ein Jugendlicher der Gangart nach. Was führt dich zu mir, Junge?»

«Ehrwürdiger Herr», erwiderte ich. «Sie lebten eine lange Zeit eingemauert in einer Einsiedelei. Hätten Sie die Freundlichkeit, mir davon zu erzählen.»

Er murmelte und kaute an den Enden seiner Schnurrbarthaare herum. Dann sagte er: «Setz dich, Junge, ich habe schon lange nicht mehr über die Vergangenheit gesprochen, obwohl ich jetzt ständig daran denke. Als ich ein Jugendlicher war», fing er an, «reiste ich weit und ging nach Indien. Dort begegnete ich Einsiedlern, die eingeschlossen in ihren Höhlen lebten. Einige unter ihnen schienen die Erleuchtung erlangt zu haben.» Er schüttelte den Kopf. «Die gewöhnlichen Leute waren sehr faul und verbrachten ihre Tage unter den Bäumen. Ach, war das ein trauriger Anblick!»

«Heiliger Herr», unterbrach ich ihn, «ich hätte lieber etwas von den Einsiedeleien in Tibet gehört.»

«Wie? Was meinst du?», fragte er undeutlich. «Ach so, ja, die Einsiedeleien von Tibet. Ich kehrte also von Indien zurück und ging wieder in mein angestammtes Peking. Das Leben langweilte mich, denn ich lernte nichts. Wieder nahm ich meinen Wanderstab und meine Schale und machte mich über mehrere Monate zur tibetischen Grenze auf.»

Ich seufzte verzweifelt.

Der alte Mann fuhr fort: «Im Laufe der Zeit, nachdem ich mich in verschiedenen Lamaklöstern aufgehalten hatte, immer auf der Suche nach Erleuchtung, erreichte ich das Chakpori. Der Abt erlaubte mir, hier zu bleiben, da ich ein qualifizierter Arzt in China war. Mein Spezialgebiet war die Akupunktur. Ein paar Jahre war ich zufrieden, dann aber erfasste mich der große Wunsch, mich in eine Einsiedelei zu begeben.»

Inzwischen war ich voller Ungeduld. Wenn der alte Mann noch länger brauchte, würde ich zu spät kommen. Ich durfte die Abendandacht auf gar keinen Fall versäumen! Genau in dem Augenblick, als ich daran dachte, konnte ich das erste Dröhnen der Gongs hören.

Nur ungern und zögernd erhob ich mich und sagte: «Ehrwürdiger Herr, ich muss nun gehen.»

Der alte Mann lachte leise und erwiderte: «Nein, Junge, du darfst bleiben. Bist du denn nicht hier, um von einem älteren Bruder unterrichtet zu werden? Bleib, du bist von der Abendandacht entschuldigt.»

Ich setzte mich wieder hin, da ich wusste, dass er recht hatte, obwohl er immer noch ein Trappa und kein Lama war. Er galt aber aufgrund seines Alters, seiner Reisen und Erfahrungen als Respektsperson.

«Tee, Junge, Tee!», rief er aus. «Wir wollen etwas Tee trinken, denn der Körper ist schwach und das Gewicht des Alters lastet schwer auf mir. Tee für Jung und Alt.»

Als Antwort auf sein Rufen brachte ein Bedienungsmönch dem bejahrten Mann Tee und Gerste. Wir mischten uns unser Tsampa und machten es uns bequem, er zum Sprechen und ich zum Zuhören.

«Der Herr Abt gab mir die Erlaubnis, das Chakpori zu verlassen, um mich in eine Einsiedelei zu begeben. Mit einem Begleitmönch reiste ich von hier weg und stieg in die Berge hinauf. Nach fünf Tagesmärschen erreichten wir eine Stelle, die man vom Dach über uns gerade noch sehen kann.

Ich nickte, ich kannte die Stelle, ein einzelnes Bauwerk hoch oben im Himalaya. Der alte Mann fuhr fort: «Die Einsiedelei war verlassen, der frühere Bewohner war erst kürzlich verstorben. Mein Begleitmönch und ich reinigten den Raum. Dann stand ich da und blickte ein letztes Mal über das Lhasatal hinweg. Ich blickte zum Potala und zum Chakpori hinunter, danach drehte ich mich um und betrat die innere Zelle. Der Begleitmönch mauerte die Türöffnung zu und pflasterte sie fest, und ich war allein.»

«Aber, ehrwürdiger Herr, wie sieht es denn im Inneren aus?», fragte ich.

Der alte Wu Hsi kratzte sich am Kopf. «Es ist ein Steinbau», erwiderte er langsam. «Ein Bau mit sehr dicken Mauern. Es gibt keine Türe, weil sie zugemauert wird, wenn man sich im Inneren der Zelle befindet. In der Wand eingelassen und völlig lichtundurchlässig gibt es eine Klappe, durch die der Einsiedler Nahrung erhält. Ein dunkler Gang verbindet die innere Zelle mit dem Raum, in dem der Begleitmönch lebt. Ich war eingemauert. Die Dunkelheit war so intensiv, dass ich sie beinahe fühlen konnte. Nicht der geringste Lichtschimmer drang herein, noch konnte ich einen Ton hören. Ich saß auf den Boden und begann meine Meditation. Zuerst litt ich unter Halluzinationen. Ich bildete mir ein, dass ich Lichtstreifen oder Lichtbänder sah.

Dann fühlte ich, wie mich die Dunkelheit einschnürte, als ob ich mit weichem, trockenem Schlamm bedeckt wäre. Die Zeit hörte auf zu existieren. Bald hörte ich in meiner Fantasie Glocken und Gongs und den Gesang von Männern. Später hämmerte ich gegen die mich einsperrenden Wände meiner Zelle und versuchte, in meiner Raserei herauszukommen. Ich wusste überhaupt nicht mehr ob es Tag oder Nacht war, denn alles war schwarz und so still wie in einem Grab. Nach einiger Zeit wurde ich ruhiger und meine Panik ließ nach.»

Ich saß da und stellte mir die Szene vor. Der alte Wu Hsi, der damals noch der junge Wu Hsi war, in der beinahe lebendigen Dunkelheit, inmitten der alles durchdringenden Stille.

«Jeden zweiten Tag», sagte der alte Mann, «kam der Begleitmönch und stellte mir ein wenig Tsampa draußen vor die Klappe. Er kam immer so leise, dass ich ihn nie hören konnte. Das erste Mal, als ich blind nach meinem Essen in der Dunkelheit tastete, stieß ich es um und konnte es nicht mehr erreichen. Ich rief und schrie, doch aus meiner Zelle drang kein Laut. Ich musste weitere zwei Tage warten.»

«Ehrwürdiger Herr, was geschieht, wenn ein Einsiedler krank wird oder stirbt?», fragte ich.

«Mein Junge», sagte der alte Wu Hsi, «wenn ein Einsiedler krank wird, stirbt er. Der Begleitmönch stellt vierzehn Tage lang jeden zweiten Tag weiter Essen hinein, wenn das Essen bis dahin unberührt bleibt, dann kommen Männer und brechen die Wand ein und holen den Leichnam des Einsiedlers heraus.»

Der alte Wu Hsi war sieben Jahre lang Einsiedler. «Was geschah in Ihrem Fall, nachdem Sie bis zur festgesetzten Zeit blieben?»

«Ich wollte zwei Jahre bleiben, doch dann blieb ich sieben. Als es beinahe Zeit für mich war, herauszukommen, wurde ein ganz winziges Loch in die Decke gemacht, sodass nur ein ganz kleiner Lichtstrahl eindrang. Alle paar Tage wurde das Loch vergrößert, um immer mehr Licht hereinzulassen. Schließlich konnte ich das volle Tageslicht aushalten. Wenn der Einsiedler plötzlich dem vollen Tageslicht ausgesetzt würde, dann wäre er auf der Stelle blind, weil sich in der Dunkelheit seine Pupillen so erweitert haben, dass sie sich bei einem plötzlichen Lichteinfall nicht mehr zusammenziehen können. Als ich herauskam, war ich weiß, weiß gebleicht, und meine Haare waren so weiß wie der Schnee auf den Bergen. Ich bekam Massagen und ich machte Übungen, denn meine Muskeln waren aufgrund des Nichtgebrauchs fast unbrauchbar. Nach und nach nahm meine Muskelkraft wieder zu, bis ich schließlich in der Lage war, mit meinem Begleitmönch wieder von den Bergen herunterzusteigen und im Chakpori Quartier zu beziehen.»

Ich sann über seine Worte nach. Ich dachte an die endlosen Jahre der Dunkelheit, an die völlige Stille und an das auf sich selbst angewiesen sein, und ich war sehr neugierig. «Was haben Sie von all dem gelernt, ehrwürdiger Herr?», fragte ich schließlich. «Hat es sich denn gelohnt?»

«Ja, Junge, es hat sich gelohnt!», sagte der alte Mönch. «Ich lernte die Natur des Lebens und den Zweck des Verstandes kennen. Ich befreite mich vom Körper und konnte mit meinem Geistkörper weit in die Ferne reisen, genauso wie du es tust, wenn du dich in die Astralwelt begibst.»

«Aber wie wussten Sie, dass Sie sich das alles nicht nur eingebildet haben? Wie wussten Sie, dass Sie geistig gesund waren? Und warum konnten Sie nicht wie ich astralreisen, sondern mussten sich dazu in die Isolation einer Einsiedelei begeben?»

Wu Hsi lachte, bis ihm die Tränen über die gefurchten Wangen liefen. «Fragen über Fragen, mein Junge, genau wie ich sie immer gestellt habe!» erwiderte er. «Zuerst wurde ich von Panik ergriffen. Ich verfluchte den Tag, an dem ich Mönch wurde. Ich verfluchte den Tag, an dem ich die Zelle betrat. Nach und nach aber gelang es mir, dem Atmungsmuster zu folgen und zu meditieren. Zu Beginn hatte ich Halluzinationen, reine Einbildungen. Doch eines Tages entschlüpfte ich meinem Körper und war frei und von da an war die Dunkelheit nicht mehr dunkel für mich. Ich sah meinen Körper in der Meditationshaltung sitzen. Ich sah meine blinden, starrenden und weit geöffneten Augen, ich sah die Blässe meiner Haut und meinen dünnen Körper. Als ich aufstieg, glitt ich durch das Dach der Zelle und blickte auf das Lhasatal hinab. Ich sah gewisse Veränderungen, sah Menschen, die ich kannte, und als ich in den Tempel ging, konnte ich mich mit einem telepathischen Lama unterhalten, der mir meine Loslösung vom physischen Körper bestätigte. Ich reiste weit, über die Grenzen dieses Landes hinaus. Jeden zweiten Tag kehrte ich in meinen Körper zurück und belebte ihn wieder, sodass ich essen und ihn ernähren konnte.»

«Aber warum konnten Sie nicht ohne all diese Vorkehrungen astralreisen?», fragte ich erneut.

«Einige von uns sind ganz normale Sterbliche. Nur ganz wenige von uns verfügen über diese besondere Fähigkeit, die dir aufgrund der Aufgabe, die du zu erfüllen hast, gegeben wurde. Du bist auf astralen Weg schon weit gereist. Andere, so wie ich, mussten Einsamkeit und Leiden erdulden, bevor sich der Geist vom physischen Körper lösen konnte. Du, Junge, du bist einer der Glücklichen, einer der sehr seltenen Glückspilze!» Der alte Mann seufzte und sagte: «Geh nun! Ich muss ruhen. Ich habe lange geredet. Komm ein anderes mal wieder. Du bist trotz deiner Fragerei immer ein willkommener Gast.»

Er wandte sich von mir ab und ich erhob mich und richtete ein paar Worte des Dankes an ihn, verbeugte mich und verließ leise den Raum. Ich war so in Gedanken versunken, dass ich geradeaus in die gegenüberliegende Wand lief und beinahe meinen Geistkörper aus meinem Körper stieß. Ich rieb mir meinen schmerzenden Kopf und ging etwas gesetzter den Korridor entlang, bis ich meine eigene Zelle erreichte.

Die Mitternachtsandacht war fast vorbei. Die Mönche rührten sich schon leicht und waren bereit, sich eiligst davon zu machen, um noch ein paar Stunden Schlaf zu bekommen, bevor sie zurückkehrten. Der alte Vorleser auf dem Podium legte behutsam das Lesezeichen zwischen die Buchseiten, drehte sich um und war bereit, herunterzusteigen. Die aufmerksamen Augen der Aufseher, die für Ruhestörungen oder unaufmerksame kleine Jungen immer wachsam waren, entspannten sich. Die Andacht war beinahe zu Ende. Die kleinen Chelas schwangen zum letzten Umgang ihre Weihrauchgefäße und man vernahm das kaum unterdrückte Gemurmel einer großen Versammlung, die sich zum Aufbruch bereit machte.

Plötzlich drang ein ohrenbetäubender Schrei durch die Menge und eine wild gewordene Gestalt sprang über die Köpfe der sitzenden Mönche hinweg und versuchte, einen jungen Trappa mit zwei Weihrauchstäbchen in der Hand zu ergreifen. Wir saßen alle vor Schreck wie angewurzelt da. Vor uns drehte und wirbelte die wild gewordene Gestalt herum. Schaum flog von den leidenden Lippen und grässliche Schreie strömten aus der gequälten Kehle. Einen Augenblick lang schien die Welt stillzustehen. Die Polizeimönche erstarrten vor Überraschung und die Mönche, die die Andacht leiteten, standen mit hocherhobenen Armen da. Dann legten sich die Aufseher hart ins Zeug. Sie näherten sich der irr gewordenen Gestalt und überwältigten sie schnell und schlangen ihr die Robe um den Kopf, um die Verwünschungen und die Flüche, die wie ein Sturzbach aus ihrem Mund strömten, zu ersticken. Rasch und ohne Umschweife wurde sie hochgehoben und aus dem Tempel entfernt. Die Andacht war zu Ende. Wir erhoben uns, eilten hinaus und waren bestrebt, hinter den Tempelbereich zu gelangen, damit wir über das, was wir gerade gesehen hatten, sprechen konnten.

«Das ist Kenji Tekeuchi», sagte ein junger Trappa in der Nähe von mir. «Er ist ein japanischer Mönch, der schon überall herumgekommen ist.»

«Es wird gesagt, dass er schon die ganze Welt bereist hat», sagte ein anderer.

«Er war auf der Suche nach der Wahrheit und hoffte, dass man sie ihm gab, anstatt dafür zu arbeiten», erwiderte ein Dritter.

Ich ging davon. Irgendwie quälten mich meine Gedanken. Warum sollte die Suche nach der Wahrheit einen Mann verrückt machen? Das Zimmer war kalt und ich fröstelte leicht, während ich mich in meine Robe einwickelte und mich schlafen legte. Es schien überhaupt keine Zeit vergangen zu sein, bevor die Gongs erneut zur nächsten Andacht ertönten. Als ich aus dem Fenster blickte, sah ich die ersten Sonnenstrahlen hinter den Bergen aufgehen. Lichtstrahlen, die wie riesige Finger in den Himmel hochragten und nach den Sternen griffen. Ich seufzte und eilte den Korridor hinunter, bestrebt, nicht der Letzte zu sein, der den Tempel betrat, um nicht den Zorn der Aufseher zu erregen.

«Du siehst nachdenklich aus, Lobsang», sagte mein Mentor, der Lama Mingyar Dondup, als ich ihn später am Tag, nach der Mittagsandacht aufsuchte. Er bat mich, Platz zu nehmen. «Du hast den japanischen Mönch, Kenji Tekeuchi, im Tempel gesehen. Ich möchte dir von ihm erzählen, denn du wirst ihn später treffen.»

Ich setzte mich bequemer hin, da dies nicht ein kurzes Gespräch zu werden schien, das hieß, ich war für den Rest des Tages «gefangen»!

Der Lama lächelte, als er meinen Gesichtsausdruck sah. «Vielleicht sollten wir indischen Tee und dazu diese indischen Süßigkeiten kommen lassen, um das Ganze etwas zu versüßen, Lobsang, nicht wahr?»

Das heiterte mich etwas auf und er kicherte und sagte: «Der Bedienungsmönch wird es gleich bringen. Ich habe dich erwartet!»

Ja, dachte ich, als der Bedienungsmönch eintrat, wo sonst auf der Welt hätte ich einen solchen Lehrer? Die Kekse von Indien waren meine Lieblingskekse und die Augen des Lamas weiteten sich vor Überraschung, wie viele ich davon «wegputzen» konnte.

«Kenji Tekeuchi», sagte mein Mentor, «ist, war, ein sehr gebildeter und vielgereister Mann. Während seines Lebens, er ist nun über siebzig, bereiste er die ganze Welt, immer auf der Suche nach dem, was er ‹die Wahrheit› nannte. Doch die Wahrheit befindet sich in ihm, nur weiß er das nicht. Stattdessen reiste er unentwegt von Ort zu Ort. Stets hat er Religionen studiert und viele Bücher von vielen Ländern gelesen um dieser Suche, dieser Besessenheit nachzugehen. Schließlich wurde er zu uns gesandt. Er hat so viel Gegensätzliches gelesen und studiert, dass seine Aura davon verunreinigt ist. Er hat so viel gelesen und so wenig verstanden, dass er die meiste Zeit geisteskrank ist. Er ist ein menschlicher Schwamm, der alles Wissen aufnimmt und nur sehr wenig verarbeitet.»

«Dann, ehrwürdiger Herr Lehrer», rief ich aufgeregt aus, «sind Sie gegen das Studieren von Büchern?»

«Nein, ganz und gar nicht, Lobsang», erwiderte der Lama. «Ich bin, wie alle anderen vernünftigen Menschen auch, nur gegen jene, die Broschüren, Druckschriften und Bücher erwerben, die über eigenartige Kulte, über den sogenannten Okkultismus geschrieben sind. Diese Leute vergiften ihre Seele. Sie machen einen weiteren Fortschritt für sich selbst unmöglich, bis sie all das falsche Wissen abgelegt haben und wie ein kleines Kind geworden sind.»

«Ehrwürdiger Lama, wie wird man geisteskrank?», fragte ich. «Und wie kommt es, dass Falsches zu lesen, manchmal zu Verwirrungen führt?»

«Das ist eine sehr lange Geschichte», erwiderte der Lama Mingyar Dondup. «Doch zuerst müssen wir uns mit den Grundlagen befassen. Also fasse dich in Geduld und höre mir zu! Auf der Erde sind wir wie Marionettenpuppen. Marionetten, die aus schwingenden Molekülen erschaffen und von einer elektrischen Ladung umgeben sind. Unser Überselbst schwingt auf einer sehr, sehr viel höheren Frequenz und verfügt über eine sehr viel höhere elektrische Ladung. Es besteht zwischen unserer Schwingungsfrequenz und der unseres Überselbsts eine ganz klare Beziehung. Man könnte den Prozess der Kommunikation zwischen jedem einzelnen von uns hier auf dieser Erde und unserem Überselbst mit einer Neuentwicklung auf dieser Welt vergleichen. Mit der Entwicklung, bei der Radiowellen über Kontinente und Meere hinweg gesandt werden und es einer Person in einem Land ermöglicht, mit einer anderen Person in einem weit entfernten anderen Land zu kommunizieren. Unsere Gehirne sind Radioempfängern insofern ähnlich, als sie die «hochfrequenten» Botschaften, Befehle und Anweisungen des Überselbsts empfangen und sie in niederfrequente Impulse umwandeln, die unsere Handlungen bestimmen. Das Gehirn ist ein elektromechanischchemisches Gerät, das uns auf der Erde nützlich macht. Chemische Reaktionen verursachen jedoch, dass unser Gehirn fehlerhaft funktioniert, indem es vielleicht Teile einer Mitteilung blockiert. Denn selten erhalten wir die exakten, vom Überselbst gesandten Mitteilungen auf der Erde. Der Verstand ist auch ohne Bezug zum Überselbst zu einer begrenzten Handlung fähig. Der Verstand ist in der Lage, gewisse Verantwortungen zu übernehmen, bestimmte Meinungen zu bilden und versucht, die Kluft zwischen den idealen Bedingungen des Überselbsts und den schwierigen Bedingungen auf der Erde zu überbrücken.»

«Aber anerkennen denn die Menschen im Westen die Theorie der Elektrizität im Gehirn?», fragte ich.

«Ja», erwiderte mein Mentor, «in gewissen Krankenhäusern werden die Gehirnwellen von Patienten aufgezeichnet, und man hat festgestellt, dass bestimmte psychische Störungen ein charakteristisches Gehirnwellenmuster aufweisen. Anhand der Gehirnwellen kann man also feststellen, ob eine Person an einer Geisteskrankheit leidet oder nicht. Oft sendet eine körperliche Krankheit gewisse chemische Stoffe ins Gehirn, die seine Wellenform beeinträchtigt und so Symptome einer Geisteskrankheit auslösen.»

«Ist der Japaner sehr geisteskrank?», fragte ich.

«Komm! Wir wollen zu ihm gehen, er hat gerade einer seiner lichten Momente.»

Der Lama erhob sich und ging mit schnellen Schritten aus dem Zimmer. Ich sprang auf und eilte ihm hinterher. Er führte mich den Korridor hinunter, in ein anderes Stockwerk und in einen entfernten Gebäudeflügel, in dem diejenigen untergebracht waren, die medizinisch behandelt wurden.

In einem kleinen Nebenraum, von wo aus der Khati Linga zu überblicken war, saß der japanische Mönch und blickte trübsinnig hinaus. Beim Erscheinen des Lama Mingyar Dondup erhob er sich, faltete die Hände und verbeugte sich tief.

«Bleiben Sie sitzen», sagte mein Mentor. «Ich habe Ihnen einen jungen Mann mitgebracht, der Ihnen gerne zuhören möchte. Er steht unter einer speziellen Ausbildung auf Anordnung Seiner Heiligkeit.» Der Lama verbeugte sich, machte kehrt und verließ den Nebenraum.

Einige Augenblicke starrte mich der Japaner an, dann forderte er mich auf, Platz zu nehmen. Ich setzte mich mit diskretem Abstand, denn ich wusste nicht, wann er wieder gewalttätig wurde!

«Stopf deinen Kopf nicht mit all dem okkulten Zeug voll, das du lesen kannst, Junge!», sagte der japanische Mönch. «Es ist eine unverdauliche Kost, die deinen spirituellen Fortschritt nur behindert. Ich studierte sämtliche Religionen und alle metaphysischen Kulte, die ich finden konnte. Es vergiftete mich, es trübte meine Anschauung, es ließ mich glauben, dass ich ein ganz besonderer Auserwählter war. Nun ist mein Gehirn geschädigt und manchmal verliere ich völlig die Kontrolle über mich selbst, ich entgleite der Führung meines Überselbsts.»

«Aber, ehrwürdiger Herr, wie soll man denn lernen, wenn man nicht lesen darf?», fragte ich. «Welchen Schaden kann das gedruckte Wort schon anrichten?»

«Junge», sagte der japanische Mönch, «gewiss darf man lesen, aber wähle mit Sorgfalt aus, was du liest, und vergewissere dich, dass du das, was du liest, auch wirklich verstehst. Es liegt keine Gefahr im gedruckten Wort, aber es liegt eine Gefahr in den Gedanken, die diese Worte hervorrufen können. Man sollte nicht alles schlucken und das Verträgliche mit dem Unverträglichen vermischen, noch sollte man Dinge lesen, die sich anderem widersprechen oder okkulte Kräfte versprechen. Es ist so leicht möglich, eine Gedankenform entstehen zu lassen, die man dann nicht mehr kontrollieren kann, so wie ich es getan habe, und dann schadet einem diese Gedankenform.»

«Waren Sie in allen Ländern der Welt?», fragte ich.

Der Japaner schaute mich an und in seinen Augen erschien ein leichtes Zwinkern. «Ich bin in einem kleinen japanischen Dorf geboren», sagte er, «und als ich alt genug war, trat ich einem geistlichen Orden bei. Über Jahre studierte ich Religionen und okkulte Praktiken. Dann legte mir der Vorsteher meiner Ordensgemeinschaft nahe, auf Reisen zu gehen in weit entfernte Länder jenseits des Meeres. Fünfzig Jahre lang bin ich von Land zu Land und von Kontinent zu Kontinent gereist und studierte immer. Durch meine

Gedanken habe ich geistige Kräfte erschaffen, die ich nicht mehr kontrollieren konnte. Kräfte, die in der Astralebene leben und die zuweilen meine Silberschnur beeinträchtigen. Später wird mir vielleicht erlaubt, dir mehr zu erzählen. Doch im Augenblick fühle ich mich von der letzten Attacke noch schwach und muss deshalb etwas ausruhen. Mit der Erlaubnis deines Mentors kannst du mich gerne zu einem späteren Zeitpunkt wieder besuchen.»

Ich machte meine Verbeugungen und ließ ihn in dem kleinen Nebenraum allein. Ein Medizinmönch eilte sofort zu ihm, als er sah, dass ich wegging. Ich blickte mich um und spähte neugierig zu den alten Mönchen hinüber, die in diesem Teil des Chakpori lagen. Dann, als Erwiderung auf einen dringenden telepathischen Ruf, machte ich mich eilends auf den Weg zu meinem Mentor, dem Lama Mingyar Dondup.

Kapitel 5

Ich eilte durch die Korridore und rannte um die Ecken, sehr zum Leidwesen derer, die mir in die Quere kamen. Ein alter Mönch packte mich im Vorbeieilen. Er schüttelte mich und sagte: «Es ziemt sich nicht, eine solche ungehörige Eile zu haben, Junge, das ist nicht die Art des wahren Buddhisten!» Dann spähte er in mein Gesicht und erkannte mich als den Zögling des Lama Mingyar Dondup. Mit einem gemurmelten Laut, der «Upps!» zu sein schien, ließ er mich wie eine heiße Kartoffel fallen und «eilte» weiter, während ich gelassen meinen eigenen Weg ging.

An der Tür meines Mentors blieb ich mit einem solchen Ruck stehen, dass ich beinahe vornüberfiel. Zwei hochrangige Äbte waren bei ihm. Mein schlechtes Gewissen plagte mich schrecklich. Was habe ich denn jetzt schon wieder angestellt? Noch schlimmer, welche der vielen «Sünden» wurden aufgedeckt. Hochrangige Äbte warteten normalerweise nicht auf kleine Jungen, außer wenn es schlechte Nachrichten für die Jungen gab. Meine Beine fühlten sich gummiartig an, und ich durchforstete mein Gedächtnis, um zu sehen, ob ich irgendetwas getan hatte, das meinen Ausschluss aus dem Chakpori zur Folge haben könnte. Einer der Äbte sah mich an und lächelte mit der Wärme eines alten Eisberges. Der andere blickte mich mit einem Gesicht an, das aus einem Stück des Himalaya gehauen schien.

Mein Mentor lachte: «Du hattest doch tatsächlich ein schlechtes Gewissen, Lobsang. Ah! Diese ehrwürdigen Amtsbrüder sind ebenfalls telepathische Lamas», fügte er mit einem leisen Lachen hinzu.

Der grimmigere der beiden Äbte schaute mich streng an und sagte mit einer Stimme, die mich an fallende Steine erinnerte: «Tuesday Lobsang Rampa, auf Geheiß des Erhabenen wurden Nachforschungen über dich angestellt, bei denen ermittelt wurden, dass du als die verkörperte Inkarnation von … wiedererkannt wurdest.»

In meinem Kopf drehte sich alles. Ich konnte dem, was er sagte, kaum folgen und erfasste gerade noch die abschließenden Worte: «... und aufgrund dessen wird dir die Anrede, der Rang und Titel eines Herrn Abt bei einer Zeremonie, die zu einem späteren Zeitpunkt und Ort erfolgen wird, verliehen.» Die zwei Äbte verbeugten sich formell vor dem Lama Mingyar Dondup und dann genauso formell vor mir. Sie hoben ein Buch auf und marschierten hintereinander hinaus und ihre Schritte verhallten allmählich. Ich stand da wie ein Betäubter und starrte ihnen den Korridor hinunter nach.

Ein herzhaftes Lachen und ein Schulterklopfen brachten mich wieder in die Gegenwart zurück. «Nun weißt du, wozu die ganze Rennerei gewesen war. Die Nachforschungen haben lediglich bestätigt, was wir schon die ganze Zeit wussten. Das gibt Anlass für eine besondere Feier zwischen dir und mir, denn ich habe sehr interessante Neuigkeiten für dich.»

Er führte mich in ein anderes Zimmer und dort auf einem Tisch befand sich eine echte indische Mahlzeit. Ohne jede Aufforderung griff ich zu! Später, als ich nicht noch mehr essen konnte und als mir selbst der Anblick der verbliebenen Essensreste Übelkeit verursachte, erhob sich mein Mentor und begab sich wieder in das andere Zimmer zurück. «Der Erhabene hat mir die Erlaubnis erteilt, dir über die Höhle der Ahnen zu erzählen», sagte er. Fügte jedoch schnell hinzu: «Der Erhabene hat mir eher nahegelegt, dir davon zu berichten.» Er blickte mich von der Seite an, dann sagte er beinahe flüsternd: «In wenigen Tagen wird eine Expedition dorthin aufbrechen.»

Ich fühlte, wie ich von einer Aufregung erfasst wurde. Mich überfiel der unmögliche Eindruck, dass ich vielleicht «heimging» an den Ort, den ich bereits kannte. Mein Mentor beobachtete mich dabei sehr genau. Und als ich unter seinen intensiven Blicken aufschaute, nickte er mit dem Kopf. «Ich habe genauso wie du, Lobsang, eine spezielle Ausbildung genossen und erhielt spezielle Chancen. Mein eigener Lehrer war ein Mann, der schon lange aus diesem Leben geschieden ist. Seine leere Körperhülle befindet sich immer noch in der Halle der goldenen Abbildungen. Mit ihm zusammen unternahm ich ausgedehnte Reisen durch die ganze Welt. Du, Lobsang, wirst allein reisen müssen. Nun sitz still. Ich werde dir jetzt vom Auffinden der Höhle der Ahnen erzählen.»

Ich netzte meine Lippen. Das war es, was ich schon lange hören wollte! In einem Lamakloster sowie in jeder Gemeinschaft verbreiten sich in geheimen Kreisen oft Gerüchte. Einige Gerüchte waren selbstverständlich nur Gerüchte und nichts weiter. Doch dieses war anders, weil ich das, was ich gehört hatte, irgendwie glaubte.

«Ich war ein sehr junger Lama, Lobsang», fuhr mein Mentor fort. «Mit meinem Lehrer und drei jungen Lamas erkundeten wir einige Gebirgszüge, die weiter entfernt waren. Einige Wochen davor hatte es einen außergewöhnlich lauten Knall gegeben, der einen mächtigen Felssturz zur Folge hatte. Wir machten uns auf, um die Sache zu erkunden. Tagelang streiften wir am Fuße eines riesigen Bergmassives umher. Am frühen Morgen des fünften Tages erwachte mein Lehrer. Doch er war nicht richtig wach. Er schien irgendwie benommen zu sein. Wir sprachen ihn an, erhielten aber keine Antwort. Ich machte mir große Sorgen und dachte, er wäre krank, und ich fragte mich, wie wir ihn die endlosen Kilometer hinunter in Sicherheit bringen konnten. Schwerfällig, so als befände er sich im Griff einer seltsamen Macht, rappelte er sich auf, fiel hin und stand schließlich aufrecht. Stolpernd, zuckend und wie in Trance bewegte er sich vorwärts. Wir folgten ihm ängstlich und nervös hinterher. Wir kletterten eine steile Felswand hoch, während es kleine Steine auf uns herabregnete. Schließlich erreichten wir die scharfe Kante des Gipfelgrats. Dort standen wir und spähten auf die andere Seite. Ich empfand ein Gefühl großer Enttäuschung. Vor uns befand sich ein kleines Tal, das nun mit riesigen Felsbrocken beinahe ausgefüllt war. Hier war ganz offensichtlich der Felssturz niedergegangen. Felsrisse oder einige Erdstöße mussten dem vorausgegangen sein, die den Berghang ins Rutschen gebracht haben. Große freigelegte Felswände klafften uns im hellen Sonnenlicht entgegen. Moos und Flechten hingen ihres Haltes beraubt trostlos nach unten. Ich wandte mich verärgert um. Hier gab es außer dem doch eher großen und massiven Felssturz nichts zu sehen, das meine Aufmerksamkeit erregte. Ich wollte gerade wieder umkehren und absteigen, als ich plötzlich von einem Flüstern gestoppt wurde: ‹Mingyar!› Einer meiner Kameraden zeigte mit dem Finger. Mein Lehrer, immer noch unter diesem fremden Zwang, fing an, auf der anderen Seite des Berghanges wieder herunterzuklettern.»

Ich saß gefesselt da. Mein Mentor schwieg einen Augenblick, nahm einen Schluck Wasser und fuhr wieder fort: «Wir beobachteten ihn höchst verzweifelt. Langsam kletterte er den Abhang hinunter auf die kleine Talsohle mit den verstreuten Felsen zu. Widerstrebend folgten wir ihm und erwarteten jeden Augenblick, von diesem gefährlichen Steilhang zu rutschen. An der Sohle angekommen zögerte mein Lehrer keinen Augenblick, sondern bahnte sich bedacht einen Weg zwischen den riesigen Felsbrocken, bis er schließlich die andere Seite des Felsentals erreichte. Zu unserem Entsetzen fing er an, wieder hochzuklettern und benutzte Hand- und Fußgriffe, die für uns, ein paar Meter weiter hinter ihm, nicht einsehbar waren. Wir folgten ihm widerwillig. Es gab für uns keine andere Route, die wir hätten nehmen können. Wir konnten nicht umkehren und sagen, dass uns der Expeditionsleiter davongeklettert war und wir Angst gehabt hätten, ihm zu folgen, obwohl der Aufstieg wirklich sehr gefährlich war. Ich kletterte als erster und wählte sorgfältig die Route aus. Der Fels war hart und die Luft war dünn. Bald kratzte mir der Atem im Hals und ich fühlte in meiner trockenen Lunge einen stechenden Schmerz.

Auf einem schmalen Felssims, etwa hundertfünfzig Meter über dem Tal, legte ich mich langgestreckt nieder und rang nach Atem. Und während ich aufwärts schaute, um mich für die nächste Kletterroute vorzubereiten, sah ich gerade noch die gelbe Robe meines Lehrers über einen Felssims hoch oben verschwinden. Verbissen hielt ich mich an der Felswand fest und kletterte immer höher. Meine Kameraden folgten mir ebenso zögernd wie ich. Inzwischen waren wir schon deutlich aus dem Schutz, den das kleine Tal geboten hatte, heraus und der frische Wind zerrte an unseren flatternden

Roben. Kleine Steine prasselten auf uns nieder, und wir hatten Mühe, weiterzugehen.»

Mein Mentor machte eine Pause, um einen weiteren Schluck Wasser zu trinken und um zu sehen, ob ich ihm noch zuhörte.

Ja, das tat ich!

Er fuhr fort: «Schließlich ertasteten meine suchenden Finger den vorstehenden Rand eines Tafelfelsens. Mit einem festen Griff packte ich zu und rief den anderen, dass wir eine Stelle erreicht hatten, wo wir uns ausruhen konnten, und ich zog mich hoch. Es war eine Felsenbank, die auf ihrer Rückseite leicht schräg nach unten verlief und so von der anderen Seite des Gebirgszuges aus nicht zu sehen war. Auf den ersten Blick schien die Felsenbank etwa drei Meter breit zu sein. Ich habe mich dann nicht weiter umgesehen, weil ich mich hinkniete, sodass ich den anderen, einem nach dem anderen helfen konnte, hochzusteigen. Bald standen wir nach unserer Anstrengung im kalten Wind zitternd zusammen. Ganz offensichtlich hatte der Felssturz diese Felsenbank freigelegt. Ich schaute mich näher um und entdeckte eine schmale Felsspalte in der Wand. War es überhaupt eine? Von dort, wo wir standen, hätte es auch ein Schatten oder ein dunkler Fleck einer Flechte sein können. Zusammen bewegten wir uns vorwärts. Es war tatsächlich eine Felsspalte. Sie war etwa achtzig Zentimeter breit und etwa einen Meter fünfzig hoch. Von meinem Lehrer war weit und breit nichts zu sehen.»

Ich konnte mir die Szene gut vorstellen. Doch dies war nicht die Zeit für innere Einkehr. Ich wollte kein einziges Wort davon missen!

«Ich trat zurück, um zu sehen, ob mein Lehrer vielleicht noch höher hinaufgeklettert war», fuhr mein Mentor fort, «doch er war wie vom Erdboden verschluckt. Ängstlich spähte ich in die Felsspalte. Es war so dunkel wie in einem Grab. Zentimeter um Zentimeter quälte ich mich gebückt hinein. Nach etwa fünf Metern folgte eine Kurve und ich bog ab, dann folgte noch eine und nochmals eine. Und wäre ich vor Angst nicht wie gelähmt gewesen, hätte ich vor Überraschung laut aufgeschrien. Hier gab es Licht! Ein mildes silbernes Licht, heller als das hellste Mondlicht. Ich hatte vorher noch nie ein solches Licht gesehen. Die Höhle, in der ich mich nun befand, war sehr umfangreich. Die Decke war in der Dunkelheit darüber unsichtbar. Einer meiner Kameraden stieß mich aus dem Weg und er wurde seinerseits wieder aus dem Weg gestoßen. Bald standen wir zu viert schweigend und ängstlich da und blickten auf den fantastischen Anblick vor uns. Ein Anblick, der jeden von uns, wäre er allein gewesen, veranlasst hätte zu denken, er hätte den Verstand verloren. Die Höhle war wie eine riesige Halle, die sich bis weit, weit in die Entfernung erstreckte, so als wäre der Berg selbst hohl. Das Licht war überall und strahlte von mehreren Kugeln auf uns herab, die in der Dunkelheit der Decke zu schweben schienen. Sonderbare Maschinen füllten den Ort. Maschinen, die wir uns nicht einmal in den kühnsten Träumen hätten vorstellen können. Selbst von der hohen Decke baumelten Apparate und Gerätschaften herab. Einige, die ich sah, waren zu meinem großen Erstaunen anscheinend von klarstem Glas überzogen.»

Meine Augen müssen vor Erstaunen rund gewesen sein, denn der Lama lächelte, bevor er mit der Geschichte weiterfuhr.

«Inzwischen hatten wir meinen Lehrer ganz vergessen. Doch als er plötzlich vor uns auftauchte, sprangen wir vor Angst auf! Er lachte leise über unsere angstvollen Augen und unsere ernsten Gesichter. Nun sahen wir, dass er sich nicht mehr im Banne dieses seltsamen, übermächtigen Zwangs befand. Zusammen streiften wir umher und sahen uns diese merkwürdigen Maschinen an. Für uns hatten sie keine Bedeutung. Sie waren lediglich Ansammlungen aus Metall und Werkstoffen in den sonderbarsten und exotischsten Formen. Mein Lehrer ging auf eine scheinbar in die Wand der Höhle eingelassene große schwarze Fläche zu. Und während er dabei war, die Oberfläche zu befühlen, öffnete sie sich. Inzwischen waren wir an dem Punkt angelangt, wo wir beinahe glaubten, der ganze Ort sei verhext, oder wir wären Opfer einer Sinnestäuschung geworden. Mein Lehrer sprang erschrocken zurück. Die Fläche schloss sich wieder. Mutig streckte einer meiner Kameraden die Hand aus und die Fläche öffnete sich wieder. Eine Kraft, der wir nicht widerstehen konnten, trieb uns vorwärts. Es war zwecklos, sich gegen jeden Schritt zu wehren, irgendetwas veranlasste uns, irgendwie, diese Fläche, die sich als Durchgang entpuppte, zu passieren. Im Innern war es dunkel, so dunkel wie in einer Einsiedlerzelle. Ruhig und unter dieser unwiderstehlichen Kraft bewegten wir uns einige Meter hinein und dann setzten wir uns auf den Boden. Ein paar Minuten lang saßen wir zitternd vor Angst da. Als nichts geschah, beruhigten wir uns wieder etwas. Dann hörten wir ein hintereinander folgendes Klicken, so als ob Metall auf Metall rieb und pochte.»

Unbeabsichtigt zitterte ich. Es kam mir der Gedanke, dass ich wahrscheinlich vor Angst gestorben wäre! Mein Mentor fuhr fort.

«Langsam, beinahe unmerklich bildete sich vor uns in der Dunkelheit ein trübes Glühen. Zuerst war es nur ein blasses blau-rosa Licht, das sich beinahe wie ein Geist vor unseren erstaunten Augen entfaltete. Das dunstige Licht breitete sich aus, wurde heller, sodass wir die Umrisse von unvorstellbaren Maschinen sehen konnten, die alle, außer in der Mitte des Bodens, wo wir saßen, diese große Halle ausfüllten. Das Licht zog sich in sich selbst zurück, wirbelte, verblasste, wurde wieder heller und formte sich dann und blieb als Kugelform bestehen. Ich hatte den eigenartigen und unerklärlichen Eindruck von einer uralten Maschine, die sich nach Äonen langsam und knackend wieder in Bewegung setzte. Zusammengekauert saßen wir fünf auf dem Boden und waren buchstäblich davon in den Bann gezogen. Etwas drang in meinen Kopf ein, so als würden verrückt gewordene telepathische Lamas herumspielen. Der Eindruck wechselte und wurde so deutlich wie gesprochene Worte.»

Mein Mentor räusperte sich und griff erneut nach seinem Getränk, wobei er seine Hand in der Luft stehen ließ. «Lass uns Tee trinken, Lobsang», sagte er, während er seine Silberglocke läutete. Der Bedienungsmönch wusste offensichtlich, was wir wollten, denn er kam mit Tee und Keksen herein!

«In der Lichtkugel sahen wir Bilder», sagte mein Mentor. «Zuerst nur verschwommen, doch bald wurden sie deutlicher und hörten auf, Bilder zu sein. Stattdessen sahen wir richtige Ereignisse.»

Ich konnte mich nicht mehr zurückhalten: «Aber ehrwürdiger Lama, was haben Sie denn gesehen?», fragte ich mit großer Ungeduld.

Der Lama goss sich noch einen Tee nach. Dann fiel mir auf, dass ich ihn noch nie diese süßen indischen Kekse essen sah. Tee, ja, er trank sehr viel davon, aber ich habe noch nie erlebt, dass er irgendetwas anderes aß als wenig der reinsten Nahrungsmittel. Die Gongs ertönten für die Tempelandacht, doch der Lama rührte sich nicht. Als der letzte der Mönche vorbeigeeilt war, seufzte er tief und sagte: «Nun wollen wir fortfahren.»

Er begann wieder: «Ich erzähle dir nun, was wir sahen und hörten und was du in nicht allzu ferner Zukunft auch sehen und hören wirst. Vor tausenden und abertausenden von Jahren gab es dereinst eine sehr hohe Zivilisation auf dieser Welt. Die Menschen konnten mit Maschinen, die sich der Schwerkraft widersetzten, durch die Luft fliegen. Die Menschen waren in der Lage, Maschinen zu entwickeln, die auf andere Menschen Gedanken übertragen konnten. Gedanken, die als Bilder erschienen. Sie besaßen die Kenntnisse der Kernspaltung. Schließlich zündeten sie eine Bombe, die fast die ganze Welt vernichtete und verursachte, dass Kontinente im Meer versanken und sich andere aus dem Meer erhoben. Die Weltbevölkerung wurde dezimiert. Und aus diesem Grunde haben wir nun in allen Religionen dieser Erde die Geschichte von der Sintflut.»

Das Letztere ließ mich unbeeindruckt. «Aber, ehrwürdiger Herr Lehrer», rief ich aus, «wir können doch Bilder wie diese in der Akasha-Chronik sehen. Warum mit so viel Mühe in die gefährlichen Berge hinaufklettern, nur um das zu sehen, was wir hier einfacher in Erfahrung bringen können?»

«Lobsang», sagte mein Mentor ernst, «wir können das alles im Astralbereich und in der Akasha-Chronik sehen, denn das Letztere enthält das Wissen von allem, was je geschehen ist. Wir können es sehen, aber nicht berühren. Beim Astralreisen können wir an Orte gehen und zurückkehren, doch wir können nichts auf der Welt berühren. Wir können weder», er lächelte leicht, «eine Ersatzrobe mitnehmen noch eine Blume zurückbringen. Und so ist es auch mit der Akasha-Chronik. Wir können alles sehen, aber wir können diese ungewöhnlichen Maschinen, die in diesen Berghöhlen eingelagert sind, nicht im Detail näher erforschen. Wir werden in die Berge gehen und wir werden uns diese Maschinen ansehen.»

«Wie seltsam», sagte ich, «dass sich diese Maschinen aus aller Welt gerade in unserem Land befinden!»

«Oh, da liegst du falsch!», erklärte mein Mentor. «Es gibt noch eine ähnliche Kammer an einem Ort in Ägypten und eine weitere Kammer mit identischen Maschinen befindet sich in einem Land, das man Südamerika nennt. Ich habe sie gesehen. Ich weiß, wo sie sich befinden. Diese geheimen Kammern wurden von den Menschen der alten Zeit verborgen gehalten, damit ihre Artefakte von einer späteren Generation gefunden werden konnten, wenn die Zeit dafür reif ist. Dieser plötzliche Felssturz legte jedoch zufällig den Eingang zu dieser Kammer in Tibet frei. Und einmal drin, erhielten wir das Wissen über die anderen Kammern. Doch bald ist es soweit. Bald werden wir zu siebt, und das beinhaltet auch dich, aufbrechen und uns einmal mehr auf die Reise zu der Höhle der Ahnen aufmachen.»

Tagelang war ich aufgeregt. Ich musste dieses Wissen für mich behalten. Den anderen wurde gesagt, dass wir in die Berge auf eine Kräuter-Sammel-Expedition gingen. Denn selbst an einem so abgeschiedenen Ort wie Lhasa gab es immer welche, die stets auf finanziellen Gewinn aus waren. Die Vertreter anderer Länder wie China, Russland und England, einige Missionare und die Händler aus Indien – sie alle waren nur zu gerne bereit zu erfahren, wo wir unser Gold und unsere Juwelen aufbewahrten. Sie waren auch immer bereit, alles auszunutzen, was ihnen Profit versprach. Daher hielten wir den wahren Grund unserer Expedition absolut geheim.

Zwei Wochen nach dem Gespräch mit meinem Mentor waren wir zur Abreise bereit. Bereit für den langen, langen Aufstieg in die Berge durch wenig bekannte Schluchten und über felsige Wege. Die Kommunisten sind nun in Tibet, daher wird die genaue Lage der Höhle der Ahnen absichtlich verschwiegen, denn die Höhle ist ein sehr realer Ort und der Besitz dieser Artefakte dort, würde es den Kommunisten erlauben, die Welt zu erobern. All dies, alles was ich schreibe, ist wahr, außer dem genauen Weg zu dieser Höhle. An einem geheimen Ort befinden sich die vollständigen Aufzeichnungen und Skizzen des genauen Gebiets, damit unabhängige Kräfte den Ort finden können, wenn die Zeit dazu gekommen ist.

Langsam stiegen wir den Weg vom Chakpori Lamakloster hinunter und machten uns in Richtung Kashya Linga auf. Nachdem wir den Park durchquert hatten, folgten wir der Straße hinunter zur Fähre, wo der Fährmann mit seinem Yakhaut-Boot auf uns wartete. Wir waren sieben Personen und die Überfahrt über den Fluss Kyi-Chu brauchte etwas Zeit. Schließlich gelangten wir ans andere Ufer. Als wir alle wieder beisammen waren schulterten wir unser Gepäck. Nahrung, Seile, jeder eine Ersatzrobe und die Ausrüstung zum Klettern und so setzten wir unseren Weg in Richtung Südwesten fort. Wir marschierten, bis die Sonne unterging. Die länger werdenden Schatten machten es uns inzwischen schwierig, den Weg auf dem steinigen Pfad zu finden. Dann, in der zunehmenden Dunkelheit, aßen wir eine bescheidene Mahlzeit, Tsampa, bevor wir uns im Windschatten großer Felsbrocken zum Schlafen niederließen. Ich schlief beinahe so schnell ein, wie mein Kopf die Ersatzrobe berührte. Viele tibetische Mönche im Range eines Lamas schlafen sitzend, so wie es die Regel vorschreibt. Ich und viele andere schliefen liegend, doch wir mussten die Regel befolgen, dass wir nur auf der rechten Seite liegend schlafen durften. Mein letzter Blick, bevor ich einschlief, war der sitzende Lama Mingyar Dondup, der sich wie eine geschnitzte Statue gegen den Nachthimmel abzeichnete.

Beim ersten Licht des anbrechenden Tages wachten wir auf und nahmen eine sehr spärliche Mahlzeit zu uns. Wir hoben unser Gepäck auf und marschierten weiter. Den ganzen Tag und den ganzen nächsten Tag wanderten wir. Wir ließen die Vorberge hinter uns, und erreichten das eigentliche Hochgebirge. Bald seilten wir uns an. Der leichteste Mann, das war ich, wurde immer zuerst über die gefährlichen Felsspalten geschickt, sodass das Seil an einem passenden Felsvorsprung festgemacht werden konnte und den schwereren Männern einen sicheren Übergang garantierte. Wir kletterten weiter und stiegen immer höher in die Berge hinauf.

Schließlich, als wir am Fuße einer riesigen Felswand standen, die sich fast ohne Fuß und Handgriffe zeigte, sagte mein Mentor: «Auf der anderen Seite dieser Felswand befindet sich das kleine Tal, das wir noch überqueren müssen und dann befinden wir uns direkt am Fuße der Höhle.»

Wir streiften am Fuß der Steilwand entlang und hielten nach jeglichen Klettergriffen Ausschau. Offensichtlich hatten andere Felsstürze während den letzten Jahren die kleinen vorstehenden Ränder und Spalten weggeschlagen. Nachdem wir beinahe einen ganzen Tag lang mit der Suche vergeudet hatten, fanden wir einen «Kaminfels», den wir mit Händen und Füßen hochklettern konnten, indem wir unsere Rücken gegen die andere Seite des «Kamins» an die Felswand pressten. In der dünnen Luft nach Atem ringend und pustend kletterten wir auf den Grat und schauten darüber. Schließlich befand sich das ersehnte Tal vor uns. Wir spähten aufmerksam hinüber auf die entfernte Felswand, doch wir konnten weder eine Höhle noch einen Spalt an der glatten Felsoberfläche ausmachen. Das Tal unter uns war mit großen Felsblöcken und Felsbrocken übersät und noch schlimmer, ein reißender Bergbach rauschte mitten hindurch.

Vorsichtig stiegen wir in das Tal hinunter und machten uns auf den Weg zum Ufer dieses schnell fließenden Baches. Wir liefen ihm ein Stück entlang, bis wir an eine Stelle kamen, an der große Steine eine sichere Überquerung für diejenigen erlaubte, die die Fähigkeit hatten, von Stein zu Stein zu springen. Ich als Kleinster, hatte nicht die Beinlänge für solche Sprünge, und so wurde ich schmachvoll am Ende eines Seils durch den eisigen Strom gezogen. Ein anderer unglücklicher Lama, der kleiner und etwas rundlicher war, sprang zu kurz und wurde ebenfalls am Seil herausgezogen. Am anderen Ufer wrangen wir unsere Roben aus und zogen sie wieder an. Ein Sprühregen durchnässte uns alle bis auf die Haut. Sorgfältig wählten wir den Weg über die Felsbrocken. Wir überquerten das Tal und näherten uns dem letzten Hindernis, der Felswand zur Höhle der Ahnen.

Mein Mentor, der Lama Mingyar Dondup, zeigte auf eine frische Felsnarbe. «Schaut!», sagte er. «Ein weiterer Felssturz hat die erste Felsenbank, auf die wir damals geklettert waren, niedergerissen.»

Wir traten ein gutes Stück zurück und versuchten einen Augenschein von unserem Aufstieg zu nehmen. Die erste Felsenbank befand sich nun gut vier Meter ab Boden und es gab keinen anderen Weg. Der größte und stärkste der Lamas lehnte mit dem Rücken gegen die Wand und stand mit ausgestreckten Armen da. Dann kletterte der leichteste der Lamas auf seine Schultern und lehnte sich ebenfalls gegen die Wand. Schließlich wurde ich hochgehoben, sodass ich auf die Schultern des oberen Mannes klettern konnte. Mit einem Seil um die Hüften löste ich mich von seinen Schultern und trat auf die Felsenbank.

Unter mir, riefen mir die Mönche die Richtung zu, während ich zitternd vor Angst langsam immer höher kletterte, bis ich das Ende des Seils um einen vorstehenden Felsspitz schlingen konnte. Ich kauerte auf der Seite der Felsenbank, während die sechs Lamas, einer nach dem anderen, an mir vorbei am Seil hochkletterten. Der Letzte löste das Seil, band es sich um seine Hüften und folgte den anderen. Bald baumelte das Seil vor mir. Ein lauter Ruf ermahnte mich das Seil um mich zu schlingen, sodass ich hinaufgezogen werden konnte. Meine Körpergröße ließ es nicht zu ohne Hilfe alle Felsenbänke zu erreichen. Ich ruhte mich auf dem nächsthöheren Felsabsatz aus, während das Seil wieder nach oben getragen wurde. Schließlich wurde ich mit einem kräftigen Zug auf die oberste Felsenbank gezogen, wo mich die anderen der Gruppe erwarteten. Sie waren alle so freundlich und hatten auf mich gewartet, damit wir die Höhle gemeinsam betreten konnten. Und ich muss gestehen, dass es mir angesichts ihrer Rücksichtnahme warm ums Herz wurde.

«Nun, da wir unser Maskottchen hochgezogen haben, können wir ja fortfahren!», sagte einer.

«Ja», erwiderte ich, «der Kleinste musste aber zuerst gehen, denn ohne ihn wärt ihr alle nicht hier!»

Sie lachten und wandten sich der gut verborgenen Felsenspalte zu. Ganz erstaunt blickte ich mich um. Zuerst konnte ich den Eingang gar nicht sehen. Alles, was ich sah, war nur ein dunkler Schatten, der aussah wie ein getrockneter Wasserlauf oder der Fleck einer Flechte. Doch als wir die Felsenbank überquerten, sah ich in der Felswand tatsächlich einen Riss.

Ein großer Lama packte mich an den Schultern, schob mich in die Felsspalte und sagte gutmütig: «Du gehst zuerst, dann kannst du die Felsenteufel vertreiben und uns so schützen!»

Also musste ich als unwichtigster der Gruppe zuerst die Höhle der Ahnen betreten. Ich schob mich langsam hinein und kroch den Felsen entlang um die Ecken. Hinter mir hörte ich das Schlurfen und Schleifen, als die schwereren Männer sich ihren Weg hinein tasteten. Plötzlich ging über mir das Licht an, das mich vor Angst einen Augenblick lähmte. Ich stand bewegungslos an der Felswand und starrte auf den fantastischen Anblick im Innern. Die Höhle schien etwa doppelt so groß zu sein wie das Innere der großen Kathedrale von Lhasa. Doch im Gegensatz zu dieser Kathedrale, die immer in eine Dämmerung gehüllt war, die die Butterlampen vergeblich zu vertreiben versuchten, herrschte hier eine Helligkeit, die intensiver war als die des Vollmondes in einer wolkenlosen Nacht. Die Lichtqualität musste mir vermutlich den Eindruck von Mondlicht vermittelt haben. Ich blickte nach oben zu den Kugeln, die für die Leuchtkraft sorgten. Die Lamas drängten sich neben mir zusammen und starrten wie ich, zuerst auf die Lichtquellen.

Mein Mentor sagte: «Die alten Aufzeichnungen weisen darauf hin, dass das Licht ursprünglich einmal viel heller war. Diese Leuchten brennen im Laufe von Hunderten von Jahrhunderten immer schwächer.»

Wir standen minutenlang still, schweigend, als hätten wir Angst, diejenigen aufzuwecken, die schon über endlose Jahre schliefen. Dann wie auf ein Kommando bewegten wir uns. Gemeinsam gingen wir über den soliden

Steinboden zu der ersten untätig vor uns stehenden Maschine. Wir standen um sie herum, halb ängstlich, sie anzufassen, und doch wiederum überaus neugierig, für was sie wohl sein mochten. Sie war vor Alter stumpf, schien jedoch für den sofortigen Gebrauch bereit zu sein, wenn man nur wüsste, wozu sie war und wie man sie bediente. Auch andere Geräte weckten unsere Aufmerksamkeit, doch ihre Zwecke blieben uns ebenso ein Rätsel. Diese Maschinen waren viel zu fortschrittlich für uns.

Ich schlenderte weg, wo sich eine kleine viereckige Plattform von etwa einem Meter Kantenlänge befand. Sie war mit einem Schutzgeländer eingefasst und befand sich am Boden. Was ein langes zusammengefaltetes Metallrohr zu sein schien, verlängerte sich zu einer in der Nähe stehenden Maschine und die Plattform war mit dem anderen Ende des Rohres verbunden. Vorsichtig stieg ich auf das mit dem Geländer versehene Viereck und fragte mich, was das wohl sein könnte. Mit einem Male blieb mir vor Angst beinahe das Herz stehen. Die Plattform erzitterte leicht und bewegte sich nach oben hoch in die Luft. Ich fürchtete mich so sehr, dass ich mich verzweifelt am Geländer festhielt.

Unter mir starrten die sechs Lamas bestürzt nach oben. Das Rohr hatte sich entfaltet und schwenkte die Plattform direkt auf eines der Kugellichter zu. Verzweifelt schaute ich über die Seite nach unten. Ich war bereits etwa zehn Meter in der Höhe und immer noch stieg sie weiter an. Meine Angst war, dass mich die Lichtquelle wie eine Motte in den Butterlampenflammen knusprig rösten würde. Ich vernahm einen «Klick» und die Plattform stoppte. Ein paar Zentimeter vor meinem Gesicht glühte das Licht. Zaghaft streckte ich die Hand danach aus, doch die Kugel war eiskalt. Inzwischen gewann ich meine Fassung wieder etwas zurück und schaute mich um. Dann erfasste mich der beängstigende Gedanke: Wie komme ich da nur wieder herunter? Ich trat von Seite zu Seite und versuchte, einen Ausweg zu finden. Doch es schien keinen zu geben. Ich versuchte die lange Röhre zu erreichen und hoffte, an ihr herunter klettern zu können. Doch sie war zu weit weg. Gerade, als ich immer verzweifelter wurde, erfolgte wieder ein Zittern und die Plattform begann sich zu senken. Ich wartete nicht, bis sie den Boden berührte, ich sprang vorher ab! Ich wollte nicht das Risiko eingehen, dass das Ding wieder nach oben ging.

An einer entfernten Wand befand sich in einer kauernden Stellung eine große Statue. Eine bei der es mir heiß und kalt über den Rücken lief. Es war ein kauernder Katzenkörper, doch mit einem Kopf und den Schultern einer Frau. Die Augen schienen wie lebendig zu sein. Das Gesicht hatte einen halb spöttischen, halb neckischen Ausdruck, der mir ziemlich Angst einjagte.

Einer der Lamas kniete am Boden und betrachtete eingehend einige merkwürdige Zeichen. «Schaut her!», rief er. «Diese Bildschrift zeigt Menschen und Katzen, die miteinander sprechen. Sie zeigt, was offenbar die Seele ist, die einen Körper verlässt und in der Unterwelt umherwandert.» Er war von seinem wissenschaftlichen Eifer so erfüllt und brütete am Boden über den Bildern, die er Hieroglyphen nannte und erwartete von allen anderen, eine ähnliche Begeisterung. Dieser Lama war ein hochgebildeter Mann, einer der ohne jegliche Schwierigkeiten alte Sprachen lernen konnte. Die anderen schlenderten um diese seltsamen Maschinen herum und versuchten herauszufinden, wozu sie gut waren. Ein plötzlicher Schrei. Wir drehten uns erschrocken um. Der große, dünne Lama schien mit dem Gesicht hinten an der Wand in einem glanzlosen Metallkasten zu stecken. Er stand mit gebeugtem Kopf da und sein Gesicht war verborgen. Zwei Männer eilten zu ihm hin und zerrten ihn von der Gefahr weg. Er schnauzte sie zornig an und eilte wieder zurück!

«Seltsam», dachte ich, «selbst so gesetzte und gebildete Lamas drehen an diesem Ort durch!»

Dann trat der große Dünne zur Seite und ein anderer nahm seinen Platz ein. Soweit ich daraus schließen konnte, sahen sie in diesem Kasten Maschinen, die sich in Betrieb befanden. Schließlich hatte mein Mentor Erbarmen mit mir und hob mich hoch bis auf die Höhe von Etwas, das ein «Augenstück» zu sein schien. Als ich hochgehoben wurde und wie angewiesen meine Hände an einen Griff legte, sah ich in dem Kasten Männer und die

Maschinen, die sich in diesem Raum befanden. Die Männer bedienten die Maschinen. Ich sah, dass die Plattform, auf der ich bis zum Licht hochgehoben wurde, gesteuert werden konnte und eine Art bewegliche «Leiter» war oder eher eine Einrichtung, die Leitern unnötig machte. Die meisten Maschinen hier, stellte ich fest, waren funktionstüchtige Ausstellungsmodelle, ähnlich denen, die ich in späteren Jahren in technischen Museen auf der ganzen Welt gesehen habe.

Wir gingen zu der schwarzen Fläche hinüber, von der mir der Lama Mingyar Dondup erst neulich erzählt hatte. Bei unserem Näherkommen öffnete sie sich mit einem kratzenden Quietschen, das in der Stille dieses Ortes so laut war, dass wir alle erschreckt zusammenfuhren. Im Innern war es stockdunkel. Es war beinahe so als wirbelten schwarze Wolken um uns herum. Unsere Füße wurden durch flache Rinnen im Boden geführt. Wir schlurften entlang und als die Rinne endete, setzten wir uns. Und während wir das taten, vernahmen wir eine Reihe von Klicks, wie wenn Metall auf Metall kratzte. Fast unmerklich stahl sich Licht durch die Dunkelheit und schob diese beiseite. Wir sahen uns um und sahen noch mehr merkwürdige Maschinen. Es gab hier auch Statuen und Metallbilder. Doch bevor wir Zeit hatten, uns noch weiter umzusehen, zog sich das Licht in sich selbst zurück und formte in der Mitte der Halle eine leuchtende Kugel. Ziellos ohne erkennbaren Sinn wirbelten Farben und Lichtbänder rund um die Kugel. Es bildeten sich Bilder, zuerst verschwommen und undeutlich, dann immer lebendiger und realer und mit dreidimensionaler Wirkung. Wir schauten gespannt zu …

Dies war die Welt vor langer, langer Zeit. Als die Welt noch sehr jung war. Die Berge standen dort, wo heute die Meere sind und die angenehmen Meeresküsten von einst waren nun Bergspitzen. Das Wetter war wärmer und eigenartige Lebewesen streiften auf den Feldern umher. Dies war eine Welt des technischen Fortschritts. Sonderbare Maschinen rollten dahin, flogen ein paar Zentimeter über der Erdoberfläche oder Meilen hoch in der Luft. Große Tempel mit spitzen Türmen ragten himmelwärts, so als stünden sie im Wettbewerb mit den Wolken. Tiere und Menschen unterhielten sich telepathisch miteinander. Doch es herrschte nicht nur eitler Sonnenschein. Die Politiker kämpften gegen Politiker. Die Welt war ein geteiltes Lager, in der beide Seiten das Land des anderen begehrten. Misstrauen und Angst waren die Schatten, unter denen die gewöhnlichen Menschen lebten. Die Priester beider Seiten erklärten, dass nur sie allein in der Gunst der Götter stünden. In den Bildern vor uns sahen wir lautstark eifernde Priester, so wie heute, die sich nur um ihr eigenes Seelenheil sorgten. Doch zu welchem Preis! Die Priester der beiden Glaubensgemeinschaften lehrten, dass es eine «heilige Pflicht» sei, die Feinde zu töten. Und beinahe im selben Atemzug predigten sie, dass die Menschen auf der ganzen Welt Brüder wären. Der Widerspruch, dass Brüder Brüder töteten, kam ihnen nicht in den Sinn.

Wir sahen große Kriegsgefechte. Die meisten der Gefallenen waren Zivilisten. Die Streitkräfte, geschützt hinter ihrer Rüstung, waren meistens sicher. Die Alten, die Frauen und Kinder, jene die nicht kämpften, waren die Leidtragenden. Wir erhielten einen kleinen Einblick von Wissenschaftlern, die in Labors arbeiteten und noch tödlichere und noch stärkere und noch bessere biologische Waffen herstellten, um sie über dem Feind abzuwerfen. Eine Bildsequenz zeigte eine Gruppe besonnener Männer, die eine sogenannte «Zeitkapsel» planten, in der sie für spätere Generationen funktionstüchtige Maschinenmodelle und eine vollständige, bildliche Aufzeichnung ihrer Kultur, oder vielmehr deren Mangel, aufbewahren konnten. Riesige Maschinen höhlten den gewachsenen Felsen aus. Horden von Männern installierten die Maschinenmodelle. Wir sahen, wie die Kaltlichtkugeln an Ort und Stelle gehievt wurden. Inaktive radioaktive Substanzen lieferten ihnen für Millionen von Jahren die Energie dazu. Inaktiv, indem sie die Menschen nicht schädigen konnten, aktiv, indem die Energie für das Licht bis fast ans Ende der Zeit selbst fortdauerte.

Wir stellten fest, dass wir die Sprache verstehen konnten. Dann wurde die Erklärung dazu geliefert, dass wir die «Sprache» telepathisch erhielten. Geheime Kammern oder «Zeitkapseln» wie diese wurden auch unter dem

Sand von Ägypten und unter den Pyramiden in Südamerika und an einem Ort in Sibirien angelegt. Jeder Ort wurde durch das Symbol jener Zeit gekennzeichnet: der Sphinx. Wir sahen die große Statue der Sphinx, die ursprünglich nicht aus Ägypten stammte und erhielten eine Erklärung ihrer Formgebung.

In diesen weit zurückliegenden Tagen unterhielten sich die Menschen mit den Tieren und arbeiteten mit ihnen zusammen. Die Katze war das vollkommenste Tier für Kraft und Intelligenz. Der Mensch selbst ist ein Tier. Und aus diesem Grund fertigten die Ahnen einen großen Katzenkörper, als Hinweis für diese Stärke und Ausdauer. Auf den Körper setzten sie Brüste und den Kopf einer Frau. Der Kopf sollte auf die menschliche Intelligenz und Vernunft hinweisen, während die Brüste andeuteten, dass Mensch und Tier sich gegenseitig geistig und seelisch nähren konnten. Dieses Symbol war zu jener Zeit so alltäglich, wie das heute die Buddhastatue, der Davidstern oder das Kreuz sind.

Wir sahen Meere, auf denen sich große schwimmende Städte befanden und sich von Land zu Land bewegten. Durch die Luft schwebten ähnlich große Fahrzeuge. Sie bewegten sich ohne jegliches Geräusch. Sie konnten schweben und sich beinahe unmittelbar in eine fantastische Geschwindigkeit versetzen. Auf dem Land fuhren die Vehikel ein paar Zentimeter über dem Boden entlang. Sie wurden mit einer Methode in der Luft gehalten, die wir uns nicht erklären konnten. Brücken erstreckten sich quer durch die Städte und zwischen schmalen Drahtseilen führten anscheinend Straßen hindurch. Und während wir zusahen, erleuchtete ein greller Blitz den Himmel, und eine der größten Brücken stürzte in einem Durcheinander von Stützpfeilern und Drahtseilen ein. Ein weiterer Blitz, und der größte Teil der Stadt verschwand in weißglühendem Gas. Über den Ruinen türmte sich eine seltsame, übel aussehende rote Wolke auf, die in groben Zügen die Form eines weit in den Himmel hinaufragenden Pilzes hatte.

Unser Bild verschwamm und dann sahen wir wieder die Gruppe von Männern, die diese «Zeitkapseln» planten. Sie beschlossen, dass es nun an der Zeit war, sie zu versiegeln. Wir sahen die Zeremonien. Wir sahen, wie die «gespeicherten Erinnerungen» in die Maschine eingegeben wurde. Wir hörten die Ansprache des Abschieds, wobei uns gesagt wurde: «Den Menschen der Zukunft – wenn es noch welche gibt!» Und dass die Menschheit dabei war, sich selbst zu zerstören, oder dass das möglich zu sein schien. «Und innerhalb dieser Gewölbe werden jene Aufzeichnungen unserer Errungenschaften und Torheiten aufbewahrt, die jenen einer zukünftigen Generation von Nutzen sein mögen, welche die Intelligenz haben, sie zu entdecken, und wenn sie sie entdeckt haben, in der Lage sind, sie zu verstehen.»

Die telepathische Stimme schwand und die Bildfläche wurde schwarz. Wir saßen schweigend da, noch ganz benommen von dem, was wir gesehen hatten. Später, als wir immer noch dasaßen, ging langsam das Licht wieder an und wir sahen, dass es eigentlich von den Wänden dieses Raumes kam.

Wir erhoben uns und sahen uns um. Diese Halle war genauso vollgestopft mit Maschinen. Es gab auch sehr viele Modelle von Städten und Brücken. Sie waren aus einer Art Stein oder Metall gefertigt, deren Beschaffenheit wir nicht bestimmen konnten. Gewisse Ausstellungsstücke waren mit einem durchsichtigen Material geschützt, das uns sehr erstaunte. Es war kein Glas, aber wir wussten schlicht nicht, was das für ein Material war. Was wir wussten, war, dass es uns wirkungsvoll vom Berühren der Modelle abhielt. Plötzlich zuckten wir alle zusammen. Ein unheilvolles rotes Auge beobachtete uns, blinkte uns. Ich war bereit, davonzulaufen, als mein Mentor zu der Maschine mit dem roten Auge hinüber schritt. Er sah sie sich an und berührte die Griffe. Das rote Auge verschwand. Stattdessen sahen wir auf einer kleinen Bildfläche einen anderen Raum, der von der Haupthalle hineinführte.

In unseren Köpfen vernahmen wir die Mitteilung: «Wenn Sie diesen Ort verlassen, gehen Sie in den Raum, wo Sie einen Werkstoff finden werden, mit dem Sie jede Öffnung, durch welche Sie gekommen sind, wieder versiegeln können. Wenn Sie noch nicht die Entwicklungsstufe erreicht haben, unsere Maschinen zu bedienen, versiegeln Sie diesen Ort und lassen Sie ihn für die, die später kommen werden, intakt.»

Schweigend gingen wir hintereinander hinaus und in einen dritten Raum, dessen Türe sich bei unserem Näherkommen öffnete. Er enthielt viele sorgsam verschlossene Kanister und eine «Gebrauchsanweisungs-Maschine», die uns beschrieb, wie wir die Kanister zu öffnen haben und den Höhleneingang versiegeln mussten. Wir setzten uns auf den Boden und diskutierten das, was wir hier sahen und erfahren hatten.

«Wundervoll! Wundervoll!», bemerkte ein Lama.

«Ich sehe überhaupt nichts Wundervolles darin», sagte ich keck. «Wir hätten uns das alles auch in der Akasha-Chronik ansehen können. Warum können wir uns nicht die Zeitstrombilder ansehen und sehen, was mit diesem Ort geschehen ist, nachdem er versiegelt wurde?»

Die anderen wandten sich fragend an den Leiter der Gruppe, den Lama Mingyar Dondup.

Er nickte leicht und bemerkte: «Zwischendurch zeigt unser Lobsang doch noch ein paar Funken Intelligenz! Lasst uns selbst sammeln. Wir wollen sehen, was geschehen ist, denn ich bin genauso neugierig wie ihr.»

Wir saßen in einem Kreis, das Gesicht nach innen gerichtet und die Hände auf die richtige Weise gefaltet. Mein Mentor begann mit dem erforderlichen Atmungsrhythmus und wir alle folgten seiner Führung. Langsam verloren wir unsere irdische Identität und wurden zu einer Einheit, die im Meer der Zeit trieb. Alles, was jemals geschehen ist, kann von denen gesehen werden, die die Fähigkeit haben, bewusst in den Astralraum zu gehen und mit dem gewonnenen Wissen bewusst zurückzukehren. Jede Szene in der Geschichte, aus einem noch so fernen Zeitalter, kann gesehen werden, so als wäre man tatsächlich dort gewesen.

Ich erinnerte mich, als ich zum ersten Mal von der «Akasha-Chronik» erfahren habe. Mein Mentor hatte mir davon erzählt und ich hatte gefragt: «Ja, aber, was ist das? Wie funktioniert sie? Wie kann man sich denn überhaupt mit Geschehnissen in Verbindung setzen, die schon lange vergangen, vorüber und beendet sind?»

«Lobsang», erwiderte er, «du wirst mir zustimmen, dass du ein Gedächtnis hast. Du kannst dich doch auch noch an das, was gestern, vorgestern und vorvorgestern geschehen ist, erinnern. Mit ein wenig Übung kannst du dich an alles erinnern, was in deinem Leben geschehen ist. Du kannst dich mit etwas Übung sogar an den Vorgang deiner Geburt erinnern. Du könntest das haben, was wir als «totale Erinnerung» bezeichnen, und das wird dein Erinnerungsvermögen bis vor deiner Geburt zurückbringen. Die Akasha-Chronik ist somit lediglich die Erinnerung der ganzen Welt. Alles, was jemals auf dieser Erde geschehen ist, kann auf die gleiche Weise «abgerufen» werden, genauso wie du dich jetzt an vergangene Ereignisse in deinem Leben erinnern kannst. Es ist keine Magie im Spiel, doch damit und mit der Hypnose, einem eng verwandten Thema, beschäftigen wir uns zu einem späteren Zeitpunkt.»

Mit unserer Ausbildung war es ein Leichtes, die Stelle auszuwählen, an der bei der Maschine die Bilder ausgingen. Wir sahen die Prozession der Männer und Frauen, zweifellos hohe Persönlichkeiten jener Zeit, die hintereinander aus der Höhle gingen. Maschinen mit riesigen Armen schoben einen halben Berg über den Eingang. Die Spalten und Risse, die auf der Oberfläche noch sichtbar waren, wurden sorgfältig versiegelt und verschlossen und die Leute und Arbeiter gingen weg. Die Maschinen rollten in der Entfernung davon. Einige Zeit, einige Monate, war die Szene ruhig. Wir sahen einen Hohepriester auf der Treppe einer riesigen Pyramide stehen, der seine Zuhörer ermunterte, Krieg zu führen. Die auf den «Schriftrollen der Zeit» aufgezeichneten Bilder, liefen weiter, wechselten, und wir sahen das gegnerische Lager. Wir sahen die Anführer toben und zetern. Die Zeit lief weiter. Wir sahen weiße Dunststreifen am blauen Himmel und dann wie sich der ganze Himmel rot färbte. Die ganze Welt erzitterte und erbebte. Und uns, die das beobachteten, erfasste ein Schwindelgefühl. Dunkle Nacht überfiel die Welt. Aus schwarzen Wolken schossen helle Flammen hervor, die rund um die ganze Welt zogen. Die Städte brannten nur kurz und waren dann verschwunden.

Über das Land hinweg wogte die tobende See. Eine gigantische Welle, höher als das höchste Gebäude, brauste über das Land hinweg und trug auf ihrem Kamm das Treibgut einer sterbenden Zivilisation. Die Erde erschütterte und erbebte in Qual und Pein. Große Spalten öffneten sich und schlossen sich wieder, wie der weit aufgerissene Rachen eines Riesen. Die Berge schwankten wie Weidezweige im Sturm, schwankten und versanken im Meer. Landmassen erhoben sich aus dem Wasser und türmten sich zu Bergen auf. Die ganze Welt befand sich ununterbrochen in Bewegung und in einem Zustand von Wandel. Ein paar vereinzelte Überlebende aus Millionen flohen schreiend auf die neu entstandenen Berge, andere an Bord von Schiffen. Diejenigen, die dieses Emporheben irgendwie überlebt haben, erreichten höher gelegene Gebiete und flohen in jedes Versteck, das sie finden konnten. Die Erde selbst stand still, stoppte ihre Rotation und drehte sich dann in die entgegengesetzte Richtung. Wälder flammten auf und wurden in einem Augenzwinkern in Schutt und Asche gelegt. Die Erde war verwüstet, zerstört und zu einem schwarzen Keks verkohlt. Tief in Höhlen oder in Lavatunnel erloschener Vulkane kauerten und schwafelten, durch die Katastrophe irre geworden, eine Handvoll der verstreuten Erdbevölkerung. Vom schwarzen Himmel fiel eine weißliche Substanz herab, süß im Geschmack, lebenserhaltend.

Im Laufe der Jahrhunderte veränderte sich die Erde wieder. Die Meere waren nun Land, und das Land, das es einmal gab, war nun Meer. In einer entstandenen tieferliegenden Ebene, deren Felsmassive gerissen und geborsten war, strömte Wasser hinein und bildete ein Meer, das nun als Mittelmeer bekannt ist. Ein anderes Meer in der Nähe sank durch einen Riss im Meeresboden. Und während das Wasser verschwand und das Meeresbett austrocknete, entstand die Wüste Sahara. Über die Erde zogen wilde Volksstämme, die im Schein ihrer Lagerfeuer die alten Legenden von der Sintflut, von Lemurien und Atlantis erzählten. Sie erzählten auch von dem Tag, als die Sonne stillstand.

Die Höhle der Ahnen lag begraben im Schlamm einer halb überschwemmten Welt. Sicher vor Eindringlingen schlummerte sie tief im Innern einer Landmasse. Im Laufe der Zeit wuschen reißende Ströme den Schlamm und die Trümmer mit sich und gewährten dem Felsen, einmal mehr im Sonnenlicht zu stehen. Schließlich durch die Sonne erhitzt und durch den Eisregen gekühlt sprengte es ein großes Stück Felswand mit einem laut donnernden Getöse weg und ermöglichte uns, die Höhle der Ahnen zu betreten.

Wir bewegten uns, streckten unsere verkrampften Glieder und erhoben uns etwas mitgenommen. Die Erfahrung war niederschmetternd. Doch nun mussten wir essen und schlafen. Morgen würden wir uns hier noch einmal umsehen, sodass wir vielleicht noch etwas lernen konnten. Und dann nach Beendigung unserer Mission würden wir, wie angewiesen, den Eingang wieder verschließen. Die Höhle würde wieder in Frieden schlafen, bis Menschen mit gutem Willen und hoher Intelligenz wiederkämen. Ich begab mich zum Höhleneingang und schaute über die Einöde hinab und auf die verstreut daliegenden Felsen, und ich fragte mich, was wohl ein Mensch aus der alten Zeit denken würde, wenn er aus seinem Grabe steigen und neben mir hier stehen könnte.

Als ich mich wieder dem Inneren zuwandte, wunderte ich mich über den Kontrast. Ein Lama machte Feuer mit Feuersteinen und Zunder und zündete getrockneten Yakdung an, den er zu diesem Zweck mitgebracht hatte. Und rund um uns herum standen Maschinen und Gerätschaften aus einer längst vergangenen Zeit. Wir, neuzeitlichen Menschen, erhitzten Wasser über einem Dungfeuer, während wir von solch erstaunlichen Maschinen, jenseits unseres Verständnisses, umgeben waren. Ich seufzte und richtete meine Gedanken auf den Tee und das Tsampa.

Kapitel 6

Die Vormittagsandacht war zu Ende, und wir Jungen eilten zu unserem Klassenzimmer, schubsten und stießen einander, um nicht der Letzte zu sein. Nicht etwa aus Interesse am Schulunterricht, sondern weil der Lehrer dieser Klasse die schreckliche Angewohnheit hatte, dem Letzten einen Hieb mit dem Stock zu verpassen! Zu meiner großen Freude schaffte ich es, der Erste zu sein, und sonnte mich im anerkennenden Lächeln des Lehrers. Ungeduldig forderte er die anderen auf, sich zu beeilen. Er stand an der Tür und knuffte jeden, der ihm irgendwie zu langsam erschien. Schließlich saßen wir alle mit überkreuzten Beinen auf den verteilten Sitzkissen am Boden. Und wie üblich saßen wir mit dem Rücken zum Lehrer, der ständig hinter uns patrouillierte, so dass wir nie wussten, wo er sich gerade aufhielt und wir uns deshalb anstrengen mussten.

«Heute sprechen wir über die Religionen und wie ähnlich sie sich doch alle sind», fing er an. «Wir haben gesehen, wie die Geschichte der Sintflut in allen Religionen der Welt vorkommt. Nun wollen wir uns mit dem Thema der Muttergottes auseinandersetzen. Selbst das kleinste Kind weiß», sagte er, und schaute mich streng an, «dass unsere Mutter Gottes, die heilige Dolma, die Mutter Gottes der Barmherzigkeit, der Mutter Gottes gewisser christlichen Religionsgemeinschaften entspricht.»

Eilige Schritte blieben vor dem Eingang des Klassenzimmers stehen. Ein Botenmönch trat ein und verbeugte sich tief vor dem Lehrer. «Seid gegrüßt, Herr Gelehrter», sagte er. «Der ehrenwerte Lama Mingyar Dondup lässt Sie grüßen und bittet Sie, den Jungen, Tuesday Lobsang Rampa, unverzüglich von der Klasse zu entschuldigen. Die Sache ist dringend.»

Der Lehrer blickte mich grimmig an. «Junge!», donnerte er. «Du bist ein Störenfried und ein Ärgernis für die ganze Klasse. Verschwinde!»

Hastig sprang ich auf, verbeugte mich vor dem Lehrer und hetzte dem eilenden Botenmönch hinterher.

«Was ist los?», keuchte ich.

«Ich weiß es nicht», sagte er. «Ich frage mich das selbst. Der heilige Lama Dondup hat Operationsinstrumente vorbereitet und die Pferde sind auch bereit.»

Wir eilten weiter.

«Ah, Lobsang! So, so, kannst du dich aber beeilen!», lachte mein Mentor, als wir auf ihn zugingen. «Wir werden hinunter ins Dorf Shö reiten, wo unser chirurgischer Dienst gebraucht wird.»

Er bestieg sein Pferd und forderte mich auf, meines zu besteigen, was immer ein schwieriges Unterfangen für mich war. Die Pferde und ich schienen nie einer Meinung zu sein, wenn es um das Aufsteigen ging. Ich ging auf das Pferd zu und das Geschöpf trat seitwärts von mir weg. Ich schlich auf die andere Seite und noch bevor das Pferd wusste, wie ihm geschah, sprang ich im Laufschritt auf. Dann versuchte ich, mich an ihm so fest wie eine Bergflechte an einem Felsen festzuhalten. Verächtlich schnaubend und resigniert drehte sich das Pferd ohne meine Hilfe um und folgte dem Pferd meines Mentors den Weg hinunter. Dieses Pferd hatte die schreckliche Angewohnheit, an den steilsten Stellen anzuhalten und über den Rand zu schauen, den Kopf zu senken und eine Art Schlenker zu machen. Ich glaube fest, dass es einen (unangebrachten) Sinn für Humor hatte und sich voll bewusst war, was für eine Wirkung das auf mich hatte. Wir ritten den Pfad hinunter und passierten bald den Pargo Kaling oder das Westtor und ritten in das Dorf Shö ein.

Mein Mentor ritt durch die Straßen vorneweg, bis wir zu einem großen Gebäude kamen, das ich als das Gefängnis erkannte. Gefängniswärter eilten uns entgegen und nahmen uns die Pferde ab. Ich hob die zwei Taschen meines Mentors auf und trug sie in das recht düstere Gebäude. Es war ein unangenehmer, ja schrecklicher Ort. Ich konnte die Angst förmlich riechen und die üblen Gedankenformen der Übeltäter beinahe sehen. Es war ein Ort, dessen Atmosphäre mir die Haare auf dem Kopf zu Berge stehen ließ.

Ich folgte meinem Mentor in einen recht großen Raum. Die Sonne schien durch die Fenster. Einige Wärter standen herum. Der Justizbeamte von Shö erwartete den Lama Mingyar Dondup, um ihn zu begrüßen. Und während sie sich unterhielten, sah ich mich um und kam zum Schluss, dass dies der Ort war, an dem die Kriminellen angeklagt und verurteilt wurden. Entlang den Wänden rundum befanden sich Protokolle und Bücher. Am Boden auf der Seite lag ein stöhnendes Bündel. Ich schaute zu ihm hinüber und hörte gleichzeitig den Justizbeamten mit meinem Mentor sprechen.

«Er ist Chinese, und wir vermuten, dass er ein Spion ist, ehrwürdiger Lama. Er hat versucht, den heiligen Berg hinaufzuklettern. Offenbar wollte er sich in den Potala einschleichen und dabei ist er ausgerutscht und gefallen. Wie weit, wissen wir nicht, vielleicht so an die dreißig Meter. Er befindet sich in einem schlechten Zustand.»

Mein Mentor ging zu ihm hin und ich an seiner Seite. Ein Mann entfernte die Decke und vor uns sahen wir einen Chinesen mittleren Alters. Er war ziemlich klein und sah aus, als wäre er bemerkenswert beweglich gewesen, ein Akrobat vielleicht, dachte ich. Nun stöhnte er vor Schmerzen. Sein Gesicht war schweißbedeckt und seine Gesichtsfarbe zeigte eine trübe Grüntönung. Der Mann war wirklich in einem schlechten Zustand. Er zitterte vor Schmerzen und knirschte mit den Zähnen. Der Lama Mingyar Dondup blickte ihn mitleidig an.

«Spion, Möchtegern-Meuchelmörder oder was auch immer er ist, wir müssen etwas für ihn tun», sagte er. Mein Mentor kniete sich neben den Mann, legte seine Hände auf die Schläfen des armen Kerls und schaute ihm in die Augen. Innert Sekunden entspannte sich der verletzte Mann, die Augen halb geöffnet und auf seinen Lippen erschien ein schwaches Lächeln. Mein Mentor entfernte die Decke ganz und beugte sich über seine Beine. Mir wurde von dem, was ich sah, übel. Die Beinknochen des Mannes ragten durch seine Hose hindurch und schienen vollkommen zerschmettert zu sein. Mit einem scharfen Messer schnitt mein Mentor die Kleider des Mannes auf. Von den Zuschauenden ging ein schweres Atmen aus, als sie seine Beine sahen, die von den Oberschenkeln bis zu den Füßen zerschmettert waren. Der Lama befühlte sie vorsichtig. Der verunfallte Mann rührte sich nicht; er war tief hypnotisiert. Die Beinknochen knirschten und hörten sich an wie halb gefüllte Sandsäcke.

«Die Knochen sind zu stark gebrochen, um sie noch richten zu können», sagte mein Mentor. «Seine Beine scheinen zersplittert zu sein. Wir müssen sie amputieren.»

«Ehrwürdiger Lama», sagte der Justizbeamte, «könnten Sie ihn vielleicht veranlassen, uns zu sagen, was er hier zu suchen hatte? Wir vermuten, dass er ein Meuchelmörder ist.»

«Wir werden ihm zuerst die Beine entfernen», erwiderte der Lama, «und ihn dann fragen.» Er beugte sich erneut über den Mann und schaute ihm einmal mehr in die Augen. Der Chinese entspannte sich noch mehr und schien noch tiefer zu schlafen.

Unterdessen hatte ich den Beutel aufgerollt und in einer Schale die sterilisierende Kräuterlösung bereitgestellt. Mein Mentor tauchte seine Hände hinein, um sie zu desinfizieren. Seine Instrumente hatte ich bereits in eine andere Schale gelegt. Auf seine Anweisung wusch ich den Rumpf und die Beine des Mannes. Als ich die Beine berührte, durchfuhr mich ein seltsames Gefühl. Sie fühlten sich an, als ob wirklich alles gebrochen wäre. Sie waren blauverfärbt und die Venen standen wie schwarze Seile heraus. Unter der Anleitung meines Mentors, der immer noch seine Hände einweichte, band ich dort, wo sich die Beine mit dem Körper verbanden und so hoch oben wie möglich die Beine des Chinesen ab. Ich steckte ein Querholz durch die Schlaufe eines sterilisierten Bandes und drehte daran, bis die Blutzirkulation stoppte. Zügig ergriff der Lama Mingyar Dondup ein Messer und schnitt in das Fleisch ein V. An dem Punkt des Vs sägte er den Knochen oder was noch davon übrig war durch und fügte die zwei Hautlappen zusammen, sodass das Ende des Knochens mit einer Doppellage geschützt war. Ich reichte ihm den sterilisierten Faden, der aus Yakhaar bestand, und er nähte die Hautlappen schnell und fest zusammen. Vorsichtig und langsam löste ich den Druck des Bandes am Bein des Mannes, um es sofort wieder anziehen zu können, falls der Stumpf zu bluten anfangen sollte. Die Stiche hielten. Es floss kein Blut mehr. Hinter uns würgte es einen der Wächter heftig. Er lief kalkweiß an und fiel ohnmächtig zu Boden!

Sorgfältig verband mein Mentor den Stumpf und wusch seine Hände erneut in der Lösung. Ich widmete meine Aufmerksamkeit dem anderen, dem linken Bein zu und fuhr mit dem Querholz einmal mehr durch die Schlaufe. Der Lama nickte, worauf ich das Holz erneut drehte, um auch bei diesem Bein den Blutfluss zu stoppen. Bald lag das Bein neben dem anderen. Mein Mentor drehte sich um und sagte zu einem der starrenden Wächter, dass er die Beine nehmen und sie in ein Tuch wickeln solle.

«Wir müssen diese Beine der Chinesischen Gesandtschaft übergeben», sagte der Lama, «oder sie werden sagen, dass ihr Mann gefoltert wurde. Ich werde den Erhabenen bitten, dass dieser Mann wieder zu seinen Landsleuten zurückgeschickt wird. Sein Auftrag spielt keine Rolle. Er schlug fehl, genauso wie alle derartigen Versuche.»

«Aber ehrwürdiger Lama», sagte der Justizbeamte, «der Mann sollte gezwungen werden, uns zu sagen, was er vorhatte und warum.»

Mein Mentor sagte nichts, sondern wandte sich wieder dem hypnotisierten Mann zu und blickte tief in seine nun offenen Augen. «Was hattest du vor?», fragte er ihn.

Der Mann stöhnte und rollte mit den Augen. Mein Mentor fragte ihn erneut: «Was hattest du vor? Wolltest du im Potala eine Amtsperson ermorden?»

Um den Mund des Chinesen bildete sich Speichel, dann nickte er zögernd zur Bestätigung mit dem Kopf.

«Rede!», befahl der Lama. «Ein Nicken reicht nicht.»

Dann rückte er langsam und gequält mit der Geschichte heraus. Ein Auftragsmörder, der dafür bezahlt wurde, zu morden, der dafür bezahlt wurde, in einem friedlichen Land, Unruhe zu stiften. Ein Auftragsmörder, der versagt hatte, so wie alle versagen werden, weil sie nichts von unseren

Sicherheitsvorkehrungen wussten! Und während ich über dies nachsann, erhob sich der Lama Mingyar Dondup.

«Ich werde nun den Erhabenen aufsuchen, Lobsang, und du bleibst hier und beaufsichtigst diesen Mann», sagte er und verließ daraufhin den Raum.

Der Mann stöhnte. «Werdet ihr mich jetzt töten?», fragte er schwach.

«Nein», erwiderte ich, «wir töten niemanden.»

Ich netzte seine Lippen und wischte über seine Stirne. Bald war er wieder ruhig. Ich glaube, er schlief nach all diesen Strapazen. Der Justizbeamte schaute mürrisch zu und dachte sicher, die Priester seien verrückt, weil sie einen Möchtegern-Meuchelmörder retten wollten. Die Wärter gingen und andere kamen. Mein Magen knurrte vor Hunger.

Schließlich vernahm ich die mir bekannten Schritte und mein Mentor betrat den Raum. Zuerst sah er sich den Patienten an und vergewisserte sich, dass es dem Mann den Umständen entsprechend gut ging und dass die Stümpfe nicht bluteten. Dann erhob er sich, wandte sich an den anwesenden Oberaufsichtsbeamten und sagte: «Kraft amtlicher Genehmigung, die mir von Seiner Heiligkeit übertragen wurde, verlange ich, dass Sie sofort zwei Tragen herbeischaffen und diesen Mann und seine Beine der Chinesischen Gesandtschaft überbringen.»

Er wandte sich mir zu: «Und du wirst diese Männer begleiten und mir berichten, wenn sie den Mann auf der Bahre unnötig grob behandeln sollten.»

Ich fühlte mich ausgesprochen missmutig. Hier war dieser Meuchelmörder mit seinen abgesägten Beinen, und mein Magen rumpelte wie eine leere Tempeltrommel vor sich hin. Während die Männer abwesend und auf der Suche nach Tragen waren, eilte ich hinaus, wo ich die Beamten beim Teetrinken gesehen hatte! Mit überheblicher Stimme forderte ich davon, und bekam eine großzügige Portion. Hastig stopfte ich das Tsampa in mich hinein und eilte zurück.

Schweigend und verdrießlich kamen die Männer nach mir in den Raum. Sie brachten zwei einfache Tragen mit. Zwei Stangen zwischen denen ein

Tuch gespannt war. Mürrisch hoben sie die zwei Beine auf und legten sie auf die eine Trage. Vorsichtig und unter dem durchdringenden Blicken des Lama Mingyar Dondup legten sie den Chinesen auf die andere Trage. Eine Wolldecke wurde über ihm ausgebreitet und unter der Trage festgemacht, sodass er nicht herunterfallen konnte.

Mein Mentor wandte sich dem Oberaufsichtsbeamten zu und sagte: «Sie werden diese Männer begleiten und dem chinesischen Botschafter einen Gruß von mir ausrichten und ihm sagen, dass wir ihm einen seiner Männer zurückbringen. Und du, Lobsang», er drehte sich zu mir um, «wirst sie begleiten und mir nachher Bericht erstatten.»

Er ging weg und die Männer stapften aus dem Raum. Draußen war es kühl, und ich fröstelte in meiner dünnen Robe, während wir die Mani Lhakhang hinunter gingen. Die Männer, die die Beine trugen, gingen voraus und dahinter folgten die zwei Männer mit der Trage, auf der der Chinese lag. Ich schritt auf der einen Seite einher und der Oberaufsichtsbeamte auf der anderen Seite. Wir bogen rechts ab, durchquerten die zwei Parkanlagen und steuerten der Chinesischen Gesandtschaft zu.

Mit dem glitzernden Fluss des Glücks vor uns, und durch die Lücken in den Bäumen erschienen helle Lichtflecken, als wir die äußerste Mauer der Gesandtschaft erreichten. Brummend setzten die Männer für eine Weile ihre Ladung ab, während sie ihre müden Muskeln lockerten und neugierig über die Mauer der Gesandtschaft spähten. Die Chinesen waren sehr feindselig gegen jeden, der versuchte, ihr Grundstück zu betreten. Es gab Fälle, bei denen kleine Jungen «zufällig» erschossen wurden, wenn sie unbefugt eindrangen, so wie das kleine Jungen eben manchmal tun. Nun mussten wir da hineingehen! Die Männer spuckten in die Hände, bückten sich und hoben die Trage wieder auf. Wir marschierten weiter, bogen links in die Lingkhorstraße ein und betraten kurz darauf das Gesandtschaftsgelände.

Mürrische Männer kamen an die Tür und der Oberaufsichtsbeamte sagte: «Ich habe die Ehre, Ihnen einer ihrer Männer zurückzubringen, der versucht hat, auf dem Heiligem Boden herumzustreunen. Er ist gestürzt und seine Beine mussten amputiert werden. Hier sind die Beine als Beweis.»

Die finster dreinblickenden Wachen packten die Handgriffe und eilten mit dem Mann und seinen Beinen in das Gebäude. Andere wiesen uns mit vorgehaltener Waffe weg. Wir zogen uns zurück und gingen den Pfad hinunter. Ich entwischte ungesehen hinter einen Baum. Die anderen marschierten weiter. Schreie und ein lautes Herumbrüllen zerrissen die Luft. Ich sah mich um. Es waren keine Wachen mehr zu sehen, sie waren alle in die Gesandtschaft gegangen. Auf einen törichten Impuls hin verließ ich die zweifelhafte Sicherheit des Baumes und rannte leise zu dem Fenster, von wo der Lärm herkam. Der verletzte Mann lag am Boden. Einer der Wachen saß auf seiner Brust, während zwei andere auf seinen Armen saßen. Ein vierter Mann drückte brennende Zigaretten auf seinen Amputationsstümpfen aus. Plötzlich sprang der vierte Mann auf, zog seinen Revolver und schoss dem verletzten Mann zwischen die Augen.

Ein Zweig knackte hinter mir. Blitzschnell fiel ich auf die Knie und drehte mich um. Ein weiterer chinesischer Wachmann war aufgetaucht und zielte mit dem Gewehr genau dorthin, wo mein Kopf gewesen war. Ich tauchte ab zwischen seine Beine hindurch und brachte ihn zu Fall, wodurch er sein Gewehr fallen ließ. Fluchtartig rannte ich von Baum zu Baum. Schüsse peitschten durch die niederen Zweige, und hinter mir hörte ich das dumpfe Getrampel rennender Füße. Hier stand der Vorteil auf meiner Seite. Ich war schnellfüßig und flinker als der Chinese, der oft stehenblieb, um nach mir zu schießen. Ich eilte zum hinteren Teil des Gartens, denn das Tor wurde nun bewacht, kletterte auf einen günstigen Baum und hangelte mich an einem Ast entlang, so dass ich mich auf die Mauer fallen lassen konnte. Sekunden später stand ich wieder auf der Straße vor meinen Landsleuten, die den verletzten Mann getragen hatten. Und als sie meine Geschichte gehört hatten, beschleunigten sie ihre Schritte. Sie warteten nicht ab, ob es noch irgendetwas Aufregendes zu sehen gab. Jetzt wollten sie nur noch wegkommen. Einer der chinesischen Wachen sprang von der Mauer auf die

Straße und blickte mir argwöhnisch hinterher, worauf ich ausdruckslos zurückblickte. Mit einem finsteren Blick und einem gemurmelten Fluch, der sich abfällig über meine Abstammung bezog, ging er weg. Und wir legten noch einen Zahn zu!

Zurück im Dorf Shö verließen mich die Männer. Ich blickte etwas besorgt über meine Schultern und eilte weiter. Bald rannte ich den Weg zum Chakpori hinauf. Ein alter Mönch, der am Wegrand Rast machte, rief hinter mir her: «Was ist denn mit dir los, Lobsang? Du siehst ja aus, als wären Dämonen hinter dir her!»

Ich eilte weiter und betrat atemlos das Zimmer meines Mentors. Einen Moment lang stand ich pustend da und versuchte, zu Atem zu kommen. «Oh!», keuchte ich schließlich. «Die Chinesen haben den Mann ermordet! Sie haben ihn erschossen!» In einem Redeschwall erzählte ich ihm alles, was passiert war.

Mein Mentor schwieg einen Augenblick. Dann sagte er: «Du wirst in deinem Leben noch viel Gewalt sehen, Lobsang, also sei über dieses Ereignis nicht allzu betrübt. Das ist die übliche Methode der Diplomatie: Töte die, die scheitern und dementiere Spione, die gefangen werden. Das ist auf der ganzen Welt in allen Ländern so.»

Während ich vor meinem Mentor saß und mich in seiner ruhigen und gelassenen Gegenwart beruhigte, dachte ich an eine andere Angelegenheit, die mich beschäftigte. «Ehrwürdiger Herr Lehrer» begann ich, «könnten Sie mir erklären, wie Hypnose funktioniert?»

Er schaute mich mit einem Lächeln auf den Lippen an. «Wann hast du zum letzten Mal gegessen?», erkundigte er sich.

Mit einem Ruck kam mein ganzer Hunger zurück. «Oh, vor etwa zwölf Stunden», erwiderte ich etwas kläglich.

«Dann lass uns hier und jetzt essen, und wenn wir satt sind, können wir über die Hypnose sprechen.»

Er bat mich einen Augenblick zu schweigen und setzte sich in die Meditationshaltung. Ich fing seine telepathische Mitteilung an seinen

Bediensteten auf – Essen und Tee. Ich fing auch eine telepathische Botschaft an jemanden im Potala auf, der unverzüglich den Erhabenen aufsuchen musste, um ihn über das Vorgefallene zu informieren. Doch mein «Mithören» der telepathischen Mitteilungen wurde durch den Bediensteten unterbrochen, der Essen und Tee hereinbrachte.

Ich lehnte mich zurück. Ich hatte reichlich gegessen und fühlte mich ungemütlich voll. Ich hatte einen harten Tag gehabt. Ich war viele Stunden hungrig gewesen und nun beschäftigte mich ein Gedanke innerlich. Hatte ich jetzt zu viel und zu unbedacht gegessen? Plötzlich schaute ich misstrauisch auf.

Mein Mentor sah mich mit offensichtlicher Belustigung an. «Ja, Lobsang», bemerkte er, «du hast zu viel gegessen. Ich hoffe, dass du trotzdem noch in der Lage bist, meinem Gespräch über die Hypnose zu folgen.»

Aufmerksam studierte er mein errötendes Gesicht und sein Blick erweichte. «Armer Lobsang, du hattest wirklich einen harten Tag. Geh jetzt schlafen. Wir werden unsere Diskussion auf morgen verschieben.»

Er erhob sich und verließ den Raum.

Auch ich stand müde auf und ging wankend den Korridor entlang. Schlaf! Das war alles, was ich jetzt brauchte. Essen? Nein! Davon hatte ich genug. Ich erreichte meinen Schlafplatz und rollte mich in meine Robe ein. Der Schlaf war sehr unruhig. Ich hatte Albträume, in denen mich der beinlose Chinese durch die Wälder hetzte und andere bewaffnete Chinesen auf meine Schultern sprangen, um mich zu Fall zu bringen. Bums! Mein Kopf schlug auf dem Boden auf. Einer der chinesischen Wachen trat gegen mich. Bums! Wieder schlug mein Kopf auf dem Boden auf. Schlaftrunken öffnete ich die Augen und erblickte einen Akolythen, der energisch gegen meinen Kopf schlug und mich trat, um mich zu wecken. «Lobsang!», rief er aus, als er sah, dass meine Augen offen waren. «Lobsang, ich dachte schon du wärst tot. Du hast die ganze Nacht durchgeschlafen und die Andacht verpasst. Und nur durch das Eingreifen deines Lehrers, dem Lama Mingyar Dondup, bist du bei den Aufsehern durchgekommen. Wach auf!», schrie er, als ich beinahe wieder in den Schlaf sinken wollte.

Mein Bewusstsein kehrte wieder in mich zurück. Es war früh am Morgen. Durch das Fenster sah ich die ersten Sonnenstrahlen über dem hohen Himalaya aufgehen und wie sie die höchsten Gebäude im Tal, die goldenen Dächer des weit entfernten Sera-Lamaklosters erleuchteten und dann den oberen Teil des Pargo Kaling erhellten.

Gestern war ich doch im Dorf Shö gewesen. Ah, das war also kein Traum! Heute, ja heute, hoffte ich einige Unterrichtsstunden auslassen zu können, um direkt von meinem geliebten Mentor zu lernen und vor allem etwas über die Hypnose zu erfahren. Bald war ich mit dem Frühstück fertig und war auf dem Weg in mein Klassenzimmer, aber nicht, um zu bleiben und von den hundertundacht Heiligen Büchern zu rezitieren, sondern, um dem Lehrer zu erklären, warum ich nicht blieb!

«Ehrwürdiger Herr Lehrer», sagte ich, als ich ihn gerade in das Klassenzimmer gehen sah. «Ich muss heute dem Lama Mingyar Dondup zur Verfügung stehen. Ich bitte Sie, mich von der Klasse zu entschuldigen.»

«Ach, ja, mein Junge», sagte der Lehrer in einem erstaunlich freundlichen Ton. «Ich hatte mit dem Heiligen Lama, deinem Mentor, ein Gespräch. Er war so freundlich und hat sich sehr positiv geäußert und deinen Fortschritt unter meiner Führung gerühmt. Ich muss gestehen, dass ich das mit großer Genugtuung zur Kenntnis genommen habe und bin hocherfreut.»

Zu meinem großen Erstaunen klopfte er mir, bevor er das Klassenzimmer betrat, auf die Schulter. Verwirrt fragte ich mich, was für eine Art Zauber das bei ihm bewirkt haben mag und ging weiter zu den Lamaunterkünften. Ich schlenderte sorglos weiter, vorbei an einer halboffenen Tür. «Oh!», rief ich plötzlich aus und blieb ruckartig stehen. «Eingelegte Walnüsse!» Der Duft davon war verlockend und stark. Leise schlich ich zurück und spähte durch den Eingang. Ein alter Mönch starrte auf den Steinfußboden und murmelte Worte, die keine Gebete waren. Er trauerte um den Verlust eines

ganzen Glases eingelegter Walnüsse, das irgendwie von Indien hierherge-
langte.

«Darf ich Ihnen behilflich sein, ehrwürdiger Lama?», fragte ich höflich.

Der alte Mann drehte mir sein grimmiges Gesicht zu und gab mir eine
derart bissige Antwort, dass ich fluchtartig den Korridor entlanglief, solange
ich noch dazu in der Lage war.

«All diese Worte nur wegen ein paar Walnüssen!», sagte ich entrüstet zu
mir selbst.

«Komm herein!», sagte mein Mentor, als ich mich seiner Tür näherte.
«Ich habe schon gedacht, du hättest dich wieder schlafen gelegt.»

«Ehrwürdiger Herr Lehrer», sagte ich, «ich komme der Unterweisung wegen. Es liegt mir sehr daran, zu erfahren, wie die Hypnose funktioniert.»

«Lobsang», sagte mein Mentor, «du hast aber noch weit mehr zu lernen
als nur das. Du musst zuerst etwas über die Grundlagen der Hypnose wissen,
sonst weißt du nicht, was du tust. Setz dich.»

Ich setzte mich, natürlich mit überkreuzten Beinen auf den Boden. Mein
Mentor saß mir gegenüber. Eine ganze Weile schien er in Gedanken versunken zu sein, und dann sagte er: «Inzwischen solltest du wissen, dass alles aus
Schwingungen, aus Elektrizität besteht. Der ganze Organismus des Körpers
verfügt über viele verschiedene Chemikalien. Einige dieser Chemikalien werden über den Blutkreislauf zum Gehirn transportiert. Das Gehirn hat, wie
du weißt, die beste Versorgung mit Blut und den darin enthaltenen Chemikalien. Diese Inhaltsstoffe Kalium, Magnesium, Kohlenstoff und viele andere bilden das Gehirngewebe. Die Wechselwirkung zwischen ihnen bewirkt eine besondere Molekularschwingung, die wir ‹elektrischen Strom›
nennen. Wenn man denkt, setzt man einen Prozess in Gang, der zur Bildung
dieses elektrischen Stromes und damit zu Gehirnwellen führt.»

Ich dachte über die Sache nach. Ich konnte das nicht verstehen. Wenn
es doch in meinem Kopf «elektrischen Strom» gab, warum fühlte ich dann
keinen Stromschlag? Der Junge, der bei Gewitter einen Drachen steigen ließ,
fiel mir ein. Ich erinnerte mich an den hellen blauen Blitz, der wie eine

Lichtspur an seiner nassen Drachenschnur entlang schoss. Und ich erinnere mich auch mit einem Schauder, wie er wie ein ausgetrocknetes und geröstetes Stück Fleisch zu Boden fiel. Auch mich traf der Blitz einmal, jedoch spürte ich im Vergleich zu ihm nur ein Kitzeln. Doch dieses «Kitzeln» reichte aus, um mich ein paar Meter weit wegzuschleudern.

«Ehrwürdiger Lama», wandte ich ein, «wie kann es denn im Kopf Strom geben? Man würde ja vor Schmerzen verrückt werden!»

Mein Mentor saß da und lächelte mich an. «Lobsang», kicherte er, «den Schlag, den du einst erlitten hast, gibt dir eine völlig falsche Vorstellung der Elektrizität. Die Elektrizität im Gehirn ist sehr, sehr schwach. Ganz spezielle Apparate können diesen Strom messen und die Veränderungen, während man denkt oder sich bewegt, tatsächlich aufzeichnen.»

Der Gedanke, dass ein Mensch die Spannung eines anderen Menschen messen konnte, war fast zu viel für mich und ich begann zu lachen.

Mein Mentor schmunzelte und sagte: «Lass uns diesen Nachmittag hinüber zum Potala gehen. Der Erhabene hat dort Gerätschaften, die es uns ermöglichen, leichter über die Elektrizität zu sprechen. Geh nun und vergnüge dich ein wenig. Esse etwas und ziehe deine beste Robe an und wir treffen uns wieder hier, wenn die Sonne auf Mittag steht.»

Ich erhob mich, verbeugte mich und ging hinaus.

Ganze zwei Stunden streunte ich herum. Ich kletterte auf das Dach und warf kleine Kiesel auf die nichtsahnenden Köpfe der darunter vorbeigehenden Mönche. Dieses Sportes überdrüssig ließ ich mich kopfüber durch eine Falltür in einen dunklen Korridor hinunter hängen. An den Füßen verkehrt herum hängend, war ich rechtzeitig da, um die sich mir nähernden Schritte zu hören. Ich konnte nichts sehen, weil sich die Falltür in einer Ecke befand. Ich streckte meine Zunge heraus und machte ein grimmiges Gesicht und wartete. Ein alter Mann kam um die Ecke, und da er mich nicht sehen konnte, prallte er in mich hinein. Meine nasse Zunge berührte seine Wange. Er stieß einen Schrei aus und ließ das Tablett, das er trug, mit einem Krachen fallen und verschwand mit einer, für so einen alten Mann höchst überraschenden Geschwindigkeit. Doch auch ich erlebte eine Überraschung. Als der Mönch in mich prallte, verlor ich den Halt meiner Füße und fiel in den Korridor hinunter. Die Falltür schnappte mit einem widerhallenden «Wumm» zu und eine ganze Ladung erstickender Staub fiel auf mich herab! Ich kletterte benommen auf die Füße und eilte so schnell ich konnte in die andere Richtung davon.

Der Schreck saß mir immer noch in allen Gliedern, als ich meine Robe wechselte und meine Mahlzeit aß. Doch so betroffen war ich nun auch wieder nicht, dass ich die Verabredung vergaß! Pünktlich, als der Schatten verschwand und der Tag auf den Mittag zuging, fand ich mich bei meinem Mentor ein. Mit einiger Mühe entspannten sich seine strengen Gesichtszüge wieder, als er mich sah.

«Ein älterer Mönch schwört, Lobsang, dass er im Nordkorridor von einem Teufel verfolgt wurde», sagte er. «Drei Lamas sind dorthin gegangen, um den Teufel auszutreiben. Und ohne Zweifel werde ich das meinige beitragen, wenn ich ihn, dich, wie abgemacht zum Potala mitnehme. Komm!»

Er drehte sich um und ging aus dem Zimmer. Ich folgte ihm hinterher und blickte mich ängstlich um. Schließlich war man ja nie sicher, was geschehen würde, wenn die Lamas den Teufel austrieben. Ich sah mich schon durch die Luft einer mir unbekannten und wahrscheinlich unbequemen Bestimmung entgegenfliegen.

Wir gingen hinaus ins Freie. Zwei Ponys wurden von Stallmönchen gehalten. Der Lama Mingyar Dondup stieg auf und ritt langsam den Berg hinunter. Mir wurde auf mein Pony geholfen und einer der Stallmönche gab ihm spielerisch einen Klaps. Das Pony fühlte sich auch zum Spielen aufgelegt. Es senkte den Kopf nach unten und sein Hinterteil ging nach oben und ich flog in hohem Bogen von seinem Rücken. Ein Stallmönch hielt das Pony noch einmal für mich, während ich mich vom Boden aufrappelte und den Staub ausklopfte. Dann stieg ich wieder auf und beobachtete wachsam die Stallmönche, falls sie noch etwas anderes vorhatten.

Das Pony wusste, dass es einen Dummkopf an Bord hatte. Das schwachsinnige Tier ging immer wieder an den gefährlichsten Stellen entlang und blieb am äußersten Rand stehen. Dann senkte es den Kopf nach unten und blickte ernst über den steilen, felsigen Abhang hinunter. Schließlich stieg ich ab und zog das Pony hinter mir her. Es ging so schneller. Am Fuße des Eisenbergs stieg ich wieder auf und folgte meinem Mentor in das Dorf Shö. Dort musste er etwas erledigen, das ihn einen Augenblick aufhielt. Zeit genug für mich, um wieder etwas zu Atem zu kommen und meine gespannten Nerven zu beruhigen. Dann stiegen wir auf und ritten die breite Treppenflucht zum Potala hinauf. Erleichtert übergab ich dem wartenden Stallmönch mein Pony. Und noch erleichterter folgte ich dem Lama Mingyar Dondup in seine Räumlichkeiten. Meine Freude wurde jedoch noch größer, als ich erfuhr, dass ich einen Tag oder vielleicht noch länger hierbleiben durfte.

Bald war es Zeit, der Andacht im unteren Tempel beizuwohnen. Hier im Potala waren die Andachten übermäßig formell und die Disziplin viel zu strikt, dachte ich. Ich hatte für einen Tag mehr als genug Aufregung gehabt und hatte davon immer noch ein paar blaue Flecken. So legte ich mein bestes Benehmen an den Tag und die Andacht ging ohne Zwischenfall zu Ende. Es war allgemein akzeptiert, dass ich den kleinen Raum neben meinem Mentor in Anspruch nehmen durfte, wenn er im Potala war. Ich begab mich dorthin, setzte mich nieder und wartete die weiteren Ereignisse ab. Ich wusste, dass mein Mentor in einer Staatsangelegenheit einen sehr hohen Beamten traf, der erst kürzlich aus Indien zurückgekehrt war. Es war faszinierend, hier aus dem Fenster zu blicken und die Stadt Lhasa in der Ferne zu sehen. Der Anblick war von unübertrefflicher Schönheit. Von Weiden umsäumte Seen, das goldene Schimmern des Jokhangs, das Gewimmel der Pilger, die sich am Fuße des Heiligen Berges drängten, in der Hoffnung, Seine Heiligkeit (der gerade dort residierte) oder zumindest einen hohen Beamten zu sehen. Eine lange Reihe von Händlern und ihr Vieh schlängelte sich gerade langsam am Pargo Kaling vorbei. Ich dachte einen Augenblick lang über ihre exotische Fracht nach, doch ich wurde von leisen Schritten hinter mir unterbrochen.

«Wir trinken zuerst Tee, Lobsang, und dann fahren wir mit unserem Gespräch fort», sagte mein Mentor, der gerade hereinkam.

Ich folgte ihm in sein Zimmer, wo ganz andere Nahrungsmittel aufgetischt und hergerichtet waren als die, die normalerweise ein einfacher Mönch erhielt. Selbstverständlich Tee, aber auch Süßigkeiten von Indien. Das war alles sehr nach meinem Geschmack. In der Regel sprechen die Mönche nie während des Essens. Es wird der Nahrung gegenüber als eine Respektlosigkeit betrachtet. Doch bei dieser Gelegenheit erzählte mir mein Mentor, dass die Russen versuchten, Tibet Ärger zu machen, und dass sie versuchten, Spione einzuschleusen. Bald hatten wir unser Mahl beendet und wir machten uns auf den Weg zu den Räumen, wo der Dalai Lama die vielen sonderbaren Geräte von weit entfernten Ländern aufbewahrte. Eine Weile sahen wir uns nur um. Der Lama Mingyar Dondup zeigte auf verschiedene kuriose Objekte und erklärte mir ihre Verwendung. Schließlich blieb er in einer Ecke des Raumes stehen und sagte: «Schau dir das an, Lobsang!»

Ich ging zu ihm hinüber und war von dem, was ich sah, überhaupt nicht beeindruckt. Vor mir auf einem kleinen Tisch stand ein Glasgefäß. Darin hingen zwei dünne Fäden, an deren Ende jeweils kleine Kugeln baumelten, die so etwas wie Weidekätzchen zu sein schienen.

«Es sind Weidekätzchen!», erklärte mein Mentor ruhig, als ich eine Bemerkung darüber machte.

«Du, Lobsang», sagte der Lama, «nimmst von der Elektrizität an, dass sie dir einen Schlag versetzt. Es gibt jedoch noch eine andere Art oder Erscheinungsform davon, die wir statische Elektrizität nennen. Nun schau!»

Von einem Tisch nahm mein Mentor einen glänzenden, etwa dreißig bis fünfunddreißig Zentimeter langen Stab. Rasch rieb er den Stab an seiner Robe und hielt ihn nahe an das Glasgefäß.

Zu meinem großen Erstaunen sprangen die beiden Weidekätzchenbällchen heftig auseinander und blieben selbst dann noch gespreizt, als der Stab entfernt wurde.

«Beobachte weiter!», ermunterte er mich. Nun, das tat ich ohnehin schon. Nach ein paar Minuten sanken die Weidekätzchenbällchen unter der Anziehungskraft der Erde langsam wieder in die normale Stellung zurück und hingen bald gerade, so wie vor dem Experiment.

«Versuch es mal», forderte der Lama mich auf und streckte mir den schwarzen Stab entgegen.

«Du heilige Dolma!», rief ich aus. «Ich werde das Ding nie anrühren!»

Mein Mentor lachte herzlich über meinen mehr als besorgten Gesichtsausdruck. «Versuch es ruhig, Lobsang», sagte er milde. «Ich habe dich bis jetzt noch nie hereingelegt.»

«Ja», brummte ich, «aber es gibt immer ein erstes Mal.»

Er hielt mir den Stab entgegen. Vorsichtig nahm ich das furchteinflößende Objekt. Zögernd und halbherzig (ich erwartete jeden Augenblick einen Schlag) rieb ich den Stab an meiner Robe. Ich nahm jedoch nichts wahr, weder einen Schlag noch ein Kitzeln. Schließlich hielt ich ihn nahe an das Glasgefäß und Wunder über Wunder, die Weidekätzchenbällchen flogen wieder auseinander!

«Wie du bemerkt haben wirst, Lobsang», erwiderte mein Mentor, «fließt hier Elektrizität, ohne dass du einen Schlag verspürst. Diese Art Elektrizität entspricht der in deinem Gehirn. Komm mit mir.»

Er führte mich zu einem anderen Tisch, auf dem eine äußerst bemerkenswerte Einrichtung stand. Es schien eine Scheibe zu sein, auf der rundum vorne und hinten unzählige Metallplättchen angebracht waren. Am Ende zweier fixierter länglicher Stäbe waren Drahtbürsten befestigt, die zwei der Metallplättchen leicht berührten. Auf je einer Seite führten Bügel zu zwei Metallkugeln, die etwa dreißig Zentimeter auseinanderlagen. Das Ding ergab keinen Sinn für mich. Eine «Teufelsstatue», dachte ich. Dieser Eindruck bestätigte sich mir noch bei den nächsten Bewegungen meines Mentors. Er ergriff auf der Rückseite der Scheibe eine Kurbel und drehte kräftig daran. Geräuschvoll und aufblitzend begann sich die Scheibe zu drehen und wurde zum Leben erweckt. Zwischen den Metallkugeln zischte und knackte es und große blaue Funken schlugen aus. Ein eigenartiger Geruch breitete sich aus, so als ob die Luft selbst brennen würde. Ich wartete nicht länger. Das ging mir eindeutig zu weit. Ich tauchte ab unter den größten Tisch und versuchte, mich bis zur weit entfernten Tür durchzuschlagen.

Das Zischen und Knacken hörte auf und wurden von einem anderen Geräusch ersetzt. Ich hielt in meiner Flucht inne und horchte erstaunt. War das nicht ein lautes Lachen? Niemals! Nervös spähte ich unter dem Tisch hervor, unter dem ich Schutz gesucht hatte. Dort stand mein Mentor und kugelte sich vor Lachen. Tränen der Belustigung kullerten aus seinen Augen, während sein Gesicht vor Vergnügen ganz rot wurde. Er schien sogar nach Atem zu ringen.

«Oh, Lobsang!», sagte er schließlich. «Das ist das erste Mal, dass ich jemanden gesehen habe, der vor einer Wimshurstmaschine Angst hatte. Dieses Gerät wird in vielen Ländern der Welt benutzt, um die Eigenschaften der Elektrizität zu demonstrieren.»

Ich kroch hervor und fühlte mich ziemlich albern. Dann sah ich mir diese merkwürdige Maschine etwas genauer an.

Der Lama sagte: «Ich werde nun diese zwei Bügel halten, Lobsang, und du drehst so schnell du kannst an der Kurbel. Du wirst Funkenschläge rund um mich herum sehen. Es wird mir aber nichts geschehen noch verursacht es Schmerzen. Lass es uns versuchen. Wer weiß? Vielleicht hast du dann Gelegenheit, mich auszulachen!»

Er fasste die Bügel, in jede Hand einen, und gab mir das Zeichen zu beginnen. Verbissen packte ich die Kurbel und drehte sie so schnell ich konnte. Ich schrie vor Erstaunen, als große purpurne und violette Lichtbänder über die Hände und das Gesicht meines Mentors strömten. Er blieb völlig ungerührt. Inzwischen fing es wieder an zu riechen.

«Ozon, das ist völlig harmlos», sagte mein Mentor.

Schließlich wurde ich dazu überredet, die Metallbügel zu halten, und der Lama drehte die Kurbel. Das Zischen und Knacken war äußerst furchterregend, doch ich nahm nicht mehr als eine kühle Brise wahr. Der Lama nahm verschiedene Glasbehälter aus einer Kiste und schloss einen Glasbehälter nach dem anderen mit Drähten an der Maschine an. Und während er die Kurbel drehte, sah ich helles Licht in einem der Glasbehälter aufleuchten und in den anderen Glasbehältern sah ich ein Kreuz und andere Metallformen, die wie von einem lebendigen Feuer umgeben waren. Doch nie konnte ich einen Stromschlag spüren. Mit dieser Wimshurstmaschine demonstrierte mir mein Mentor, wie man es einer Person, die nicht hellsichtig war, ermöglichen könnte, die menschliche Aura zu sehen. Doch davon später.

Das schwächer werdende Tageslicht veranlasste uns schließlich, mit dem Experimentieren aufzuhören und uns in die Kammer des Lamas zurückzuziehen. Doch bevor wir dies taten, versammelten wir uns erneut zur Abendandacht. Unser Leben in Tibet schien von dem Bedürfnis nach religiöser Befolgung völlig begrenzt zu sein. Nachdem wir die Abendandacht hinter uns hatten, kehrten wir einmal mehr in die Räumlichkeit meines Mentors zurück. Hier saßen wir in unserer gewohnten Haltung mit überkreuzten Beinen auf dem Boden und zwischen uns befand sich ein kleiner Tisch von etwa fünfunddreißig Zentimeter Höhe.

«Nun, Lobsang», sagte mein Mentor, «müssen wir uns eingehend mit der Hypnose befassen. Doch zuallererst wollen wir mit der Gehirnfunktion beginnen. Ich habe dir gezeigt, so hoffe ich es, dass ein elektrischer Strom auch fließen kann, ohne dass man Schmerzen oder ein Unbehagen dabei empfindet. Nun möchte ich, dass du beachtest, dass eine Person, wenn sie denkt, einen elektrischen Strom erzeugt. Wir brauchen jetzt nicht weiter auf dieses Thema einzugehen, wie der elektrische Strom die Muskelfasern stimuliert und eine Reaktion hervorruft. Unser Hauptinteresse gilt im Augenblick nur dem elektrischen Strom, den Gehirnwellen, die von der westlichen medizinischen Wissenschaft so klar gemessen und aufgezeichnet werden können.»

Ich muss gestehen, dass mich das sehr interessierte, weil mir auf meine schlichte und einfache Art schon selbst der Gedanke gekommen war, dass die Gedanken eine Kraft entwickelten. Ich erinnerte mich an diese durchlöcherte zylinderförmige Pergamentrolle, die ich manchmal im Lamakloster verwendete und wie ich sie allein durch Gedankenkraft zum Drehen gebracht hatte.

«Du bist nicht bei der Sache, Lobsang!», sagte mein Mentor.

«Es tut mir leid, ehrwürdiger Herr Lehrer», erwiderte ich. «Ich habe nur über die unbestreitbare Natur der Gedankenwellen nachgedacht und an den Spaß, den ich vor ein paar Monaten mit der zylinderförmigen Rolle gehabt hatte, die Sie mir vorführten.»

Mein Mentor sah mich an. «Du bist ein Wesen, ein Individuum und du hast deine eigenen Gedanken. Du erwägst vielleicht eine Handlung vorzunehmen, zum Beispiel, eine Gebetskette aufzuheben. Sobald du auch nur in Betracht ziehst, eine Handlung auszuführen, fließt sofort Strom aufgrund der chemischen Stoffe. Die Wellen des Stromes bereiten deine Muskeln auf die bevorstehende Handlung vor. Sollte jedoch eine größere elektrische Kraft dein Gehirn erreichen, dann wird deine ursprüngliche Absicht, diese Gebetskette aufzuheben, vereitelt. Wenn ich dich überreden könnte, dass du diese Gebetskette nicht aufheben kannst, dann würde dein Gehirn, das sich nun deiner unmittelbaren Kontrolle entzieht, eine entgegengesetzte Welle erzeugen und aussenden. Du würdest dann außerstande sein, diese Gebetskette aufzuheben oder die beabsichtigte Handlung auszuführen.»

Ich sah ihn an und dachte über die Angelegenheit nach. Doch das ergab keinen Sinn für mich, denn wie konnte er beeinflussen, wie viel Strom mein Gehirn erzeugt. Ich dachte darüber nach und sah ihn an und fragte mich, ob ich ihm meine Zweifel vielleicht vorbringen sollte. Doch dafür bestand keine Notwendigkeit, denn er ahnte es voraus und beeilte sich, mich aufzuklären, indem er es begründete.

«Ich versichere dir, Lobsang, dass das, was ich dir erzähle, eine demonstrierbare Tatsache ist. In einem westlichen Land könnten wir all dies mit einem Apparat, der die drei grundlegenden Gehirnwellen aufzeichnet, beweisen. Hier jedoch verfügen wir nicht über eine solche Einrichtung und können es nur diskutieren. Das Gehirn erzeugt Elektrizität, es erzeugt Wellen, und wenn Du dich entschließt, deinen Arm zu heben, dann erzeugt dein Gehirn Wellen, die der Absicht deiner Entscheidung entspricht. Wenn ich, etwas technisch ausgedrückt, eine negative Ladung in dein Gehirn einspeisen könnte, dann würde deine ursprüngliche Absicht verhindert werden. Mit anderen Worten: Du wärst hypnotisiert!»

Das begann wirklich Sinn zu machen. Ich hatte die Wimshurstmaschine gesehen und mit ihrer Hilfe verschiedene Anwendungen beobachtet. Ich hatte auch gesehen, wie es möglich war, die Polarität zu ändern und so den Strom zu veranlassen in die entgegengesetzte Richtung zu fließen.

«Ehrwürdiger Lama», fragte ich, «wie ist es Ihnen denn möglich, meinem Gehirn Strom einzugeben? Sie können ja nicht meine Schädeldecke öffnen und etwas Strom hineingeben. Wie soll das denn gehen?»

«Mein lieber Lobsang», sagte mein Mentor, «es ist gar nicht notwendig, in deinen Kopf hineinzukommen. Ich muss auch keinen Strom erzeugen und ihn dir eingeben. Ich brauche bloß ein paar passable Vorschläge vorzubringen. Und wenn du von der Richtigkeit meiner Aussage oder meines Vorschlages überzeugt bist, dann wirst du, ohne willkürliche Kontrolle deinerseits, diesen negativen Strom selbst erzeugen.» Er sah mich an und sagte: «Ich hypnotisiere nur sehr ungern jemand gegen seinen Willen, außer im Falle einer medizinischen oder chirurgischen Notwendigkeit. Doch ich denke, dass es mit deiner Mithilfe eine gute Idee wäre, ein klein wenig Hypnose zu demonstrieren.»

Hastig rief ich aus: «Oh ja, ich hätte gerne etwas Erfahrung in der Hypnose!»

Er lächelte über meinen Tatendrang und fragte: «Nun, Lobsang, gibt es etwas, das du normalerweise höchst ungern tun würdest? Ich frage dich das, weil ich dich dazu hypnotisieren möchte, etwas zu tun, was du nicht freiwillig tun würdest. Damit du dich persönlich überzeugen kannst, dass du dabei unter unfreiwilligem Einfluss handelst.»

Ich dachte einen Augenblick nach und wusste nicht so recht, was ich sagen sollte. Es gab so vieles, das ich nicht gerne tun wollte! Mein Mentor ersparte mir weitere Überlegungen zu diesem Thema, indem er ausrief: «Oh, ich weiß! Neulich warst du überhaupt nicht erpicht, diese eher komplizierte Stelle im fünften Buch des Kangyur zu lesen. Ich glaube eher, du hast dich gefürchtet, dass einige der dort verwendeten Ausdrücke dich verraten würden, das heißt die Tatsache offenbaren würden, dass du in diesem besonderen Abschnitt nicht so eifrig gelernt hast, wie es dein Lehrer wollte!»

Ich fühlte mich dabei ziemlich unwohl, und ich muss gestehen, dass sich meine Wangen vor Verlegenheit röteten. Es stimmte, es gab wirklich eine besonders schwierige Stelle in dieser Heiligen Schrift, die mir große Schwierigkeiten bereitete, aber im Interesse der Wissenschaft war ich durchaus bereit, mich überreden zu lassen, sie zu lesen. In Grunde hatte ich wirklich schon fast eine Phobie, diese besondere Textstelle zu lesen!

Mein Mentor lächelte und sagte: «Das Buch liegt dort drüben beim Fenster. Bringe es hierher und schlage es an der Stelle auf. Dann lies den Text laut vor, und wenn du versuchst, dich dagegen zu sträuben den Text zu lesen, das heißt, wenn du versuchst, die ganze Sache durcheinanderzubringen, dann wird das Testergebnis umso besser sein.»

Zögernd ging ich hinüber und holte das Buch. Widerstrebend blätterte ich die Seiten um. Unsere tibetischen Seiten sind viel größer und viel schwerer als die in den westlichen Büchern. Ich fummelte und nahm mir Zeit und wollte die ganze Sache so lange wie möglich hinauszögern. Schließlich wendete ich die Seiten doch noch zu der besagten Textstelle. Und ich muss gestehen, dass mir dieser spezielle Abschnitt aufgrund eines früheren Vorfalls mit einem Lehrer beinahe eine Übelkeit hervorrief.

Ich stand da mit dem Buch vor mir und ich konnte die Worte nicht aussprechen, so sehr ich mich auch bemühte. Es scheint zwar seltsam zu sein, doch es ist eine Tatsache, dass ich aufgrund einer Misshandlung durch einen verständnislosen Lehrer einen richtigen Hass auf diese heiligen Sätze entwickelt hatte. Mein Mentor sah mich an, und sonst nichts. Er schaute mich nur an, und dann schien irgendetwas in meinem Kopf Klick zu machen. Zu meinem großen Erstaunen stellte ich fest, dass ich las – nicht einfach las, sondern flüssig und mühelos und ohne jede Spur von Unsicherheit. Als ich das Ende des Abschnittes erreicht hatte, erfasste mich ein höchst unerklärliches Gefühl. Ich legte das Buch nieder, ging in die Mitte des Raumes und stellte mich auf den Kopf!

Ich werde verrückt, dachte ich! Was wird wohl mein Mentor denken, wenn ich mich auf eine so schrecklich alberne Art benehme? Dann dämmerte es mir, dass mein Mentor mich dazu brachte, mich dazu beeinflusste, mich so zu benehmen. Schnell sprang ich wieder auf die Füße und bemerkte, dass er mich wohlwollend anlächelte.

«Im Grunde ist es eine ganz einfache Sache, Lobsang, eine Person zu beeinflussen. Es ist überhaupt nicht schwierig, wenn man die Grundlagen einmal verstanden hat. Ich dachte lediglich an gewisse Dinge und du hast meine Gedanken telepathisch aufgenommen und das hat dein Gehirn veranlasst, so zu reagieren, wie ich es erwartet habe. Dadurch wurden bestimmte Schwankungen in deinem normalen Gehirnmuster verursacht, die zu diesem recht interessanten Ergebnis führten!»

«Ehrwürdiger Lama», fragte ich, «bedeutet das dann, dass, wenn wir einer Person elektrischen Strom in das Gehirn geben könnten, es uns möglich wäre, diese Person dazu zu bringen, alles zu tun, was wir möchten?»

«Nein, das bedeutet es überhaupt nicht», sagte mein Mentor. «Es bedeutet vielmehr, dass, wenn wir eine Person zu einer bestimmten Handlung überreden können, und die Handlung, zu der wir sie überreden wollen, nicht im Widerspruch zu ihrer Überzeugung steht, sie sie zweifellos ausführen wird, und das nur weil ihre Gehirnwellen verändert wurden. Unabhängig von ihrer ursprünglichen Absicht wird sie so reagieren, wie es der Hypnotiseur vorschlägt. In den meisten Fällen erhält eine Person Vorschläge von einem Hypnotiseur. Vom Hypnotiseur geht keine eigentliche Beeinflussung aus, außer dem Einfluss des Vorschlages. Der Hypnotiseur ist nur durch bestimmte kleine Tricks in der Lage, beim Betroffenen eine Handlung herbeizuführen, die im Gegensatz zu dem steht, was ursprünglich geplant war.»

Er sah mich einen Augenblick ernst an und fügte hinzu: «Natürlich haben du und ich noch andere Fähigkeiten als nur diese. Du wirst dereinst in der Lage sein, eine Person auf der Stelle zu hypnotisieren, selbst gegen ihren Willen. Diese Gabe wurde dir aufgrund der besonderen Eigenart deines Lebens verliehen und aufgrund deiner sehr großen Mühsale und außergewöhnlichen Aufgabe, die du zu erfüllen hast.»

Er lehnte sich zurück und betrachtete mich prüfend, um festzustellen, ob ich die Informationen und Erklärungen, die er mir mitgeteilt hatte, auch aufgenommen habe. Zufrieden, dass das der Fall war, fuhr er fort: «Später, nicht jetzt, wirst du noch viel mehr über Hypnose und die Blitzhypnose lernen. Ich möchte dich wissen lassen, dass auch deine telepathischen Kräfte noch verbessert werden, weil du mit uns jederzeit in Kontakt bleiben musst, wenn du von hier weggehst und in weit entfernte Länder reist. Und der schnellste und sicherste Weg ist über die Telepathie.»

Ich fühlte mich über all das recht niedergeschlagen. Ich schien immerzu etwas Neues zu lernen, und je mehr ich lernte, desto weniger Zeit hatte ich für mich. Es kam mir vor, als würde mir ständig immer mehr Arbeit auferlegt, ohne dass welche abgenommen wurde!

«Aber, ehrwürdiger Lama», fragte ich, «wie funktioniert denn die Telepathie? Es scheint zwischen uns nichts zu geschehen, und dennoch wissen Sie beinahe alles, was ich denke, speziell, wenn ich es nicht möchte!»

Mein Mentor blickte mich an, lachte und sagte: «Die Telepathie ist im Grunde eine ganz einfache Sache, man braucht lediglich die Gehirnwellen zu kontrollieren. Betrachte es auf diese Weise: Wenn du denkst, erzeugt dein Gehirn Strom, der in Übereinstimmung mit dem Wechsel deiner Gedanken schwankt. Normalerweise veranlassen deine Gedanken eine Muskelaktivierung, sodass sich die Glieder beugen oder strecken können, oder du denkst vielleicht an jemanden weiter weg. Egal, welcher Art deine Gedanken auch immer sein mögen, deine geistige Energie wird übermittelt, das heißt, die Energie, die von deinem Gehirn ausgeht, wird wahllos in alle Richtungen ausgestrahlt. Wenn es eine Methode gäbe, mit der du deine Gedanken fokussieren könntest, dann wären sie in der Richtung, in die sie fokussiert wurden, viel intensiver.»

Ich sah ihn an, und erinnerte mich an ein kleines Experiment, das er mir vor einiger Zeit gezeigt hatte. Wir befanden uns am selben Ort wie jetzt, das heißt, hoch oben auf dem Gipfel, wie wir Tibeter den Potala nennen. Es war schon dunkle Nacht und der Lama, mein Mentor, hatte eine kleine Kerze angezündet, deren Licht nur schwach leuchtete. Doch dann stellte er ein Vergrößerungsglas vor die Kerze und stimmte die Distanz des Vergrößerungsglases zur Flamme ab. Damit war es ihm möglich, ein viel helleres Bild der Kerzenflamme an die Wand zu projizieren. Und, um der Lektion noch etwas mehr Gewicht zu verleihen, legte er eine glänzende Oberfläche hinter die Kerze, was wiederum das Licht noch mehr konzentrierte, sodass das Bild an der Wand noch heller wurde.

Ich erwähnte ihm dies, und er sagte: «Ja, das ist völlig richtig. Durch verschiedene Techniken ist es möglich, Gedanken zu sammeln und gezielt in eine vorher festgelegte Richtung zu lenken. Eigentlich verfügt jede Person über eine individuelle Wellenlänge. Das bedeutet, dass die Energiemenge der Grundwelle, die vom Gehirn jeder Person ausgestrahlt wird, einem genauen Wellenmuster folgt. Wenn wir die Schwingungsfrequenz der Grundwelle des Gehirns einer anderen Person ermitteln und uns auf diese Grundwelle einstellen könnten, dann hätten wir, ungeachtet der Distanz, überhaupt keine Schwierigkeiten, unsere Mitteilung über die so genannte Telepathie zu übertragen.»

Er sah mich streng an und fügte hinzu: «Du musst dir im Klaren darüber sein, Lobsang, dass Entfernungen überhaupt keine Rolle spielen, wenn es um Telepathie geht. Telepathie kann Ozeane, ja sogar Welten überbrücken!»

Ich gebe zu, dass ich ein Bedürfnis verspürte, mich mit der Telepathie zu befassen. Ich stellte mir vor, wie ich mich mit meinen Kameraden in den anderen Lamaklöstern wie Sera oder selbst in den noch weiter entlegenen Bezirken, unterhalten konnte. Es schien mir daher wichtig, meine Bemühungen all den Dingen zu widmen, die mir in der Zukunft helfen würden. Einer Zukunft, die gemäß aller Prophezeiungen, ein düsteres Kapitel zu sein schien.

Mein Mentor unterbrach meine Gedanken wieder: «Wir werden uns später mit der Telepathie befassen und wir werden auch auf das Thema des Hellsehens eingehen. Denn dereinst wirst du über außergewöhnliche hellseherische Fähigkeiten verfügen, und es wäre hilfreich, wenn du den Prozess und die Funktionsweise dahinter verstehen würdest. Es handelt sich hier vor allem um die Gehirnwellen und das Eindringen in die Akasha-Chronik. Doch es ist schon spät, wir müssen unsere Diskussion für heute beenden und uns zum Schlafen bereit machen, sodass uns die Nachtstunden erfrischen und wir wieder zur rechten Zeit für die erste Andacht bereit sind.»

Er erhob sich und ich mich auch. Ich verbeugte mich respektvoll vor ihm und ich wünschte, ich könnte ihm meine Wertschätzung, die ich für diesen großen Mann empfand und der mir so viel Freundschaft erwiesen hatte, angemessener zeigen.

Ein kurzes flüchtiges Lächeln glitt über seine Lippen. Er machte einen Schritt auf mich zu und ich fühlte seinen warmen Händedruck auf meinen Schultern. Er gab mir einen freundlichen Klaps und sagte: «Gute Nacht, Lobsang. Wir dürfen es nicht noch länger hinausschieben oder wir werden wie Holzköpfe sein und nicht erwachen, wenn es Zeit für die Andacht ist.»

In meinem eigenen Zimmer stand ich noch einen Augenblick am Fenster. Die kalte Nachtluft blies herein. Ich schaute auf die Lichter von Lhasa und vergegenwärtigte mir nochmals alles, was mir gesagt worden war und auch das, was ich noch zu lernen hatte. Für mich war offensichtlich, dass, je mehr ich lernte, es umso mehr zu lernen gab, und ich fragte mich, wo das alles noch enden sollte. Mit einem Seufzen, vielleicht vor Verzweiflung, rollte ich mich noch enger in meine Robe und legte mich auf den kalten Boden, um zu schlafen.

Kapitel 7

Ein kalter, starker Wind wehte von den Bergen herab. Staub und kleine Steine wirbelten durch die Luft und die meisten davon schienen direkt auf unsere eingezogenen Körper zu zielen. Weise alte Tiere standen mit gesenkten Köpfen zum Wind, sodass es ihr Fell nicht durcheinanderwirbelte und sie nicht zu viel Körperwärme verloren. Beim Kundu-Ling bogen wir um die Ecke und begaben uns auf die Mani Lhakhang. Eine plötzliche Böe, noch schlimmer als die vorhergehende, blies unter die Robe eines meiner Kameraden und mit einem Schreckensschrei wurde er wie ein Drachen hoch in die Luft gehoben. Mit offenem Mund schauten wir fassungslos nach oben. Er schien mit weit ausgebreiteten Armen und aufgeblähter Robe der Stadt entgegenzufliegen, die ihn wie ein Riese erscheinen ließ. Dann kam eine Flaute und er fiel wie ein Stein in den Kaling-Chu! Wir rannten so schnell wir konnten zum Unfallort und fürchteten, er würde ertrinken. Als wir das Ufer erreichten, schien er, Yulgye, knietief im Wasser zu stehen. Der Sturm kreischte erneut los, wirbelte Yulgye mit aller Kraft herum und fegte ihn rückwärts direkt in unsere Arme. Und Wunder über Wunder, er war kaum nass, außer von den Knien an abwärts. Wir hasteten davon und hielten unsere Roben eng um uns geschlungen, damit es uns nicht auch noch in die Luft blasen würde.

Wir marschierten die Mani Lhakhang entlang. Es war ein leichter Marsch! Der heulende Wind blies uns geradezu vor sich her. Unsere einzige Anstrengung bestand darin, uns aufrecht zu halten! Im Dorf Shö suchte eine Gruppe renommierter Damen nach einem Unterstand. Mir machte es immer Spaß, die Identität der Person hinter einer Gesichtsmaske zu erraten. Je jünger das gemalte Gesicht auf der Ledermaske war, desto älter war die Frau, die sie trug. Tibet ist ein sehr unbarmherziges und raues Land, mit heulenden Winden, die massenhaft Sand und Steine von den Bergen herunterfegten. Männer wie Frauen trugen deshalb oft aus Leder gefertigte Masken als Schutz vor den Stürmen. Diese Masken waren mit Schlitzen für die Augen versehen und einem weiteren für die Nase zum Atmen. Und immer waren sie bemalt mit einer vermeintlichen Repräsentation des Trägers, was er dachte zu sein!

«Kommt, lasst uns zur Einkaufsstraße gehen!», rief Timon und versuchte, sich gegen den Wind Gehör zu verschaffen.

«Das ist Zeitverschwendung!», schrie Yulgye. «Sie schließen die Geschäfte, wenn der Sturm wie jetzt wütet. Es würde ihnen sonst nur die ganze Habe wegblasen.»

Wir eilten weiter, zweimal so schnell als sonst. Wir überquerten die Türkisbrücke und mussten uns aneinander festhalten, weil die Kraft des Windes so stark war. Als wir zurückschauten, sahen wir den Potala und den Eisenberg von einer dicken schwarzen Wolke eingehüllt. Einer Wolke, die sich aus Staubpartikeln und kleinen Steinen zusammensetzte, die es von dem ewigen Himalaya abgetragen und abgeschlagen hatte. Wir eilten weiter und wussten, dass uns diese schwarze Wolke bald einholen würde, wenn wir bummelten. Wir passierten das Doring Haus, das etwas außerhalb des inneren Kreises rund um den riesigen Jokhang lag. Mit Toben brach der Sturm über uns herein und schlug auf unsere ungeschützten Hände und Gesichter. Timon hob instinktiv die Hände hoch, um sein Gesicht zu schützen. Der Wind ergriff seine Robe und hob sie hoch über seinen Kopf hinweg und ließ ihn nackt wie eine geschälte Banane stehen und das direkt vor der Kathedrale von Lhasa.

Steine und Zweige wirbelten die Straße entlang und schlugen gegen unsere Beine und bescherten uns blaue Flecken und manchmal bluteten sie. Der Himmel wurde noch schwärzer, so dunkel wie die Nacht. Wir schoben Timon vor uns her, der immer noch mit seiner flatternden Robe um seinen Kopf zu kämpfen hatte. So taumelten wir in den Tempelraum der heiligen Stätte. Im Innern herrschte Ruhe. Eine absolut wohltuende Ruhe. Hierher, an diesen Wallfahrtsort, kamen schon seit dreizehnhundert Jahren die frommen Pilger, um an den Andachten teilzunehmen. Selbst die Struktur des Gebäudes strahlte eine Heiligkeit aus. Der Steinboden war vom Durch-

marschieren der vielen Pilger über Generationen hinweg uneben und ge-
rippt. Die Luft fühlte sich lebendig an. Über die Jahrhunderte war hier so
viel Weihrauch abgebrannt worden, dass es schien, als hätte der Ort ein Eigenleben.

Uralte geschwärzte Säulen und Balken ragten hoch hinauf in den immer-
während Dunst. Das dumpfe Glitzern des Goldes reflektierte die Lichter
der Butterlampen, während die Kerzen kaum noch dazu beitrugen, die Dunkelheit etwas zu erhellen. Die kleinen flackernden Flammen ließen die Schatten der Heiligenfiguren in einem grotesken Tanz an den Tempelwänden erscheinen. Götter drehten sich mit Göttinnen in einem nie endenden Licht-
und Schattenspiel, während die frommen Pilger in einer endlosen Prozession an den Lichtern vorbeimarschierten.

Lichtpunkte aller Farben schossen von den angehäuften Juwelen hervor.
Diamanten, Topase, Berylle, Rubine und Jade ließen das Licht ihrer Natur
aufleuchten und bildeten ein immerwährendes Muster, ein Kaleidoskop von
Farben. Große handgefertigte Eisennetze aus Kettengliedern, die keine
Hand hindurch ließen, schützten die Edelsteine und das Gold vor jenen,
deren Rechtschaffenheit von der Begehrlichkeit übermannt wurden.

Da und dort leuchteten im funkelnden Halbdunkeln hinter der Eisengar-
dine ein paar rote Augen auf. Die Bestätigung der stets wachsamen Tempelkatzen. Unbestechlich und redlich, ohne Furcht vor Mensch oder Tier, schlichen sie auf leisen, seidenen Pfoten umher. Doch in diesen sanften Pfoten
verbargen sich messerscharfe Krallen, bereit, ausgefahren zu werden, sollte
jemals ihr Zorn geweckt werden. Von unübertrefflicher Intelligenz mussten
sie nur jemanden ansehen und schon erkannten sie seine Absichten. Eine
verdächtige Bewegung in Richtung Juwelen, die sie bewachten und schon
wurden sie zu wiedergeborenen Teufeln. Sie arbeiteten immer zu zweit. Eine
sprang an die Kehle des Möchtegern-Diebes, während sich die andere an
seinem rechten Arm festkrallte. Nur der Tod löste ihre Griffe, es sei denn
der Aufsichtsmönch eilte schnell herbei! Bei mir oder bei anderen, die sie
auch liebten wie ich, schnurrten die Katzen oder drehten sich auf den

Rücken und erlaubten uns, mit den unbezahlbaren Edelsteinen zu spielen. Mit ihnen zu spielen, aber nicht sie mitzunehmen. Ganz schwarz, mit hellen blauen Augen, die im reflektierten Licht rot leuchteten, waren sie in anderen Ländern als «Siamkatzen» bekannt. Hier im kalten Tibet waren sie ganz schwarz. In den Tropen, so wurde mir gesagt, seien sie dagegen ganz weiß.

Wir folgten dem Rundgang und zeigten den goldenen Abbildern unseren Respekt. Draußen wütete und tobte immer noch der Sturm und fegte alles, was nicht niet- und nagelfest war, vor sich her und machte den Gang für den unvorsichtigen Reisenden, der sich immer noch auf der windgepeitschten Straße befand und dringende Geschäfte erledigen musste, riskant. Hier im Tempel jedoch war alles ruhig. Ruhig, außer den gedämpften Schlurfgeräuschen der vielen Füße, während die Pilger ihren Rundgang absolvierten und dem unablässigen «Klack-Klack», der sich immer drehenden Gebetsmühlen. Doch die hörten wir nicht mehr. Tag für Tag, Nacht für Nacht drehten und drehten sich diese Räder mit ihrem «Klack-Klack, Klack-Klack, Klack-Klack» bis sie ein Teil von unserer Existenz geworden waren. Wir hörten sie genauso wenig, wie wir unseren Herzschlag oder unseren Atem hörten.

Doch da gab es noch ein anderes Geräusch. Ein raues, schabendes Schnurren und das Klimpern des Metallvorhanges, während ein alter Kater seinen Kopf dagegen rieb, um mich daran zu erinnern, dass er und ich alte Freunde waren. Ich streckte meine Finger durch die Kettenglieder und kraulte seinen Kopf. Sanft biss er als Gruß in meinen Finger und dann leckte er mir mit seiner rauen Zunge vor Zuneigung beinahe die Haut weg! Eine verdächtige Bewegung weiter vorne im Tempel und er war blitzschnell weg, um «seinen» Besitz zu schützen.

«Ich wünschte, wir könnten uns ein wenig in den Läden umsehen», flüsterte Timon.

«Unsinn», flüsterte Yulgye, «du weißt doch, dass sie während des Sturms geschlossen sind.»

«Seid ruhig, ihr Jungs!», sagte ein zorniger Aufseher, der aus dem Schatten trat und mit einem gezielten Schlag den armen Timon erwischte, der außer Balance geriet und taumelnd zu Boden fiel. Ein Mönch, der sich in der Nähe befand, sah sich die Szene missbilligend an und drehte seine Gebetsmühle noch etwas schneller. Der riesige Aufseher, an die zwei Meter zwanzig groß, stand über uns wie ein menschlicher Berg und zischte: «Wenn ihr Jungen noch einen Piepser macht, dann reiße ich euch eigenhändig entzwei und werfe die Stücke draußen den Hunden zum Fraß vor. Nun seid ruhig!»

Mit einem letzten finsteren Blick in unsere Richtung drehte er sich um und löste sich im Schatten wieder auf. Vorsichtig und ängstlich, dass ja seine Robe nicht knisterte, stand Timon auf. Wir zogen unsere Sandalen aus und gingen auf den Zehenspitzen zur Tür. Draußen wütete der Sturm noch immer. Von den Berggipfeln wehte es blendend weiße Schneefahnen herab, während von den tiefer gelegenen Regionen, dem Potala und dem Chakpori, schwarze Staubströme und Steine herabflogen. Entlang dem Heiligen Pfad fegten große Staubsäulen in die Stadt. Der Wind heulte und schrie, als wären selbst die Teufel verrückt geworden und spielten ohne Sinn und Grund eine verrückte Kakophonie.

Aneinander festhaltend kämpften wir uns langsam südwärts rund um den Jokhang und suchten in einer Nische auf der Rückseite der Ratshalle Schutz. Heftige Böen drohten uns emporzuheben und uns über die Mauer des Nonnenklosters Tsang-Kung zu wehen. Wir zitterten nur schon bei dem Gedanken daran und drängten zu unserem Unterschlupf. Als wir unser Ziel erreicht hatten, lehnten wir uns zurück und keuchten vor Anstrengung.

Timon sagte: «Ich wünschte, ich könnte diesen … Aufseher mit einem Bann belegen! Dein ehrwürdiger Mentor könnte das doch sicher tun, Lobsang. Vielleicht könntest du ihn überreden, diesen … in ein Schwein zu verwandeln», fügte er hoffnungsvoll hinzu.

Ich schüttelte den Kopf. «Das würde er ganz bestimmt nicht tun», erwiderte ich, «denn der Lama Mingyar Dondup würde nie, weder einem

Menschen noch einem Tier etwas zuleide tun. Obwohl es schön wäre, den Aufseher in etwas anderes zu verwandeln. Er ist wirklich ein Maulheld!»

Der Sturm ließ etwas nach. Der Wind war weniger schrill und fegte nicht mehr so scharf über die Dachkanten hinweg. Die eben noch windgetragenen Kiesel fielen klappernd auf die Straßen und Hausdächer. Auch der Sand drang nicht mehr so sehr in unsere Roben ein. Tibet ist ein hochgelegenes und exponiertes Land. Die Winde stauten sich immer hinter den Bergen und stürmten dann wie eine Furie über die Bergpässe hinweg. Häufig rissen sie in den Schluchten auch Reisende in den Tod. Die Windstöße brausten durch die Korridore der Lamaklöster und fegten sie sauber, fegten den Sand und den Unrat vor sich her, bevor sie weiter durch das Tal und über die offenen Gebiete dahinter heulten.

Der Lärm und Tumult erstarb. Die letzten Sturmwolken jagten über den Himmel und ließen das riesige Himmelsgewölbe blau und rein zurück. Die gleißende Sonne schien auf uns herab und blendete uns jetzt mit ihrer Helligkeit, nachdem der trübe und düstere Sturm vorübergezogen war. Mit einem knarrenden Knacksen wurden die Türen vorsichtig geöffnet. Köpfe erschienen, um den Schaden des Tages zu begutachten. Der armen alten Frau Raks, neben deren Haus wir standen, blies es ihre Fenster vorne hinein und hinten wieder heraus.

In Tibet bestehen die Fenster aus dickem Ölpapier, sodass man mit einiger Mühe hinaussehen konnte. Glas hingegen ist in Lhasa sehr rar und Papier, das aus den vielen Weiden und Binsen hergestellt wird, ist billig. Wir machten uns auf den Weg, und hielten immer an, wenn wir etwas Interessantes entdeckten.

«Lobsang», sagte Timon, «was meinst du, die Läden werden jetzt sicher wieder geöffnet haben! Komm doch mit, wir bleiben nicht lange!» Sprach's, und bog mit viel schnelleren Schritten nach rechts ab. Yulgye und ich folgten ihm, ohne zu zögern. Als wir in der Einkaufsstraße ankamen, schauten wir uns erwartungsvoll um. Was gab es da nicht alles für Wunder? Den alles durchdringenden Teeduft von Indien und China und viele Sorten

Weihrauch. Und von dem weit entfernten Deutschland Schmuck und Dinge, die so merkwürdig waren, dass sie für uns keine Bedeutung hatten. Weiter vorne kamen wir zu einem Laden, wo Süßigkeiten verkauft wurden. Klebrige Dinger auf Stängel und Keksen, die mit weißem Zucker oder mit farbiger Zuckerglasur überzogen waren. Wir schauten und sehnten uns danach. Doch, als arme Chelas hatten wir kein Geld und konnten folgedessen auch nichts kaufen, doch das Schauen war kostenlos.

Yulgye kniff mich in den Arm und flüsterte: «Lobsang, der große Mann dort drüben, ist das nicht Tzu, der früher auf dich aufpasste?»

Ich drehte mich um und starrte in die Richtung, in die er zeigte. Ja! Ganz recht, das war Tzu. Tzu der mir so viel gelehrt hatte und so furchtbar streng mit mir gewesen war. Instinktiv ging ich auf ihn zu und sagte lächelnd: «Tzu! Ich bin …»

Er sah mich finster an und knurrte: «Macht, dass ihr wegkommt, Jungs. Belästigt nicht einen ehrlichen Bürger, wenn er für seinen Meister unterwegs ist. Von mir könnt ihr nichts erbetteln.» Er machte abrupt kehrt und ging weg.

Ich fühlte, wie meine Augen heiß wurden, und ich fürchtete, mich vor meinen Kameraden zu blamieren. Nein, den Luxus von Tränen konnte ich mir nicht leisten, doch Tzu hatte mich ignoriert, so getan, als würde er mich nicht kennen. Tzu, der mich von Geburt an unterrichtet hatte. Ich dachte daran, wie er versucht hatte, mir das Reiten auf meinem Pony Nakkim beizubringen und wie er mir das Ringen gelehrt hatte. Und nun hatte er mich zurückgewiesen und verschmäht. Ich ließ den Kopf hängen und kratzte untröstlich mit den Füßen im Staub herum. Neben mir standen schweigend und verlegen meine beiden Kameraden und fühlten sich, wie ich mich fühlte, denn auch sie waren wie ich, geringschätzig behandelt worden. Eine plötzliche Bewegung erweckte meine Aufmerksamkeit. Ein älterer, bärtiger Inder, der einen Turban trug, kam langsam auf mich zu.

«Junger Herr!», sagte er mit einem ausländischen Akzent auf Tibetisch. «Ich habe alles gesehen, doch denke nicht zu schlecht über diesen Mann.

Einige von uns haben einfach ihre eigene Kindheit vergessen. Ich habe sie nicht vergessen. Kommt mit mir.»

Er ging zu dem Laden, in den wir erst kürzlich hineingeschaut hatten. «Lasst diese jungen Männer etwas aussuchen», sagte er zum Ladeninhaber.

Schüchtern nahm jeder von uns eines dieser herrlichen klebrigen Dinger und verbeugte sich tief vor dem Inder.

«Nein! Nein!», rief er aus. «Eines ist nicht genug, nehmt noch eines.»

Wir taten wie geheißen und er bezahlte sie dem lächelnden Ladeninhaber. «Ehrwürdiger Herr», sagte ich inbrünstig, «möge der Segen Buddhas mit ihnen sein und Sie beschützen, auf das Sie viel Freude haben werden!»

Er lächelte uns gütig an, verbeugte sich leicht und ging wieder seines Weges.

Langsam machten wir uns auf den Rückweg. Langsam aßen wir unsere Süßigkeiten, um sie so lange wie möglich zu genießen. Wir hatten beinahe schon vergessen, wie solche Dinger schmeckten. Diese schmeckten uns jedoch besonders gut, weil sie uns mit einer solchen Herzlichkeit geschenkt wurden. Während wir weiterbummelten, sann ich darüber nach, dass mich zuerst mein Vater auf der Treppe des Potala ignoriert hatte und nun auch noch Tzu.

Yulgye brach das Schweigen: «Ist das nicht eine komische Welt, Lobsang? Während wir noch Jungs sind, werden wir ignoriert und verächtlich behandelt. Und sobald wir Lamas sind, werden die Schwarzköpfe um unsere Gunst betteln!»

In Tibet werden die Nicht-Mönche als «Schwarzköpfe» bezeichnet, weil sie Haare auf dem Kopf haben. Mönche dagegen haben einen rasierten Kopf.

Diesen Abend war ich besonders aufmerksam in der Andacht. Ich entschied, hart zu arbeiten, sodass ich so bald wie möglich Lama werden konnte. Dann würde ich mich unter die «Schwarzköpfe» begeben, und wenn sie mich um einen Gefallen bäten, sie ebenfalls verschmähen. Ich war derart aufmerksam in meiner Anteilnahme, dass ich die Aufmerksamkeit eines

Aufsehers erregte. Er betrachtete mich höchst misstrauisch, und er musste wohl gedacht haben, dass für mich eine solche Hingabe völlig unnatürlich war! Sobald die Andacht beendet war, eilte ich in meine Unterkunft, da ich wusste, dass ich morgen mit dem Lama Mingyar Dondup einen sehr arbeitsreichen Tag vor mir hatte. Eine Zeitlang konnte ich gar nicht richtig einschlafen. Ich drehte und wendete mich und dachte an die Vergangenheit und an die Mühsale, die mir noch bevorstanden.

Am Morgen erhob ich mich, aß mein Frühstück und war dabei, mich auf den Weg in die Lamaunterkünfte zu machen. Als ich den Raum verließ, packte mich ein grobschlächtiger Mönch in einer zerschlissenen Robe. «He, du!», sagte er. «Du arbeitest diesen Morgen in der Küche. Du reinigst auch den Mühlstein!»

«Aber Herr» erwiderte ich, «mein Mentor, der Lama Mingyar Dondup, erwartet mich!» Ich versuchte mich an ihm vorbeizustehlen.

«Nein, du kommst mit mir. Es ist mir egal, wer dich will. Ich sagte, du wirst in der Küche arbeiten.» Er packte mich am Arm und drehte ihn so herum, dass ich ihm nicht entkommen konnte. Widerstrebend ging ich mit ihm mit. Ich hatte keine andere Wahl.

In Tibet wechselten wir uns alle bei Handarbeit und bei niederen Arbeiten ab. «Es lehrt Demut!», sagten die einen. «Es hielte einen Jungen ab, von sich selbst eingenommen zu sein!», sagte ein anderer. «Es hebe den Klassenunterschied auf!», sagte ein Dritter. Knaben und Mönche mussten in gleichem Masse jede ihnen zugeteilte Arbeit als reine Disziplin verrichten. Natürlich gab es auch das Hauspersonal der rangniederen Mönche. Doch Knaben und Mönche aller Grade mussten in Abständen die niedrigsten und unangenehmsten Arbeiten als Schulung verrichten. Wir hassten es alle, da die «Regulären», alles untergeordnete Männer, uns wie Sklaven behandelten, da sie genau wussten, dass wir uns nicht beschweren konnten. Und das hieß, es war hart!

Wir gingen den Steinkorridor hinunter. Dann über eine Treppe, die aus zwei senkrecht stehenden Holzpfosten mit quer darüberliegenden Brettern bestand und kamen in die große Küche. In einer Küche wie dieser, hatte ich mir schon einmal das Bein so schwer verbrannt.

«Dort!», sagte der Mönch, der mich festhielt. «Steig dort hinauf und reinige die Steinrinnen.»

Ich hob eine scharfe Eisenspitze auf und kletterte auf eines der großen Gerste-Mühleräder und kratzte emsig die in den Rillen hängengeblieben und zerquetschten Körner heraus. Dieser Stein war vernachlässigt worden und hatte die Gerste nicht mehr gemahlen, sondern nur zerquetscht. Meine Aufgabe bestand nun darin, die Oberfläche wieder so «herzurichten», dass sie mahlbereit und sauber war. Der Mönch stand dabei und stocherte müßig in seinen Zähnen herum.

«Hey!», rief eine Stimme vom Eingang her. «Tuesday Lobsang Rampa. Ist Tuesday Lobsang Rampa hier? Der ehrenwerte Lama Mingyar Dondup möchte ihn unverzüglich sprechen.»

Augenblicklich stand ich auf, sprang vom Stein herunter und rief: «Ich bin hier!»

Die geballte Faust des Mönchs donnerte hart auf meinen Schädel herab und schlug mich zu Boden. «Ich sagte, du bleibst hier und machst deine Arbeit!», knurrte er. «Wenn dich jemand will, dann soll er persönlich vorbeikommen.» Er packte mich am Nacken, hob mich hoch und warf mich auf den Steinabsatz. Mein Kopf schlug an einer Ecke auf und bevor ich das Bewusstsein verlor, sah ich alle Sterne des Himmels aufblitzen und ließ die Welt leer und dunkel zurück.

Merkwürdig, ich hatte das Gefühl, als würde ich hochgehoben – horizontal hochgehoben. Dann stand ich auf den Füßen. Irgendwo schien ein großer tief klingender Gong im Sekundentakt das Aus des Lebens zu schlagen. «Dong-Dong-Dong», und mit dem letzten Schlag fühlte ich, dass ich von einem blauen Lichtstrahl getroffen wurde. Unmittelbar danach wurde die Welt immer heller und heller mit einer Art gelblichem Licht. Ein Licht, in dem ich klarer als normal sehen konnte.

«Oh!», entfuhr es mir. «Ich bin ja außerhalb meines Körpers. Ich befinde mich nicht mehr in meinem Körper! Oh, sehe ich sonderbar aus!» Ich hatte bereits schon beträchtliche Astralreiseerfahrungen gehabt. Ich war auch schon weit über die Grenzen dieser alten Erde von uns hinausgereist. Auch viele der größten Städte auf dieser Welt habe ich schon besucht. Doch nun machte ich zum ersten Mal die Erfahrung, förmlich «aus meinem physischen Körper zu springen». Ich stand neben dem großen Mühlstein. Mit tiefer Abscheu schaute ich auf die schmuddelige kleine Gestalt in der abgetragenen Robe, die auf dem Steinabsatz lag. Ich blickte auf mich herab. Es war jedoch nur von vorübergehendem Interesse zu beobachten, wie mein Astralkörper mit dieser misshandelten Gestalt dort unten durch eine blau-weiße Schnur verbunden war, die sich wellenförmig bewegte und pulsierte, hell aufleuchtete und wieder verblasste und erneut hell aufleuchtete und dann wieder verblasste. Dann schaute ich meinen Körper auf der Steinbank etwas näher an. Ich erschrak über die große Wunde über der linken Schläfe, aus der dunkelrotes Blut in die Steinrinne tropfte und sich mit den Krümeln, die noch nicht herausgefegt worden waren, unauflösbar vermischte.

Eine plötzliche Aufregung weckte meine Aufmerksamkeit. Als ich mich umdrehte, sah ich meinen Mentor, den Lama Mingyar Dondup, der mit einem vor Ärger weißen Gesicht die Küche betrat. Er ging direkt auf den Küchenmönch zu, der mich so schlecht behandelt hatte. Kein Wort wurde gesprochen, nicht ein Wort. Es herrschte eine lautlose, tödliche Stille. Die stechenden Augen meines Mentors schienen den Küchenmönch wie ein Blitz getroffen zu haben. Mit einem Seufzen sank er wie ein gestochener Ballon träge auf den Steinboden. Ohne ihn auch nur eine weitere Sekunde eines Blicks zu würdigen, drehte sich mein Mentor um und richtete seine Aufmerksamkeit auf meinen irdischen und langgestreckt daliegenden Körper, der auf dem Steinabsatz röchelte.

Ich schaute mich um. Der Gedanke faszinierte mich richtiggehend, dass ich nun in der Lage war, meinen Körper auch auf kurze Distanzen zu verlassen. Weite Reisen in der Astralwelt zu unternehmen war für mich nichts

Besonderes, das konnte ich schon immer. Doch dieses Gefühl, aus mir selbst herauszukommen und aus nächster Nähe auf meine irdische körperliche Hülle herabzublicken, war eine neue und verblüffende Erfahrung.

Einen Augenblick ignorierte ich das Geschehen rund um mich herum. Ich ließ mich einfach treiben, hinauf durch die Decke der Küche. «Autsch!», sagte ich unwillkürlich, als ich durch die Steindecke hindurch in den Raum darüber glitt. Hier saß eine Gruppe Lamas in tiefer Einkehr. Ich sah mit Interesse, dass sich vor ihnen eine Art Model befand. Es war eine Kugel auf der die Kontinente, Länder, Ozeane und Meere abgebildet waren. Die Kugel war in einem Neigungswinkel befestigt, wie sie die Erde im Weltraum selbst einnahm. Ich verweilte jedoch nicht dort, das schien mir doch irgendwie mehr nach Schularbeit auszusehen. Ich trieb weiter aufwärts, durch eine weitere Decke, dann durch noch eine und nochmals eine und dann stand ich in der Grabkammer! In dem großen Raum mit den goldenen Wänden befanden sich die einbalsamierten Inkarnationen der Dalai Lamas vergangener Jahrhunderte. Ich stand einen Augenblick in ehrwürdiger Einkehr hier. Dann ließ ich mich wieder aufwärtsgleiten, immer weiter aufwärtsgleiten, sodass ich schließlich unter mir den großartigen Potala sah mit all seinem glänzenden Gold, dem Scharlachrot und dem Karmesinrot und den erstaunlich weißen Wänden, die mit dem lebendigen Felsen des Berges selbst zu verschmelzen schienen.

Ich wandte meinen Blick leicht nach rechts, dort konnte ich das Dorf Shö und dahinter die Stadt Lhasa mit den blauen Bergen im Hintergrund sehen. Und während ich aufstieg, konnte ich die endlose Weite unseres schönen und freundlichen Landes sehen. Ein Land, das mit seinen unberechenbaren Wetterlaunen aber auch sehr hart und unbarmherzig sein konnte, dennoch aber für mich meine Heimat war.

Ein ungewöhnliches Zerren erregte meine Aufmerksamkeit und ich stellte fest, dass ich heruntergezogen wurde, so wie ich oft einen am Himmel segelnden Drachen, eingeholt hatte. Ich sank nach unten und immer weiter nach unten in den Potala hinein, sank durch die Böden, die zu Decken wurden und wieder durch Böden, bis ich schließlich mein Ziel erreicht hatte und wieder neben meinem physischen Körper in der Küche stand.

Der Lama Mingyar Dondup wusch vorsichtig meine linke Schläfe und entfernte aus der Wunde kleine Stücke. «Du liebe Güte!», sagte ich höchst verwundert zu mir selbst. «Ist denn mein Kopf so massiv, dass er den Stein weggebrochen oder abgeschlagen hat?»

Dann bemerkte ich, dass ich einen leichten Schädelbruch erlitten hatte. Ich sah auch, dass vieles von dem, was er aus meiner Kopfwunde entfernte, Steinsplitter und Rückstände der gemahlenen Gerste waren. Ich beobachtete alles mit Interesse und, ich muss gestehen, auch mit einigem Vergnügen. Denn hier stand ich mit meinem Astralkörper neben meinem physischen Körper und fühlte weder Schmerzen noch Unbehagen, sondern nur Frieden.

Endlich beendete der Lama Mingyar Dondup die Wundreinigung und legte eine Kräuterkompresse auf und verband den Kopf mit einem Seidenverband. Darauf winkte er die beiden Mönche heran, die mit einer Trage bereits warteten und instruierte sie, mich äußerst vorsichtig aufzuheben.

Die Männer, Mönche meines eigenen Ordens, hoben mich sorgfältig auf und legten mich auf die Trage. Sie trugen mich hinaus, während der Lama Mingyar Dondup daneben herging.

Mit großem Erstaunen blickte ich mich um. Das Licht begann zu verblassen. War ich vielleicht schon so lange weg, dass der Tag schon zu Ende war? Und noch bevor ich eine Antwort darauf fand, stellte ich fest, dass selbst meine Erscheinung verblasste. Das Gelb und Blau des spirituellen Lichts schwächten sich ab, und mich überkam ein starker Drang nach Ruhe, einfach nur noch zu schlafen und sich um nichts mehr kümmern zu müssen.

Eine Zeitlang wusste ich nichts mehr. Doch dann schossen unerträgliche Schmerzen durch meinen Kopf. Schmerzen, die mich Rot und Blau und Grün und Gelb sehen ließen. Schmerzen, die mich glauben ließen, ich würde verrückt werden.

Eine kühle Hand legte sich auf meine Stirn, und eine beruhigende Stimme sagte: «Es ist alles gut, Lobsang, es ist alles gut, ruhe und schlafe jetzt!»

Die Welt schien zu einem dunklen weichen Kissen zu werden, so weich wie ein Federkissen, in das ich dankbar und friedlich sank. Und das Kissen schien mich einzuhüllen, sodass ich nichts mehr wusste und meine Seele wieder in den Weltraum entschwebte, während mein misshandelter Körper auf der Erde blieb und ausruhte.

Es mussten viele Stunden später gewesen sein, als ich das Bewusstsein wiedererlangte. Ich erwachte. Neben mir saß mein Mentor und hielt meine Hand. Als ich meine Augenlider blinzelnd öffnete, strömte das Abendlicht herein. Ich lächelte schwach, und er lächelte zurück. Dann ließ er meine Hand los und nahm von einem kleinen Tisch neben sich eine Tasse mit einem süß schmeckenden Getränk. Sachte setzte er die Tasse an meine Lippen und sagte: «Trinke dies leer, es wird dir guttun!»

Ich trank es, und das Leben durchfloss mich wieder, so sehr, dass ich versuchte, mich aufzusetzen. Doch die Anstrengung war zu viel für mich. Es fühlte sich an, als hätte man mir erneut eine gewaltige Keule auf den Kopf geschlagen. Ich sah blitzende und glänzende Lichter und ich ließ bald wieder von meinen Bemühungen ab.

Die Abendschatten verlängerten sich. Von unten ertönte der gedämpfte Klang der Schneckenhörner herauf. Ich wusste, dass bald die Andacht begann.

Mein Mentor sagte: «Ich muss eine halbe Stunde weg, Lobsang. Der Erhabene erwartet mich, doch deine Freunde Timon und Yulgye sind hier, um während meiner Abwesenheit auf dich aufzupassen und mich zu rufen, im Falle, dass etwas sein sollte.»

Er drückte mir die Hand, erhob sich und verließ den Raum.

Zwei vertraute Gesichter erschienen halb ängstlich und ganz aufgeregt. Sie setzten sich neben mich und Timon sagte: «Oh, Lobsang! Du hättest sehen sollen, welch scharfe Rüge der Küchenmeister wegen der Sache bekommen hat!»

«Ja», bestätigte der andere, «er wurde aufgrund seines übertriebenen Verhaltens und der unnötigen Brutalität fristlos aus dem Lamakloster entlassen. Man hat ihn eben vor die Tür gesetzt.»

Sie brodelten vor Aufregung, und dann sagte Timon wieder: «Ich dachte, du wärst tot, Lobsang, du hast geblutet wie ein abgestochenes Yak!»

Ich musste lächeln, als ich mir die beiden so ansah. Ihre Stimmen zeigten, wie begeistert sie über die Aufregung waren, die dem Trott und der Monotonie des Lebens in einem Lamakloster etwas Abwechslung brachte. Ich hegte keinen Groll gegen sie, dass sie sich so amüsierten, denn ich wusste, dass es mir genauso ergangen wäre, wenn das Opfer jemand anders gewesen wäre. Ich lächelte sie an und wurde wie angeflogen von einer starken Müdigkeit erfasst. Ich schloss meine Augen und beabsichtigte, sie nur kurz zu schließen, doch dann wusste ich auf einmal nichts mehr.

Mehrere Tage, vielleicht sieben oder acht im Ganzen, lag ich auf dem Rücken und mein Mentor, der Lama Mingyar Dondup, betreute mich als Pfleger. Ohne ihn hätte ich nicht überlebt, denn das Leben in einem Lamakloster ist nicht unbedingt freundlich oder nett. Es bietet in der Tat nur den Gesündesten ein Überleben. Der Lama war ein freundlicher und liebenswerter Mann. Wäre er das nicht gewesen, hätte es überhaupt keinen Grund gegeben, mich am Leben zu erhalten. Ich hatte, wie schon zuvor gesagt, in meinem Leben eine spezielle Aufgabe zu erfüllen, und ich nahm an, dass die Mühsale, die ich als Junge durchzustehen hatte, auf irgendeine Weise dafür bestimmt waren, mich abzuhärten und mich für das Leiden und die Not zu stählen. Denn alle Prophezeiungen, die ich gehört hatte, und ich hörte einige, hatten darauf hingedeutet, dass mein Leben ein Leben voller Kummer, ein Leben voller Leiden sein würde.

Doch es war nicht alles nur Leid. Mit der Verbesserung meines Zustandes und der Rückkehr ins Chakpori, ergaben sich vermehrt Gelegenheiten, Gespräche mit meinem Mentor zu führen. Wir sprachen über viele Dinge.

Wir behandelten allgemeine wie auch höchst ungewöhnliche Themen. Ausführlich setzten wir uns jedoch mit den verschiedenen okkulten Themen auseinander.

Ich entsann mich, dass ich bei einer Gelegenheit einmal sagte: «Es muss wunderbar sein», ehrwürdiger Lama, «ein Bibliothekar zu sein und auf diese Weise das ganze Wissen der Welt zu besitzen. Ich wäre gerne Bibliothekar geworden, wenn es nicht diese schrecklichen Prophezeiungen über meine Zukunft gäbe.»

Mein Mentor lächelte mich an. «Die Chinesen haben ein Sprichwort, das lautet: ‹Ein Bild sagt mehr als tausend Worte›, Lobsang. Doch ich sage dir, dass keine Lektüre und kein Betrachten von Bildern die praktischen Erfahrungen und Erkenntnisse ersetzen können.»

Ich sah ihn an, um zu sehen, ob er das ernst meinte. Doch dann dachte ich an den japanischen Mönch Kenji Tekeuchi, der beinahe siebzig Jahre seines Lebens ausschließlich dem geschriebenen Wort gewidmet hatte, ohne jedoch das Gelesene zu praktizieren oder zu verinnerlichen.

Mein Mentor las meine Gedanken. «Ja», sagte er, «der alte Mann ist kein Intellektueller. Er überforderte sich geistig mit unverdautem Wissen, indem er einfach alles las und nichts davon gedanklich verarbeitete. Er bildet sich ein, ein bedeutender Mann von außerordentlicher Spiritualität zu sein. Stattdessen ist er nur ein armer alter Dilettant, der niemanden mehr täuschen kann – außer sich selbst.»

Der Lama seufzte traurig und sagte: «Er ist spirituell ruiniert. Er weiß alles und weiß doch nichts. Das unvernünftige, kritiklose und unbesonnene Lesen von allem, was einem unter die Nase kommt, ist gefährlich. Dieser Mann ging allen großen Religionen nach und verstand keine davon, und dennoch bezeichnete er sich selbst, als die größte geistige Persönlichkeit aller Zeiten.»

«Ehrwürdiger Lama», fragte ich, «wenn es schon so schädlich ist, Bücher zu besitzen, warum gibt es denn überhaupt Bücher?»

Mein Mentor schaute mich einen Augenblick verwundert an.

«Ha!», dachte ich. «Auf diese Frage weiß er keine Antwort!»

Dann lächelte er wieder und sagte: «Aber mein lieber Lobsang, die Antwort ist doch offensichtlich! Lese, lese und lese so viel du willst, aber lass niemals zu, dass ein Buch dein Unterscheidungsvermögen oder deine Urteilskraft dominiert. Ein Buch ist nur dazu bestimmt, zu lehren, zu instruieren oder sogar zu unterhalten. Ein Buch ist aber kein Meister, dem man blind und ohne Grund folgen muss. Keine mit Intelligenz ausgestattete Person sollte sich je von Büchern oder Schriften anderer versklaven lassen.»

Ich setzte mich zurück und nickte. Ja, das ergab einen Sinn. Aber, warum sich denn überhaupt mit Büchern herumschlagen?

«Mit Büchern? Lobsang», sagte mein Mentor, als Antwort auf meine Frage. «Natürlich muss es Bücher geben! Die Büchereien auf der ganzen Welt umfassen fast das ganze Wissen der Erde, doch niemand, außer einem Narren, würde sagen, dass die Menschen Sklaven der Bücher sind. Bücher dienen lediglich als Leitfaden für den Menschen. Sie sind Nachschlagewerke und zum Gebrauch bestimmt. Es ist jedoch auch eine Tatsache, dass der Missbrauch von Büchern ein Fluch sein kann, indem sie eine Person dazu verleiten, sich bedeutender zu fühlen, als sie in Wirklichkeit ist. Und das wiederum kann sie auf falsche Wege im Leben führen. Wege, für die sie weder das nötige Wissen noch die Intelligenz besitzt, um sie zu bewältigen.»

«Aber, ehrwürdiger Lama», fragte ich nochmals, «wozu werden denn die Bücher gebraucht?»

Mein Mentor blickte mich streng an und sagte: «Du kannst nicht an alle Orte der Welt gehen und unter den größten Meistern der Welt studieren. Doch die gedruckten Werke, die Bücher und Schriften, können dir ihre Lehren vermitteln. Du brauchst nicht alles zu glauben, was du liest, noch sagen dir die großen Meister der Schriften, dass du das tun sollst. Du musst dir dein eigenes Urteil bilden und ihre Worte der Weisheit als einen Hinweis für deine eigenen Worte der Weisheit betrachten. Ich kann dir versichern, dass eine Person, die noch nicht bereit ist, ein Thema zu studieren, sich selbst sehr schaden kann. Ihr fällt ein Buch in die Hände und sie versucht, sich selbst über ihren karmischen Stand zu erheben, indem sie die Aussagen und die Werke anderer studiert. Es kann gut sein, dass der Leser jemand ist, der in seiner Entwicklungsstufe noch nicht so weit fortgeschritten ist und in diesem Fall kann er durch das Studieren von Schriften, die gegenwärtig nicht für ihn geeignet sind, seine spirituelle Entwicklung eher hemmen als fördern. Ich kenne viele solche Fälle und unser japanischer Freund ist nur einer davon.»

Mein Mentor klingelte nach Tee – eine unverzichtbare Ergänzung bei all unseren Diskussionen! Nachdem uns der Bedienungsmönch den Tee gebracht hatte, nahmen wir unser Gespräch wieder auf.

Mein Mentor sagte: «Lobsang! Du wirst ein höchst außergewöhnliches Leben haben. Aus diesem Grund wird deine Entwicklung vorangetrieben und deine telepathischen Kräfte, nach jeder uns zur Verfügung stehenden Methode erhöht. Ich kann dir jetzt schon verraten, dass du in wenigen Monaten einige der bedeutendsten Bücher dieser Welt, literarische Meisterwerke über die Telepathie in Verbindung mit dem Hellsehen studieren wirst. Und du wirst sie, ungeachtet des Mangels an Kenntnissen der Sprache, in der sie geschrieben wurde, studieren.»

Ich muss sagen, dass ich ihn völlig verdutzt ansah. Wie konnte ich ein Buch studieren, das in einer Sprache geschrieben war, die ich nicht verstand? Diese Sache stellte mich völlig vor ein Rätsel. Doch die Antwort erhielt ich umgehend.

«Wenn deine telepathischen und hellsichtigen Kräfte etwas ausgeprägter sind, und das werden sie mit Gewissheit sein, dann wirst du in der Lage sein, sämtliche Gedanken eines Buches von denen aufzunehmen, die das Buch erst kürzlich gelesen haben oder gerade mit dieser Lektüre beschäftigt sind. Dies ist eine der weniger bekannten Anwendungen der Telepathie, die jedoch in einem solchen Fall mit dem Hellsehen verbunden werden muss. Menschen in anderen Teilen der Welt können nicht immer in eine öffentliche Bibliothek oder in eine Landes-Zentralbibliothek gehen. Sie können zwar hineingehen, doch wenn sie sich nicht als immatrikulierter Student auf der Suche nach Wissen ausweisen können, dann wird ihnen der Zugang verwehrt. Ein solches Hindernis wird es für dich nicht geben. Du wirst immer in der Lage sein, in der Astralwelt zu reisen und zu studieren, und das wird dir dein ganzes Leben lang helfen, bis zu der Zeit, wo du aus dem Leben scheidest.»

Er erklärte mir die verschiedenen Anwendungsmöglichkeiten des Okkultismus und betonte, dass der Missbrauch okkulter Kräfte oder das Herrschen über eine andere Person mittels okkulten Mitteln schwere Konsequenzen nach sich zieht. Esoterische oder metaphysische Kräfte sowie außersinnliche Fähigkeiten dürfen nur für das Gute und zum Wohle der Mitmenschen eingesetzt werden. Ihr Ziel sollte stets darin bestehen, das Wissen in der Welt zu erweitern.

Eine dringende Frage lag mir noch auf den Lippen, und ich fragte: «Aber, ehrwürdiger Lama, wie ist es mit all den Menschen, die sich mit dem Okkultismus beschäftigen und vor lauter Aufregung oder aus Neugier aus ihren Körpern geraten oder sogar herausfallen und dann vor Angst fast sterben? Ist es nicht möglich, sie vor solchen Erfahrungen zu warnen?»

Mein Mentor lächelte, und etwas traurig darüber sagte er: «Es ist wahr, Lobsang, viele Menschen lesen Bücher und versuchen zu experimentieren, ohne einen erfahrenen Lehrer an ihrer Seite zu haben. Oft geraten Menschen aus ihren Körpern, sei es durch den Konsum von Alkoholika, Übererregbarkeit oder übermäßigen Genuss von Dingen, die für den Geist schädlich sind, und geraten dann in Panik. Du kannst nur auf eine Weise helfen: Dein ganzes Leben lang solltest du jene, die danach fragen, warnen, dass die einzige Sache, vor der man in okkulten Belangen Angst haben muss, die Angst selbst ist. Die Angst lässt unerwünschte Gedanken zu und lässt unerwünschte Geistwesen in den Körper eindringen, die sogar Kontrolle über einen übernehmen oder von einem Besitz ergreifen können. Du, Lobsang, solltest es immer und immer wieder wiederholen, dass es nichts, aber auch gar nichts zu fürchten gibt, außer der Angst selbst. Mit dem Vertreiben der Angst stärkt man die Menschlichkeit und macht die Menschlichkeit reiner.

Es ist die Angst, die Kriege verursacht. Es ist die Angst, die Zwietracht in der Welt sät und die Menschen gegen die Menschen aufbringt. Die Angst und allein die Angst ist der Feind. Und wenn wir die Angst ein für alle Mal von uns fernhalten, dann, glaube mir, gibt es rein gar nichts mehr, das man zu fürchten braucht.»

Angst, aber was soll dieses ganze Gerede über die Angst? Ich sah zu meinem Mentor auf und ich nehme an, er sah die unausgesprochene Frage in meinen Augen. Vielleicht las er aber auch telepathisch meine Gedanken, jedenfalls sagte er plötzlich: «So, du fragst nach der Angst? Nun, du bist noch jung und unschuldig!»

Ich aber dachte, oh, nicht so unschuldig, wie er denkt!

Der Lama lächelte, so als hätte er Spaß an diesem persönlichen Scherzen mit mir, obwohl er sich natürlich noch mit keinem Wort geäußert hatte, und dann sagte er: «Die Angst, Lobsang, ist eine absolut reale fühlbare Sache. Du hast vielleicht auch schon Geschichten über Alkoholiker gehört, die, wenn sie betrunken sind, schreckliche Wesen oder Kreaturen gesehen haben. Einige dieser Trunkenbolde behaupten, grüne Elefanten mit rosaroten Streifen oder noch bizarrere Kreaturen zu sehen. Ich versichere dir, Lobsang, dass diese Kreaturen, die sie sehen, diese sogenannten Einbildungen des Geistes, in der Tat völlig reale Wesen sind.»

Trotzdem, die Sache mit der Angst war mir immer noch nicht klar. Natürlich wusste ich, was Angst im physischen Sinne war. Ich dachte an die Zeit, als ich bewegungslos draußen vor dem Chakpori Lamakloster bleiben musste, sodass ich mich dem Ausdauertest unterziehen konnte, bevor ich als einer der einfachsten unter den einfachen Chelas aufgenommen wurde.

Ich wandte mich an meinen Mentor und fragte: «Ehrwürdiger Lama, was ist denn das für eine Angst? In Gesprächen habe ich schon von den Geistwesen der niederen Astralwelt gehört, doch ich selber bin auf allen meinen Astralreisen noch nie auf irgendetwas gestoßen, das mir je Angst gemacht hätte. Was soll also das mit dieser Angst?»

Mein Mentor saß einen Augenblick schweigend da. Dann erhob er sich schnell, so als hätte er eine plötzliche Entscheidung gefällt und sagte: «Komm!»

Ich erhob mich ebenfalls und wir gingen einem Steinkorridor entlang, dann bogen wir rechts ab, dann wieder links und nochmals rechts. Wir setzten unseren Marsch fort, bis wir zuletzt einen Raum ohne Licht erreichten. Es war wie das Eintauchen in ein Becken voller Schwärze. Mein Mentor ging zuerst hinein und zündete eine Butterlampe an, die sich neben der Tür befand.

Dann deutete er mir, mich hinzulegen und sagte: «Du bist alt genug, um Erfahrungen mit Geistwesen der niederen Astralwelt zu machen. Ich bin bereit, dir beizustehen diese Wesen zu sehen, und um zu gewährleisten, dass dir nichts geschieht, denn sie sollten nicht ohne entsprechende Vorbereitung und entsprechenden Schutz aufgesucht werden. Ich werde dieses Licht nun ausmachen. Ruhe nun in Frieden und lass dich von deinem physischen Körper wegtreiben, ungeachtet des Ziels oder Vorhabens. Treibe einfach dahin, wie eine wandernde Brise.»

Nach diesen Worten löschte er die Lampe aus, und als er die Tür schloss, war kein Lichtschimmer mehr zu sehen. Ich konnte nicht einmal mehr seinen Atem hören, doch ich konnte seine warme und beruhigende Nähe spüren.

Astralreisen war für mich keine neue Erfahrung. Ich war mit dieser Gabe, so zu reisen und mich immer an alles zu erinnern, geboren. Nun lag ich ausgestreckt am Boden. Mein Kopf ruhte auf einem Teil meiner zusammengerollten Robe. Ich faltete die Hände, legte die Füße zusammen und dachte an den Prozess, den Körper zu verlassen. Ein Vorgang, der für diejenigen, die das können und beherrschen, ganz einfach ist. Bald spürte ich einen sanften Ruck, der auf die Trennung des Astralkörpers vom physischen Körper hinwies, und mit diesem Ruck flutete mir Licht entgegen. Ich schien am Ende meiner Silberschnur zu schweben. Unter mir war es stockdunkel. Der stockdunkle Raum, den ich gerade eben verlassen hatte und in dem es kein

Lichtschimmer gab. Ich sah mich um, doch es war überhaupt nicht anders als bei den normalen Astralreisen, die ich vorher unternommen hatte. Ich dachte daran, mich über den Eisenberg zu erheben. Und mit diesem Gedanken war ich nicht mehr in diesem Raum, sondern trieb etwa fünfzig bis hundert Meter über dem Berg. Plötzlich konnte ich den Potala nicht mehr sehen, ich sah auch den Eisenberg nicht mehr. Ich konnte weder Tibet noch das Lhasatal sehen. Mir wurde übel vor Beklemmung. Meine Silberschnur bebte heftig und mit Entsetzen stellte ich fest, wie sich der silberblaue Dunst, der immer von der Silberschnur ausgeht, sich nun teilweise in ein ungesundes Gelbgrün verwandelte.

Ohne Vorwarnung spürte ich ein schreckliches Zerren und Ziehen, ein Gefühl als versuchten verrückt gewordene Unholde mich herunterzuziehen. Instinktiv blickte ich nach unten und fiel vor Schreck von dem, was ich sah, beinahe in Ohnmacht.

Rund um mich herum, oder eher, unter mir, befanden sich die seltsamsten und abscheulichsten Kreaturen! Solche die von Trinkern gesehen werden. Das schrecklichste Ungetüm, das ich je in meinem Leben gesehen hatte, bewegte sich wellenförmig auf mich zu. Es sah aus, wie eine riesige Schnecke mit einem hässlichen menschlichen Gesicht. Die Farbe hatte jedoch nichts mit einem Menschen zu tun. Das Gesicht war rot, die Nase und die Ohren waren grün und die Augen schienen in den Augenhöhlen zu rollen. Es gab auch noch andere Kreaturen. Jede schien noch schrecklicher und noch ekelhafter als die andere zu sein. Ich sah Wesen, die selbst Worte nicht beschreiben konnten, und dennoch schienen sie alle einen gemeinsamen menschlichen Charakterzug der Grausamkeit an sich zu haben. Sie streckten und reckten sich nach mir und versuchten, nach mir zu greifen und mich von meiner Silberschnur wegzuzerren. Andere ergriffen die Silberschnur und versuchten, sie zu durchtrennen, indem sie daran zogen.

Ich sah zu und erschauerte, doch, dann dachte ich: «Angst! Das ist also diese Angst! Nun, diese Kreaturen können mir nichts anhaben. Ich bin gegen ihre Attacken und gegen ihre Gebaren gefeit!» Und noch während ich dies dachte, verschwanden diese Wesen und waren nicht mehr da. Die Ätherschnur, die mich mit meinem physischen Körper verband, hellte sich wieder auf und nahm ihre normale Farbe an. Ich fühlte mich erleichtert und frei. Ich wusste, dass ich, nachdem ich diese Prüfung bestanden und überwunden hatte, nun nie wieder vor irgendetwas, was auch immer auf der Astralebene geschehen konnte, Angst haben musste. Es lehrte mich endgültig, dass die Dinge, vor denen wir Angst haben, uns nichts antun können, es sei denn wir gestatten diesen Kreaturen, uns durch unsere eigene Angst zu schaden.

Ein plötzliches Ziehen an meiner Silberschnur erregte erneut meine Aufmerksamkeit. Ich blickte ohne Zögern und Angstgefühle nach unten. Ich sah einen kleinen Lichtschimmer. Ich sah, dass mein Mentor die kleine flackernde Butterlampe angezündet hatte. Mein physischer Körper zog meinen Astralkörper herunter. Leicht glitt ich durch das Dach des Chakpori Lamaklosters nach unten, bis ich schließlich wieder horizontal über meinem Körper schwebte. Dann sank ich äußerst behutsam nach unten in ihn hinein und der Astralkörper und der physische Körper vereinten sich wieder zu einem. Der physische Körper, der nun «ich» war, zuckte leicht und ich setzte mich auf.

Mein Mentor blickte mit einem zufriedenen Lächeln auf mich herab: «Gratuliere, das hast du gut gemacht, Lobsang», sagte er. «Ich weihe dich jetzt in ein sehr streng gehütetes Geheimnis ein: Du hast es bei deinem ersten Versuch besser gemacht als ich bei meinem. Ich bin sehr stolz auf dich.»

Und dennoch war mir in Sachen Angst immer noch nicht alles klar, und so fragte ich: «Ehrwürdiger Lama, wovor sollte man wirklich Angst haben?»

Mein Mentor schaute mich ernst, ja sogar etwas melancholisch an, als er sagte: «Du hast ein gutes Leben geführt, Lobsang. Du hast nichts zu befürchten, deshalb fürchtest du dich auch nicht. Doch es gibt jene, die Verbrechen begangen und anderen Unrecht getan haben, und wenn sie allein sind, plagt sie das schlechte Gewissen. Diese Kreaturen der niederen Astralwelt leben von der Angst und werden von jenen mit einem schlechten

Gewissen ernährt. Die Menschen erschaffen böse Gedankenformen. Vielleicht hast du in der Zukunft irgendwann einmal die Gelegenheit, eine uralte Kathedrale, die schon zahllose Jahre dort steht oder einen alten Tempel zu besuchen. Von den Mauern dieser Gebäude, so wie von unserem eigenen Jokhang, wirst du das Gute, das sich innerhalb dieser Gebäude zugetragen hat, spüren. Doch, wenn du unmittelbar danach in ein altes Gefängnis gehen könntest, wo sich sehr viel Leid, Leiden und Verfolgung abgespielt hat, dann wirst du den gegenteiligen Effekt wahrnehmen. Daraus wird ersichtlich, dass die Bewohner von Gebäuden, Gedankenformen entstehen lassen, die sich in den Wänden der Gebäude niederlassen. Und so ist es offenkundig, dass ein gutes Gebäude, gute Gedankenformen aufweist und eine gute Ausstrahlung hat. Ein Ort des Bösen dagegen, weist böse Gedanken in ihm auf. Auch hier wird klar, dass von einem bösen Gebäude nur böse Gedanken hervorgehen können. Und diese Gedanken und Gedankenformen können von hellsichtigen Menschen, während sie sich im Astralzustand befinden, gesehen und berührt werden.»

Mein Mentor überlegte einen Augenblick, dann sagte er: «Es gibt Fälle, wie du sicher weißt, wo Mönche und andere sich einbilden, bedeutender zu sein, als sie tatsächlich sind. Dadurch erschaffen sie eine Gedankenform, die mit der Zeit ihre ganze Anschauung entstellt. Ich erinnere mich da an einen Fall, der mir gerade in diesem Augenblick einfällt. Er handelt von einem alten burmesischen Mönch. Ich muss noch dazu sagen, dass er ein sehr unwissender Mann war, ein Mönch ohne jedes Verständnis. Doch, weil er ein Ordensbruder von uns war, mussten wir ihn immer berücksichtigen. Dieser Mönch lebte ein sehr einsames Leben, wie das viele von uns tun. Doch statt dass er seine Zeit der Meditation, dem Nachdenken oder anderen guten Dingen widmete, stellte er sich vor, dass er ein mächtiger Mann in Burma sei. Er verdrängte die Tatsache, dass er ein einfacher Mönch war, der kaum recht Fuß auf dem Pfad der Erleuchtung gesetzt hatte. Stattdessen stellte er sich in seiner einsamen Zelle vor, dass er ein bedeutender Prinz mit einem riesigen Besitz und Reichtum sei. Zu Beginn war alles noch harmlos. Es war ein unbedenklicher, wenn auch sinnloser Zeitvertreib. Gewiss hätte ihn niemand wegen ein paar müßigen Fantasien und Sehnsüchten verurteilt, denn wie ich schon sagte, hatte er weder die Intelligenz noch die Bildung, um sich wirklich den geistigen Aufgaben zu widmen. Dieser Mann ‹wurde›, wann immer er allein war, über die Jahre ‹der große und bedeutende Prinz›. Es beeinträchtigte seine Anschauung sowie sein Benehmen. Und mit der Zeit schien der einfache Mönch zu verschwinden und in den Vordergrund trat der arrogante Prinz. Schließlich glaubte der arme, bedauernswerte Mann wirklich fest daran, dass er ein Prinz in Burma sei. Eines Tages sprach er mit einem Abt, so als wäre dieser sein Leibeigener auf seinem fürstlichen Hof. Der Abt jedoch war nicht so friedfertig wie einige von uns und reagierte dementsprechend auf sein überhebliches Auftreten. Und es tut mir leid sagen zu müssen, dass der Schock, den der arme Mönch erlebte, der sich als ‹Prinz› aufspielte, ihn aus dem Gleichgewicht brachte und ihn in einen Zustand geistiger Instabilität versetzte.

Doch du, Lobsang, brauchst dir darüber keine Sorgen zu machen. Du bist stabil, ausgeglichen und ohne Angst. Vergiss diese Worte der Ermahnung nie: Die Angst greift die Seele an. Einbildungen und sinnlose Fantasien führen einen auf den falschen Weg, denn mit der Zeit können Einbildungen zur Realität werden, während die tatsächliche Wirklichkeit den Blicken entgleitet und für mehrere Inkarnationen im Dunkeln bleibt. Bleib auf deinem Weg. Lass kein wildes Sehnen und keine Fantasien deine Anschauung entstellen oder verdrehen. Dies ist die Welt der Illusion, doch für diejenigen von uns, die diesem Wissen ins Auge sehen können, können sich die Illusionen in Wirklichkeit verwandeln, wenn wir nicht mehr auf dieser Erde sind.»

Ich dachte über all das nach. Ich muss zugeben, dass ich vom Wandel des Mönchs, der nur im Geiste ein Prinz war, schon gehört und in einem Buch der Lamabücherei gelesen hatte.

«Ehrwürdiger Mentor, wofür soll man die okkulten Kräfte denn verwenden?», fragte ich.

Der Lama faltete die Hände, blickte mir direkt in die Augen und sagte: «Die Verwendung des okkulten Wissens? Nun, das ist leicht zu beantworten, Lobsang! Wir sind berechtigt, denjenigen zu helfen, die unserer Hilfe wert sind. Wir sind jedoch nicht berechtigt, denjenigen zu helfen, die unsere Hilfe nicht wollen und für diese Hilfe noch nicht bereit sind. Wir wenden okkulte Kräfte oder Fähigkeiten weder zum Eigennutz noch für Lohn oder als Belohnung an. Der einzige Zweck der okkulten Kräfte besteht darin, unsere Höherentwicklung und unsere Evolution zu beschleunigen, um der Welt als Ganzes zu helfen. Nicht nur der Welt der Menschen, sondern auch der Welt der Natur, den Tieren, und allem.»

Die Andacht im nahen Tempelgebäude unterbrach erneut unser Gespräch. Da es respektlos gegenüber den Göttern gewesen wäre, eine Diskussion fortzusetzen, während die Andacht andauerte, beendeten wir unser Gespräch. Schweigend saßen wir im Schein der Butterlampe, die nun mit einer kleinen Flamme brannte.

Kapitel 8

Es war wirklich angenehm im kühlen, hohen Gras auf dem Boden des Pargo Kaling zu liegen. Über und hinter mir schwangen sich die uralten Felsen himmelwärts. Von meinem Aussichtspunkt aus, flach am Boden liegend, schienen die Bergspitzen, so hoch oben über mir, die Wolken anzukratzen. Passenderweise symbolisierte die «Knospe der Lotosblume», die sich formende Spitze, den Geist, während die «Blätter», die die «Knospe» stützten, die Luft repräsentierten, und ich selbst ruhte bequem am Fuße auf der Repräsentation des «Lebens auf Erden». Unmittelbar außerhalb meiner Reichweite, es sei denn, ich würde stehen, befanden sich die «Stufen der Verwirklichung». Und gerade diese versuchte ich im Augenblick zu erlangen!

Es war angenehm, hier zu liegen und die Händler zu beobachten, die von Indien, China und Burma kamen und an mir vorbeizogen. Einige von ihnen waren zu Fuß unterwegs und führten lange Züge mit Tieren an, die exotische Waren aus weit entfernten Ländern transportierten. Andere, vielleicht höherstehende oder möglicherweise auch nur müde Reisende, ritten und sahen sich um. Ich spekulierte müßig darüber, was ihre Packtaschen wohl enthielten, dann setzte ich mich mit einem Ruck auf. Das war es ja, weshalb ich überhaupt hier war! Ich war hier, um die Aura von so vielen verschiedenen Menschen wie möglich, zu beobachten. Und ich sollte aus der Aura und über die Telepathie «vorausahnen», was diese Menschen taten, dachten und beabsichtigten.

Auf der gegenüberliegenden Straßenseite saß ein armer, blinder Bettler. Er war sehr schmutzig, zerlumpt und alltäglich saß er da und wandte sich weinerlich an die vorbeigehenden Reisenden. Eine erstaunliche Anzahl Leute warfen ihm Münzen zu. Vergnügt beobachteten sie, wie er blind nach den gefallenen Münzen tastete und sie nach Gehör lokalisierte, wenn sie auf dem Boden aufschlugen oder vielleicht gegen einen Stein stießen. Gelegentlich, wirklich nur gelegentlich, entging ihm eine kleine Münze und der

Reisende hob sie dann wieder auf und ließ sie wieder fallen. Als ich an ihn dachte, drehte ich meinen trägen Kopf in seine Richtung und blieb vor lauter Erstaunen aufrecht sitzen. Seine Aura! Es war mir vorher nie in den Sinn gekommen, sie mir anzusehen. Nun schaute ich noch aufmerksamer hin und sah, dass er gar nicht blind war! Ich sah, dass er reich war! Er hatte Geld und Güter angehäuft. Er gab nur vor, ein armer blinder Bettler zu sein, weil dies die einfachste Art war, seinen Lebensunterhalt zu verdienen. Nein, das konnte doch nicht sein! Irrte ich mich vielleicht? War ich vielleicht zu selbstsicher? Vielleicht ließen meine übersinnlichen Kräfte nach. Besorgt über diesen Gedanken erhob ich mich widerstrebend und machte mich auf die Suche nach Aufklärung durch meinen Mentor, der sich auf der anderen Seite im Kundu Ling befand.

Vor einigen Wochen unterzog ich mich einer Operation, sodass mein «drittes Auge» etwas weiter geöffnet werden konnte. Schon von Geburt an verfügte ich über ungewöhnliche hellseherische Kräfte und die Fähigkeit, die Aura von Menschen, Tieren und Pflanzen zu sehen. Diese schmerzvolle Operation war erfolgreich und erhöhte meine Kräfte weit mehr, als selbst der Lama Mingyar Dondup erwartet hatte. Nun wurde meine Entwicklung vorangetrieben. Mein Studium in allen okkulten Belangen nahm die ganze Zeit meiner wachen Stunden in Anspruch. Ich fühlte mich von den mächtigen Kräften wie erdrückt, während dieser und jener Lama über die Telepathie und andere seltsamen Kräfte, Wissen in mich hineinpumpte. Kräfte, deren Funktionsweisen ich nun so intensiv lernen musste. Warum überhaupt Klassenarbeiten schreiben, wenn man über die Telepathie lernen kann? Warum sich Gedanken über die Absichten eines Menschen machen, wenn man sie in seiner Aura sehen kann? Doch ich war neugierig auf diesen blinden Mann!

«Hallo! Ehrwürdiger Lama, wo sind Sie?», rief ich und rannte über die Straße auf der Suche nach meinem Mentor. Ich stolperte in den kleinen Park und fiel beinahe über meine eigenen Füße.

«So!», sagte mein Mentor lächelnd, der entspannt auf einem gefallenen Baumstamm saß. «So, so! Du bist also aufgeregt, weil du gerade entdeckt hast, dass dieser ‹blinde› Mann dort genauso gut sieht wie du.»

Ich stand keuchend da, schnappte nach Luft und war voller Empörung. «Ja!», rief ich aus. «Der Mann ist ein Betrüger, ein Dieb, denn er stielt von jenen, die guten Willens sind. Er gehört ins Gefängnis!»

Der Lama brach über mein rotes, empörtes Gesicht in ein Gelächter aus. «Aber Lobsang», sagte er milde, «weshalb diese ganze Aufregung? Der Mann verkauft doch nur Gefälligkeiten, genauso wie der Mann, der Gebetsmühlen verkauft. Die Leute geben ihm ein paar Münzen, damit sie als freigebige Menschen angesehen werden. Es veranlasst sie, sich gut zu fühlen und für eine Zeit erhöht es sogar ihre molekulare Schwingungsfrequenz, erhöht ihre Spiritualität, es rückt sie näher zu den Göttern. Es tut ihnen gut. Die Münzen, die sie ihm geben, sind nichts. Sie vermissen sie gar nicht.»

«Aber der Mann ist doch gar nicht blind!», sagte ich empört. «Er ist ein Dieb.»

«Lobsang», sagte mein Mentor, «er ist harmlos, er verkauft nur Gefälligkeiten. Später, in der westlichen Welt, wirst du feststellen, dass Menschen, die in der Werbung tätig sind, Behauptungen aufstellen, deren Falschheit der Gesundheit schadet. Ungeborene Kinder bekommen Missbildungen und die halbwegs Gesunden werden in überreizte Verrückte verwandelt.»

Er klopfte auf den gefallenen Baumstamm und forderte mich auf, neben ihm Platz zu nehmen. Ich setzte mich und trommelte mit den Füßen gegen die Rinde.

«Du musst üben, die Aura und die Telepathie gemeinsam zu nutzen», betonte mein Mentor. «Wenn du von einem Gebrauch machst und vom anderen nicht, dann können deine Schlussfolgerungen, wie in diesem Fall, entstellt sein. Es ist wichtig, dass man bei jedem Problem alle seine Fähigkeiten einsetzt und seine ganze Stärke zum Tragen bringt. Nun, diesen Nachmittag muss ich weggehen. Und mit dir will der Obermedizinlama, der ehrenwerte

Chinrobnobo des Menzekang Krankenhauses sprechen. Und du wirst mit ihm sprechen.»

«Oh», meinte ich kläglich, «aber er spricht nie mit mir und hat noch nie Notiz von mir genommen!»

«All dies wird sich heute Nachmittag, auf die eine oder andere Weise, ändern», sagte mein Mentor.

Auf die eine oder andere Weise, dachte ich! Das wirkte irgendwie beunruhigend.

Zusammen schlenderten mein Mentor und ich zurück zum Eisenberg. Wir blieben nur einen kurzen Augenblick stehen, um uns erneut die alten, aber immer wieder frisch kolorierten Felsen-Reliefbilder anzusehen. Dann stiegen wir den steilen und steinigen Pfad hinauf.

«Dieser Pfad, Lobsang, ist wie das Leben», sagte der Lama. «Das Leben folgt einem harten und steinigen Pfad mit vielen Fallen und Stolpersteinen, aber nur wenn man standhaft ist, erreicht man die Spitze.» Als wir oben ankamen, kündete der Trompetenruf die Tempelandacht an und jeder von uns ging seinen eigenen Weg. Er zu seinesgleichen und ich zu meinen Kameraden meiner Klasse.

Als die Andacht beendet war und ich meine Mahlzeit eingenommen hatte, kam ein Chela, der noch kleiner war als ich, etwas nervös zu mir. «Tuesday Lobsang», sagte er schüchtern, «der Heilige Medizinlama Chinrobnobo möchte dich umgehend in der Medizinschule sprechen.»

Ich richtete meine Robe zurecht, atmete ein paar Mal tief durch, sodass ich meine angespannten Nerven etwas beruhigen konnte und ging ohne große Selbstsicherheit hinüber zur Medizinschule.

«Ah!», dröhnte eine kräftige Stimme. Eine Stimme, die mich an den Klang der tieftönenden Tempelschneckenhörner erinnerte. Ich stand vor ihm und erwies ihm auf die altehrwürdige Art meinen Respekt. Der Lama war ein großer stattlicher Mann, massig, breitschultrig und für einen kleinen Jungen eine ehrfurchtgebietende Gestalt. Ich hatte das Gefühl, dass ein Schlag von einer seiner mächtigen Hände, mir den Kopf direkt von den

Schultern schlagen und rollend den Berg hinunter senden würde. Wie auch immer, er bat mich auf eine so freundliche Art, mich vor ihn zu setzen, dass ich beinahe in die Sitzposition fiel!

«Nun, Junge!», sagte die kräftige, tiefe Stimme, die sich wie ein rollender Donner über den entfernten Bergen anhörte. «Ich habe schon viel von dir gehört. Dein erhabener Mentor, der Lama Mingyar Dondup, behauptet, dass du ein Wunderkind bist und dass deine paranormalen Fähigkeiten überdurchschnittlich sind. Wir werden ja sehen!»

Ich saß da und zitterte.

«Siehst du mich? Was siehst du?», fragte er.

Ich zitterte noch mehr und sagte einfach das, was mir gerade einfiel: «Ich sehe einen derart großen Mann, Heiliger Medizinlama, dass ich anfangs dachte, Sie seien ein Berg, als ich hereinkam.»

Sein stürmisches Lachen verursachte einen solchen Windstoß, dass ich beinahe fürchtete, er blase mir meine Robe vom Leib.

«Schau mich an, Junge, schau auf meine Aura und sage mir, was du siehst!», befahl er und fügte hinzu: «Sage mir, was du in der Aura siehst und was sie deiner Meinung nach bedeutet.»

Ich sah ihn an, nicht direkt auf ihn, auch nicht starrend, denn das trübt oft nur die Aura einer angezogenen Person. Ich blickte in seine Richtung, jedoch nicht direkt auf ihn.

«Werter Herr», begann ich, «ich betrachte zuerst die physische Außenlinie Ihres Körpers, die mit der Robe schwächer ist, als sie das ohne die Robe wäre. Dann sehe ich sehr nahe an Ihrem Körper ein schwaches, blaues Licht, das die Farbe von frischem Holzrauch hat. Es sagt mir, dass Sie zu hart gearbeitet und in letzter Zeit schlaflose Nächte gehabt haben und Ihre Ätherenergie schwach ist.»

Er blickte mich mit immer größer werdenden Augen an und nickte zufrieden. «Mach weiter!», sagte er.

«Werter Herr», fuhr ich fort, «Ihre Aura dehnt sich zu beiden Seiten von Ihnen gut zweieinhalb Meter aus. Die Farben zeigen sich in Schichten, sowohl vertikal als auch horizontal. Sie besitzen das Gelb hoher Spiritualität. Zurzeit wundern Sie sich, dass Ihnen einer meines Alters so viel sagen kann, und Sie denken, dass mein Mentor, der Lama Mingyar Dondup, doch recht hatte und etwas von der Sache versteht. Sie denken, dass Sie sich bei ihm für die geäußerten Zweifel an meiner Begabung entschuldigen sollten.»

Ich wurde von einem schallenden Gelächter unterbrochen. «Ja, das stimmt, Junge, ja, das stimmt!», sagte er hocherfreut, «fahre fort!»

«Werter Herr» (das Lesen der Aura war ein Kinderspiel für mich!), «erst kürzlich ist Ihnen ein Missgeschick passiert und Sie erlitten oberhalb der Leber einen Schlag. Es tut weh, wenn Sie zu sehr lachen, und Sie fragen sich, ob Sie etwas Tatura-Kraut einnehmen und eine Tiefenmassage unter der Einnahme von Anästhetika durchführen sollten. Sie denken, dass es Schicksal ist, dass von den mehr als sechstausend Kräutern, ausgerechnet Tatura knapp ist.»

Nun lachte er nicht mehr. Er sah mich mit unverhülltem Respekt an.

Ich fügte noch hinzu: «Weiter weist Ihre Aura darauf hin, werter Herr, dass Sie in Kürze der bedeutendste Medizinabt von Tibet sein werden.»

Er blickte mich mit einer gewissen Besorgnis an. «Mein Junge», sagte er, «du hast große Kräfte. Du wirst es weit bringen. Missbrauche diese Kräfte nie, aber auch gar nie! Das kann gefährlich sein. Nun lass uns über die Aura als Ebenbürtige diskutieren, doch das mit Tee.»

Er hob die kleine Silberglocke auf und schüttelte sie so heftig, dass ich fürchtete, sie würde ihm aus der Hand fliegen. Innerhalb von Sekunden eilte ein junger Mönch mit Tee herein und, oh Freude über Freude, mit einigem Luxus von Mutter Indien! Als wir so dasaßen, überlegte ich, dass alle diese hohen Lamas bequeme Unterkünfte hatten. Unter uns konnte ich die beiden großen Parks von Lhasa sehen. Es schien, als wäre der Dodpal und der Khati in Reichweite meines ausgestreckten Armes. Etwas mehr zur Linken stand wie ein Wächter ein Chorten unserer Gegend, der Kesar Lhakhang, während auf der gegenüberliegenden Straßenseite weiter nördlich mein Lieblingsplatz, der Pargo Kaling oder das Westtor hoch aufragte.

«Werter Herr, wie wird die Aura hervorgerufen?», fragte ich.

«Wie dir dein verehrter Mentor, der Lama Mingyar Dondup, schon gesagt hat», fuhr er fort, «empfängt das Gehirn Mitteilungen vom Überselbst. Im Gehirn wird Strom erzeugt. Das ganze Leben besteht aus Elektrizität. Die Aura ist eine Erscheinung elektrischer Energie. Rund um den Kopf herum, wie du nur zu gut weißt, befindet sich ein Heiligenschein oder Nimbus. Alte Gemälde zeigen einen Heiligen oder Gott immer mit einer solchen ‹goldenen Schale› um den Hinterkopf.»

«Warum sehen denn nur so wenige Menschen die Aura und den Heiligenschein, werter Herr?», fragte ich.

«Einige Leute glauben nicht an die Existenz der Aura, weil sie sie nicht sehen können. Sie vergessen dabei, dass sie die Luft auch nicht sehen können und kämen ohne sie nicht gut zurecht! Einige, nur ein paar sehr, sehr wenige Menschen sehen die Aura. Andere sehen sie nicht. Einige Menschen können dafür höhere oder tiefere Frequenzen hören als andere. Es hat mit dem Spiritualitätsgrad des Betrachters nichts zu tun, genauso wenig wie die Fähigkeit, auf Stelzen zu gehen, auf eine spirituelle Person hinweist.» Er lächelte und fügte hinzu: «Ich lief früher fast so gut auf Stelzen wie du. Nun ist aber meine Figur nicht mehr dazu geeignet.»

Ich lächelte auch und dachte, dass er jetzt als Stelzen ein Paar Baumstämme bräuchte.

«Als wir dich operierten, um das ‹dritte Auge› zu öffnen», sagte der Obermedizinlama, «konnten wir feststellen, dass Teile deiner Stirnlappen ganz anders entwickelt waren als die bei einer Durchschnittsperson. So nehmen wir an, dass du physisch geboren wurdest, um hellsichtig und telepathisch zu sein. Das ist einer der Gründe, warum du eine solch intensive und umfangreiche Ausbildung erhältst und noch erhalten wirst.»

Er schaute mich mit großer Genugtuung an und fuhr fort: «Du wirst ein paar Tage hier in der Medizinschule bleiben müssen. Wir werden dich eingehend untersuchen und wollen sehen, wie wir deine Fähigkeiten noch weiter steigern und dir viel beibringen können.»

Ein diskretes Hüsteln war an der Türe zu vernehmen, und mein Mentor, der Lama Mingyar Dondup, betrat den Raum. Ich sprang auf und verbeugte mich vor ihm, wie auch der Große Chinrobnobo.

Mein Mentor lächelte. «Ich habe deine telepathische Nachricht erhalten», sagte er zum Obermedizinlama. «Ich kam so schnell wie möglich, sodass ich vielleicht noch das Vergnügen habe, die Bestätigung meiner Entdeckung im Falle meines jungen Freundes hier zu erhalten.» Er hielt inne, lächelte mich an und setzte sich.

Der Oberlama Chinrobnobo lächelte ebenfalls und sagte: «Geehrter Kollege! Ich verneige mich hocherfreut vor deinem hervorragenden Wissen und akzeptiere diesen jungen Mann für weitere Nachforschungen. Deine eigenen Talente sind zahlreich und du bist erschreckend vielseitig, aber noch nie hast du einen solchen Jungen gefunden wie diesen.» Danach lachten beide und der Lama Chinrobnobo griff irgendwo hinter sich und brachte drei Gläser eingelegte Walnüsse hervor! Ich musste sehr dumm geschaut haben, denn beide drehten sich um, sahen mich an und begannen zu lachen.

«Lobsang», sagte mein Mentor, «du wendest ja deine telepathischen Fähigkeiten gar nicht an. Wenn du es getan hättest, dann hättest du bemerkt, dass der ehrenwerte Lama Chinrobnobo und ich so sündig waren und eine Wette abgeschlossen hatten. Wir haben zwischen uns ausgemacht, dass, wenn du meine Behauptungen bestätigen würdest, dann würde dir der ehrenwerte Medizinlama drei Gläser eingelegte Walnüsse geben. Hättest du jedoch den von mir behaupteten hohen Bildungsstand nicht bewiesen, dann hätte ich für meinen Freund eine lange Reise und gewisse ärztliche Tätigkeiten übernehmen müssen.»

Mein Mentor lächelte mich wieder an und sagte: «Selbstverständlich werde ich die Reise für ihn auf jeden Fall antreten und du wirst mich begleiten. Doch die Sache musste bereinigt werden und die Ehre ist nun wieder hergestellt.» Er zeigte auf die drei Gläser und sagte: «Stell sie neben dich, Lobsang, und wenn du diesen Raum verlässt, nimm sie mit, denn sie sind die Beute des Siegers, und in diesem Fall bist du der Sieger.»

Ich fühlte mich bemerkenswert albern. Es war doch für mich klar, dass ich die telepathischen Kräfte bei diesen beiden hohen Lamas nicht anwenden durfte. Nur schon der Gedanke daran sandte einen kalten Schauer über meinen Rücken. Ich liebte meinen Mentor sehr, und ich hatte großen Respekt vor dem Wissen und der Weisheit des Oberlama Chinrobnobo. Es wäre eine Beleidigung und in der Tat ein schlechtes Benehmen gewesen, wenn ich heimlich gelauscht hätte, selbst mit der Telepathie.

Der Lama Chinrobnobo wandte sich an mich und sagte: «Ja, mein Junge, deine Geisteshaltung spricht für dich. Ich bin in der Tat erfreut, dich hier unter uns zu wissen. Wir werden dir in deiner Entwicklung behilflich sein.»

Mein Mentor sagte: «Nun, Lobsang, du wirst vielleicht etwa eine Woche in diesem Gebäude hier verbringen, weil man dir noch sehr viel mehr über die Aura lehren muss. Oh ja», sagte er, als er meinen verwunderten Blick sah, «ich bin mir bewusst, dass du denkst, du wüsstest alles über die Aura. Du kannst zwar die Aura sehen und du kannst sie lesen, doch das Warum und Weshalb und wieviel die Mitmenschen nicht sehen, musst du auch noch lernen. Ich werde jetzt wieder gehen. Ich sehe euch morgen wieder.»

Er erhob sich und wir erhoben uns selbstverständlich auch. Mein Mentor verabschiedete sich und zog sich aus diesem ruhigen und komfortablen Raum zurück. Der Lama Chinrobnobo wandte sich wieder mir zu und sagte: «Sei nicht so nervös, Lobsang, es geschieht dir nichts, wir versuchen dir lediglich zu helfen und deine Entwicklung zu fördern. Doch zuallererst lass uns über die menschliche Aura sprechen. Natürlich bringst du ein anderes Verständnis für die Aura mit, da du sie deutlich siehst. Doch stell dir vor, du wärst nicht so begünstigt, nicht so begabt. Versetze dich einmal in die Lage von neunundneunzig Prozent oder sogar noch mehr der Weltbevölkerung.»

Wieder klingelte er kräftig mit der kleinen Silberglocke, und einmal mehr eilte der Bedienstete mit Tee herein und natürlich mit den unentbehrlichen «anderen Dingen», die mich, wenn ich Tee trank, sehr erfreuten! Es ist vielleicht interessant zu erwähnen, dass wir in Tibet manchmal mehr als sechzig Tassen Tee an einem Tag tranken. Natürlich ist Tibet ein kaltes Land und der heiße Tee wärmte uns. Wir konnten aber auch nirgendwohin gehen und Getränke kaufen, wie es das in der westlichen Welt gibt. Wir waren beschränkt auf Tee und Tsampa, außer, wenn uns eine sehr wohlgesonnene Person von einem anderen Land wie Indien jene Dinge brachte, die in Tibet nicht erhältlich waren.

Wir machten es uns bequem und der Lama Chinrobnobo fuhr fort: «Wir haben bereits über den Ursprung der Aura gesprochen. Sie ist die Lebenskraft des menschlichen Körpers. Ich werde für den Augenblick annehmen, Lobsang, dass du weder die Aura sehen kannst noch etwas über die Aura weißt, denn nur mit der Annahme davon, kann ich dir sagen, was die durchschnittliche Person sieht und was sie nicht sieht.»

Ich nickte, um ihm zu zeigen, dass ich es verstand. Natürlich wurde ich mit der Fähigkeit, die Aura und Dinge wie diese zu sehen, geboren, und diese Fähigkeiten wurden durch die Operation des «dritten Auges» noch erhöht. Bei vielen Gelegenheiten tappte ich in der Vergangenheit beinahe in die Falle, indem ich sagen wollte, was ich sah, ohne dass mir bewusst wurde, dass die anderen nicht dasselbe sahen wie ich. Ich erinnere mich noch an eine frühere Begebenheit, als ich sagte, dass die Person, die der alte Tzu und ich am Boden neben der Straße liegen sahen, noch immer am Leben war. Tzu hatte darauf geantwortet, dass das nicht so sei, der Mann wäre tot. Daraufhin entgegnete ich: «Aber Tzu, der Mann hat doch noch sein Licht an!» Als mir bewusst wurde, was ich gesagt hatte, verschluckte glücklicherweise ein Windstoß meine Worte, und er verstand die Bedeutung nicht. Doch wie auch immer, auf eine Eingebung hin hatte er dann den Mann neben der Straße doch näher untersucht und festgestellt, dass er noch am Leben war! Doch das nur nebenbei bemerkt.

«Der durchschnittliche Mann und die durchschnittliche Frau, Lobsang, können die menschliche Aura nicht sehen. Einige sind doch tatsächlich der festen Überzeugung, dass es so etwas wie eine menschliche Aura gar nicht gibt. Sie könnten genauso gut sagen, dass es so etwas wie Luft auch nicht gibt, da sie diese ja auch nicht sehen können!»

Der Medizinlama schaute mich an, um zu sehen, ob ich ihm noch folgte oder ob meine Gedanken in Richtung Walnüsse abschweiften. Zufrieden mit dem Anschein von Aufmerksamkeit nickte er nachsichtig und fuhr fort: «Solange es Leben in einem Körper gibt, solange gibt es eine Aura, die von jenen, die mit dieser Kraft, Gabe oder Fähigkeit ausgestattet sind, nenne es wie du willst, gesehen werden kann. Ich muss dir noch erklären, Lobsang, wenn man die Aura so klar wie möglich sehen will, dann muss die Person, deren Aura man betrachtet, völlig nackt sein. Warum das so ist, werden wir später diskutieren. Für eine gewöhnliche Lesung genügt es, eine angezogene Person zu betrachten. Doch, wenn du etwas im Zusammenhang mit einer medizinischen Ursache suchst, dann muss die Person nackt sein. Nun, die Ätherhülle umhüllt den Körper vollständig und weitet sich von etwa drei Millimeter bis zu zehn Zentimeter aus. Diese ist ein blaugrauer Nebel oder Dunst. Man kann es zwar kaum Dunst nennen, denn obwohl er dunstig erscheint, kann man klar hindurchsehen. Diese Ätherhülle ist eine rein animalische Ausstrahlung, sie entstammt vor allem der animalischen Lebenskraft des Körpers, sodass eine sehr gesunde Person einen sehr breiten Ätherkörper aufweist. Der Ätherkörper kann unter Umständen sogar acht bis zu zehn Zentimeter über die Körperoberfläche hinausgehen. Und nur die Begabtesten, Lobsang, nehmen die nächste Schicht wahr. Zwischen dem Ätherkörper und der eigentlichen Aura befindet sich noch ein weiteres Band von etwa acht Zentimeter Breite. Man muss jedoch sehr begabt und talentiert sein, um in diesem Band irgendwelche Farben zu sehen. Und ich muss gestehen, dass ich dort nichts sehe, außer einen leeren Zwischenraum.»

Ich freute mich, denn ich konnte alle Farben in diesem Zwischenraum sehen und beeilte mich, es ihm zu sagen.

«Ja, Lobsang, ich weiß, dass du diesen Zwischenraum sehen kannst. Du bist einer der Talentiertesten in dieser Richtung, doch ich tue ja nur so, als ob du die Aura nicht sehen kannst, weil ich dir das alles erklären muss.» Der Medizinlama sah mich tadelnd an und ohne Zweifel missbilligte er die Unterbrechung seiner Gedankengänge. Als er dachte, ich sei maßgeregelt genug, um von einer weiteren Unterbrechung abzusehen, fuhr er fort: «Also, zuerst kommt die Ätherschicht. Nach der Ätherschicht folgt diese Zone, die nur wenige von uns wahrnehmen können. Sie sehen sie nur als einen leeren Zwischenraum. Danach folgt die Aura selbst. Die Aura hängt nicht so sehr von der animalischen Lebenskraft ab, sondern von der spirituellen Lebenskraft. Die Aura besteht aus sich drehenden Bändern und Streifen aller Farben des sichtbaren Spektrums. Doch sie besteht aus noch weit mehr Farben, als man mit den physischen Augen sehen kann, denn die Aura wird mit anderen Sinnen als dem physischen Sehen wahrgenommen. Jedes Organ im menschlichen Körper sendet seine eigenen Lichtstrahlen, seine Energiewellen aus, die sich, genauso wie die Gedanken einer Person auch, verändern und schwanken können. Viele Informationen dieser Organe sind bis zu einem gewissen Grad auch im Ätherkörper und in diesem besagten Zwischenraum vorhanden, und wenn der nackte Körper betrachtet wird, scheint die Aura die Information von Gesundheit oder Krankheit zu verstärken. So sollte klar sein, dass diejenigen von uns, die hinreichend hellsichtig sind, einer Person ohne weiteres über ihren Gesundheits- oder Krankheitszustand Auskunft geben können.»

Darüber wusste ich alles. Das war für mich ein Kinderspiel. Derlei hatte ich seit meiner Operation des «dritten Auges» bereits schon praktiziert. Mir war auch die Gruppe der Medizinlamas bekannt, die bei den leidenden Personen saßen und den nackten Körper betrachteten, um zu sehen, wie ihnen geholfen werden konnte. Ich hatte gedacht, dass ich vielleicht für eine solche Arbeit geschult würde.

«Nun», sagte der Medizinlama, «du wirst speziell und auf höchstem Niveau ausgebildet werden. Wenn du dich in die große westliche Welt, jenseits unserer Grenzen begibst, dann gehen wir von der Annahme und Überlegung aus, dass du vielleicht eines Tages in der Lage bist, ein Gerät, ein Instrument zu entwickeln, mit dem jene, die selbst nicht über okkulte Kräfte verfügen, die menschliche Aura sehen können. Auch die Ärzte könnten dann die menschliche Aura sehen, und wirklich erkennen, was einer Person fehlt. Sie wären dann in der Lage, die Krankheit der Person zu heilen. Wie, das werden wir später noch miteinander besprechen. Ich weiß, dass all dies für dich sehr langweilig ist. Vieles von dem, was ich dir jetzt erzählt habe, ist dir ja bestens bekannt, und von dem Aspekt her, vielleicht langweilig. Doch du bist von Natur aus Hellseher und hast dir möglicherweise über den Mechanismus deiner Gabe noch nie Gedanken gemacht. Deshalb mussten wir diese Angelegenheit zuerst klären, weil eine Person, die nur die Hälfte über ein Thema weiß, nur halb geschult und folgedessen nur halb nützlich ist. Und du, mein Freund wirst in der Tat sehr nützlich sein! Doch lass uns jetzt diese Sitzung beenden, Lobsang. Wir wollen uns nun in unsere Räumlichkeiten zurückziehen. Ein Zimmer ist für dich reserviert worden, und dann können wir uns ausruhen und über die Dinge nachdenken, die wir so kurz angeschnitten haben. Diese Woche brauchst du nicht an den Andachten teilzunehmen. Der Erhabene selbst hat das angeordnet. Deine ganze Energie und Hingabe sollten einzig darauf gerichtet werden, die Themen zu meistern, die meine Kollegen und ich dir aufgeben werden.»

Er erhob sich und ich mich auch. Einmal mehr griff er mit seiner mächtigen Hand nach der Silberglocke und schüttelte sie so heftig, dass ich dachte, das arme Ding zerfalle in seine Einzelteile. Der Bedienungsmönch kam hereingestürzt und der Medizinlama Chinrobnobo sagte: «Du wirst Tuesday Lobsang zur Verfügung stehen. Er ist, wie du bemerkt haben wirst, Ehrengast hier. Behandle ihn, wie du das mit einem hochrangigen Gastmönch tun würdest.» Er drehte sich zu mir, verbeugte sich, und ich erwiderte natürlich eilig die Verbeugung. Darauf nickte mir der Bedienstete zu, ihm zu folgen.

«Halt!», rief der Lama Chinrobnobo. «Du hast deine Walnüsse vergessen!»

Ich eilte zurück, hob hastig mit einem verlegenen Lächeln diese kostbaren Gläser auf, dann eilte ich weiter zu dem wartenden Bediensteten. Wir gingen einen kurzen Korridor entlang. Der Bedienstete geleitete mich in ein sehr schönes Zimmer mit einem Fenster, von dem aus ich den Fluss des Glücks mit der Fähre überblicken konnte.

«Ich bin für dich zuständig, Meister», sagte der Bedienstete. «Die Glocke ist dort, wenn du mich brauchen solltest.»

Er machte kehrt und verließ das Zimmer. Ich wandte mich wieder dem Fenster zu. Die Aussicht über das heilige Tal machte mich glücklich. Die Yakhautfähre setzte gerade vom Ufer ab und der Fährmann schob sie mit einer langen Stange über den schnell fließenden Fluss. Auf der anderen Seite sah ich drei oder vier Männer stehen, die ihrer Kleidung nach, wichtige Persönlichkeiten sein mussten. Diesen Eindruck bestätigte sich noch durch das unterwürfige Benehmen des Fährmannes. Ich beobachtete sie einige Minuten, dann fühlte ich mich plötzlich müder, als ich gedacht hatte. Ich setzte mich auf den Boden, ohne mich noch weiter um ein Sitzkissen zu kümmern, und ehe ich mich versah, kippte ich rückwärts und schlief ein.

In Begleitung der eintönig daher klappernden Gebetsmühlen vergingen die Stunden. Plötzlich setzte ich mich mit einem Schreck auf. Die Andacht! Ich war zu spät für die Andacht! Mit dem Kopf zur Seite geneigt horchte ich angestrengt. Irgendwo sang eine Stimme eine Litanei. Das genügte mir – ich sprang auf und eilte wie gewohnt zur Tür. Doch sie war nicht da! Mit einem heftigen Aufprall kollidierte ich mit der Steinwand und fiel rückwärts auf meinen Hintern. Einen Augenblick sah ich blau-weiße Sterne blitzen. Als ich mich wieder etwas erholt hatte, sprang ich erneut auf. Von einer panischen Angst über meine Verspätung ergriffen, hastete ich in dem Zimmer herum. Doch es schien einfach keine Türe zu geben und noch schlimmer, es gab auch kein Fenster!

«Lobsang!», sagte eine Stimme aus dem Dunkeln. «Bist du krank?» Die Stimme des Bediensteten brachte meine Sinne wie ein Schuss eiskaltes Wasser wieder zurück.

«Oh», sagte ich verlegen, «ich habe vergessen, dass ich entschuldigt bin! Ich dachte, ich sei zu spät für die Andacht.»

Ich vernahm ein unterdrücktes Kichern und die Stimme sagte: «Ich werde die Lampe anzünden, denn es ist sehr dunkel in dieser Nacht.» Von der Tür her kam ein kleiner Schimmer. Sie war an einem höchst unerwarteten Ort und der Bedienstete kam auf mich zu. «Das war ein sehr unterhaltsamer Auftritt», sagte er. «Zuerst dachte ich, eine Herde Yaks sei ausgebrochen und wäre hier drin.»

Sein Lächeln raubte den Worten das Übelnehmen. Ich beruhigte mich und der Bedienstete zog mit seinem Licht wieder ab. Quer über die geringere Schwärze, die das Fenster war, schoss eine weißglühende Sternschnuppe und ihre Reise durch die unzähligen Kilometer des Weltalls war zu Ende. Ich drehte mich um und schlief wieder ein.

Das Frühstück war immer dasselbe alte, langweilige und trostlose Tsampa und Tee. Nährend, erhaltend, aber wenig anregend. Dann kam der Bedienstete und sagte: «Wenn du bereit bist, dann muss ich dich woanders hinbringen.»

Ich stand auf und ging mit ihm aus dem Raum. Dieses Mal gingen wir einen anderen Weg in einen Teil des Chakpori, von dem ich gar nicht gewusst hatte, dass er existierte. Es ging immer weiter abwärts, einen langen Weg abwärts, bis ich dachte, wir würden in das Innere des Eisenbergs selbst absteigen. Inzwischen war, außer den Lampen, die wir trugen, kein Lichtschimmer mehr zu sehen. Schließlich blieb der Bedienstete stehen und zeigte nach vorn. «Geh da weiter geradeaus und dann in den Raum zur Linken.» Mit einem leichten Nicken machte er kehrt und ging denselben Weg wieder zurück.

Ich trottete weiter und fragte mich, was das soll? Der Raum zur Linken befand sich nun vor mir. Ich ging hinein und hielt vor Erstaunen inne. Das Erste, was meine Aufmerksamkeit erweckte, war eine Gebetsmühle, die mitten im Raum stand. Ich hatte nur kurz Zeit, einen Blick auf sie zu werfen, doch es schien eine in der Tat sehr merkwürdige Gebetsmühle zu sein, dann wurde mein Name erwähnt. «Nun, Lobsang, wir freuen uns, dass du hier bist.»

Ich schaute mich um und da war mein Mentor, der Lama Mingyar Dondup. Neben ihm saß der Obermedizinlama Chinrobnobo und auf der anderen Seite meines Mentors saß ein markant aussehender indischer Lama mit dem Namen Marfata. Er hatte einmal an einer deutschen Universität, ich glaube, es nannte sich Heidelberg, westliche Medizin studiert. Er war ein buddhistischer Mönch, ein Lama natürlich, doch «Mönch» ist der Oberbegriff.

Der Inder sah mich derart prüfend und durchdringend an, dass ich dachte, er würde mich mitsamt dem Stoff meines Robenhinterteils ansehen. Er schien direkt durch mich hindurch zu blicken. Wie auch immer, dieses Mal hatte ich kein schlechtes Gewissen und erwiderte seinen Blick. Denn, warum sollte ich ihn nicht auch anstarren? Ich war so gut wie er, denn ich wurde unter dem Lama Mingyar Dondup und dem Obermedizinlama Chinrobnobo ausgebildet. Ein erzwungenes Lächeln entfuhr seinen strengen Lippen, so als ob ihm diese Geste heftige Schmerzen verursachen würde. Er nickte und wandte sich meinem Mentor zu. «Ja, ich bin überzeugt, dass der Junge so ist, wie du gesagt hast.»

Mein Mentor lächelte, aber er musste sich nicht wie der Inder zu einem Lächeln zwingen, es kam natürlich und spontan und in der Tat herzerwärmend. Der Obermedizinlama sagte: «Lobsang, wir haben dich hierher in diesen geheimen Raum nach unten bringen lassen, weil wir dir etwas zeigen und mit dir darüber sprechen möchten. Dein Mentor und ich haben dich untersucht und sind sehr zufrieden mit deinen Kräften. Kräfte, die an Intensität noch zunehmen werden. Unser indischer Kollege, Marfata, glaubt nicht, dass es in Tibet ein solches Wunderkind gibt. Wir hoffen, dass du alle unsere Behauptungen unter Beweis stellen kannst.»

Ich blickte den Inder an und dachte: «Ja, er ist ein Mann mit einer sehr hohen Meinung von sich selbst.» Ich wandte mich an den Lama Chinrobnobo und sagte: «Ehrwürdiger Herr, Seine Heiligkeit, der so freundlich war und mir bei einigen Gelegenheiten eine Audienz gewährte, hat mich ausdrücklich davor gewarnt, keine Beweise zu geben. Er sagte, dass der

Beweis lediglich eine Beschönigung für den müßigen Geist sei. Jene, die nach Beweisen verlangen wären nicht fähig, die Wahrheit eines Beweises zu akzeptieren, egal wie gut es bewiesen würde.»

Der Medizinlama Chinrobnobo lachte so sehr, dass ich beinahe Angst hatte, ein Sturm würde mich wegblasen. Mein Mentor lachte auch und beiden schauten auf den Inder Marfata, der mich mürrisch anblickte.

«Junge», sagte der Inder, «das hast du gut gesprochen, doch mit Reden beweist man nichts, wie du selbst gesagt hast. Nun sage mir Junge, was du bei mir siehst.»

Ich fühlte mich sehr unwohl bei der ganzen Sache, weil ich vieles von dem, was ich sah, nicht mochte. «Werter Herr», sagte ich, «ich fürchte, wenn ich Ihnen sage, was ich sehe, dann könnten Sie es mir vielleicht übelnehmen und meinen, dass ich lediglich anmaßend sei, anstatt Ihre Fragen zu beantworten.»

Mein Mentor der Lama Mingyar Dondup nickte zustimmend und auf dem Gesicht des Obermedizinlama Chinrobnobo breitete sich ein strahlendes Lächeln aus wie der Aufgang des Vollmondes.

«Sag, was du willst, Junge», sagte der Inder, «wir haben hier nicht Zeit für ausgefallene Gespräche.»

Einige Augenblicke stand ich da und blickte auf den indischen Oberlama, bis auch er über die Intensität meines Blickes etwas nervös wurde, dann sagte ich: «Werter Herr, Sie haben von mir verlangt zu sagen, was ich sehe, und ich gehe davon aus, dass mein Mentor und der Obermedizinlama Chinrobnobo ebenso einverstanden sind, dass ich mich frei äußere. Nun, dies ist, was ich sehe. Ich habe Sie vorher noch nie gesehen, doch Ihrer Aura und Ihren Gedanken kann ich entnehmen, dass Sie sehr viel gereist sind. Und Sie sind über den großen Ozean der Welt gereist. Sie sind auf eine kleine Insel gegangen, deren Name ich nicht kenne. Die Menschen dort waren alle weiß und in der Nähe liegt eine weitere kleine Insel, so als wäre sie ein Fohlen der größeren Insel, die die Stute wäre. Sie waren sehr feindselig gegen diese Leute, und die Einheimischen waren in der Tat bestrebt, etwas gegen

Sie zu unternehmen wegen etwas, das mit …» Hier zögerte ich, denn das Bild war sehr unklar. Es hing mit Dingen zusammen, von denen ich absolut keine Ahnung hatte. Ich fuhr jedoch fort: «Wie ich aus Ihrem Geiste schließen kann, hing es mit einer indischen Stadt mit dem Namen Kalkutta zusammen. Und dort war irgendetwas vorgefallen, das mit einem strengen Arrest in Zusammenhang steht. Dieser Umstand missfiel den Leuten auf der Insel und es beunruhigte sie. Irgendwie dachten sie, dass Sie diese Schwierigkeiten hätten verhindern können, anstatt sie zu verursachen.»

Der Oberlama Chinrobnobo lachte wieder und es tat meinen Ohren gut, weil es mir zeigte, dass ich mich auf der richtigen Fährte befand. Mein Mentor ließ gar nichts von sich hören, doch der Inder schnaubte verächtlich.

Ich fuhr fort: «Sie gingen in ein anderes Land. Und ich kann in Ihrem Geiste klar den Namen Heidelberg entnehmen. In diesem Land studierten Sie Medizin mit vielen rohen Bräuchen, in denen Sie viel schnitten, hackten und sägten und Sie wandten Methoden an, die wir hier in Tibet nicht anwenden. Schließlich wurde Ihnen irgend so ein großes Papier mit vielen Siegeln überreicht. Ich sehe auch in Ihrer Aura, dass Sie unter einer Krankheit leiden.» Ich holte hier tief Luft, weil ich nicht wusste, wie meine nächsten Worte aufgenommen würden. «Die Krankheit, unter der Sie leiden, ist eine, für die es keine Heilung gibt. Es ist eine Krankheit, bei der die Zellen des Körpers wuchern und wie Unkraut wachsen. Sie entsprechen nicht mehr dem normalen Muster und auch nicht mehr dem normalen Ablauf, sondern sie breiten sich aus und blockieren und erdrücken lebenswichtige Organe. Werter Herr, Sie beenden Ihre Lebensspanne auf dieser Erde der Natur Ihren eigenen Gedanken gemäß, die keine Freundlichkeit in den Herzen anderer Menschen anerkennt.»

Für mehrere Augenblicke, die mir wie Jahre vorkamen, war kein Laut zu vernehmen. Dann sagte der Obermedizinlama Chinrobnobo: «Das ist absolut korrekt, Lobsang, absolut korrekt!»

Der Inder sagte: «Der Junge wurde vielleicht im Voraus darauf vorbereitet.»

Mein Mentor widersprach und sagte: «Niemand hat mit ihm über dich gesprochen, im Gegenteil, vieles von dem, was er uns gesagt hat, ist selbst für uns neu. Wir haben weder in deiner Aura noch in deinem Geiste nachgeforscht, weil du uns nicht darum gebeten hast. Die strittige Frage ist doch, dass der Junge Tuesday Lobsang Rampa über diese Kräfte verfügt und diese Kräfte sogar noch weiter entwickeln wird. Wir haben jetzt keine Zeit zu streiten, sondern wir wollen seriöse Arbeit leisten. Komm!»

Er erhob sich und führte mich zu dieser großen Gebetsmühle. Ich schaute mir das seltsame Ding an und sah, dass es gar keine Gebetsmühle war, sondern ein Gerät, das etwa einen Meter zwanzig hoch war und einen Meter zwanzig über dem Boden stand und einen Durchmesser von etwa einem Meter fünfzig hatte. Auf der einen Seite gab es zwei kleine Fenster, die, wie es schien, aus Glas bestanden. Auf der anderen Seite der Maschine und nicht mittig befanden sich zwei weitere sehr viel größere Fenster. Auf der gegenüberliegenden Seite ragte eine lange Kurbel heraus. Doch für mich war dieses ganze Ding ein Mysterium. Ich hatte nicht die leiseste Ahnung, was es sein konnte.

Der Obermedizinlama sagte: «Dies ist eine Einrichtung, Lobsang, mit der jene, die nicht hellsichtig sind, die menschliche Aura sehen können. Der indische Oberlama Marfata kam hierher und fragte uns um Rat. Er wollte uns jedoch partout nicht sagen, was seine Beschwerden sind. Er meinte, dass wir, wenn wir schon so viel über die esoterische Heilkunde wüssten, seine Beschwerden auch ohne sein Wissen erkennen würden. Wir brachten ihn hierher, um ihn mit dieser Maschine zu untersuchen. Mit seinem Einverständnis wird er jetzt seine Robe ausziehen und du schaust zuerst auf ihn und wirst uns dann sagen, was seine Schwierigkeiten sind. Danach werden wir diese Maschine benutzen und sehen, inwieweit deine Ergebnisse mit den Ergebnissen der Maschine übereinstimmen.»

Mein Mentor zeigte auf eine Stelle vor einer dunklen Wand. Der Inder ging auf die Stelle zu, entfernte seine Robe und andere Kleidungsstücke und stand braun und nackt an der Wand.

«Lobsang, sehe ihn dir gut an und sage uns, was du siehst», sagte mein Mentor.

Ich schaute nicht auf den Inder, sondern irgendwie auf eine Seite. Ich nahm ihn nicht ins Visier, denn das ist die einfachste Methode, die Aura zu sehen. Das heißt, ich benutzte nicht die normale Sehkraft beider Augen, sondern sah mit beiden Augen einzeln. Es ist gar nicht so einfach zu erklären, doch es beinhaltet, mit dem einen Auge auf die linke Seite und mit dem anderen auf die rechte Seite zu sehen. Es ist lediglich eine Methode, ein Kniff, den beinahe jeder lernen kann.

Ich betrachtete den Inder. Seine Aura leuchtete und schwankte. Ich sah, dass er ein in der Tat bedeutender Mann war mit hohen intellektuellen Kräften, leider wurden seine Ansichten durch diese mysteriöse Krankheit immer verworrener. Und während ich auf ihn blickte, sprach ich meine Gedanken gerade so aus, wie sie mir in den Sinn kamen. Ich war mir überhaupt nicht bewusst, wie aufmerksam mein Mentor und der Obermedizinlama meinen Worten folgten.

«Es ist eindeutig, dass die Krankheit durch den ständig hohen Druck im Körper ausgelöst wurde. Der indische Oberlama war unzufrieden und frustriert und das hat sich negativ auf seine Gesundheit ausgewirkt und die Zellen veranlasst, sich unkontrolliert zu vermehren und sich der Führung des Überselbsts zu entziehen. Deshalb hat er hier, ich zeigte auf seine Leber, seine Beschwerden. Und da er ein ziemlich schlecht gelaunter Mann ist, werden sich seine Beschwerden jedes Mal, wenn er wütend wird, noch verschlimmern. Seine Aura zeigt deutlich, dass, wenn er etwas ruhiger, etwas gelassener würde, so wie mein Mentor der Lama Mingyar Dondup, er noch ein wenig länger auf dieser Erde bleiben könnte. Er würde noch etwas mehr von seiner Aufgabe erfüllen können, ohne dass er noch einmal gezwungen wäre, wieder zurückzukommen.»

Einmal mehr herrschte Schweigen. Ich war erfreut, dass der indische Lama mit einem Nicken meine Diagnose bestätigte. Der Medizinlama Chinrobnobo wandte sich dieser sonderbaren Maschine zu und schaute durch die kleinen Fenster. Mein Mentor begab sich zu der Kurbel und drehte sie mit zunehmender Stärke, bis der Medizinlama Chinrobnobo ihn wissen ließ, die Drehgeschwindigkeit konstant zu halten. Der Lama Chinrobnobo blickte einige Zeit durch diese Einrichtung. Dann richtete er sich auf und ohne ein Wort zu sagen, nahm der Lama Mingyar Dondup seinen Platz ein, während der Medizinlama Chinrobnobo die Kurbel drehte, wie das vorher mein Mentor getan hatte. Schließlich beendeten sie ihre Untersuchung und standen zusammen. Offensichtlich unterhielten sie sich telepathisch miteinander. Ich unternahm keinen Versuch, ihre Gedanken mitzuhören, weil dies eine grobe Geringschätzung gewesen wäre und mich «über meinen Stand» erhoben hätte.

Endlich wandte er sich dem Inder zu und sagte: «Alles, was Tuesday Lobsang Rampa dir gesagt hat, ist korrekt. Wir haben deine Aura eingehend überprüft und wir glauben, dass du Leberkrebs hast. Wir glauben ebenfalls, dass dies durch eine gewisse Gereiztheit deinerseits verursacht wurde. Und wir denken, dass, wenn du ein ruhigeres Leben führen würdest, dir noch ein paar Jahre verbleiben werden, in denen du deine Aufgabe erfüllen kannst. Wir sind bereit, beim Abt vorstellig zu werden, sodass du, wenn du mit unserem Plan einverstanden bist, hier im Chakpori bleiben darfst.»

Der Inder diskutierte die Angelegenheit eine Weile mit ihnen und dann gab er Chinrobnobo ein Zeichen und sie verließen zusammen den Raum.

Mein Mentor klopfte mir auf die Schultern und sagte: «Gratuliere, das hast du gut gemacht, Lobsang, sehr gut! Nun möchte ich dir diese Maschine zeigen.»

Er ging zu diesem sehr merkwürdigen Gerät hinüber und hob eine Seite des Oberteils hoch. Das ganze Ding war beweglich und im Inneren sah ich eine Reihe Arme, die von einer Hauptachse ausgingen. Ganz vorn an den Armen waren rubinrote, blaue, gelbe und weiße Glasprismen angebracht. Und während die Kurbel gedreht wurde, veranlassten Riemen, die mit der Achse verbunden waren, dass sich die Arme in Bewegung setzten. Ich bemerkte, dass sich jedes Prisma der Reihe nach in einer Linie ausrichtete, die man sehen konnte, wenn man durch die beiden Okulare blickte.

Mein Mentor erklärte mir, wie die Maschine funktionierte und dann sagte er: «Natürlich ist diese Einrichtung eine sehr primitive und schwerfällige Angelegenheit. Wir benützen sie nur zum Experimentieren, in der Hoffnung eines Tages eine kleinere Version herzustellen. Du wirst sie nie anwenden müssen, Lobsang. Doch es gibt nicht viele mit der Fähigkeit, die Aura so klar und deutlich zu sehen wie du. Irgendeinmal werde ich dir ihre Funktionsweise im Detail erklären. Doch nur kurz zusammengefasst handelt es sich hier um ein Überlagerungsprinzip, bei dem die schnell rotierenden Farbprismen die Sehlinie unterbricht und das normale Bild des menschlichen Körpers auflöst und die viel schwächeren Strahlen der Aura intensiviert.»

Er klappte den Deckel wieder zu und ging zu einer weiteren Vorrichtung, die auf einem Tisch weiter vorn in einer Ecke stand. Er führte mich gerade zu diesem Tisch, als der Medizinlama Chinrobnobo wieder den Raum betrat und sich zu uns gesellte.

«Ah!», sagte er, und kam zu uns herüber. «So, so, du willst also seine Gedankenkraft testen? Sehr gut, da muss ich dabei sein!»

Mein Mentor zeigte auf einen kuriosen Zylinder, der anscheinend aus grobem Papier angefertigt war.

«Dies, Lobsang, ist dickes, grobes Papier. Wie du siehst, weist das Papier unzählige Löcher auf, die mit einem stumpfen Instrument gemacht wurden. Es reißt das Papier nur auf und hinterlässt vorstehende Teile. Wir haben das Papier so gerollt, dass sich alle vorstehenden Teile auf der Außenseite befinden und einen Zylinder bilden. Oben quer über dem Zylinder befestigten wir einen unbeweglichen Strohhalm. Auf einem kleinen Sockel fixierten wir eine lange Nadel, und auf die Spitze dieser Nadel setzten wir den Strohhalm mit dem daran befestigten Zylinder, sodass dieser auf einer fast reibungslosen Stütze ruht. Nun beobachte mich!»

Er setzte sich und hielt die Hände auf beide Seiten des Zylinders. Er berührte den Zylinder nicht, sondern ließ etwa zwei, drei Zentimeter Abstand zwischen seinen Händen und dem Zylinder. Bald fing der Zylinder an, sich zu drehen. Ich war erstaunt, als das Ding an Geschwindigkeit noch zulegte und sich bald gleichbleibend drehte. Mein Mentor stoppte es mit einer Berührung und hielt die Hände in die entgegengesetzte Richtung, sodass die Finger, anstatt von seinem Körper weg, nun zu seinem Körper hinzeigten. Der Zylinder begann sich wieder zu drehen, doch dieses Mal in die entgegengesetzte Richtung!

«Sie blasen daran!», sagte ich.

«Jeder sagt das!», sagte der Medizinlama Chinrobnobo. «Doch sie haben alle unrecht.»

Der Obermedizinlama begab sich zu einer Nische an der hinteren Wand und kam mit einer Glasscheibe wieder zurück. Sie war recht dick und er trug sie sehr vorsichtig zu meinem Mentor. Mein Mentor stoppte das Drehen des Zylinders und saß ruhig, während der Obermedizinlama Chinrobnobo die Glasscheibe zwischen meinem Mentor und dem Papierzylinder stellte.

«Denke jetzt an die Drehung», sagte der Medizinlama.

Mein Mentor tat es, und der Zylinder begann sich erneut zu drehen. Aufgrund des Glases war es jedoch völlig ausgeschlossen, dass mein Mentor oder irgendjemand anders an den Zylinder blasen konnte.

Er stoppte den Zylinder wieder und wandte sich an mich, während er sagte: «Versuch du es, Lobsang!» Er erhob sich von seinem Sitz und ich nahm seinen Platz ein.

Ich setzte mich und hielt die Hände genauso, wie es mein Mentor vorher getan hatte. Der Medizinlama Chinrobnobo setzte die Glasscheibe vor mich hin, sodass meine Atmung die Drehung des Zylinders nicht beeinflussen konnte. Ich saß da und fühlte mich wie ein Narr. Anscheinend dachte auch der Papierzylinder, dass ich einer wäre, denn es geschah nichts.

«Denke, dass er sich dreht, Lobsang!», sagte mein Mentor.

Ich tat es und unvermittelt begann sich das Ding zu drehen. Einen Augenblick lang war ich versucht, die ganze Sache abzubrechen und davonzulaufen, weil ich dachte, das Ding sei verhext. Doch dann obsiegte doch irgendwie die Vernunft und ich blieb sitzen.

«Diese Einrichtung, Lobsang», sagte mein Mentor, «wird durch die Kraft der menschlichen Aura betrieben. Du denkst, ihn zu drehen und deine Aura versetzt dem Zylinder einen Schwung, der dann diese Drehbewegung veranlasst. Es mag für dich vielleicht von Interesse sein, zu wissen, dass in allen Ländern auf der ganzen Welt mit Vorrichtungen, wie diesen, experimentiert wird. Alle großen Wissenschaftler haben die Funktion solcher Phänomene zu begründen versucht. Doch die westlichen Menschen, die natürlich nicht an die Ätherkraft glauben, erfinden dafür eine Erklärung, die noch seltsamer ist als die Ätherkraft selbst!»

Der Obermedizinlama sagte: «Ich bin recht hungrig, Mingyar Dondup, ich habe das Gefühl, es ist Zeit für uns, uns in unsere Zimmer zurückzuziehen, um auszuruhen und uns zu verpflegen. Wir dürfen die Fähigkeit und die Ausdauer dieses jungen Mannes nicht zu sehr strapazieren, denn in der Zukunft wird ihm noch genug abverlangt.»

Wir verließen den Raum, die Lichter wurden gelöscht und wir begaben uns auf den Weg den steinernen Korridor hinauf bis ins Hauptgebäude des Chakpori. Bald erreichten mein Mentor und ich unsere Zimmer. Bald, oh, glücklicher Gedanke, gab es etwas zu essen, um mich wieder etwas besser zu fühlen.

«Guten Appetit, Lobsang», sagte mein Mentor, «später am Tag werden wir dich wiedersehen und mit dir andere Dinge besprechen.»

Etwa eine Stunde ruhte ich in meinem Zimmer und schaute aus dem Fenster. Ich hatte eine Schwäche. Ich schaute immer gern von hoch oben auf die Welt, die sich unter mir bewegte. Ich liebte es, die Händler zu beobachten, die auf ihrem Weg langsam durch das Westtor zogen. Jeder Schritt zeigte an, dass sie froh waren, endlich das Ziel ihrer langen und anstrengenden Reise über die Bergpässe erreicht zu haben. Ehemalige Händler hatten mir von einem wunderschönen Aussichtspunkt auf einem hohen Bergpass erzählt. Wenn man von der indischen Grenze herkäme, könne man durch einen Spalt im Berg, hinunter auf die Heilige Stadt mit ihren glänzenden goldenen Dächern blicken. Man könne auch an der Bergflanke die weißen Mauern des «Reishaufens» sehen, der tatsächlich wie ein Reishaufen aussah, da er sich großzügig und verschwenderisch den ganzen Berghang entlang erstreckte (Drepung Kloster, d.Ü.). Ich beobachtete auch gerne den Fährmann, der den Fluss des Glücks überquerte. Ich hoffte immer auf ein Loch in seinem bauchigen Yakhautboot, um ihn in gespannter Erwartung nach und nach von der Bildfläche verschwinden zu sehen, bis nur noch der Kopf aus dem Wasser ragte. Doch dieses Glück hatte ich nie, denn der Fährmann erreichte immer die andere Seite, nahm seine Fracht entgegen und kehrte wieder zurück.

Bald war ich einmal mehr in dem unterirdischen Raum mit meinem Mentor, dem Lama Mingyar Dondup und dem Obermedizinlama Chinrobnobo.

«Lobsang», sagte der Obermedizinlama, «wenn du einen Patienten untersuchen möchtest, sodass du ihm beistehen kannst, dann musst du darauf achten, dass er alle Kleider vollständig ablegt.»

«Ehrwürdiger Medizinlama!», sagte ich etwas verwirrt. «Ich sehe keinen Grund, warum ich von einer Person verlangen sollte, sich bei diesem kalten Wetter auszuziehen. Ich kann die Aura genauso gut sehen, ohne dass es notwendig wird auch nur ein einziges Kleidungsstück auszuziehen. Und oh, ehrwürdiger Medizinlama, ich kann doch nicht von einer Frau verlangen, dass sie ihre Kleider auszieht?» Meine Augen rollten bei diesem Gedanken entsetzt aufwärts. Ich muss komisch ausgesehen haben, denn beide, mein Mentor und der Medizinlama, brachen in schallendes Gelächter aus. Sie setzten sich und amüsierten sich köstlich über ihr eigenes Lachen. Ich stand vor ihnen und fühlte mich ausgesprochen albern. Doch solche Dinge machten mir wirklich Kopfzerbrechen. Ich konnte doch die Aura ohne irgendwelche Schwierigkeiten perfekt sehen, und ich sah auch nicht ein, warum ich von meiner normalen Gewohnheit abweichen sollte.

«Lobsang», sagte der Medizinlama, «du bist ein begnadeter Hellseher, doch es gibt Dinge, die du jetzt noch nicht siehst. Wir haben zwar eine sehr beeindruckende Demonstration von dir und deinen Fähigkeiten des Aurasehens erhalten, doch du hättest die Leberprobleme des indischen Lama Marfata nicht gesehen, wenn er die Kleider nicht ausgezogen hätte.»

Ich dachte nach. Und als ich darüber nachgedacht hatte, musste ich zugeben, dass es richtig war. Ich hatte auf den indischen Lama geblickt, während er angezogen war und hatte dabei viel über seinen Charakter und seine Wesenszüge gesehen, aber die Leberprobleme hatte ich nicht bemerkt.

«Sie haben völlig recht, ehrwürdiger Medizinlama», gestand ich, «ich hätte in dieser Angelegenheit gerne noch weiteren Unterricht von Ihnen.»

Mein Mentor sah mich an und sagte: «Wenn du auf die Aura einer Person schaust, dann möchtest du doch nur die Aura der Person sehen. Du möchtest dich nicht auch noch mit den Gedanken des Schafes, aus deren Wolle die Robe besteht, auseinandersetzen. Jede Aura wird von dem, was ihre direkten Strahlen überlagert beeinflusst. Hier haben wir eine Glasscheibe. Wenn ich auf das Glas hauche, dann hat das Auswirkungen auf das, was ich durch das Glas sehe. Obwohl dieses Glas durchsichtig ist, verändert es das Licht oder vielmehr die Farbe des Lichts, das du siehst, wenn du durch das Glas schaust. Und auf die gleiche Weise, wenn du durch ein Stück farbiges Glas schaust, sind alle Schwingungen, die du von einem Objekt erhältst, durch den Einfluss des farbigen Glases in ihrer Intensität verändert. Deshalb kommt es, dass eine Person, die auf dem Körper Kleider oder Schmuck irgendwelcher Art trägt, eine veränderte Aura gemäß dem Äthergehalt der Kleider oder dem Schmuck aufweist.»

Ich dachte darüber nach. Ich musste zugeben, dass an dem, was er sagte, einiges dran war. Er fuhr fort: «Ein weiterer Punkt ist: Jedes Organ des Körpers projiziert sein eigenes Bild, seinen eigenen Krankheits- oder Gesundheitszustand, auf den Ätherkörper und die Aura. Wenn die Organe unverhüllt und frei vom Einfluss der Kleider sind, vergrößern und verstärken sie die Eindrücke noch. So sollte es absolut klar sein, dass wenn du einer Person bei Gesundheitsproblemen oder bei einer Krankheit helfen willst, du sie ohne Kleider untersuchen musst.» Er lächelte mich an und ergänzte: «Und wenn das Wetter kalt ist, Lobsang, dann musst du sie eben an einen wärmeren Ort bringen!»

«Ehrwürdiger Lama», sagte ich, «vor einiger Zeit erzählten Sie mir, Sie würden an einem Gerät arbeiten, das eine Krankheit über die Aura heilen könne.»

«Das ist ganz richtig, Lobsang», sagte mein Mentor. «Eine Krankheit ist lediglich ein Missklang der Körperschwingungen. Wenn bei einem Organ die Molekülschwingung gestört ist, dann wird das Organ als krank angesehen. Wenn wir tatsächlich sehen könnten, wie sehr die Schwingung eines Organes von der Normalfrequenz abweicht, dann könnten wir eine Heilung bewirken, indem wir die Schwingungsrate wieder auf die Frequenz bringen, wie sie sein sollte. Im Falle eines geistigen Leidens kann das Gehirn, das für gewöhnlich Mitteilungen des Überselbsts empfängt, diese im Gehirn nicht richtig interpretieren und die daraus resultierenden Handlungen weichen dann von jenen ab, die bei den Menschen als normal gelten. An einer Geisteskrankheit leidet man also dann, wenn man nicht mehr fähig ist, normal zu urteilen oder zu handeln. Indem wir die Abweichung, die Unterstimulation messen, könnten wir einer Person helfen, das normale Gleichgewicht wiederzufinden. Die Schwingungen könnten vielleicht niedriger als normal sein und dadurch zu einer Unterstimulation führen. Sie könnten aber auch höher als normal sein, was eine ähnliche Wirkung zeigen würde, wie bei einer Hirnhautentzündung. Doch zweifellos können Krankheiten durch Eingriffe in die Aura geheilt werden.»

Der Obermedizinlama unterbrach hier und sagte: «Übrigens, verehrter Kollege, der Lama Marfata hat mit mir über diese Sache gesprochen und er sagte, dass an gewissen Orten in Indien, in gewissen abgeschiedenen Lamaklöstern, mit einem Hochspannungsgerät, bekannt als den ...», er zögerte und sagte, «mit einem Van De Graaff Generator experimentiert wird.»

Er war sich über die Bezeichnung etwas unsicher, doch er gab sich sehr Mühe, uns die exakten Informationen weiterzugeben.

«Dieser Generator entwickelt anscheinend eine ungewöhnlich hohe Spannung und einen außerordentlich niedrigen Strom. Diesen auf eine gewisse Weise am Körper angewandt verursacht, dass sich die Intensität der Aura um ein Vielfaches erhöht, sodass selbst ein Nichthellseher sie klar sehen kann. Mir wurde gesagt, dass auch schon Fotografien von der menschlichen Aura unter diesen Bedingungen gemacht wurden.»

Mein Mentor nickte ernst und sagte: «Ja, es ist auch möglich, sich die menschliche Aura mittels eines speziellen Farbstoffes, einer zwischen zwei Glasscheiben eingeklemmten Flüssigkeit anzusehen. Mit dem richtigen Hintergrund und Licht können viele Leute, die durch diese Scheiben auf einen nackten menschlichen Körper blicken, in der Tat die Aura sehen.»

Ich fiel ihm ins Wort und fragte: «Aber, ehrenwerte Herren! Warum müssen denn alle diese Menschen sich dieser Tricks bedienen? Ich kann die Aura ja auch sehen, warum können sie das nicht?»

Meine zwei Mentoren lachten wieder. Dieses Mal fanden sie es nicht für nötig, mir den Unterschied zwischen der Ausbildung, wie ich sie erhalten hatte und der Ausbildung der durchschnittlichen Person auf der Straße zu erklären.

Der Medizinlama sagte: «Jetzt forschen wir im Dunkeln, wir versuchen, unsere Patienten über den Daumen gepeilt mit Kräutern, Pillen und Tropfen zu heilen. Wir sind wie Blinde, die versuchen, eine fallengelassene Nadel im Heuhaufen zu finden. Mir schwebt ein kleines Gerät vor, mit dem jede nicht hellsichtige Person, die durch dieses Gerät blickt, die Aura sowie die Störungen in der menschlichen Aura sehen kann. Und durch das Sehen schlussendlich in der Lage wäre, die Abweichung oder den Mangel zu beheben, der wirklich die Ursache der Krankheit war.»

Für den Rest der Woche wurden mir Dinge durch Hypnose und Telepathie gezeigt. Meine Kräfte wurden verstärkt und intensiviert und wir führten ein Gespräch nach dem anderen, so zum Beispiel, wie man am besten eine

Maschine entwickeln und mit ihr die Aura sichtbar machen könnte. Als der letzte Abend der Woche anbrach, ging ich in mein kleines Zimmer im Chakpori Lamakloster und schaute aus dem Fenster und dachte, dass ich morgen wieder in den viel größeren Schlafsaal zurückkehren und in Gesellschaft mit so vielen anderen schlafen musste.

Die Lichter im Tal widerspiegelten sich. Die letzten Strahlen der untergehenden Sonne spähten noch über den Gebirgsrand und schienen in unser Tal hinunter. Wie funkelnde Finger breiteten sich ihre Strahlen über den goldenen Dächern aus, die wiederum einen goldenen Lichtschauer in den schillerndsten Farben des Goldspektrums hinaufsandten. Blau, Gelb und Rot und selbst etwas Grün rangen miteinander, um das Auge anzulocken. Und während das Licht abnahm, wurden die Farben immer schwächer und schwächer. Bald war das Tal selbst wie in dunklen Samt gehüllt. Einem dunklen blau-violetten oder purpurnen Samt, den man fast fühlen konnte.

Durch das offene Fenster konnte ich den Duft der Weiden und der Pflanzen im Garten so weit unter mir riechen und eine umherziehende Brise wehte mir Pollen der verschiedenen Blumen in die Nase.

Die letzten Sonnenstrahlen verschwanden vollständig aus unserem Blickfeld, und keiner dieser funkelnden Lichtfinger drang über den Rand unseres felsigen Tals. Stattdessen schossen sie hinauf in den sich verdunkelnden Himmel und spiegelten sich an den tief hängenden Wolken, die in Rot und Blau aufleuchteten. Nach und nach wurde es dunkler und die Nacht brach herein, während die Sonne immer weiter und weiter hinter unserer Welt versank. Bald zeigten sich helle Lichtpunkte am dunklen purpurnen Himmel und das Licht des Saturns, der Venus und des Mars tauchten auf. Und dann erschien das Licht des Mondes. Voll hing er mit seinen klar ersichtlichen Kratern am Himmel und über sein Antlitz zogen leichte wollige Wolken. Es erinnerte mich an eine Frau, die sich nach der Aura-Untersuchung in ihre Kleider hüllt. Ich wandte mich ab und war mit jeder Faser meines Herzens entschlossen, dass ich alles tun würde, was ich konnte, um das Wissen der menschlichen Aura zu fördern und jene zu unterstützen, die in die große Welt hinausgingen, um den Millionen von Leidenden Hilfe und Erleichterung zu bringen. Ich legte mich auf den Steinboden und kaum hatte mein Kopf meine zusammengefaltete Robe berührt, war ich auch schon eingeschlafen und ich wusste nichts mehr.

Kapitel 9

Es herrschte tiefe Stille, und in der Luft lag eine intensive Konzentration. In regelmäßigen Abständen hörte man ein kaum wahrnehmbares Rascheln, das sogleich verstummte und einer beinahe gespenstischen Ruhe wich. Ich sah mich um und blickte über die langen Reihen der in Roben gekleideten und reglos am Boden sitzenden Gestalten – gewissenhafte Männer, die sich auf die Geschehnisse der jenseitigen Welt konzentrierten. Einige waren in der Tat mehr an den Geschehnissen der jenseitigen Welt interessiert als an dieser! Meine Augen streiften herum und blieben zuerst an einer majestätischen Person hängen und dann bei einer anderen. Hier war ein Abt aus einer weit entfernten Gegend und weiter vorne ein Lama aus den Bergen mit einer schlichten Robe. Gedankenlos und leise schob ich einen der langen niederen Tische beiseite, sodass ich mehr Platz hatte. Die Stille war erdrückend, eine «lebendige» Stille. Eine Stille, die es eigentlich mit so vielen Menschen hier gar nicht geben konnte.

Krach! Ein laut polternder Lärm durchbrach die Stille. Ich fuhr im Sitzen hoch und drehte mich gleichzeitig um die eigene Achse. Der Länge nach ausgestreckt und immer noch etwas benommen, lag der Büchereikurier mit seinen klappernden Holzdeckelbüchern um ihn herum am Boden. Er kam, schwer beladen herein und hatte den kleinen Tisch nicht gesehen, den ich verschoben hatte. Der nur fünfundvierzig Zentimeter hohe Tisch brachte ihn zu Fall und nun lag dieser auf ihm.

Fürsorgliche Hände hoben die Bücher auf und wischten sie ab. In Tibet werden Bücher als heilig betrachtet, denn sie enthalten Wissen und dürfen nie missbraucht oder misshandelt werden. Deshalb galt die Fürsorge nicht dem Mann, sondern den Büchern. Ich hob den Tisch auf und stellte ihn aus dem Weg. Und Wunder über Wunder, niemand dachte daran, mich deswegen zu beschuldigen! Der Kurier rieb sich den Kopf und versuchte zu begreifen, was da gerade geschehen war. Ich war nicht in der Nähe gewesen, also konnte ich ihn offensichtlich nicht zu Fall gebracht haben. Er schüttelte erstaunt den Kopf, drehte sich um und ging hinaus. Bald kehrte wieder Ruhe ein und die Lamas kehrten zu ihrer Lektüre in der Bücherei zurück.

Da mir buchstäblich am Ober- und Unterteil während meiner Küchen-arbeit Schaden zugefügt worden war, war ich für immer von der Küchenar-beit entbunden worden. Nun musste ich für die «niedere» Arbeit in die große Bücherei gehen und die Schnitzereien der Bucheinbände abstauben und ganz generell den Ort sauber halten. Tibetische Bücher sind dick und schwer. Der Titel auf den hölzernen Einbänden ist oft kunstvoll geschnitzt und mit einem Bild versehen. Es war schwere körperliche Arbeit, die Bücher von den Regalen herunterzuholen und sie leise zu meinem Tisch zu tragen, sie vom Staub zu befreien und dann jedes einzelne Buch wieder an seinen zugeteilten Ort zurückzubringen. Der Bibliothekar nahm es immer sehr ge-nau und prüfte jedes Buch, um zu sehen, ob es wirklich sauber war. Es gab auch hölzerne Einbände, die Magazine und Zeitungen von Ländern außer-halb unserer Grenzen enthielten. Ich liebte es besonders, sie mir anzusehen, obwohl ich davon kein einziges Wort lesen konnte. Viele dieser monatealten ausländischen Zeitschriften enthielten Bilder, und ich brütete über ihnen, wann immer sich mir eine Gelegenheit bot. Und je mehr mich der Biblio-thekar davon abhalten wollte, desto mehr vertiefte ich mich in diese verbo-tenen Schriften, sobald seine Aufmerksamkeit von mir abließ.

Die Bilder mit den Vehikeln, die Räder hatten, faszinierten mich. In ganz Tibet gab es natürlich keine Fahrzeuge mit Rädern, denn unsere Prophezei-ungen deuteten eindeutig darauf hin, dass mit der Ankunft der Räder in Ti-bet der «Anfang vom Ende» kommen würde. Tibet würde später von einer bösen Macht überfallen werden, die sich wie ein Krebsgeschwür über die ganze Welt ausbreiten würde. Trotz dieser düsteren Prophezeiung hofften wir inständig, dass größere, mächtigere Länder kein Interesse an unserem kleinen Land zeigten, das weder kriegerische Absichten hegte noch beab-sichtigte, sich den Lebensraum anderer anzueignen.

Ich schaute mir die Bilder an und war fasziniert. In einem Magazin (ich weiß natürlich nicht, wie es hieß) sah ich einige Bilder, eine ganze Serie davon, die zeigten, wie so ein Magazin gedruckt wurde. Es zeigte gewaltige Maschinen mit großen Rollen und riesigen Zahnrädern. Die Männer auf diesen Bildern leisteten Schwerstarbeit. Und ich dachte, wie anders es doch hier in Tibet war. Hier arbeitete man mit handwerklichem Stolz, mit dem Stolz, eine Arbeit gut zu machen. Dem Handwerker in Tibet käme es nie in den Sinn, sein Handwerk auf kommerzieller Basis zu betreiben. Ich blätterte noch einmal die Seiten durch und betrachtete die Bilder und dachte nach, wie wir die Dinge handhaben.

Bei uns wurden die Bücher unten im Dorf Shö gedruckt. Gelernte Facharbeitermönche schnitzten tibetische Schriftzeichen in feines Holz. Sie schnitzten sie mit einer Langsamkeit, die eine absolute Genauigkeit und Wiedergabe bis ins kleinste Detail garantierte. Nachdem der Schnitzer jedes zu druckende Brett fertiggestellt hatte, nahm es ein anderer und schliff das Brett, bis es glatt war und keine rauen Stellen mehr hatte. Dann wurden die geschnitzten Bretter weggebracht und wieder von einem anderen, hinsichtlich des Textes, erneut auf Genauigkeit überprüft, denn in die tibetischen Bücher durften sich keine Fehler einschleichen. Zeit spielte keine Rolle, nur Genauigkeit.

Alle geschnitzten und sorgfältig polierten und nach Fehlern und fehlerhaften Stellen überprüften Bretter wurden den Druckermönchen übergeben. Diese legten sie mit der geschnitzten Seite nach oben auf die Werkbank und rollten Tinte auf die erhöhten, geschnitzten Worte. Natürlich wurden die Worte alle seitenverkehrt geschnitzt, damit sie nach dem Druck richtig herum erschienen. Die eingefärbten Bretter wurden noch einmal sorgfältig überprüft, um sicherzustellen, dass auch jede Stelle mit Tinte versehen war. Dann wurde schnell ein steifes Papier, ähnlich dem Papyrus der Ägypter, über den mit Tinte versehenen Buchstaben ausgebreitet. Mit einem leichten Druck wurde über die Rückseite des Papiers gerollt und das Papier mit einer flinken Bewegung wieder von der Druckoberfläche abgezogen. Sogleich nahmen Mönchinspektoren die Seite und überprüften sie genau auf irgendwelche Fehler oder Mängel, und wenn es welche gab, dann wurde das Blatt nicht weggeworfen oder verbrannt, sondern gebündelt und für später aufbewahrt.

In Tibet werden gedruckte Schriften fast als heilig angesehen. Es wird dem gelehrten Wissen gegenüber als Beleidigung angesehen, Papier zu zerstören oder zu vernichten, das Worte des Wissens oder religiöse Worte enthielt. Daher hat Tibet im Laufe der Zeit Bündel über Bündel und Haufen über Haufen leicht fehlerhafte Seiten angehäuft.

Wenn die Papierseite als zufriedenstellend gedruckt angesehen wurde, bekamen die Drucker die Freigabe, und sie produzierten weitere Blätter, von denen jedes einzelne genauso sorgfältig auf Fehler überprüft wurde wie das Erste. Früher pflegte ich oft den Druckern bei der Arbeit zuzusehen. Und im Laufe meines Studiums musste auch ich ihre Arbeit erlernen. Ich schnitzte und druckte Reservedrucke. Danach schliff ich die Schnitzereien und brachte unter genauester Aufsicht die Tinte auf. Später druckte ich auch Bücher.

Die tibetischen Bücher sind nicht gebunden, wie die westlichen Bücher. Ein tibetisches Buch ist eine lange, oder besser gesagt, eine breite und sehr kurze Angelegenheit, weil eine tibetische gedruckte Linie gegen einen Meter breit war, doch die Seite ist vielleicht nur gerade mal dreißig Zentimeter hoch. Alle Seiten, die die notwendige Seitzahl ergaben, wurden sorgfältig ausgelegt, damit sie mit der Zeit, es bestand keine Eile, trocknen konnten. Nach einer längeren Trockenzeit wurden die Bücher zusammengestellt. Zuerst kam ein Brettunterteil, an dem zwei Bänder befestigt waren. Darauf wurden die Buchseiten in korrekter Reihenfolge zusammengesetzt. Und wenn jedes Buch so zusammengestellt war, kam auf jeden Stoß gedruckter Seiten ein weiteres schweres Brett, das den Einband bildete. Dieses schwere Brett enthielt sehr aufwendige Schnitzereien, es zeigte vielleicht eine Szene aus dem Buch und natürlich enthielt es den Titel. Die zwei Bänder des Unterbrettes wurden auf dem Oberbrett mit starkem Druck zusammengebunden, sodass es alle Seiten kompakt zusammendrückte. Ganz spezielle und wertvolle Bücher wurden dann sorgfältig in ein Seidentuch eingewickelt und die Umhüllung versiegelt, sodass nur die mit besonderer Erlaubnis eine solche Umhüllung öffnen und den Frieden dieser so sorgsam gedruckten Bücher stören durften!

Mir fiel auf, dass auf vielen dieser westlichen Bilder die Frauen außergewöhnlich leicht gekleidet abgebildet waren. Ich vermutete, dass es in diesen Ländern sehr heiß sein musste – warum sonst sollten Frauen denn so spärlich gekleidet herumlaufen? Auf einem anderen Bild lagen Leute herum, offensichtlich tot, während neben ihnen ein anrüchig aussehender Mann stand, der in der Hand ein Stück Eisenrohr hielt, aus dem es rauchte. Was er damit bezweckte, konnte ich nicht verstehen, denn meinem eigenen Eindruck nach zu urteilen, machten es sich diese westlichen Menschen zum Hobby, herumzugehen und einander zu töten. Dann kamen starke Männer, die merkwürdige Kleider trugen. Sie gingen auf den Mann mit dem rauchenden Eisenrohr zu und befestigten an seinen Händen oder den Handgelenken metallene Dinger.

Die leicht bekleideten Damen störten mich überhaupt nicht, noch erweckten sie ein besonderes Interesse in mir, denn die Buddhisten und Hindus und in der Tat alle Leute im Osten wussten sehr wohl, dass die Sexualität im menschlichen Leben notwendig war. Es war bekannt, dass sexuelle Erfahrungen möglicherweise die höchste Form von Verzückung während der körperlichen Existenz darstellten. Daher zeigen viele unserer religiösen Bilder Mann und Frau, oft als Gott und Göttin bezeichnet, in inniger Umarmung. Und weil die Tatsachen des Lebens und der Geburt so gut bekannt waren, gab es keinen besonderen Grund, diese Tatsachen zu verhüllen, und manchmal wurden Details beinahe schon fotografisch dargestellt. Für uns war das in keiner Weise pornografisch oder unsittlich, sondern lediglich eine ganz gewöhnliche Methode, um darauf hinzuweisen, dass mit der Vereinigung von Mann und Frau gewisse spezifische Empfindungen erzeugt werden konnten. Man erklärte uns, dass mit der Vereinigung von Seelen eine noch viel größere Freude erfahren werden konnte, doch dies geschähe natürlich nicht auf dieser Erde.

Durch Gespräche mit Händlern in der Stadt Lhasa, im Dorf Shö und mit denjenigen, die am Westtor am Wegesrand rasteten, sammelte ich die erstaunlichsten Informationen; zum Beispiel, dass es in der westlichen Welt als unzüchtig galt, sich vor den Augen einer anderen Person auszuziehen. Ich konnte nicht verstehen, warum das so sein sollte. Es schien doch die grundlegendste Tatsache des Lebens zu sein, dass es zwei Geschlechter geben musste. Ich erinnerte mich an ein Gespräch mit einem alten Händler. Regelmäßig reiste er auf der Route zwischen Kalimpong in Indien und Lhasa hin und her. Schon über längere Zeit machte ich es mir zur Aufgabe, ihn am Westtor zu treffen und ihn für einen weiteren erfolgreichen Besuch in unserem Land zu begrüßen. Oft standen wir da und unterhielten uns eine Weile. Ich erzählte ihm die Neuigkeiten von Lhasa und er erzählte mir die Neuigkeiten von der großen Welt außerhalb. Oft brachte er auch Bücher und Magazine für meinen Mentor, den Lama Mingyar Dondup, und ich hatte dann die angenehme Aufgabe, sie ihm abzuliefern.

Dieser Händler sagte mir einmal: «Ich habe dir schon so viel von den Menschen im Westen erzählt, doch verstehen tue ich sie immer noch nicht. Vor allem eine Aussage ergibt keinen Sinn für mich: Sie sagen, dass der Mensch nach dem Ebenbild Gottes erschaffen sei, und trotzdem haben sie Angst, ihren Körper zu zeigen, von dem sie behaupten, er wäre nach dem Ebenbild Gottes erschaffen. Heißt das vielleicht, dass sie sich der Form Gottes schämen?»

Er hat mich dabei fragend angesehen. Doch ich wusste es natürlich auch nicht und konnte seine Frage nicht beantworten. Der Mensch ist nach dem Ebenbild Gottes erschaffen, und wenn Gott die absolute Perfektion ist, wie das der Fall sein sollte, dann sollte es doch keine Scham geben, das Abbild Gottes zu entblößen. Wir sogenannten Heiden schämen uns doch auch nicht unserer Körper. Wir wissen, dass ohne Sexualität das Fortbestehen der Menschheit nicht möglich wäre, und wir wissen auch, dass die Ausübung der Sexualität bei passendem Anlass und selbstverständlich in der richtigen Umgebung die Spiritualität von Mann und Frau erhöhen kann.

Ebenso erstaunt war ich, als man mir sagte, dass Ehepaare, die vielleicht schon jahrelang miteinander verheiratet waren, noch nie den Körper des anderen nackt gesehen hatten. Und als mir dann noch gesagt wurde, und ich mir das vorstellte, dass sie nur bei geschlossenen Jalousien und nur im Dunkeln «Liebe machten», da dachte ich, mein Informant halte mich für ein Landei, der wirklich zu blöd war, um zu wissen, was in der Welt vorging. Und nach einem solchen Gespräch beschloss ich, dass ich bei nächst bester Gelegenheit meinen Mentor, den Lama Mingyar Dondup, über diese in der westlichen Welt praktizierten Sexualität fragen würde.

Ich wandte mich vom Westtor ab und rannte über die Straße dem schmalen und gefährlichen Pfad zu, den wir Jungen vom Chakpori für gewöhnlich dem regulären Weg vorzogen. Dieser Pfad hätte selbst einem Bergsteiger Furcht eingejagt. Häufig jagte er sogar uns Furcht ein, doch es war eine Ehrensache, nicht den anderen Weg zu nehmen, außer, wenn wir uns in Gesellschaft der Senioren, den vermeintlich Besonneneren, befanden. Die Tücke des Aufstiegs erforderte das Freihandklettern von Felszacken zu Felszacken. An manchen exponierten Stellen hingen wir gefährlich in der Luft und wagten uns an Handlungen, die vermutlich keine vernünftige Person unternehmen würde, selbst wenn man ihr dafür ein Vermögen anböte. Schließlich kam ich oben an und ging auf einer Route ins Chakpori, die nur uns bekannt war. Und hätten die Aufseher davon gewusst, dann hätte es ihnen einen gehörigen Schrecken eingejagt. So stand ich schließlich im Innenhof und war viel mehr außer Puste, als wenn ich den normalen Weg genommen hätte. Doch die Ehre war damit gerettet. Ich hatte die Strecke aufwärts sogar noch schneller geschafft als einige der Jungs den Weg abwärts.

Ich schüttelte den Staub und die kleinen Steine aus meiner Robe und leerte meine Schale, in die ein paar Pflanzen gefallen waren. Als ich mich einigermaßen präsentabel fühlte, machte ich mich ins Innere auf und begab mich auf die Suche nach meinem Mentor. Als ich um eine Ecke bog, sah ich ihn vor mir und rief ihm zu: «Oh, ehrwürdiger Lama.»

Er blieb stehen, machte kehrt und kam auf mich zu. Eine Handlung, die vermutlich keine andere Person im Chakpori getan hätte, denn er behandelte jeden gleichwertig, ob Alt oder Jung. So wie er zu sagen pflegte: Es ist nicht die äußere Form, es ist nicht der Körper, den man gegenwärtig innehat, der zählt, sondern das, was in ihm drin ist, was den Körper lenkt. Mein Mentor war selbst eine hohe Inkarnation, der nach seiner Rückkehr in einen Körper leicht erkannt werden konnte. Es war für mich eine unvergessliche Lehre, dass dieser große Mann immer einfach blieb und die Gefühle jener berücksichtigte, die «nicht unbedingt so hoch», sondern, um es offen zu sagen, ausgesprochen niedrig waren.

«Na, Lobsang!», sagte mein Mentor. «Ich habe dich den verbotenen Pfad hochkommen sehen, und wenn ich ein Aufseher gewesen wäre, dann hätte es jetzt an verschiedenen Stellen sehr empfindliche Schläge abgesetzt, sodass du froh gewesen wärst, dich für ein paar Stunden nicht hinsetzen zu müssen.» Er lachte und sagte: «Wie auch immer, im Wesentlichen habe ich früher dasselbe getan. Es erfüllt mich immer wieder mit einem gewissen Nervenkitzel, wenn ich sehe, wie andere das tun, was ich selbst nicht mehr kann. Nun, aber warum die Eile Lobsang?»

Ich sah zu ihm auf und sagte: «Ehrwürdiger Lama, ich habe schreckliche Dinge über die Leute im Westen gehört und bin verwirrt, weil ich nicht sagen kann, ob man mich nur auslacht oder ob man mich vielleicht noch schlimmer als sonst zum Narren halten will, oder ob die Dinge, die mir erzählt wurden, auch wirklich Tatsachen sind.»

«Komm mit mir, Lobsang», sagte mein Mentor, «ich bin gerade dabei in mein Zimmer zu gehen, um zu meditieren. Doch lass uns lieber über diese Dinge sprechen. Die Meditation kann warten.» Wir machten kehrt und schritten Seite an Seite zum Zimmer meines Mentors, von dem aus der Juwelenpark zu sehen war. Ich betrat das Zimmer hinter ihm und bevor er sich hinsetzte, klingelte er dem Bediensteten, uns Tee zu bringen. Dann ging er mit mir an seiner Seite zum Fenster hinüber und wir schauten auf das schöne, weite Land. Ein Land, das vielleicht eines der schönsten auf der ganzen Welt war. Unter uns, etwas zu unserer Linken befand sich der reich bewaldete Garten, bekannt als Norbu-Linga oder Juwelenpark. Das herrliche klare Wasser funkelte unter den Bäumen und der kleine, auf einer Insel errichtete Tempel Seiner Heiligkeit, leuchtete im Sonnenlicht. Jemand überquerte gerade den erhöhten Steinweg über den Damm. Ein Weg, der aus flachen Steinen mit Zwischenräumen bestand, sodass das Wasser frei fließen und die Fische ungehindert schwimmen konnten. Ich schaute aufmerksam hinunter und dachte, dass ich ein hohes Mitglied der Regierung ausmachen konnte.

«Ja, Lobsang, er ist auf dem Weg zu Seiner Heiligkeit», sagte mein Mentor, als Antwort auf meine unausgesprochenen Gedanken.

Zusammen beobachteten wir das Geschehen noch eine Weile, denn es war angenehm, von hier aus auf den Park und auf den dahinter liegenden Fluss des Glücks zu schauen, der funkelte und tanzte, so als ob er Freude an diesem schönen Tag hätte. Wir konnten auch bis hinunter zur Fähre sehen. Einer meiner Lieblingsorte. Er war eine für mich nie endende Quelle der Freude und des Staunens. Einfach zu sehen, wie der Fährmann sein Yakhautboot bestieg und frohgemut auf die andere Seite paddelte.

Unter uns, zwischen uns und dem Norbu-Linga, zogen die Pilger langsam die Lingkhorstraße entlang. Sie gingen entlang und würdigten unserem eigenen Chakpori kaum einen Blick, sondern hielten konstant Ausschau, ob es vielleicht im Juwelenpark etwas Interessantes zu sehen gab. Es war den immer aufmerksamen Pilgern bekannt, dass sich der Erhabene oft im Norbu-Linga aufhielt. Ich konnte auch den Kashya Linga sehen. Ein kleiner Park mit vielen Bäumen, der sich neben der Fährstraße befand. Eine kleine Straße führte von der Lingkhorstraße hinunter zum Kyi-Chu. Es waren hauptsächlich Reisende, die die Fähre benutzen wollten. Einige aber benutzten sie auch, um in den Lamagarten zu gelangen, der sich auf der anderen Seite der Fährstraße befand.

Der Bedienstete brachte uns Tee sowie feines Essen.

Mein Mentor sagte: «Komm, Lobsang, lass uns unser Fasten brechen, denn Männer, die debattieren wollen, dürfen im Innern nicht leer sein, es sei denn ihre Köpfe erweisen sich ebenfalls als leer!»

Er setzte sich auf eines der harten Kissen, die wir in Tibet anstelle von Stühlen benutzen. So sitzen wir mit überkreuzten Beinen am Boden. Als er saß, deutete er mir, seinem Beispiel zu folgen, was ich unverzüglich tat, denn der Anblick von Essen veranlasste mich immer zur Beeilung. Wir aßen recht schweigend. In Tibet, speziell unter den Mönchen, hält man es nicht für geziemt, während des Essens zu sprechen oder Lärm zu machen. Mönche aßen allein und schweigend, doch wann immer sie in großer Zahl versammelt waren, las ein Vorleser laut aus einem Heiligen Buch vor.

Der Vorleser befand sich auf einem erhöhten Platz, von wo aus er nicht nur ein Auge auf sein Buch, sondern auch gleichzeitig auf die versammelten Mönche werfen und sofort sehen konnte, welche unter ihnen sich ausschließlich dem Essen widmeten und keine Zeit für seine Worte fanden. Wenn Mönche in einer großen Versammlung aßen, dann waren auch immer Aufseher anwesend, die darauf achteten, dass außer dem Vorleser keiner sprach. Doch wir waren allein. Wir wechselten nur ein paar vereinzelte Bemerkungen, denn wir wussten, dass viele der alten Sitten, wie zum Beispiel, während des Essens zu schweigen, gut für die Disziplin war, wenn man sich in der Masse befand. Aber für zwei wie wir, war es nicht unbedingt notwendig. So klassifizierte ich mich in meiner Einbildung als ein außerordentliches Mitglied der wirklich großen Männer in unserem Land.

«Nun, Lobsang», sagte mein Mentor, als wir unsere Mahlzeit beendet hatten, «erzähle mir, was dich so beunruhigt?»

«Ehrwürdiger Lama», sagte ich aufgeregt, «ein Händler, der hier vorbeikam und mit dem ich am Westtor sprach, gab mir einige bemerkenswerte Informationen über die Menschen im Westen. Er sagte mir, dass sie dächten, unsere religiösen Bilder seien obszön. Er erzählte mir auch unglaubliche

Dinge über ihre sexuellen Gewohnheiten, und ich bin mir nicht sicher, ob er mich nur zum Narren hält.»

Mein Mentor sah mich an und überlegte kurz, dann sagte er: «Um sich mit dieser Angelegenheit auseinanderzusetzen, Lobsang, brauchen wir mehr Zeit als nur eine Sitzung. Wir müssen auch noch zur Andacht gehen, die bald beginnen wird. Also lass uns zuerst nur einen Aspekt diskutieren, wollen wir?»

Ich nickte beflissen, weil mich diese Sache wirklich vor ein großes Rätsel stellte.

Mein Mentor sagte daraufhin: «All das entspringt der Religion. Die Religionen im Westen unterscheiden sich von denen im Osten. Vielleicht sollten wir uns dies einmal genauer ansehen und herausfinden, welche Beziehung es zu diesem Thema hat.» Er rückte seine Robe etwas zurecht und klingelte dem Bediensteten, um das Geschirr vom Tisch abzuräumen. Als das erledigt war, wandte er sich wieder an mich und begann eine Diskussion, die ich höchst interessant fand.

«Lobsang», sagte er, «wir müssen zwischen einer Religion im Westen und unserer eigenen buddhistischen Religion eine Parallele ziehen. Du wirst in deinem Unterricht bemerkt haben, dass die Lehren unseres Herrn Gautama im Laufe der Zeit etwas abgeändert wurden. Seit dem Ableben Gautamas und seiner Erhebung in die Buddhaschaft haben sich die Lehren, die er persönlich lehrte, im Laufe von Jahrhunderten verändert. Einige von uns denken, dass sie sich zum Schlechteren verändert haben, während andere glauben, dass die Lehren mit modernen Gedanken in Einklang gebracht wurden.»

Er sah mich an, um zu sehen, ob ich ihm mit der nötigen Aufmerksamkeit folgte und ob ich das, was er sagte, auch verstand. Ich verstand es sehr gut und konnte ihm auch folgen.

Er nickte mir kurz zu und fuhr dann fort: «Wir hatten unser Großes Wesen, das wir Gautama und einige Buddha nennen. Die Christen hatten auch ein Großes Wesen, das ihnen bestimmte Lehren verkündet hat. Legenden und wahre Berichte belegen die Tatsache, dass ihr Großes Wesen gemäß ihrer eigenen Schrift in die Wüste wanderte. In Wirklichkeit aber begab es sich nach Indien und Tibet auf der Suche nach Informationen und Wissen über eine Religion, die für die westliche Mentalität und Spiritualität geeignet wäre. Dieses Große Wesen kam nach Lhasa und besuchte tatsächlich unsere Kathedrale, den Jokhang. Danach kehrte das Große Wesen wieder in den Westen zurück und formulierte eine Religion, die in jeder Hinsicht großartig und für die westlichen Menschen gut geeignet war. Mit dem Hinscheiden jenes großen Wesens von dieser Erde entstanden im Christentum gewisse Unstimmigkeiten, wie einst bei unserem eigenen Gautama auch. Etwa sechzig Jahre nach seinem Tod wurde ein Konvent oder eine Versammlung an einem Ort namens Konstantinopel abgehalten. An der christlichen Lehre, der christlichen Religion, wurden einige Veränderungen vorgenommen. Vermutlich hatten einige Priester jener Tage das Gefühl, sie müssten ein paar Martyrien einführen, um die Widerspenstigsten ihrer Kirchengemeinde zur Ordnung zu rufen.»

Wieder sah er mich an, um zu sehen, ob ich ihm folgte. Wieder gab ich ihm zu verstehen, dass ich ihn nicht nur verstand, sondern dass mich das sehr interessierte.

«Diese Männer, die im Jahre 60 an diesem Konvent in Konstantinopel teilnahmen, waren Männer, die den Frauen nicht sehr wohlgesonnen waren, genauso wie einige unserer Mönche nur schon beim bloßen Gedanken an eine Frau sich der Ohnmacht nahe fühlen. Die Mehrheit betrachtete die Sexualität als etwas Unreines, etwas, das nur im Falle einer absoluten Notwendigkeit und nur zur Vermehrung der Menschheit angewandt werden sollte. Es waren Männer, die selbst keinen großen Sexualtrieb hatten. Zweifellos hatten sie andere Triebe, vielleicht waren einige sogar spiritueller Natur, ich weiß es nicht. Ich weiß nur, dass sie im Jahre 60 festgelegt haben, dass die Sexualität unrein und ein Teufelswerk sei. Sie erklärten, dass die Kinder unrein auf die Welt kämen und nicht würdig waren, eine Anerkennung zu erhalten, bis sie nicht auf irgendeine Weise zuerst reingewaschen wären.»

Er hielt einen Augenblick inne, und dann lächelte er, während er sagte: «Ich weiß nur nicht, was mit all den Millionen von Kindern werden soll, die vor diesem Treffen in Konstantinopel geboren wurden! Du musst verstehen, Lobsang, dass ich dir über das Christentum nur Auskunft geben kann, so wie ich es verstehe. Wenn du eines Tages selbst unter diesen Menschen leben wirst, wirst du vermutlich einen anderen Eindruck oder andere Erkenntnisse erhalten, die von meiner Meinung und Lehre unter Umständen abweichen.»

Als er gerade seine Ausführungen beendet hatte, ertönten die Schneckenhörner und die Tempeltrompeten plärrten. Rund um uns herum war ein geordnetes Treiben im Gange, während sich die disziplinierten Männer für die Andacht bereitmachten. Auch wir erhoben uns und strichen unsere Roben zurecht, bevor wir uns hinunter zum Tempel für die Andacht aufmachten. Bevor er mich am Eingang verließ, sagte mein Mentor: «Komm nachher wieder in mein Zimmer, Lobsang, wir wollen unsere Diskussion dann fortsetzen.»

Ich betrat den Tempel und nahm meinen Platz bei meinen Kameraden ein. Ich sprach meine Gebete und dankte meinem eigenen persönlichen Gott, dass ich so wie mein Mentor ein Tibeter war. Es war wunderschön in dem alten Tempel. Die Atmosphäre der Verehrung und die sanft schwebenden Weihrauchwolken hielten uns in Verbindung mit den Menschen auf anderen Existenzebenen. Weihrauch ist nicht nur ein angenehmer Duft oder etwas, das den Tempel «desinfiziert», sondern er ist eine lebendige Kraft, die so beschaffen ist, dass man bei der Auswahl eines bestimmten Weihrauchs tatsächlich die Schwingungsfrequenz kontrollieren konnte.

Heute Abend verlieh der schwebende Weihrauch dem Tempel eine abgeklärte Alte-Welt-Atmosphäre. Ich schaute mich von meinem Platz unter den Knaben meiner Gruppe um und blickte in den dämmrigen Dunst des Tempelgebäudes. Das tiefe Rezitieren der alten Lamas wurde ab und zu von den Silberglocken begleitet. Heute Nacht befand sich ein japanischer Mönch unter uns. Er war in seinem Land eine sehr hohe Persönlichkeit und reiste quer durch unser Land, nachdem er sich zuvor einige Zeit in Indien aufgehalten hatte. Er brachte seine Holztrommeln mit. Holztrommeln spielen in der Religion der japanischen Mönche eine sehr große Rolle, und ich wunderte mich über die Gewandtheit des japanischen Mönchs. Die außergewöhnlichen Klänge, die er seiner Trommeln entlocken konnte, erstaunten mich. Es war mir unbegreiflich, dass das Schlagen auf so eine Art hölzerne Kiste, so musikalisch klingen konnte. Er hatte außer den hölzernen Trommeln auch eine Art Klappern dabei, an denen kleine Glocken angebracht waren. Unsere eigenen Lamas begleiteten ihn mit den Silberglocken und zu den entsprechenden Zeiten setzten die großen Tempelschneckenhörner mit ihrem Dröhnen ein. Der ganze Tempel schien zu vibrieren. Die Wände selbst schienen zu tanzen und zu schimmern und in der Ferne schien sich der Dunst in den hintersten Nischen in Gesichter zu formen. Gesichter lang verstorbener Lamas. Doch einmal mehr war die Andacht viel zu früh beendet und wie vereinbart, eilte ich zu meinem Mentor, dem Lama Mingyar Dondup.

«Du hast nicht viel Zeit vertrödelt, Lobsang», sagte mein Mentor freundlich. «Ich dachte schon, du würdest dich vielleicht aufhalten lassen und noch schnell eine deiner vielen Zwischenmahlzeiten einnehmen!»

«Nein, ehrwürdiger Lama», sagte ich, «ich bin bestrebt, noch mehr Aufklärung zu erhalten, denn das Thema Sexualität in der westlichen Welt hat sehr viel Erstaunen in mir hervorgerufen, nachdem ich so viel von den Händlern und anderen gehört hatte.»

Er lachte und sagte: «Ja, die Sexualität stößt überall auf sehr viel Interesse! Es ist schließlich die Sexualität, die die Menschen auf dieser Welt hält. Wir werden uns darüber unterhalten, so wie du es wünschst.»

«Ehrwürdiger Lama, Sie sagten vorher, dass die Sexualität die zweitgrößte Kraft der Welt ist. Was meinten Sie damit? Wenn doch die Sexualität so wichtig ist, um die Erde bevölkert zu halten, warum ist sie dann nicht die größte Kraft?»

«Die größte Kraft auf der Welt, Lobsang», sagte mein Mentor, «ist nicht die Sexualität. Die größte Kraft überhaupt ist die Fantasie, denn ohne die Fantasie gäbe es keine sexuellen Impulse. Wenn ein Mann keine Fantasie hätte, dann wäre er an einer Frau gar nicht interessiert. Ohne Fantasie oder Vorstellungskraft gäbe es weder Schriftsteller noch Künstler, es gäbe nicht einmal etwas Konstruktives oder Gutes!»

«Aber, ehrwürdiger Lama», sagte ich, «Sie sagen, dass die Fantasie für die Sexualität notwendig ist? Und wenn das zutrifft, wie ist das denn mit den Tieren?»

«Auch die Tiere besitzen Fantasie, Lobsang, genauso wie die Menschen auch. Viele Leute denken, dass die Tiere nur geistlose Wesen ohne jede Form von Intelligenz und Vernunft sind, doch ich, der schon erstaunlich viele Jahre gelebt habe, erkläre es dir anders.»

Mein Mentor sah mich an, zeigte er mit dem Finger auf mich und sagte: «Du behauptest die Tempelkatzen zu lieben. Willst du mir etwa sagen, dass sie keine Fantasie haben? Du sprichst doch mit ihnen und bleibst stehen, um sie zu streicheln. Und bist du ihnen einmal vertraut, dann warten sie ein zweites und drittes Mal, und so weiter auf dich. Wenn dies lediglich eine gefühllose Reaktion oder nur ein Gehirnmuster wäre, dann würde die Katze nicht ein zweites oder drittes Mal auf dich warten, sondern so lange, bis sich eine Gewohnheit entwickelt hat. Nein, Lobsang, jedes Tier besitzt Fantasie. Ein Tier stellt sich die Freuden mit seinem Weibchen vor, und dann tritt das Unumgängliche ein!»

Als ich dazu kam, über das Thema nachzudenken, wurde mir erst klar, dass mein Mentor völlig recht hatte. Ich hatte schon kleine Vögel gesehen, kleine Hennen, die mit ihren Flügeln schlugen, so wie der Augenaufschlag bei jungen Frauen! Ich beobachtete auch schon kleine Vögel und sah ihr großes Verlangen, während sie auf die Rückkehr ihrer Männchen warteten, die sich auf der unaufhörlichen Suche nach Nahrung befanden.

Auch die Freude, mit welcher ein kleiner liebender Vogel sein Weibchen nach der Rückkehr begrüßte, war mir nicht entgangen. Nachdem ich darüber nachgedacht hatte, war mir nun klar, dass Tiere zweifellos Fantasie besitzen. Daher konnte ich den Sinn der Erläuterungen meines Mentors, dass Fantasie die mächtigste Kraft auf der Erde sei, gut nachvollziehen.

«Einer der Händler sagte mir, dass je übersinnlicher eine Person wäre, desto vehementer wäre sie gegen die Sexualität. Ist das wahr, ehrwürdiger Lama», fragte ich, «oder werde ich nur veralbert? Ich habe so viele merkwürdige Dinge gehört, dass ich manchmal wirklich nicht mehr weiß, wie ich zu diesem Thema stehen soll.»

Mein Mentor nickte betrübt und erwiderte: «Das ist absolut richtig, Lobsang. Viele Menschen, die ein großes Interesse an okkulten Dingen haben, sind der Sexualität gegenüber höchst abgeneigt, und das aus einem bestimmten Grund. Man hat dir zuvor schon einmal erklärt, dass die größten Okkultisten keine normalen Leute sind, das heißt, sie leiden unter einer körperlichen Beeinträchtigung. Die Person hat vielleicht ein ernstes Leiden, so wie Tuberkulose oder Krebs oder sonst irgendetwas in dieser Art. Es könnte auch ein Nervenleiden sein. Was auch immer es ist, diese Krankheit erhöht die metaphysischen Wahrnehmungen.»

Er runzelte leicht die Stirne und fuhr fort: «Viele Leute finden, dass der sexuelle Impuls ein großartiger Trieb ist. Es gibt aber auch Leute, die aus dem einen oder anderen Grund Methoden anwenden, um diesen sexuellen Trieb zu vergeistigen und sich vielleicht spirituellen Dingen zuzuwenden. Und wenn ein Mann oder eine Frau einmal von einer Sache abgelassen haben, dann werden sie oft zu strikten Gegnern dieser Sache. Es gibt keinen größeren Reformer und keinen größeren Kämpfer gegen die Übel des Alkohols als den bekehrten Trinker! Auf die gleiche Weise wendet sich eine Person, die der Sexualität einmal abgeschworen hat, vielleicht weil sie den Anforderungen nicht genügte oder nicht befriedigt werden konnte, den okkulten Dingen zu. Die ganze Triebkraft, die vorher, erfolgreich oder auch nicht erfolgreich, vom sexuellen Abenteuer ausging, wird nun dem okkulten Abenteuer gewidmet. Doch leider führt dies dazu, dass die Leute sehr oft unausgeglichen sind. Sie neigen zu Meinungen, die besagen, dass man sich nur dann entwickeln könne, wenn man der Sexualität abschwöre. Kaum etwas könnte befremdlicher und entstellter sein als diese Ansicht. Einige hochstehende Menschen sind in der Lage, sich eines ganz normalen Lebens zu erfreuen und sich dennoch in hohem Masse in der Metaphysik weiterzuentwickeln.»

Gerade in diesem Augenblick kam der Obermedizinlama Chinrobnobo herein. Wir begrüßten ihn und er setzte sich zu uns. «Ich erkläre Lobsang gerade die Sache mit der Sexualität und dem Okkultismus», sagte mein Mentor.

«Ach, ja», sagte der Lama Chinrobnobo, «es wird Zeit, dass er darüber Bescheid weiß. Ich habe auch schon seit längerer Zeit daran gedacht.»

Mein Mentor fuhr fort: «Es versteht sich daher von selbst, dass jene, die den Sexualverkehr auf normale Weise praktizieren, so wie er eigentlich ausgeführt werden sollte, ihre eigene spirituelle Kraft erhöhen. Die Sexualität ist eine Angelegenheit, die weder missbraucht noch abgelehnt werden sollte. Durch das Hervorrufen von Schwingungen in einer Person kann sich diese spirituell erhöhen. Wie auch immer, ich möchte dich darauf aufmerksam machen», sagte er und schaute mich streng an, «dass der Sexualakt nur von jenen vollzogen werden sollte, die sich lieben und sich durch eine gegenseitige spirituelle Anziehung verbunden fühlen. Und was dem nicht entspricht, ist lediglich Prostitution des Körpers und kann genauso schädlich sein, wie das andere nützlich. So sollten ein Mann und eine Frau nur einen Partner haben und sich von allen Versuchungen fernhalten, die sie vom Weg der Wahrheit und Rechtschaffenheit wegführt.»

Der Lama Chinrobnobo sagte: «Es gibt noch eine weitere Sache, werter Kollege, auf die du noch näher eingehen solltest. Es ist dies die Geburtenkontrolle. Ich werde jetzt wieder gehen, damit ihr euch darüber unterhalten könnt.» Er erhob sich, verneigte sich schlicht und verließ den Raum.

Mein Mentor wartete einen Augenblick, und dann sagte er: «Hast du schon genug davon, Lobsang?»

«Nein, werter Herr», erwiderte ich, «es liegt mir sehr daran, alles zu lernen, was mir möglich ist, denn das alles ist neu für mich.»

«Dann solltest du wissen, dass in den frühen Tagen des Lebens auf der Erde die Menschen in Familien aufgeteilt waren. Auf der ganzen Welt verstreut befanden sich kleine Familien, aus denen im Laufe der Zeit große Familien wurden. Und wie es unter den Menschen unvermeidlich zu sein scheint, brach Streit und Zwietracht aus und Familie kämpfte gegen Familie. Die Sieger töteten die Männer, die sie bezwungen hatten und nahmen deren Frauen in ihre eigenen Familien auf. Bald wurde klar, dass je größer die Familie war, die nun als Stamm bezeichnet wurde, desto mächtiger und sicherer sie gegenüber den aggressiven Übergriffen anderer wurde.»

Er blickte mich etwas traurig an und fuhr weiter: «Die Stämme nahmen im Laufe der Jahre und Jahrhunderte an Größe zu. Einige Männer etablierten sich als Priester, doch Priester mit etwas politischer Macht und einem Auge auf die Zukunft gerichtet! Die Priester beschlossen, dass sie ein heiliges Edikt, sozusagen ein ‹Gebot Gottes› haben mussten, das dem Stamm als Ganzes nützen würde. Sie lehrten, dass man sich vermehren und fruchtbar sein solle. In jenen Tagen war dies eine absolute Notwendigkeit, weil ihr Stamm sonst schwach und vielleicht völlig ausgelöscht würde. So sicherten sich die Priester damit die Zukunft ihres eigenen Stammes, indem sie den Leuten befahlen, fruchtbar zu sein und sich zu vermehren. Seitdem sind jedoch viele Jahrhunderte vergangen, und es ist offensichtlich, dass die rapide wachsende Weltbevölkerung zu einer Überbevölkerung führt, wodurch die Ressourcen der Erde nicht mehr ausreichen, um alle Bewohner zu versorgen. Es müssten also Maßnahmen ergriffen werden, um dieser Situation entgegenzuwirken.»

Ich konnte dem gut folgen. Es machte Sinn für mich und ich war froh zu hören, dass mir meine Freunde am Pargo Kaling, die Händler, die so weit und so lange gereist waren, mir die Wahrheit gesagt hatten.

Mein Mentor fuhr fort: «Einige Religionen halten es auch heute noch für falsch, die Geburtenrate zu begrenzen. Doch wenn man sich die

Weltgeschichte so ansieht, dann kann man erkennen, dass die meisten Kriege aufgrund des Mangels an Lebensraum von Seiten des Angreifers verursacht wurden. In einem Land mit einer schnell wachsenden Bevölkerung wissen die Menschen, dass es für die eigene Bevölkerung nicht genügend Nahrung und Möglichkeiten geben wird, wenn sie in dieser Geschwindigkeit weiterwächst. Deshalb beginnen sie Kriege und fordern mehr Lebensraum!»

«Aber, ehrwürdiger Lama», sagte ich, «wie würden Sie denn dieses Problem lösen?»

«Lobsang», erwiderte er, «im Grunde ist die Sache einfach. Männer und Frauen guten Willens sollten sich an einen Tisch setzen und über diese Dinge reden. Die alten Religionsformen, die alten Religionslehren, waren in jeder Hinsicht geeignet, als die Welt noch jung war und als es noch nicht so viele Menschen gab. Doch heute ist es unvermeidlich, dass diese Ansichten, früher oder später, geändert werden müssen. Du fragst mich, was ich dagegen tun würde? Nun, ich würde dies tun: Ich würde die Geburtenkontrolle legitimieren. Ich würde alle Menschen über die Geburtenkontrolle aufklären, wie sie umgesetzt werden kann, was sie ist und alles, was darüber in Erfahrung gebracht werden kann. Ich würde dafür sorgen, dass diejenigen, die Kinder haben möchten, vielleicht nur ein oder zwei haben, während jene, die keine Kinder haben möchten, zumindest das Wissen darüber haben, wie man eine Schwangerschaft vermeiden kann. Nach unserer Religion, Lobsang, wäre es kein Vergehen, dies zu tun. Ich habe die alten Bücher studiert, die auf viele Jahrhunderte zurückgehen, bevor das Leben im westlichen Teil dieses Globus überhaupt in Erscheinung trat. Wie du weißt, erschien das Leben zuerst in China und in der Gegend rund um Tibet und breitete sich dann nach Indien aus, bevor es weiter westwärts zog. Wie auch immer, wir befassen uns hier nicht weiter damit.»

Ich nahm mir vor, meinen Mentor darum zu bitten, mir noch mehr über den Ursprung des Lebens auf dieser Erde zu erzählen, sobald es ging. Doch jetzt ging es nur darum, dass ich alles lernte, was es in Sachen Sexualität zu lernen gab.

Mein Mentor beobachtete mich, und als er sah, dass ich ihm wieder zu-
hörte, fuhr er fort: «Wie ich schon sagte, wurde die Mehrheit der Kriege
aufgrund der Überbevölkerung verursacht. Es ist eine Tatsache, dass es
Kriege und immer wieder Kriege geben wird, solange die Bevölkerungszahl
groß ist und zunimmt. Und es ist notwendig, dass es Kriege gibt, denn die
Welt würde sonst von Menschen völlig überrannt werden, so wie eine tote
Ratte bald einmal von einem Schwarm Ameisen überrannt wird. Wenn du
Tibet mit seiner sehr kleinen Bevölkerungszahl verlässt und in die großen
Städte der Welt gehst, wirst du über die große Menschenmenge dort sehr
erstaunt und entsetzt sein. Dann wirst du einsehen, dass meine Aussage richtig war. Kriege sind absolut notwendig, um die Bevölkerungszahl niedrig zu
halten. Die Menschen müssen auf die Erde kommen, damit sie etwas lernen,
und wenn es keine Kriege und keine Krankheiten gäbe, dann gäbe es überhaupt keine Möglichkeit, die Bevölkerung unter Kontrolle zu halten und sie
zu ernähren. Sie wären wie ein Heuschreckenschwarm, der alles in Sichtweite kahl frisst, alles verseucht und sich am Ende selbst vernichtet.»

«Ehrwürdiger Lama», sagte ich, «einige der Händler, die über diese Geburtenregelung gesprochen haben, sagten, dass es sehr viele Leute gibt, die
denken, dass die Geburtenregelung eine Sünde wäre. Nun, warum denken
sie das?»

Mein Mentor dachte einen Augenblick nach, vermutlich fragte er sich,
wieviel er mir sagen sollte, denn ich war damals immer noch sehr jung. Dann
sagte er: «Die Geburtenregelung scheint für einige Mord am Ungeborenen
zu sein. Doch in unserem Glauben, Lobsang, ist die Seele noch nicht in das
ungeborene Leben eingegangen. Deshalb kann man von unserem Glauben
aus unmöglich von Mord sprechen. Auf jeden Fall ist es völlig absurd zu
sagen, dass es ein Mord ist, wenn man Vorkehrungen trifft, um eine Emp-
fängnis zu verhindern. Es ist, wie wenn man sagte, dass wir viele Pflanzen
ermorden, wenn wir die Samen vom Keimen abhalten! Die Menschen bilden
sich zu oft ein, dass sie das Wunderbarste sind, was es je in diesem großen
Universum gegeben hat. Tatsächlich sind die Menschen nur eine

Lebensform von vielen, und nicht einmal die Höchste. Wie auch immer, wir haben jetzt keine Zeit, uns mit dieser Sache zu beschäftigen.»

Mir kam noch etwas anderes in den Sinn, das ich gehört hatte. Es schien für mich so erschreckend und entsetzlich zu sein, dass ich kaum davon zu sprechen wagte. Doch ich versuchte es: «Ehrwürdiger Lama! Ich habe auch gehört, dass man einige Tiere, zum Beispiel Kühe, auf unnatürliche Weise trächtig macht. Stimmt das?»

Mein Mentor sah mich einen Augenblick lang völlig betroffen an. Dann sagte er: «Ja, Lobsang, das ist absolut richtig. Es gibt bestimmte Leute in der westlichen Welt, die versuchen, Rinder über die sogenannte künstliche Befruchtung zu züchten. Das heißt, die Kuh wird von einem Mann mit einer großen Spritze befruchtet anstelle, dass dies ein Bulle erledigt. Diese Leute scheinen nicht zu realisieren, dass ein Kind zu zeugen, mehr als nur ein Mechanismus des Paarens ist, sei das nun ein Menschenkind, ein Bärenkind oder ein Kalb. Wenn man einen guten Bestand haben will, dann gehört Liebe oder eine Art Zuneigung zum Paarungsprozess. Wenn Menschen künstlich befruchtet würden, dann könnte es sein, dass aus ihnen, geboren ohne Liebe, minderwertige Menschen werden! Ich wiederhole es noch einmal, Lobsang, dass es für die bessere Art Menschen oder Tiere notwendig ist, dass sich die Eltern einander gerne haben, sodass die seelischen wie auch die körperlichen Schwingungen erhöht werden. Die künstliche Befruchtung unter kalten, lieblosen Bedingungen ausgeführt, hat einen sehr dürftigen Bestand zur Folge. Ich glaube sogar, dass die künstliche Befruchtung eines der Hauptverbrechen auf dieser Erde ist.»

Ich saß da, während sich die Abendschatten in das Zimmer schlichen und den Lama Mingyar Dondup nach und nach in Dunkelheit hüllten. In der zunehmenden Dämmerung sah ich seine Aura im herrlichsten Gold der Spiritualität leuchten. Für mich, als Hellsichtiger, war das Licht wirklich hell und durchdrang selbst die Dämmerung. Meine hellsichtige Wahrnehmung verriet mir, als wüsste ich es nicht schon lange, dass ich mich hier in Gegenwart von einem der größten Männer von Tibet befand. Ich fühlte, wie mein

Herz warm wurde und wie mein ganzes Sein vor Liebe für diesen Mann, meinen Mentor und Lehrer, klopfte.

Unter uns ertönten erneut die Tempelschneckenhörner. Doch dieses Mal riefen sie nicht uns, sondern anderen. Zusammen gingen wir zum Fenster und schauten hinaus. Mein Mentor legte den Arm um meine Schultern, während wir über das Tal unter uns schauten, das nun teilweise in eine purpurne Dunkelheit gehüllt war.

«Lass dein Gewissen dein Führer sein, Lobsang», sagte mein Mentor. «So wirst du immer wissen, ob etwas richtig oder falsch ist. Du wirst weit weg gehen, weiter als es du dir jetzt vorstellen kannst. Du wirst vielen Versuchungen ausgesetzt sein. Lass dein Gewissen dein Führer sein. Wir in Tibet sind friedliebende Menschen. Wir sind Menschen mit einer kleinen Bevölkerungszahl und Menschen, die in Frieden miteinander leben, die an die Heiligkeit und an den Heiligen Geist glauben. Wo immer du auch hingehen wirst, was immer du auch erdulden musst, lass dein Gewissen dein Führer sein. Wir versuchen, dir mit deinem Gewissen zu helfen. Wir versuchen, dir außergewöhnliche telepathische und hellsichtige Kräfte zu verleihen, sodass du in der Zukunft immer, solange du lebst, dich mit den Oberlamas hier im Himalaya telepathisch in Verbindung setzen kannst. Oberlamas, die später ihre ganze Zeit dem Warten auf deine Botschaften widmen werden.»

Warten auf meine Botschaften? Ich fürchte, ich sperrte vor Erstaunen den Mund auf! Meine Botschaften? Was war denn so speziell an mir? Warum sollten denn Oberlamas ausgerechnet die ganze Zeit auf meine Botschaften warten?

Mein Mentor lachte und klopfte mir auf die Schultern. «Lobsang, der Zweck deines Daseins ist, dass du eine außergewöhnliche Aufgabe zu erfüllen hast. Und trotz aller Mühen und allem Leid wird deine Aufgabe erfolgreich sein. Es wäre doch äußerst ungerecht, wenn man dich in einer fremden Welt, dir selbst überließe. Einer Welt, die dich lächerlich machen und dich einen Lügner, Betrüger und Schwindler nennen wird. Gib nie auf und verzweifle nicht, denn das Gute wird obsiegen. Du, Lobsang, wirst obsiegen!»

Die Abendschatten wechselten und die Dunkelheit der Nacht brach herein und unter uns gingen die Lichter der Stadt an. Über uns spähte der Neumond von den Berggipfeln auf uns herab. Millionen von Planeten glitzerten am purpurnen Nachthimmel auf. Ich blickte hinauf und dachte an all die Voraussagen, an all die Prophezeiungen über mich. Aber ich dachte auch an das Vertrauen und die Zuversicht, die mir mein Freund und Mentor, der Lama Mingyar Dondup, entgegenbrachte. Und in diesem Moment fühlte ich mich zufrieden.

Kapitel 10

Der Lehrer war schlecht gelaunt. Vielleicht war sein Tee zu kalt oder sein Tsampa nicht nach seinem Geschmack geröstet oder gemischt worden. Der Lehrer befand sich wirklich in einer schlechten Laune und wir Jungen saßen im Klassenzimmer und zitterten vor Angst. Er hatte sich schon unerwartet auf zwei Jungen zu meiner Rechten und Linken Seite gestürzt. Mein Gedächtnis war in Ordnung und die Aufgabe wusste ich perfekt. Ich konnte jeden Teil der Kapitel und Verse der hundertacht Bücher des Kangyur aufsagen. Zwack! Zwack! Vor Überraschung fuhr ich hoch und etwa drei Jungen zu meiner Linken und drei Jungen zu meiner Rechten fuhren ebenfalls hoch. Einen Augenblick wussten wir kaum, wer von uns eigentlich geschlagen wurde. Dann, als der Lehrer noch ein wenig zulegte, wusste ich, dass ich der Unglückliche war!

Seine Schläge hagelten auf mich ein und die ganze Zeit brummte er: «Lama-Liebling! Du verhätschelter Trottel! Dir werde ich schon noch beibringen, etwas zu lernen!»

Der Staub entwich aus meiner Robe und eine erstickende Wolke hüllte mich ein, die mich zum Niesen veranlasste. Aus irgendeinem Grund brachte ihn das noch mehr auf. Er bearbeitete mich noch mehr und klopfte noch mehr Staub aus mir heraus. Glücklicherweise hatte ich, ohne dass er es wusste, seine schlechte Laune vorausgeahnt und mehr Kleider als gewöhnlich angezogen. Hätte er das gewusst, wäre er sicher nicht sehr erfreut gewesen, aber so beunruhigten mich seine Schläge nicht sonderlich. Ich war auf jeden Fall schon abgehärtet.

Der Lehrer war ein Tyrann. Er war ein Perfektionist sondergleichen, ohne selbst perfekt zu sein. Wir mussten in unserer Lektionsarbeit nicht nur textsicher sein, sondern er zog, wenn die Aussprache oder die Betonung nicht exakt seinen Wünschen entsprach, seinen Rohrstock hervor und federte damit hinter unseren Rücken herum und ließ ihn dann auf unsere

Rücken sausen. Nun aber kam er richtig in Fahrt und ich erstickte beinahe im Staub. In Tibet wie überall auf der Welt wälzen sich kleine Jungen im Staub, wenn sie kämpfen oder spielen. Und kleine Jungen, die völlig dem weiblichen Einfluss entzogen sind, vergewissern sich nicht immer, ob der Staub wirklich aus den Kleidern entfernt war. Meine Robe war voller Staub und dies war wirklich so gut wie ein Frühjahresputz.

Der Lehrer schlug weiter auf mich ein. «Ich werde dir schon noch lehren, die Wörter richtig auszusprechen. Du zeigst überhaupt keinen Respekt gegenüber dem heiligen Wissen! Du verwöhnter Depp, immer versäumst du Klassen und kommst zurück und weißt mehr als die, die ich gelehrt habe, du nutzloser Balg! Ich werde es dir auf die eine oder andere Weise schon noch beibringen, dass auch du noch etwas von mir lernst!»

In Tibet sitzt man auf dem Boden mit überkreuzten Beinen. Die meiste Zeit sitzen wir auf einem Kissen, das etwa zehn Zentimeter dick ist, und vor uns befinden sich Tische, die je nach Größe des Schülers etwa dreißig bis fünfundvierzig Zentimeter hoch sind. Plötzlich fasste die harte Hand des Lehrers nach meinem Hinterkopf und drückte meinen Kopf gewaltsam auf den Tisch nieder, wo sich meine Schiefertafel und ein paar Bücher befanden. Und da er mich gerade in der richtigen Position hatte, atmete er tief ein und drosch erneut auf mich ein. Ich wand mich aus lauter Gewohnheit, nicht weil es mir weh tat, sondern aufgrund seiner sehr ernsten Bemühungen uns Jungen abzuhärten. Uns wurde förmlich «das Fell gegerbt». Und Dinge wie diese waren bei uns alltäglich. Einem Jungen, der etwa sechs oder sieben Knaben weiter zu meiner Rechten saß, entfuhr ein leises Kichern. Der Lehrer ließ von mir ab, als ob er sich an mir die Finger verbrannt hätte und stürzte sich wie ein Tiger auf den anderen Jungen. Ich war vorsichtig, um nicht meine eigene Belustigung zu verraten, als ich ein paar Knaben weiter vorn in der Reihe, eine Staubwolke aufsteigen sah! Verschiedene Ausrufe von Schmerzen, Angst und Schrecken waren zu meiner Rechten zu vernehmen, da der Lehrer rücksichtslos zuschlug und nicht einmal sicher war, welcher Junge es gewesen war. Schließlich, außer Atem und ohne Zweifel mit einem guten Gefühl, ließ der Lehrer von seiner Übung ab.

«Oh», keuchte er, «das wird euch kleine Taugenichtse lehren, dem, was ich sage, mehr Aufmerksamkeit zu schenken! Nun, Lobsang Rampa, fang nochmals von vorn an und vergewissere dich, dass du dieses Mal die Aussprache richtig betonst.»

Ich begann also nochmals von vorn, und wenn ich mich anstrengte, dann konnte ich es ganz leidlich tun. Dieses Mal vertiefte ich mich beim Lesen und so erfolgte vonseiten des Lehrers keinen Unmut mehr und es prasselten auch keine weiteren und noch härteren Schläge auf mich herab.

Während des gesamten fünfstündigen Unterrichts marschierte der Lehrer ununterbrochen hin und her, beobachtete uns alle äußerst aufmerksam und scheute sich nicht davor, auszuholen und einen unglücklichen Jungen zu erwischen, gerade wenn dieser dachte, er sei unbeobachtet.

In Tibet beginnt unser Tag um Mitternacht mit einer Andacht. Und natürlich finden in regelmäßigen Abständen weitere Andachten statt. Dann müssen wir niedere Arbeiten verrichten, damit wir bescheiden blieben und nicht auf die Hausangestellten «herabsahen». Es gibt auch Ruhepausen und danach gehen wir in unsere Klasse. Der Unterricht dauert fünf Stunden ohne Unterbrechung, und während dieser ganzen Zeit sorgten die Lehrer dafür, dass wir auch wirklich intensiv lernten. Natürlich lernten wir mehr als fünf Stunden am Tag, doch dieser besondere Nachmittagsunterricht dauerte fünf Stunden.

Die Stunden schleppten sich dahin. Es schien, als befänden wir uns schon tagelang in diesem Klassenzimmer. Die Schatten schienen sich kaum von der Stelle zu rühren, und auch die Sonne über uns schien, als wäre sie an einem Fleck angewurzelt. Wir seufzten vor Unmut und Langeweile. Wir wünschten uns, dass einer der Götter herunterkäme und diesen Lehrer aus unserer Mitte nähme, denn er war der Schlimmste von allen. Wahrscheinlich hatte er vergessen, dass auch er einmal, vor langer Zeit, jung gewesen war. Doch schließlich ertönten die Schneckenhörner und hoch über uns auf dem

Dach plärrte eine Langhorntrompete und schallte ins Tal, das als Echo vom Potala wieder zurückkam.

Mit einem Seufzen sagte der Lehrer: «Nun, ich fürchte, dass ich euch Burschen jetzt gehen lassen muss. Doch glaubt mir, wenn ich euch wiedersehe, werde ich mich versichern, dass ihr etwas gelernt habt!»

Er gab ein Zeichen und deutete auf die Tür. Die Jungen, die in der Reihe in der Nähe der Tür saßen, sprangen auf und rannten hinaus.

Ich wollte auch gleich gehen, doch er rief mich zurück. «Du, Tuesday Lobsang Rampa», sagte er, «du bist viel bei deinem Mentor und lernst viel von ihm, aber komm nicht immer hierher zurück und spiele dich so vor den anderen Jungen auf, die ich unterrichte. Du wirst mittels Hypnose und anderen Methoden unterrichtet und ich werde sehen, ob ich dich nicht vielleicht rauswerfen lassen kann.» Er verpasste mir eine Ohrfeige und fuhr fort: «Nun mach, dass du wegkommst, ich hasse deinen Anblick. Andere Leute haben sich auch schon beschwert, dass du mehr lernst als die Jungen, die ich unterrichte.»

Und als er meinen Kragen losließ, lief auch ich davon und kümmerte mich nicht einmal mehr darum, die Tür hinter mir zu schließen. Er schnaubte noch irgendetwas hinterher, doch ich war viel zu schnell unterwegs, um nochmals zurückzugehen.

Draußen warteten die anderen Jungen, doch weit außer Hörweite des Lehrers.

«Wir sollten etwas dagegen unternehmen», meinte ein Junge.

«Ja», sagte ein anderer, «irgendjemand wird irgendwann einmal schwer verletzt werden, wenn er so unkontrolliert damit weitermacht.»

«Du, Lobsang», sagte ein dritter Junge, «du prahlst doch immer so mit deinem Lehrer und Mentor. Warum sagst du ihm nicht, wie schlecht wir behandelt werden?»

Ich dachte darüber nach. Es schien mir eine gute Idee zu sein, denn lernen mussten wir, doch es bestand keinen Grund, uns mit einer solchen Brutalität etwas beibringen zu wollen. Je mehr ich darüber nachdachte, desto besser schien mir die Idee. Ich würde zu meinem Mentor gehen und ihm erzählen, wie wir behandelt wurden, und er würde hinuntergehen und dem Lehrer einen Zauber auferlegen und ihn in eine Kröte oder etwas Ähnliches verwandeln. «Ja!», rief ich aus. «Ich gehe jetzt gleich.» Und damit machte ich kehrt und rannte weg. Ich hastete den mir vertrauten Korridor entlang und stieg höher und höher, sodass ich den höheren Stockwerken näherkam. Schließlich erreichte ich den Korridor der Lamas und bemerkte, dass mein Mentor bereits in seinem Zimmer war und die Türe offen stand.

Er bat mich, einzutreten und sagte: «Warum bist du denn so aufgeregt, Lobsang? Hat man dich zum Abt befördert oder so etwas?» Ich blickte ihn etwas zerknirscht an und sagte: «Ehrwürdiger Lama, warum werden wir Jungen in der Schule so misshandelt?»

Mein Mentor schaute mich ernst an und sagte: «Aber, wie wurdet ihr schlecht behandelt, Lobsang? Setz dich und erzähle mir, was dich so bewegt.» Ich setzte mich und begann mit meiner traurigen Schilderung. Während ich sprach, äußerte sich mein Mentor nicht und unterbrach mich auch nicht. Er ließ mich reden und schließlich erreichte ich das Ende meiner Leidensgeschichte und hatte fast keinen Atem mehr.

«Lobsang», sagte mein Mentor, «ist dir schon der Gedanke gekommen, dass das Leben selbst nur eine Schule ist?»

«Eine Schule?» Ich schaute ihn an, als hätte er plötzlich den Verstand verloren. Ich hätte nicht überraschter sein können. Als hätte er mir gesagt, dass sich die Sonne verzogen und der Mond aufgegangen wäre!

«Ehrwürdiger Lama», sagte ich erstaunt, «sagten Sie, dass das Leben eine Schule ist?»

«Ja, sicher, das habe ich gesagt, Lobsang. Entspanne dich. Lass uns Tee trinken und dann unterhalten wir uns darüber.»

Der gerufene Bedienstete brachte uns Tee und höchst erfreuliche Süßigkeiten. Mein Mentor aß nur sehr sparsam mit. Er sagte, ich würde so viel essen und ihm nur vier Kekse übriglassen! Doch er sagte es mit einem solchen augenzwinkernden Lächeln, dass es keine Beleidigung war. Er neckte mich oft und ich wusste, dass er nie, unter gar keinen Umständen, irgendetwas sagen würde, was eine Person verletzen würde. Im Wissen, wie gut er es mit mir meinte, machte es mir überhaupt nichts aus, wenn er so etwas zu mir sagte. Wir setzten uns, tranken unseren Tee und dann schrieb mein Mentor eine kleine Notiz und reichte sie dem Bediensteten, um sie einem anderen Lama zu überbringen.

«Lobsang, ich habe gemeldet, dass du und ich an der Abendandacht nicht teilnehmen werden, denn wir haben noch einiges zu bereden. Obwohl die Tempelandacht etwas sehr Wichtiges ist, ist es in Anbetracht der besonderen Umstände notwendig, dir mehr Unterricht als dem Durchschnitt zukommen zu lassen.»

Er erhob sich und ging hinüber zum Fenster. Ich rappelte mich auch auf und schloss mich ihm an. Denn es war für mich immer wieder ein Vergnügen hinauszuschauen und alles, was so geschah, zu beobachten. Das Zimmer meines Mentors befand sich in den höheren Stockwerken des Chakpori. Ein Zimmer, von dem aus man die Ebene und weite Entfernungen überblicken konnte. Außerdem besaß er ein Teleskop. Ein Instrument, das mir viel Freude bereitete. Ich verbrachte schon viele Stunden damit, vor allem um über die Ebene von Lhasa, auf die Händler in der Stadt selbst sowie auf die Damen von Lhasa zu blicken, die ihren Geschäftigkeiten, Einkäufen und Besuchen nachgingen. Ich vertrödelte, um ganz ehrlich zu sein, gerne meine Zeit damit.

So standen wir etwa zehn oder fünfzehn Minuten da und schauten aus dem Fenster, dann sagte mein Mentor: «Lass uns wieder hinsetzen, Lobsang. Wir wollen uns jetzt über die Schule unterhalten, nicht wahr? Und ich möchte, dass du mir zuhörst, Lobsang, denn das ist etwas, das du von Anfang an verstehen musst. Wenn du etwas von dem, was ich sage, nicht verstehst, dann unterbrich mich sofort, denn es ist wichtig, dass du all das begreifst, hörst du?»

Ich nickte und in einem Anflug von Höflichkeit sagte ich: «Ja, ehrwürdiger Lama, ich höre und verstehe Sie. Und wenn ich etwas nicht verstehe, werde ich es Ihnen sagen.»

Er nickte und sagte: «Das Leben ist wie eine Schule. Wenn wir uns jenseits dieses Lebens in der Astralwelt befinden und noch bevor wir im Körper einer Frau Gestalt annehmen, diskutieren wir mit anderen, was wir lernen wollen. Vor einiger Zeit erzählte ich dir die Geschichte des alten Sengs, dem Chinesen. Ich habe dir gesagt, dass wir anstelle eines tibetischen Namens einen chinesischen verwenden, weil gerade du sonst geneigt wärst, die Geschichte mit einem Tibeter in deinem Bekanntenkreis in Verbindung zu bringen. Nehmen wir an, dass der alte Seng, der gestorben ist und seine ganze Vergangenheit gesehen hat, zum Schluss kam, dass er noch bestimmte Lektionen zu lernen hatte. Also suchten seine spirituellen Helfer nach Eltern, oder vielmehr nach zukünftigen Eltern, die unter Bedingungen lebten, die es der Seele, die der alte Seng gewesen war, ermöglichen würden, die gewünschten Lektionen zu lernen.»

Mein Mentor schaute mich an und sagte: «Es ist etwa dasselbe, wie wenn ein Junge Mönch wird. Wenn er Medizinmönch werden möchte, kommt er ins Chakpori und wenn er vielleicht Hausarbeiten verrichten möchte, dann kann er ohne weiteres in den Potala gehen, denn es scheint, dass sie dort immer zu wenig Haushaltsmönche haben! Je nachdem, was wir lernen wollen, wählen wir auch unsere Schule aus.»

Ich nickte, weil mir das völlig klar war. Meine eigenen Eltern hatten dafür gesorgt, dass ich ins Chakpori kam, vorausgesetzt, ich hatte das nötige Durchhaltevermögen, um den anspruchsvollen Aufnahmetest zu bestehen.

Mein Mentor fuhr fort: «Eine Person, die im Begriff ist, geboren zu werden, hat bereits alle Vorkehrungen getroffen. Die Person wird inkarnieren und von einer bestimmten Frau geboren werden, die in einer bestimmten Gegend wohnt und mit einem bestimmten Mann einer bestimmten Gesellschaftsklasse verheiratet ist. Man geht davon aus, dass dies dem Kind, das geboren werden soll, die Möglichkeit bietet, die zuvor geplanten

Erfahrungen und Kenntnisse zu sammeln. Schließlich wird das Kind zu gegebener Zeit geboren. Zuerst muss das Kind trinken lernen. Es muss lernen, gewisse Teile seines physischen Körpers zu beherrschen. Es muss lernen, wie man spricht und hört. Zuerst, weißt du, kann ein Kind nichts ins Visier nehmen, es muss auch lernen, wie man sieht. Es befindet sich in der Schule.»

Er schaute mich an und ein Lächeln glitt über sein Gesicht, während er sagte: «Keiner von uns liebt die Schule. Einige von uns müssen kommen, während andere von uns nicht unbedingt kommen müssen. Wir planen zu kommen, das aber nicht aufgrund des Karmas, sondern um neue Dinge zu lernen. Das Kind wächst heran und wird zum Knaben. Dann geht es zur Schule, wo er von seinem Lehrer oft sehr schlecht behandelt wird. Doch daran ist nichts falsch, Lobsang. Disziplin hat noch nie jemandem geschadet. Die Disziplin unterscheidet eine Armee von einem Pöbelhaufen. Es gibt keine kultivierte Person, es sei denn, sie wurde diszipliniert. Du wirst noch viele Male denken, du würdest schlecht behandelt und dass der Lehrer hart und streng sei. Doch, was immer du jetzt auch denkst, du selbst hast es geplant, unter diesen Bedingungen auf diese Erde zu kommen.»

«Aber, ehrwürdiger Lama!», rief ich ganz aufgeregt aus. «Wenn ich es so geplant habe, hierher zu kommen, dann denke ich, dass ich meinen Verstand untersuchen lassen sollte. Und wenn ich es wirklich geplant habe, warum weiß ich denn überhaupt nichts davon?»

Mein Mentor sah mich an und lachte unverhohlen. «Ich weiß genau, wie du dich im Augenblick fühlst, Lobsang», erwiderte er, «doch du brauchst dir wirklich keine Sorgen zu machen. Du bist auf diese Erde gekommen, um zuerst gewisse Dinge zu lernen. Und wenn du diese gewissen Dinge gelernt hast, dann gehst du über unsere Grenze in die große weite Welt hinaus und lernst wieder andere Dinge. Es wird kein leichter Weg sein. Doch am Ende wirst du Erfolg haben, und deshalb möchte ich nicht, dass du betrübt bist. Jede Person, egal welche Stellung sie in diesem Leben innehat, ist von der Astralebene auf die Erde gekommen, damit sie lernt und sich durch das Lernen entwickelt. Du wirst mir sicherlich zustimmen, Lobsang, dass, wenn du dich in einem Lamakloster entwickeln möchtest, du studieren und die entsprechenden Prüfungen ablegen musst. Du würdest wohl auch wenig von einem Jungen halten, der nur aufgrund von Beziehungen über dir platziert und dann zum Lama oder Abt ernannt wird. Solange es ordentliche Prüfungen gibt, kannst du sicher sein, dass deine Beförderung nicht aufgrund einer Laune, eines Gefallens oder einer persönlichen Bevorzugung erfolgt ist.»

Ja, so wie es mir erklärt wurde, sah ich das ein. Eigentlich war es ganz einfach.

«Wir kommen auf die Erde, um zu lernen. Es spielt keine Rolle wie hart oder bitter die Lektionen sind, die wir auf dieser Erde lernen. Es sind alles Lektionen, für die wir uns eingeschrieben haben, bevor wir hierherkamen. Wenn wir diese Erde wieder verlassen, haben wir in der anderen Welt eine Erholungszeit und dann, wenn wir uns weiterentwickeln möchten, gehen wir weiter. Wir können vielleicht unter anderen Voraussetzungen auf diese Erde zurückkehren oder auch in eine ganz und gar andere Existenzphase weitergehen. Wenn wir in der Schule sind, denken wir oft, der Tag und die Strenge des Lehrers würden nie enden. Doch wenn für uns immer alles glatt verliefe, wenn wir alles hätten, was wir uns wünschten, dann würden wir keine Lektionen lernen, sondern würden einfach auf dem Strom des Lebens dahintreiben. Es ist eine traurige Tatsache, dass wir nur durch Schmerzen und Leiden lernen.»

«Aber, ehrwürdiger Lama», sagte ich, «weshalb ist das so, dass einige Jungen oder auch Lamas einfach eine gute Zeit haben? Es scheint mir, dass immer nur ich Leiden, schlechte Prophezeiungen und Schläge von einem gereizten Lehrer bekomme, wenn ich doch wirklich mein Bestes gegeben habe.»

«Aber, Lobsang, bist du dir sicher, dass diese Menschen, die äußerlich sehr selbstzufrieden erscheinen, innerlich wirklich so zufrieden sind? Bist du dir sicher, dass die Bedingungen wirklich so leicht für sie sind? Doch, bevor du nicht weißt, was sie geplant haben, bevor sie auf die Welt kamen, kannst du nicht darüber urteilen. Jede Person kommt mit einem vorbereiteten Plan auf die Erde. Einem Plan von dem, was sie lernen möchte, was sie beabsichtigt zu tun und was sie anstrebt zu sein, wenn sie diese Erde wieder verlässt, nachdem sie sich vorübergehend in der Schule aufgehalten hat. Und du sagst, dass du dich heute wirklich in der Schule angestrengt hast. Bist du dir da ganz sicher? Könnte es sein, dass du eher selbstgefällig warst und dachtest, dass du alles, was es in dieser Lektion zu lernen gab, schon wusstest? Hast du durch deine überhebliche Einstellung nicht vielleicht den Lehrer verärgert?»

Er schaute mich leicht vorwurfsvoll an und ich fühlte, wie meine Wangen erröteten. Ja, er verstand wirklich etwas! Mein Mentor hatte das besondere Geschick, seine Hand immer auf meine Schwachpunkte zu legen. Ja, ich war selbstgefällig gewesen. Ja, ich hatte gedacht, dass der Lehrer dieses Mal nicht in der Lage wäre, den geringsten Fehler bei mir zu finden. Und meine eigene überhebliche Haltung hatte natürlich in nicht geringem Maße dazu beigetragen, den Lehrer in Rage zu bringen. Ich nickte zustimmend: «Ja, ehrwürdiger Lama, ich muss mir die Schuld selbst zuschreiben.»

Mein Mentor sah mich lächelnd an und nickte zustimmend. «Später, Lobsang, wirst du nach Chungking in China gehen, wie du bestimmt weißt», sagte der Lama Mingyar Dondup. Ich nickte stumm, denn ich mochte nicht an den Tag denken, an dem ich fortgehen musste. Er fuhr fort: «Bevor du Tibet verlassen wirst, werden wir verschiedene Hochschulen und Universitäten anschreiben, um Einzelheiten über ihre Ausbildung einzuholen. Wenn wir alle näheren Angaben haben, werden wir uns entscheiden, welche Schule oder Universität dir genau die Art von Ausbildung bietet, die du für dieses Leben benötigst. Auf eine ähnliche Weise, bevor eine Person in der Astralwelt nur schon daran denkt, wieder auf die Erde zu kommen, wägt sie ab, was sie tun, was sie lernen und was sie als Endergebnis erreichen möchte. Dann, wie ich dir bereits erklärt habe, werden geeignete Eltern gesucht. Das ist dasselbe, wie wenn man eine geeignete Schule sucht.»

Je mehr ich über diese Schulidee nachdachte, desto mehr Widerwille hegte ich gegen sie. «Ehrwürdiger Lama», sagte ich, «warum gibt es denn Leute, die immer krank sind oder Unglück haben. Was lehrt sie das?»

Mein Mentor sagte: «Du darfst nicht vergessen, Lobsang, dass eine Person, die auf diese Welt kommt, viel zu lernen hat. Es ist nicht nur eine Angelegenheit von, Schnitzen zu lernen oder eine Sprache zu lernen oder aus den Heiligen Büchern zu rezitieren. Die Person muss Dinge lernen, die ihr auch in der Astralwelt von Nutzen sein werden, nachdem sie die Erde verlassen hat. Wie ich dir bereits gesagt habe, ist dies ‹die Welt der Illusion›, und sie ist außerordentlich gut geeignet, um uns Mühsale zu lehren. Und in dem wir Mühsale erleiden, sollten wir lernen, die Schwierigkeiten und Probleme anderer zu verstehen.»

Ich dachte darüber nach und es schien, dass wir uns da auf ein sehr großes Thema eingelassen haben.

Mein Mentor nahm offensichtlich meine Gedanken auf, denn er sagte: «Ja, es wird langsam dunkel. Es ist Zeit, unsere Diskussion für heute zu beenden, denn wir haben noch einiges zu tun. Ich muss noch hinüber zum Gipfel (wie wir den Potala nennen) gehen und ich möchte dich mitnehmen. Du wirst heute Nacht und Morgen dortbleiben und morgen fahren wir mit unserer Diskussion fort. Nun geh und zieh eine frische Robe an und bringe noch eine andere mit.»

Er erhob sich und verließ den Raum. Ich zögerte einen Augenblick, weil es mich etwas verwirrte! Dann sprang auch ich auf und eilte davon, um mich in mein Bestes zu kleiden und mein Zweitbestes mitzunehmen. Zusammen machten wir uns auf den Weg den Berghang hinunter zur Mani Lhakhang. Gerade, als wir den Pargo Kaling oder das Westtor passierten, vernahm ich hinter mir plötzlich einen schrillen Schrei, dass es mich beinahe aus dem Sattel hob.

«Oh, Heiliger Medizinlama!», schrie eine weibliche Stimme am Straßenrand. Mein Mentor sah sich um und stieg vom Pferd. Und da er von meiner

Unsicherheit auf dem Pony wusste, deutete er mir, sitzenzubleiben. Ein Zugeständnis, das mich mit sehr großer Dankbarkeit erfüllte.

«Ja, gnädige Frau, was ist denn?», fragte mein Mentor freundlich.

Plötzlich erfolgte eine verschwommene Bewegung und eine Frau warf sich vor seine Füße zu Boden. «Oh, Heiliger Medizinlama!», sagte sie atemlos. «Mein Mann, diese Missgeburt einer Ziege, hat es nicht einmal fertiggebracht, einen normalen Sohn zu zeugen!» Stumm und überwältigt von ihrer eigenen Verwegenheit brachte sie das kleine Bündel hervor.

Mein Mentor beugte sich von seiner großen Höhe herab und schaute es sich an. «Aber, gnädige Frau», erwiderte er, «warum geben Sie ihrem Mann für Ihr kränkelndes Kind die Schuld?»

«Weil sich dieser schlechte Mann immer mit leichtfertigen Frauen herumtreibt und nur an das andere Geschlecht denkt. Und dann haben wir geheiratet und nun ist er nicht einmal fähig, ein normales Kind zu zeugen.»

Zu meiner Bestürzung fing sie auch noch an zu weinen und ihre Tränen kullerten zu Boden, genauso wie kleine Hagelkörner von den Bergen, dachte ich.

Mein Mentor sah sich um und spähte irgendwo in die zunehmende Dunkelheit hinein. Eine Gestalt am Rande des Pargo Kaling löste sich aus einem dunkleren Schatten heraus und kam näher. Es war ein Mann in einer zerrissenen Kleidung und mit einer Armesündermine. Mein Mentor winkte ihn heran. Er trat hervor und kniete zu Füßen des Lama Mingyar Dondup.

Mein Mentor blickte beide an und sagte: «Es ist falsch, wenn ihr euch gegenseitig die Schuld für das Geburtsunglück zuschreibt, denn das ist nicht etwas, das sich zwischen euch ereignet hat, sondern etwas, das mit dem Karma zu tun hat.»

Er wickelte das Kind aus den Tüchern und sah es sich nochmals an. Er schaute es intensiv an und ich wusste, dass er die Aura des Kleinkindes betrachtete. Dann stand er auf und sagte: «Gnädige Frau, ihr Kind kann geheilt werden. Seine Heilung liegt immer noch in unseren Möglichkeiten. Warum haben Sie es nicht schon früher zu uns gebracht?»

Die arme Frau fiel wieder auf die Knie und reichte ihrem Mann hastig das Kind, der es entgegennahm, als würde es demnächst explodieren. Die Frau schlug die Hände zusammen, sah meinen Mentor an und sagte: «Heiliger Medizinlama, wer würde uns denn schon Beachtung schenken. Wir sind Ragyab und stehen nicht in der Gunst einiger anderer Lamas. Wir konnten nicht kommen, Heiliger Lama, egal wie dringend unsere Notlage auch war.»

Ich dachte, dass das alles lächerlich sei. Die Ragyab oder Totenbeseitiger, die in der südöstlichen Ecke von Lhasa lebten, waren doch ebenso wichtig wie jeder andere in unserer Gemeinde. Ich wusste das, weil mein Mentor immer betonte, dass es egal wäre, was eine Person ausübte, sie wäre trotzdem ein nützliches Mitglied der Gemeinde. Ich erinnerte mich und musste herzlich darüber lachen, als er einmal sagte: «Selbst Einbrecher, Lobsang, sind nützliche Leute, denn ohne Einbrecher gäbe es keine Polizisten. Die Einbrecher sind Arbeitsbeschaffer für die Polizei!» Es gibt jedoch viele Leute, die von oben herab auf diese Ragyab blicken und denken sie wären unrein, weil sie sich der Toten annehmen und die Körper zerschneiden, sodass die Geier die zerteilten Stücke fressen können. Ich wusste, und dachte wie mein Mentor, dass sie wertvolle Arbeit leisteten, denn Lhasa ist sehr felsig und so steinig, dass keine Gräber geschaufelt werden konnten. Und selbst, wenn sie das gekonnt hätten, wären die Körper nur gefroren und nicht verwest und vom Boden aufgenommen worden, weil Tibet normalerweise viel zu kalt war.

«Gnädige Frau», wies mein Mentor sie an, «bringen Sie das Kind heute in drei Tagen persönlich zu mir und wir werden unser Möglichstes tun, es zu heilen. Meiner kurzen Untersuchung nach zu urteilen, scheint es, dass ihm geholfen werden kann.»

Er kramte in seiner Satteltasche herum und holte ein Stück Pergamentpapier hervor. Schnell schrieb er eine Notiz darauf und überreichte es der Frau. «Bringen Sie diese Bescheinigung mit ins Chakpori und der Aufseher wird Sie hereinlassen. Ich werde den Torwächter informieren, dass Sie kommen, und Sie werden keine weiteren Schwierigkeiten haben. Seien Sie versichert, dass alle Menschen vor unseren Göttern gleich sind. Sie haben bei uns nichts zu befürchten.» Er wandte sich um und blickte den Mann der Frau an: «Und Sie sollten ihrer Frau treu bleiben.» Dann blickte er auf die Frau und fügte hinzu: «Und Sie sollten ihren Mann nicht so beschimpfen. Wenn Sie mit ihm etwas freundlicher wären, dann würde er vielleicht nicht woanders Trost suchen. Nun gehen Sie nach Hause und kommen Sie in drei Tagen wieder ins Chakpori. Ich werde Sie dort empfangen und Ihnen behilflich sein. Das ist ein Versprechen.»

Er bestieg wieder sein Pony und wir ritten davon. Und während wir in der Distanz verschwanden, vernahmen wir hinter uns immer noch die Lobpreisungen des Dankes des Ragyab Mannes und seiner Frau.

«Ich glaube, Lobsang, dass sie sich wenigstens heute Nacht einmal in Einklang befinden und einander wohlgesonnen sind!» Er lachte kurz auf und führte den Weg die Straße links hinauf an, bevor wir das Dorf Shö erreichten.

Das war mein erstes Zusammentreffen, das ich mit einem Ehepaar erlebte und es erstaunte mich wirklich. «Heiliger Lama», platzte ich heraus, «ich verstehe nicht, warum die beiden zusammengekommen sind, wenn sie einander gar nicht mögen. Warum muss das so sein?»

Mein Mentor lächelte mich an, während er sagte: «Jetzt nennst du mich auch schon ‹Heiliger Lama›! Denkst du, du bist ein Bauer? Und was deine Frage betrifft, darüber werden wir uns morgen unterhalten. Heute Abend sind wir zu sehr beschäftigt, aber morgen werden wir diese Dinge besprechen und ich werde versuchen, deinen verwirrten Geist zu beruhigen!»

Zusammen ritten wir den Hügel zum Potala hinauf. Ich liebte es immer auf das Dorf Shö zurückzublicken und ich fragte mich, was wohl geschähe, wenn ich auf ein oder zwei Dächer einen großen Kieselstein werfen würde. Würde er vielleicht hindurchgehen? Oder würde das Geklapper jemand veranlassen, zu denken, die Teufel ließen etwas auf sie herabfallen? Ich hatte es eigentlich noch nie gewagt, auf ein Dach einen Stein zu werfen, weil ich befürchtete, er könnte das Dach durchschlagen und vielleicht jemand im Haus treffen. Die Versuchung war aber immer groß.

Im Potala stiegen wir die endlosen Leitern hoch, nicht Treppen, sondern Leitern, die steil und gut abgenutzt waren. Schließlich erreichten wir die Unterkunft hoch über den der gewöhnlichen Mönche und über dem Lagerraum. Der Lama Mingyar Dondup ging in sein Zimmer und ich ging in meines, das an sein Zimmer angrenzte. Aufgrund des Ranges meines Mentors und weil ich sein Chela war, wurde mir dieses Zimmer zugebilligt. Aus Gewohnheit ging ich zum Fenster und blickte hinaus. Unter mir rief im Weidenhain ein Nachtvogel seinen Gefährten. Der Mond schien schon hell und ich konnte einen Vogel sehen und wie sich das Wasser kräuselte, während er mit seinen langen Beinen durch das Wasser und den Sumpf watete. Von irgendwoher, gar nicht allzu weit entfernt, erfolgte der Antwortruf eines Vogels. «Zumindest scheint dieses Paar in Harmonie zu sein», sagte ich zu mir. Es war bald Schlafenszeit. Ich musste noch zur Mitternachtsandacht und ich war bereits so müde, dass ich dachte, ich würde mich am Morgen verschlafen.

Am Nachmittag des nächsten Tages kam der Lama Mingyar Dondup in mein Zimmer, als ich gerade ein altes Buch studierte. «Komm zu mir herüber, Lobsang», sagte er. «Ich bin gerade von einer Unterredung mit Seiner Heiligkeit zurückgekehrt. Nun wollen wir die Probleme, die dir zu schaffen machen, diskutieren.» Er machte kehrt und ging in sein Zimmer.

Als ich vor ihm saß, dachte ich an all die Dinge, die mir auf dem Herzen lagen. «Werter Herr», sagte ich, «warum sind eigentlich Leute, die sich geheiratet haben, so unfreundlich miteinander? Ich habe mir letzte Nacht die Aura dieser zwei Ragyab angesehen und es schien mir, dass sie sich wirklich hassen. Doch wenn sie einander schon hassen, warum haben sie dann geheiratet?»

Der Lama sah mich einen Augenblick traurig an, und dann sagte er: «Die Leute vergessen, Lobsang, dass sie auf diese Erde kommen, um Lektionen zu lernen. Bevor eine Person geboren wird, während sie sich immer noch auf der anderen Seite des Lebens befindet, werden im Voraus Vereinbarungen getroffen und entschieden, welcher Art und Typ Ehepartner ausgewählt wird. Du musst verstehen, dass sich viele Leute in der sogenannten ‹Hitze der Leidenschaft› verheiraten. Doch, wenn sich die Leidenschaft selbst verbraucht, dann erschöpft sich auch das Neue und Fremde und es folgt wieder die ganz gewöhnliche Art der Geringschätzung!»

Die ganz gewöhnliche Art der Geringschätzung! Ich dachte lange darüber nach. Warum heirateten dann die Leute überhaupt? Offensichtlich heirateten die Menschen, damit die Menschheit fortbestehen konnte. Aber warum konnten die Leute nicht auf die gleiche Weise zusammenkommen wie die Tiere? Ich hob den Kopf und fragte mein Mentor danach.

Er sah mich an und sagte: «Warum, Lobsang! Du überraschst mich. Du weißt doch so gut wie jeder andere auch, dass sich die sogenannten Tiere oft ein ganzes Leben lang treu bleiben. Viele Tiere insbesondere die Vögel bleiben sich ein Leben lang treu. Das tun vor allem die Entwickelteren. Wenn sich Menschen so zusammenfinden würden, wie du sagtest, also nur zum Zweck, die eigene Spezies aufrecht zu erhalten, dann würden die daraus resultierenden Kinder beinahe zu seelenlosen Menschen werden, so wie jene Geschöpfe, die durch künstliche Befruchtung geboren werden. Beim Geschlechtsverkehr und zwischen den Eltern muss die Liebe im Vordergrund stehen, wenn die beste Art Kinder geboren werden soll, andernfalls ist es fast so wie ein fabrikgefertigter Artikel!»

Diese Sache mit dem Ehemann und der Ehefrau stellte mich immer noch vor ein Rätsel. Ich dachte an meine eigenen Eltern. Meine Mutter war eine herrische Frau, und auch mein Vater war zu uns, seinen Kindern, sehr unnachsichtig und streng gewesen. Wenn ich daran dachte, konnte ich weder für meine Mutter noch für meinen Vater viel kindliche Zuneigung aufbringen.

«Aber warum heiraten die Leute in der Hitze der Leidenschaft?», fragte ich meinem Mentor. «Warum können sie nicht eine Art Zweckehe eingehen?»

«Lobsang», sagte mein Mentor, «das ist oft bei den Chinesen und auch bei den Japanern so. Ihre Heirat wird häufig arrangiert, und ich muss zugeben, dass die chinesischen und japanischen Ehen viel, viel erfolgreicher sind als die Ehen in der westlichen Welt. Die Chinesen selbst vergleichen es mit einem Teekessel. Sie heiraten nicht aus Leidenschaft, weil sie sagen, dass das wie ein kochender Teekessel sei, der allmählich abkühlt. Sie heiraten kühl und bringen den Märchenkessel zum Kochen, und auf diese Weise bleibt er länger heiß!» Er blickte mich an, um zu sehen, ob ich ihm folgen konnte. Die Sache war für mich klar.

«Ich kann aber immer noch nicht verstehen, werter Herr, warum die Leute zusammen so unglücklich sind?»

«Lobsang, die Menschen kommen auf die Erde wie in ein Klassenzimmer. Sie kommen, um Dinge zu lernen. Und wenn der durchschnittliche Mann und die durchschnittliche Frau vollkommen glücklich miteinander wären, dann würden sie nichts lernen, weil es dann nichts zu lernen gäbe. Sie kommen auf diese Erde, um zusammen zu sein und miteinander auszukommen, das ist Teil ihrer Lektion. Sie müssen lernen zu geben und zu nehmen. Die Menschen haben raue Kanten und Ecken. Kanten oder persönliche Eigenarten, die den anderen Partner stören und ihm auf die Nerven gehen. Der nervende Partner muss lernen, den störenden Charakterzug zu überwinden oder vielleicht zu beenden, während der genervte und gestörte Partner Toleranz und Nachsicht lernen muss. Beinahe jedes Paar könnte erfolgreich zusammenleben, vorausgesetzt sie lernen das Geben und Nehmen.»

«Werter Herr», sagte ich, «was würden Sie denn einem Ehepaar raten, wie sie zusammenleben sollen?»

«Der Ehemann und die Ehefrau sollten einen günstigen Augenblick abwarten, und dann nett, höflich und ruhig sagen, was ihnen Kummer bereitet. Wenn sie zusammen über ihre Angelegenheiten sprächen, dann gäbe es mehr Zufriedenheit in ihrer Ehe.»

Ich dachte darüber nach. Ich fragte mich, wie wohl mein Vater und meine Mutter zusammen auskämen, wenn sie versuchen würden, miteinander zu sprechen! Für mich waren sie wie Feuer und Wasser und der eine hegte für den anderen genauso eine Abneigung. Mein Mentor wusste offensichtlich, was ich dachte, denn er fuhr fort: «Es muss ein Geben und Nehmen sein. Wenn diese Menschen überhaupt irgendetwas lernen wollen, dann müssen sie sich irgendwie bewusstwerden und erkennen, dass etwas mit ihnen nicht stimmt.»

«Aber wie kommt das, dass sich eine Person in eine andere verliebt und sich von ihr angezogen fühlt?», fragte ich. «Wenn sie sich doch zu einem Zeitpunkt angezogen fühlten, warum kühlen sie dann so schnell wieder ab?»

«Lobsang, du weißt sehr gut, dass wenn man die Aura sieht, etwas über diese Person aussagen kann. Die durchschnittliche Person sieht die Aura jedoch nicht. Stattdessen verfügen viele Leute über ein Gefühl. Sie können sagen, dass sie diese Person mögen oder jene nicht mögen. Meistens können sie gar nicht sagen, warum sie eine Person mögen und warum nicht, doch sie geben zu, dass sie eine Person sympathisch und wiederum eine andere Person unsympathisch finden.»

«Ja, aber, ehrwürdiger Herr», rief ich aus, «wie kann man denn eine Person mögen und dann plötzlich wieder nicht mehr mögen?»

«Wenn sich Menschen in einem gewissen Zustand befinden, wenn sie fühlen, dass sie verliebt sind, dann sind ihre Schwingungen erhöht und es kann dann sehr gut sein, dass diese zwei Menschen, dieser Mann und diese Frau, miteinander verträglich sind, wenn sie erhöhte Schwingungen haben. Leider lassen sie es zu, dass sie nicht immer diese erhöhten Schwingungen haben. Die Frau wird vielleicht nachlässig und verweigert sich ihrem Mann. Der Mann wird dann nach einer anderen Frau Ausschau halten und so leben sie sich nach und nach auseinander. Nach und nach werden sich auch ihre ätherischen Schwingungen verändern, sodass sie nicht länger verträglich, sondern gänzlich unverträglich sind.»

Ja, das konnte ich einsehen und erklärte viel, doch nun wagte ich einen erneuten Vorstoß! «Ehrwürdiger Herr, mir ist ebenfalls ein Rätsel, warum ein Kind vielleicht nur einen Monat lebt und dann stirbt. Was für eine Chance hat das Kind überhaupt, zu lernen oder Karma abzubauen? Es scheint, soweit ich das sehen kann, nur ein Verlust für alle Beteiligten zu sein!»

Der Lama Mingyar Dondup lächelte leicht über meine Heftigkeit. «Nein, Lobsang, nichts ist ein Verlust! Du bringst das ein wenig durcheinander. Du gehst davon aus, dass eine Person nur ein einziges Leben lebt. Lass uns dafür ein Beispiel nehmen.»

Er sah mich an und dann blickte er einige Augenblicke aus dem Fenster. Ich konnte sehen, dass er an die beiden Ragyab dachte – vielleicht an ihr Kind.

«Ich möchte, dass du dir eine Person vorstellst, die du durch eine Reihe von Leben begleitest», sagte mein Mentor. «Die Person hat sich in einem Leben eher schlecht benommen, und Jahre später beschließt sie, dass sie so nicht länger weiterleben will, weil die Umstände für sie viel zu schlecht geworden sind. Also setzt sie ihrem Leben ein Ende. Sie begeht Selbstmord. Die Person ist also gestorben, bevor sie hätte sterben müssen. Jeder Person sind eine gewisse Anzahl Jahre, Tage und Stunden, die sie leben muss, bestimmt. Alles wird so arrangiert, bevor sie auf die Erde kommt. Wenn eine Person ihr Leben beendet, vielleicht zwölf Monate bevor sie normalerweise gestorben wäre, dann muss sie zurückkommen und die restlichen zwölf Monate nachholen.» Ich sah ihn an und stellte mir einige der bemerkenswerten Möglichkeiten vor, die sich daraus ergeben würden.

Mein Mentor fuhr fort: «Eine Person, die ihrem Leben ein Ende gesetzt hat, bleibt in der Astralwelt, bis sich eine Gelegenheit bietet, bei der sie wieder unter geeigneten Bedingungen auf die Erde kommen und die nachzuholende Zeit zu Ende leben kann. Diese Person mit den zwölf Monaten kommt nun auf die Erde und ist vielleicht ein kränkliches Kind, das stirbt, während es immer noch ein Kleinkind ist. Mit dem Verlust dieses Kindes haben die Eltern auch etwas gewonnen. Sie haben zwar ein Kind verloren, doch dadurch haben sie an Erfahrung gewonnen. Sie haben ein wenig von dem, was sie zurückzahlen müssen, zurückbezahlt. Wir werden uns einig sein, dass, solange die Menschen auf der Erde sind, ihre Ansichten, Auffassungen und Werte allesamt verdreht sind. Dies ist, ich wiederhole es, die Welt der Illusion, die Welt der falschen Werte, und wenn die Menschen in die größere Welt des Überselbsts zurückkehren, dann werden sie erkennen, dass die harten, ‹sinnlosen› Lektionen und Erfahrungen, die sie während ihres Aufenthaltes auf der Erde gemacht haben, im Grunde gar nicht so sinnlos waren.»

Ich musste nur an mich und all die Prophezeiungen über mich denken. Prophezeiungen von Mühsalen und Leiden und von Reisen in weit entfernte fremde Länder. Ich bemerkte: «Dann tritt eine Person, die Prophezeiungen macht, lediglich in Verbindung mit der Informationsquelle. Wenn alles arrangiert ist, bevor man auf die Erde kommt, dann ist es unter bestimmten Bedingungen möglich, dieses Wissen anzuzapfen?»

«Ja, das ist richtig», sagte mein Mentor, «aber denke nicht, dass alles unausweichlich festgelegt ist. Die Grundzüge sind es schon. Uns werden gewisse Probleme, gewisse Richtlinien gegeben, denen wir folgen müssen. Dann werden wir uns selbst überlassen, um unser Bestes zu geben. Der eine macht es vielleicht gut, und ein anderer scheitert. Betrachte es auf diese Weise: Nehmen wir einmal an, zwei Männer werden aufgefordert, von hier nach Kalimpong in Indien zu reisen. Sie müssen nicht den gleichen Weg nehmen, aber sie müssen beide am selben Ort ankommen, wenn sie können. Der eine wird die eine Route nehmen und der andere eine andere Route wählen. Und je nachdem, was für eine Route sie wählen, beeinflusst es ihre Erfahrungen und Abenteuer. Das ist wie das Leben: Unsere Bestimmung ist bekannt, doch, wie wir diese Bestimmung erreichen, liegt in unseren eigenen Händen.»

Während wir uns unterhielten, erschien ein Bote und mein Mentor folgte ihm den Korridor hinunter, nachdem er mir zuvor eine kurze Erklärung abgab. Ich schlenderte wieder hinüber zum Fenster, stellte meine Ellenbogen auf den Sims und stützte meinen Kopf in die Hände. Ich dachte an all das, was mir gesagt worden war und an all die Erfahrungen, die ich erleben durfte, und durch mein ganzes Sein strömte eine Liebe für diesen großen Mann, den Lama Mingyar Dondup, meinen Mentor, der mir mehr Liebe gezeigt hatte, als es je meine Eltern getan hatten. Ich beschloss, dass ich, egal was die Zukunft bringen würde, immer so handeln und mich so verhalten würde, als ob mein Mentor an meiner Seite wäre und meine Handlungen überwachen würde.

Unten auf dem Feld übten die Musikermönche ihre Stücke. Verschiedene «Brumms-Brumms-Brumms» waren zu vernehmen, sowie das Quieken und Ächzen ihrer Instrumente. Müßig schaute ich ihnen zu. Musik bedeutete mir nichts, denn ich war unmusikalisch. Doch ich sah, dass sie gewissenhafte Männer waren, die sich ernsthaft bemühten, gute Musik zu machen. Ich wandte mich ab und nahm ein Buch zur Hand.

Bald aber war ich des Lesens müde. Ich war unruhig. Die Erfahrungen stürzten immer schneller auf mich ein. Immer träger und träger blätterte ich die Seiten um. Dann legte ich kurz entschlossen all die gedruckten Blätter zwischen die geschnitzten Holzdeckel zurück und schnürte das Band fest. Dies war ein in Seide eingewickeltes Buch. Mit angeborener Sorgfalt beendete ich meine Pflicht und legte das Buch beiseite.

Ich stand auf, ging zum Fenster hinüber und schaute hinaus. Der Abend war schwül, ruhig und ohne ein Lüftchen. Ich machte kehrt und verließ den Raum. Alles war ruhig, ruhig mit der Stille eines großen Gebäudes, das beinahe lebendig war. Hier im Potala hatten über Jahrhunderte Männer an ihren heiligen Aufgaben gearbeitet und daraus entwickelte das Gebäude selbst ein Eigenleben. Ich eilte ans Ende des Korridors und kletterte dort eine Leiter hoch. Bald kam ich auf dem hohen Dach neben den Heiligen Grabmälern an.

Leise tappte ich hinüber an meinen gewohnten Platz, der von den Winden, die normalerweise von den Bergen herabfegten, gut geschützt war. Ich lehnte mich mit den Händen hinter meinem Kopf verschränkt gegen eine Heiligenfigur und blickte über das Tal hinweg. Nach einer Weile wurde es mir langweilig und ich legte mich hin und starrte zu den Sternen hinauf. Und während ich diese beobachtete, überkam mich das eigenartige Gefühl, als würden all diese Welten über mir rund um den Potala kreisen. Eine Zeitlang machte es mich ganz schwindlig, so als ob ich fallen würde. Gerade, als ich schaute, entdeckte ich eine dünne Lichtspur. Sie wurde immer heller und explodierte plötzlich in eine glänzende Lichterscheinung. Ein weiterer Komet erledigt, dachte ich, während er ausbrannte und in einem Regen dumpfer roter Funken endete.

Irgendwo in der Nähe vernahm ich ein beinahe unhörbares Schlurfen. Vorsichtig hob ich meinen Kopf und fragte mich, wer das wohl sein könnte. Bei dem schwachen Sternenlicht sah ich eine mit einer Kapuze bedeckte Gestalt, die bei den gegenüberliegenden Heiligen Grabmälern auf und ab schritt. Ich beobachtete sie. Die Gestalt ging zu der Mauer hinüber, von der aus die Stadt Lhasa zu sehen war. Ich sah die Umrisse, als sie in die Ferne schaute. Der einsamste Mann von Tibet, dachte ich. Der Mann, der mehr Sorgen und Verantwortung hatte als irgendjemand in diesem Land. Ich hörte ein tiefes Seufzen und ich überlegte, ob er vielleicht auch so bedrückende Prophezeiungen gehabt hatte wie ich. Vorsichtig rollte ich mich herum und schlich leise weg. Ich wollte nicht, wenn auch schuldlos, die privaten Gedanken eines anderen stören. Bald erreichte ich wieder den Eingang und machte mich auf den Weg nach unten in mein eigenes stilles Gemach.

Etwa drei Tage später war ich anwesend, als mein Mentor, der Lama Mingyar Dondup, das Kind des Ragyabpaares untersuchte. Er zog es aus und betrachtete sorgfältig seine Aura. Eine Zeitlang verweilte er an der Schädelbasis. Das Baby schrie nicht und wimmerte auch nicht, egal, was mein Mentor anstellte. Ich wusste, dass das Kind, so jung es auch war, verstand, dass der Lama Mingyar Dondup versuchte, es wieder gesund zu machen. Schließlich erhob sich mein Mentor und sagte: «Nun, Lobsang, wir werden es heilen können. Es ist eindeutig, dass das Leiden von irgendwelchen Geburtsschwierigkeiten ausgegangen ist.»

Die Eltern warteten in einem Zimmer in der Nähe des Eingangs. Ich ging dicht neben meinem Mentor, wie sein Schatten, um das Ehepaar zu informieren. Als wir eintraten, warfen sie sich zu Füssen des Lamas. Ruhig sprach er mit ihnen: «Ihr Sohn kann und wird geheilt werden. Aus unseren Untersuchungen wird ersichtlich, dass das Kind bei der Geburt entweder fallengelassen wurde oder gegen etwas gestoßen ist. Das kann geheilt werden. Sie brauchen keine Angst zu haben.»

Die Mutter zitterte, als sie sagte: «Heiliger Medizinlama, es ist so wie Sie sagen. Er kam so unerwartet und fiel auf den Boden. Ich war zu der Zeit allein.» Mein Mentor nickte verständnisvoll und voller Anteilnahme. «Kommen Sie morgen um dieselbe Zeit wieder und ich versichere Ihnen, dass Sie Ihr Kind geheilt wieder mit nach Hause nehmen können.» Sie verbeugten sich und warfen sich nieder, als wir das Zimmer verließen.

Mein Mentor bat mich, das Kind sorgfältig zu untersuchen. «Schau, Lobsang, hier zeigt sich ein Druck», instruierte er mich. «Dieser Knochen drückt auf das Rückenmark. Du wirst bemerken, wie sich das aurische Licht fächerförmig statt rund ausbreitet.» Er nahm meine Hand und ließ mich die betroffene Stelle rundherum befühlen. «Ich werde den Druck nun reduzieren, das heißt, ich werde den blockierenden Knochen nach außen drücken. Pass auf!» Schneller, als ich sehen konnte, drückte er seine Daumen hinein und ließ wieder los. Das Kind schrie nicht mal auf. Es ging viel zu schnell, um irgendwelche Schmerzen zu spüren. Nun hing der Kopf nicht mehr seitwärts wie zuvor, sondern war gerade, wie ein Kopf sein sollte. Eine Weile massierte mein Mentor vorsichtig den Nacken des Kindes vom Kopf in Richtung Herzen und nie in der Gegenrichtung.

Am darauffolgenden Tag zur verabredeten Stunde kehrten die Eltern zurück und waren außer sich vor Freude, als sie das scheinbare Wunder sahen.

«Sie müssen dafür bezahlen», sagte der Lama lächelnd. «Ihnen ist Gutes widerfahren, deshalb müssen Sie einander Gutes ‹bezahlen›. Streitet euch nicht und seid euch nicht uneins, denn ein Kind nimmt die Haltung der Eltern auf. Das Kind unfreundlicher Eltern wird unfreundlich. Das Kind unglücklicher und liebloser Eltern wird seinerseits unglücklich und lieblos. Bezahlen Sie es einander mit Güte und Liebe. Ich möchte das Kind in einer Woche nochmals sehen.» Er lächelte, strich dem Kind über die Wangen und ging mit mir an seiner Seite hinaus.

«Einige der sehr armen Leute, Lobsang, haben einen gewissen Stolz. Es betrübt sie, wenn sie kein Geld haben, um damit zu bezahlen. Wenn immer möglich, mach es daher so, dass sie denken, sie würden ‹bezahlen›.» Mein Mentor lächelte, während er bemerkte: «Ich sagte ihnen, sie müssten bezahlen. Das gefiel ihnen, denn sie dachten, dass sie mich in ihrer besten Kleidung so beeindruckt hätten, dass ich sie für Leute mit Geld hielt. Der einzige Weg, wie sie bezahlen können, ist, wie ich schon sagte, mit gegenseitiger Freundlichkeit. Lass einem Mann und einer Frau den Stolz und die Selbstachtung, Lobsang, und sie werden alles tun, was du sagst!»

Als ich wieder in meinem Zimmer zurück war, hob ich das Teleskop auf, mit dem ich gespielt hatte. Ich zog das glänzende Messingrohr auseinander und spähte in Richtung Lhasa. Zwei Gestalten kamen schnell in mein Visier, eine davon trug ein Kind. Und während ich sie beobachtete, legte der Mann den Arm um die Schultern seiner Frau und küsste sie. Leise legte ich das Teleskop beiseite und machte mich an die Arbeit mit meinen Studien.

Kapitel 11

Wir hatten unseren Spaß. Mehrere von uns Chelas waren draußen im Hof und liefen auf Stelzen herum und versuchten, einander von den Stelzen herunterzustoßen. Derjenige, der sich am längsten oben halten und alle Angriffe der anderen abwehren konnte, war der Sieger. Drei von uns fielen zu einem lachenden Haufen zu Boden. Irgendeiner war mit seinen Stelzen in ein Loch getreten und prallte in uns hinein und stieß uns allesamt um. Übermütig sagte einer meiner Kameraden: «Der alte Lehrer Raks hat sich heute wieder mal so richtig blau geärgert!»

«Ja!», rief ein anderer in der Gruppe. «Da müsste eigentlich jeder andere Lehrer grün vor Neid werden, weil er seine Laune an uns auslassen konnte.»

Wir schauten uns alle gegenseitig an und fingen an zu lachen. Blau vor Ärger? Grün vor Neid? Wir riefen den anderen, von ihren Stelzen herunterzukommen und mit uns am Boden zu sitzen und ein neues Spiel zu beginnen. Jeder sollte so viele Farben wie möglich von Dingen, die etwas beschrieben, aufzählen.

«Ein blaues Gesicht!», rief einer aus.

«Nein!», antwortete ich. «Blau hatten wir schon.»

So ging das weiter und wir arbeiteten uns vor, bis zu den braunen Gedanken eines Abtes. Ein anderer wies auf die scharlachroten Frauen hin, die er auf dem Marktplatz von Lhasa gesehen hatte! Eigentlich wussten wir nicht so recht, ob das wirklich zutraf, weil keiner von uns sicher war, was denn überhaupt eine scharlachrote Frau war.

«Ich weiß noch eine Farbe!», entgegnete der Junge zu meiner Rechten. «Es gibt noch die Gelben, die gelb vor Feigheit sind. Schließlich wird gelb oft verwendet, um auf die Feigheit hinzuweisen.»

Ich dachte darüber nach und es schien mir, dass, wenn solche Aussprüche in jeder Sprache allgemein üblich waren, dem etwas zugrunde liegen musste. Das veranlasste mich, mich auf die Suche nach meinem Mentor zu machen.

«Ehrwürdiger Lama!», platzte ich aufgeregt mitten in seine Studien. Er schaute auf. Mein unzeremonielles Eintreten schien ihn überhaupt nicht zu stören. «Ehrwürdiger Lama, warum verwenden wir Farben, um eine Laune zu beschreiben?»

Er legte das Buch, das er studierte, auf die Seite und deutete mir, mich zu setzen. «Ich nehme an, du meinst diese allgemein üblichen Ausdrucksweisen wie sich grün und blau ärgern oder grün und gelb vor Neid werden?», erkundigt er sich.

«Ja», antwortete ich noch aufgeregter. Aufgeregter, weil er genau wusste, wovon ich sprach. «Ich möchte zu gerne wissen, warum alle diese Farben so wichtig sind. Irgendetwas muss doch dahinterstecken!»

Er blickte mich an und erwiderte lachend: «Ja, Lobsang, nun hast du dich aber wieder auf einen ganz schön langen Vortrag eingelassen. Doch, ich sehe, dass du draußen fleißig trainiert hast und ich denke, dass du und ich jetzt einen Tee vertragen könnten, bevor wir mit dem Thema fortfahren. Ich habe ohnehin auf meinen gewartet.»

Es dauerte nicht allzu lange und schon kam der Tee. Dieses Mal war es Tee und Tsampa, dasselbe wie bei jedem anderen Mönch, Lama oder Junge im ganzen Lamakloster auch. Wir aßen schweigend. Ich dachte über die Farben nach und ich fragte mich, was sie wohl bedeuten mochten. Unsere doch eher magere Mahlzeit war bald beendet und ich blickte erwartungsvoll zu meinem Mentor auf.

«Du kennst dich doch mit Musikinstrumenten etwas aus, Lobsang», fuhr er fort. «Du weißt doch zum Beispiel, dass es im Westen ein Musikinstrument gibt, das als Klavier bekannt ist. Erinnerst du dich noch an das Bild, dass wir neulich zusammen angesehen haben? Es verfügt über eine Tastatur mit vielen Tönen. Einige der Tasten sind weiß und die anderen sind schwarz. Lass uns die schwarzen vergessen, und lass uns vorstellen, dass wir eine Tastatur von vielleicht drei Kilometer Länge hätten. Wenn du willst, könnte sie noch länger sein. Diese Tastatur enthält sämtliche Schwingungen, die es auf jeder Existenzebene nur geben kann.»

Er sah mich an, um zu sehen, ob ich dem folgen konnte, da ein Klavier, soweit es mich betraf, eine sonderbare Erfindung war. Denn wie mein Mentor schon sagte, kannte ich es nur von Bildern.

Zufrieden, dass ich der Grundidee folgen konnte, fuhr er fort: «Wenn du eine Tastatur hättest, die jede Schwingung enthielte, die es gibt, dann würde der gesamte Schwingungsbereich der Menschen vielleicht nur aus den mittleren drei Tasten bestehen. Du wirst wissen, ich hoffe es wenigstens, dass alles aus Schwingungen besteht. Nehmen wir einmal die niedrigste dem Menschen bekannte Schwingung. Die niedrigste Schwingung besteht aus festem Material. Man berührt es, und während gleichzeitig all seine Moleküle schwingen, verhindert es das Durchdringen der Finger! Du kannst auch auf der dir vorgestellten Tastatur weiter nach oben gehen und hörst eine Schwingung, die als Ton bekannt ist. Du kannst noch höher gehen und deine Augen empfangen eine Schwingung, die als Augenlicht bekannt ist.»

Mit einem Mal setzte ich mich kerzengerade auf, wie konnte denn das Augenlicht eine Schwingung sein? Wenn ich mir etwas ansehe, nun, wie sehe ich überhaupt?

«Lobsang, du siehst, weil der Gegenstand, den du betrachtest, vibriert und eine Schwingung reflektiert. Diese kann mit den Augen wahrgenommen werden. Mit anderen Worten: Von einem Gegenstand, den du sehen kannst, geht eine Welle aus, die von den Sinneszellen, den sogenannten Stäbchen- und Zapfenzellen, empfangen werden können. Diese übersetzen ihrerseits die empfangenen Impulse und leiten sie an einen Teil des Gehirns weiter, und der wiederum wandelt die Impulse in ein Bild des Originalgegenstandes um. Es ist alles sehr kompliziert. Doch wir wollen hier nicht weiter darauf eingehen. Ich wollte dir lediglich aufzeigen, dass alles eine Schwingung ist. Wenn wir auf der Tonleiter noch höher gehen, erreichen wir die Radiowellen, die telepathischen Wellen und die Wellen jener Menschen, die auf anderen Ebenen leben. Doch ich sagte, dass wir uns im Speziellen nur auf die drei fiktiven Noten der Tastatur beschränken wollen, die von den Menschen als etwas Konkretes, als Ton oder als Augenlicht wahrgenommen werden können.»

Ich musste über all das nachdenken. Diese Sache schwirrte mir regelrecht im Kopf herum. Mir machte das Lernen unter der freundlichen Methode meines Mentors nichts aus. Ich zitterte nur dann beim Lernen, wenn so ein tyrannischer Lehrer meine arme alte Robe mit einem äußerst unangenehmen Stock vermöbelte.

«Du fragtest nach den Farben, Lobsang. Nun, bestimmte Schwingungen zeigen sich in der Aura als Farben. Wenn sich zum Beispiel eine Person miserabel und sehr unglücklich fühlt, dann sendet ein Teil ihrer Sinne eine Schwingung oder Frequenz aus, die in etwa der Farbe Blau entspricht, sodass selbst Leute, die nicht hellsichtig sind, das Blau beinahe sehen können. Daher hat sich diese Farbe des ‹blau ärgerns› in den meisten Sprachen auf der ganzen Welt durchgesetzt und weist auf eine üble und schlechte Laune hin.»

Ich begann die Sache langsam zu begreifen, trotzdem war es mir immer noch ein Rätsel, wie eine Person grün vor Neid werden konnte, und ich fragte meinen Mentor danach.

«Lobsang, eigentlich solltest du selbst dazu in der Lage sein, das zu begründen. Wenn eine Person unter einem Laster, wie dem Neid leidet, dann sind ihre Schwingungen etwas verändert, sodass sie den anderen den Eindruck von Grünsein vermittelt. Ich meine nicht, dass ihre Gesichtszüge grün werden, wie du sicher weißt, sondern sie vermitteln nur den Eindruck von Grünsein. Ich möchte dir auch deutlich machen, dass, wenn eine Person unter einem gewissen Planeteneinfluss geboren ist, sie von dessen Farbe stärker beeinflusst wird.»

«Ja», platzte ich heraus, «ich weiß, dass Personen, die unter dem Widder geboren sind, rot lieben!»

Mein Mentor lachte über meinen Eifer und sagte: «Ja, das fällt unter das Harmoniegesetz. Gewisse Menschen sind empfänglicher für bestimmte

Farben, weil sich die Schwingung dieser Farbe in enger Übereinstimmung mit ihrer eigenen Grundschwingung befindet. Deshalb bevorzugt eine Widderperson eine rote Farbe, weil die Widderperson in ihrer Zusammensetzung viel rot hat und diese Farbe, als angenehm zu tragen empfindet.»

Eine weitere Frage brannte mir noch auf den Lippen. Ich verstand nun dieses Grün und Blau. Ich kam auch dahinter, warum sich eine Person in «braunen Gedanken» befand. Wenn sich eine Person auf bestimmte Studien konzentriert, dann irritiert das vielleicht ihre Aura und es zeigen sich braune Flecken. Doch warum eine Frau scharlachrot sein sollte, konnte ich nicht verstehen!

«Ehrwürdiger Lama!», stieß ich hervor, außerstande meine Neugier noch länger zurückzuhalten. «Warum nennt man eigentlich eine Frau ‹scharlachrote Frau›?»

Mein Mentor sah mich an, als würde er demnächst vor Lachen platzen, und ich fragte mich einen Augenblick, was ich denn gesagt hatte, um ihn in ein solch unterdrücktes Gelächter ausbrechen zu lassen. Dann erklärte er es mir freundlich und in allen Einzelheiten, sodass ich in Zukunft bei diesem Thema nicht mehr so unwissend war!

«Ich möchte dir außerdem noch erklären, Lobsang, dass jede Person über eine Grundfrequenz verfügt, das heißt, die Moleküle jeder Person schwingen auf einer ganz bestimmten Frequenz, und die Wellenlängen, die vom Gehirn einer Person erzeugt werden, können unter eine bestimmte Gruppe fallen. Es gibt keine zwei Personen, die dieselbe Wellenlänge haben, das heißt, nicht in jeder Beziehung identische Wellenlängen. Doch, wenn zwei Personen beinahe dieselbe Wellenlänge haben oder wenn die eine Wellenlänge gewissen Oktaven der anderen folgt, dann wird gesagt, dass sie verträglich sind, und für gewöhnlich kommen sie sehr gut miteinander aus.»

Ich blickte ihn an und wollte noch etwas über unsere Künstler mit ihren starken persönlichen Zügen wissen. «Ehrwürdiger Lama, ist es wahr, dass einige der Künstler auf einer höheren Frequenz schwingen als andere?», erkundigte ich mich.

«Ja, ganz gewiss, Lobsang», sagte mein Mentor, «wenn eine Person über etwas verfügt, was als Inspiration bekannt ist. Wenn er ein guter Künstler werden möchte, dann muss seine Schwingungsfrequenz sehr viel höher als normal sein. Manchmal führt das zu einer Gereiztheit und es ist schwierig, mit ihm auszukommen. Und weil er eine höhere Schwingungsfrequenz hat, als die meisten von uns, neigt er oft dazu, auf uns normal Sterbliche herabzublicken. Wie auch immer, oft ist die Arbeit, die er hervorbringt, jedoch so gut, dass wir uns mit seinen Neigungen und Launen leicht abfinden können!»

Es kam mir schon etwas seltsam vor, dass bei einer Tastatur dieser Länge der menschliche Erfahrungsbereich nur auf etwa drei Töne begrenzt wäre, und ich teilte ihm das mit.

«Der Mensch, Lobsang, denkt gerne, dass er die Krone der Schöpfung sei. In Wirklichkeit gibt es neben dem Menschen noch viele, viele andere Lebensformen. Auf anderen Planeten gibt es Lebensformen, die dem Menschen völlig fremd sind, und der Durchschnittsmensch könnte eine solche Lebensform nicht einmal ansatzweise verstehen. Auf unserer fiktiven Tastatur würden sich die Bewohner eines Planeten, der weit entfernt in diesem speziellen Universum liegt, gleich am anderen Ende der Tastatur befinden als die der Menschen. Die Leute auf den astralen Existenzebenen hingegen wären auf der Tastatur viel weiter oben, denn ein Geist, der durch eine Wand gehen kann, ist von so feinstofflicher Natur, dass seine eigene Schwingungsfrequenz sehr hoch ist, obwohl sein Molekulargehalt niedrig wäre.»

Er blickte mich an und lachte über meinen verdutzten Gesichtsausdruck, und dann erklärte er mir. «Nun, du weißt, ein Geist kann durch eine Steinwand hindurchgehen, weil eine Steinwand aus Molekülen besteht, die schwingen. Zwischen jedem Molekül gibt es Zwischenräume. Wenn es eine Kreatur mit so kleinen Molekülen gäbe, dass sie in die Zwischenräume einer Steinwand passten, dann könnte diese Kreatur ohne jegliches Hindernis durch diese Steinwand hindurch gehen. Andererseits weisen die Astralwesen eine sehr hohe Schwingungsfrequenz auf und sind von feinstofflicher Natur, das heißt, sie sind keine festen Gebilde oder nicht Feststofflich, und das wiederum bedeutet, dass sie über weniger Moleküle verfügen. Die meisten Menschen denken, dass der Raum jenseits der Erde, jenseits der Atmosphäre über uns, leer ist. Das ist nicht so. Der ganze Weltraum besteht durch und durch aus Molekülen. Es sind meistens weit verstreute Wasserstoffmoleküle. Es gibt also dort Moleküle, und die können tatsächlich gemessen werden, so wie das Vorhandensein eines sogenannten Geistes auch gemessen werden kann.» Die Tempelschneckenhörner ertönten und riefen uns einmal mehr zur Andacht.

«Wir werden unser Gespräch morgen fortsetzen, Lobsang, weil ich möchte, dass dir dieses Thema klar ist», sagte mein Mentor, während wir am Tempeleingang auseinander gingen. Das Ende der Tempelandacht war der Beginn eines Rennens, ein Rennen nach Essen. Wir waren alle ordentlich hungrig, denn unsere eigenen Nahrungsvorräte waren ausgegangen. Dies war der Tag, wo wir unsere frisch geröstete Gerste bekamen. In Tibet tragen die Mönche immer einen kleinen Lederbeutel mit gemahlener und gerösteter Gerste bei sich, die mit der Zugabe von gebuttertem Tee zu Tsampa wird. So eilten wir weiter und gesellten uns bald zu den vielen Wartenden, um den Beutel gefüllt zu bekommen. Danach gingen wir in die Halle, wo es Tee gab und wir unsere Abendmahlzeit einnehmen konnten.

Das Zeug schmeckte scheußlich. Ich kaute auf meinem Tsampa herum und fragte mich, ob vielleicht etwas mit meinem Magen nicht in Ordnung war. Es hatte so einen scheußlichen, ölig und verbrannten Geschmack und ich wusste kaum, wie ich es schlucken sollte. «Pfui!», murmelte der Junge, der mir am nächsten saß. «Dieses Zeug wurde verbrannt und ist ungenießbar. Keiner von uns wird imstande sein, das herunterzuschlucken!»

«Es scheint, dass an diesem Essen aber auch alles verdorben wurde», sagte ich. Ich versuchte nochmals ein wenig und runzelte in banger Konzentration die Stirne und fragte mich, wie ich das nur hinunterwürgen konnte. In Tibet ist es ein großes Vergehen, Nahrung zu vergeuden. Ich blickte um mich und sah, dass sich auch die anderen umsahen! Das Tsampa war schlecht, daran gab es keinen Zweifel mehr. Überall wurden Schalen abgestellt, was in unserer Gemeinschaft, in der alle immer kurz vor dem Verhungern waren, sehr selten vorkam. Ich stopfte das Tsampa hastig in mich hinein, und etwas Merkwürdiges traf mit unerwarteter Kraft meinen Magen. Eilig erhob ich mich und hielt besorgt meine Hand vor den Mund und stürmte der Türe zu und weiter ins Freie!

«Na, junger Mann», erklang eine Stimme mit einem fremdländischem Akzent, als ich mich gegen die Tür lehnte, nachdem ich mich von dieser ungenießbaren Nahrung heftig übergeben hatte. Ich drehte mich um und sah Kenji Tekeuchi, den japanischen Mönch, der schon überall gewesen war, alles gesehen und getan hatte und nun mit regelmäßig auftretenden Anfällen und geistiger Unbeständigkeit dafür bezahlen musste.

Er betrachtete mich mitfühlend. «Schreckliches Zeug, nicht wahr?», bemerkte er verständnisvoll. «Ich hatte dieselben Schwierigkeiten wie du und bin aus demselben Grund hier. Wir werden sehen, was passiert. Ich werde einen Augenblick draußen bleiben. Die frische Luft wird mir hoffentlich die Übelkeit dieses schlechten Essens wieder vertreiben.»

«Werter Herr», sagte ich schüchtern, «Sie waren doch schon überall. Ist es Ihnen möglich, mir zu sagen, warum wir hier in Tibet eine solch schrecklich monotone Kost haben? Tsampa und Tee, oder Tee und Tsampa, es hängt mir wirklich zum Hals heraus. Ich bringe es manchmal kaum herunter.»

Der Japaner sah mich mit großem Verständnis und mit noch größerem Mitgefühl an. «Ah, du fragst mich, weil ich schon so viele verschiedene Nahrungsmittel gekostet habe? Ja, das habe ich. Ich bin mein ganzes Leben lang viel herumgereist und kenne mich mit der Nahrung von England, Deutschland, Russland und eigentlich von fast allen Ländern, die du nennen kannst, aus. Ungeachtet meines priesterlichen Gelübdes habe ich gut gelebt, oder zumindest dachte ich das zu jener Zeit. Doch nun hat mir die Vernachlässigung meines Gelübdes viel Kummer eingebrockt.»

Er blickte mich an, und dann schien er plötzlich wieder ins Leben zu zucken. «Oh, ja! Du hast mich gefragt, warum wir eine so monotone Kost haben. Ich werde es dir sagen. Die Leute im Westen essen zu viel, und sie haben eine zu große Nahrungsmittelvielfalt. Ihre Verdauungsorgane funktionieren nur auf einer unwillkürlichen Basis, das heißt, sie werden nicht vom willkürlichen Teil des Kopfes kontrolliert. Es ist nicht so, wie wir das lehren. Wenn der Kopf über die Augen die Gelegenheit hat, die Art der konsumierenden Lebensmittel einzuschätzen, dann kann der Magen die notwendige Menge Magensaft freisetzen und sich mit der Nahrung auseinandersetzen. Wenn aber andererseits alles wahllos geschluckt wird und sich der Konsument die ganze Zeit mit müßigem Geplauder beschäftigt, dann sind die Magensäfte nicht bereit und die Verdauung kann nicht vonstattengehen, und der arme Kerl leidet später an Verdauungsstörungen, und vielleicht an Magengeschwüren. Du wolltest wissen, warum euer Essen einfach ist? Nun, je einfacher innerhalb des Vernünftigen und je monotoner das Essen ist, das man zu sich nimmt, desto besser ist es für die Entwicklung des geistigen Teils des Körpers. Ich war ein begabter Student auf dem Gebiet des Okkultismus. Ich besaß große hellseherische Kräfte. Doch dann stopfte ich mich mit allerlei unglaublichem Essen und noch unglaublicheren Drinks voll. Ich verlor meine ganze metaphysische Kraft. Nun bin ich hier ins Chakpori gekommen, sodass ich ärztliche Behandlung und Pflege erhalte und einen Ort habe, wo mein müder Körper ausruhen kann, bevor ich diese Erde verlasse. Wenn ich diese Erde, in nur ein paar wenigen Monaten verlassen habe, dann werden sich die Körperzertrümmerer an die Arbeit machen und die Aufgabe vollenden, die mit einer rücksichtslosen Mischung aus Drinks und Essen begann.»

Er sah mich an und dann begann er wieder so sonderbar hochzuschrecken. «Oh ja, mein Junge! Höre auf meinen Rat und bleibe dein Leben lang bei einfachem Essen und du wirst deine Kräfte nie verlieren. Wenn du jedoch gegen meinen Rat handelst und alles, was dir vor die Nase kommt, in deinen hungrigen Rachen stopfst, dann wirst du alles verlieren. Und dein

Gewinn? Nun, mein Junge, du wirst Magenverstimmungen gewinnen, du wirst Magengeschwüre zusammen mit einer schlechten Laune gewinnen. Ohh, ohh! Ich muss gehen, ich fühle, dass sich wieder eine Attacke anbahnt.»

Der japanische Mönch, Kenji Tekeuchi, erhob sich schwankend und trottete in Richtung der Lamaunterkünfte davon. Ich blickte ihm nach und schüttelte traurig den Kopf. Ich hätte mich gerne noch etwas länger mit ihm unterhalten, zum Beispiel, was für Nahrungsmittel das waren und ob sie gut schmeckten? Doch dann riss ich mich mit einem Ruck zusammen. Warum mich überhaupt damit abgeben, wenn doch eh alles, was ich vorgesetzt bekam, nur aus ranzig gebuttertem Tee und Tsampa bestand, das dieses Mal wirklich so stark verbrannt war, dass nur noch eine verkohlte Masse übrigblieb und in die gelangte auch noch auf irgendeine Weise eine eigenartige ölige Zutat. Ich schüttelte meinen Kopf und ging wieder in die Speisehalle zurück.

Später am Abend unterhielt ich mich wieder mit meinem Mentor, dem Lama Mingyar Dondup. «Ehrwürdiger Lama, warum kaufen die Leute unten auf der Straße immer Horoskope von den Händlern?»

Mein Mentor lächelte betrübt, während er erwiderte: «Natürlich kann es, wie du weißt, kein sinnvolles Horoskop geben, wenn es nicht individuell für die Person erstellt ist, auf die es sich bezieht. Horoskope können nicht auf der Basis der Massenproduktion hergestellt werden. Die Horoskope, die von den Händlern unten auf der Straße verkauft werden, sind lediglich dazu da, um über die Leichtgläubigen an Geld zu kommen.»

Er blickte mich an und sagte: «Doch die Pilger, die ein solches Horoskop erworben haben, Lobsang, gehen nach Hause und haben eine Erinnerung an den Potala! Sie sind zufrieden und der Händler auch, also warum sich darum kümmern, wenn alle zufrieden sind.»

«Sollten sich Leute denn überhaupt ein Horoskop erstellen lassen?», fragte ich.

«Nein, eigentlich nicht, Lobsang, nein. Nur in gewissen Fällen, so wie zum Beispiel in deinem Fall. Die Horoskope werden oft nur dazu benutzt, um einer Person die Anstrengung und die Verantwortung für das eigene Handeln zu ersparen. Ich bin daher sehr gegen den Gebrauch von Astrologie oder Horoskope, außer, wenn es ganz klare und spezifische Gründe dafür gibt. Wie du weißt, ist der Durchschnittsmensch wie ein Pilger, der sich durch die Stadt Lhasa bahnt. Er kann den Weg vor lauter Bäumen, Häusern und Kurven nicht sehen. Er muss auf alles, wie es gerade kommt, gefasst sein. Wir hier oben, können auf den Weg blicken und jedes Hindernis sehen, weil wir uns auf einer Anhöhe befinden. Der Pilger ist daher wie eine Person ohne Horoskop. Wir, die höher sind als die Pilger, sind wie Menschen mit einem Horoskop, denn wir können den Weg vor uns sehen. Wir können die Hindernisse und die Schwierigkeiten sehen, und sollten daher in der Lage sein, Schwierigkeiten zu überwinden, bevor sie wirklich auftreten.»

«Es gibt noch etwas anderes, was mir Kopfzerbrechen macht, ehrwürdiger Lama. Können Sie mir sagen, wie das kommt, dass wir Dinge in diesem Leben wissen, die wir eigentlich in der Vergangenheit wussten?»

Ich sah ihn etwas ängstlich an, denn ich fürchtete mich immer ein wenig, solche Fragen zu stellen, weil ich kein Recht hatte, mich so tief damit auseinanderzusetzen.

Doch er nahm keinen Anstoß daran, sondern erwiderte: «Bevor wir auf diese Erde kamen, Lobsang, haben wir einen Plan gemacht, was wir hier zu tun gedenken. Das Wissen wurde in unserem Unterbewusstsein gespeichert. Und wenn wir mit unserem Unterbewusstsein Kontakt aufnehmen könnten, wie das einige von uns können, dann wüssten wir alles, was wir geplant haben. Natürlich, wenn wir alles wüssten, was wir geplant haben, dann gäbe es keinen Ansporn, uns selbst zu verbessern, weil wir uns dann nur noch nach dem vorgegebenen Plan richten würden. So kann es manchmal aus irgendeinem Grund vorkommen, dass eine Person, während des Schlafens oder wenn sie sich bewusst aus dem physischen Körper begibt, mit ihrem Überselbst in Verbindung tritt. Und manchmal ist das Überselbst in der Lage,

Wissen aus dem Unterbewusstsein in den irdischen Körper zu übertragen, und wenn der Astralkörper in den physischen Körper zurückkehrt, dann wird im Geist das Wissen über bestimmte Dinge vorhanden sein, die in einem vergangenen Leben geschehen sind. Es kann vielleicht auch eine spezielle Warnung sein, keine Fehler zu begehen, die zuvor schon über mehrere Leben begangen worden sind. Manchmal kann es auch sein, dass eine Person, um nur ein Beispiel zu nennen, den großen Wunsch verspürt, Selbstmord zu begehen. Und wenn eine Person Leben über Leben dafür gesühnt hat, dann steckt diese Selbstzerstörung häufig in ihrer Erinnerung fest, in der Hoffnung, dass diese sie vor einem weiteren Suizid bewahrt.»

Ich sann über all das nach und ging hinüber zum Fenster. Ich blickte hinaus. Direkt unter mir befand sich der Sumpf mit seinem satten Grün sowie das frische Grün der Weidenblätter. Mein Mentor unterbrach meine Träumerei.

«Du liebst es, aus dem Fenster zu blicken, Lobsang, nicht wahr? Erscheint es dir nicht auch, dass du so oft aus dem Fenster blickst, weil du das Grün beruhigend für deine Augen findest?»

Als ich darüber nachdachte, realisierte ich, dass ich immer, nachdem ich mich mit meinen Büchern beschäftigt habe, intuitiv ins Grüne geblickt hatte.

«Grün, Lobsang, ist für die Augen die erholsamste Farbe. Sie entspannt müde Augen. Wenn du in die westliche Welt gehst, wirst du feststellen, dass es in einigen ihren Theatern einen Ort gibt, der «das grüne Zimmer» genannt wird. Dort können die Schauspieler und Schauspielerinnen ihre Augen von den rauchüberfüllten Bühnen und Flutlichtern ausruhen.»

Ich staunte nicht schlecht und beschloss, dass ich dem einmal nachgehen würde, wann immer sich mir eine Gelegenheit bieten würde.

Mein Mentor sagte: «Ich muss nun gehen, Lobsang, doch komm morgen wieder zu mir, weil ich dich noch in anderen Dingen unterweisen möchte.»

Er erhob sich, klopfte mir auf die Schultern und ging hinaus. Eine ganze Weile stand ich noch am Fenster und schaute auf das Grün des Sumpfes, des Grases und der Bäume, das so erholsam für meine Augen war.

Kapitel 12

Ich stand etwas abseits, weiter unten am Weg und blickte den Berghang hinunter. Mein Herz war schwer und die Augen waren mit Tränen gefüllt, die ich nicht zu vergießen wagte. Der alte Mann wurde den Berg hinuntergetragen. Der japanische Mönch, Kenji Tekeuchi, war zu seinen Ahnen zurückgekehrt. Nun trugen die Totenbeseitiger seinen armen verwelkten Körper von uns weg. Wanderte jetzt seine Seele vielleicht auch den Weg hinunter an den Kirschblüten vorbei? Oder sah er sich vielleicht die Fehler seines Lebens an und plante sein Wiederkommen? Ich blickte nochmals hinunter, bevor die Männer auf dem Weg abbogen. Blickte hinunter auf das bemitleidenswerte Bündel, das einmal ein Mann war. Ein Schatten verdeckte die Sonne und eine Weile lang dachte ich, ich hätte ein Gesicht in den Wolken gesehen.

War es wahr, fragte ich mich, dass es Hüter der Welt gab? Große geistige Hüter, die dafür sorgten, dass der Mensch auf der Erde leiden musste, um zu leben. Sie müssen wie Schullehrer sein, dachte ich! Vielleicht würde auch Kenji Tekeuchi sie treffen. Vielleicht würde man ihm sagen, dass er gut gelernt hatte. Ich hoffte es, denn er war ein gebrechlicher alter Mann, der viel gesehen und viel gelitten hatte. Oder musste er vielleicht wieder in einem Körper wiedergeboren werden, sodass er noch mehr lernen konnte? Wann würde er wiederkommen? In sechshundert Jahren oder vielleicht jetzt schon?

Ich dachte an all das. Ich dachte an die Trauerandacht, von der ich gerade eben gekommen war. Ich dachte an die begleitende Andacht für die Toten, an die flackernden Butterlampen, die wie ein kraftloses Leben flackerten. Ich dachte an die süß riechenden Weihrauchwolken, die sich in lebendige Wesen zu formen schienen. Einen Augenblick lang dachte ich, Kenji Tekeuchi sei wieder als lebendiges Wesen unter uns, anstatt als schrumpeliger Leichnam aufgebart. Vielleicht schaute er sich nun die Akasha-Chronik an. Diese unauslöschliche Chronik von allem, was je geschehen ist. Vielleicht würde er erkennen, was er falsch gemacht hatte, und sich dann daran erinnern, wenn er wiederkäme.

Der alte Mann hatte mich viel gelehrt. Sonderbarerweise mochte er mich und hatte mit mir immer gesprochen wie zu seinesgleichen. Nun war er nicht mehr auf der Erde. Müßig trat ich gegen einen Stein und steckte meine bereits abgenutzten Sandalen in den Boden. Hatte er überhaupt eine Mutter? Irgendwie konnte ich ihn mir überhaupt nicht als jung vorstellen und schon gar nicht mit einer Familie. Er musste sehr einsam gewesen sein, ein Leben fern der Heimat, fern der warmen Brise seines eigenen heiligen Berges, umgeben von uns Fremden. Er hatte mir oft von Japan erzählt und dann war seine Stimme immer heiserer geworden und seine Augen hatten einen eigenartigen Blick angenommen.

Eines Tags hatte er mich geschockt, als er sagte, dass es im Grunde für diejenigen, die Okkultes erforschen, besser wäre zu warten, bis sie dazu bereit sind, anstatt zu versuchen, einen Meister zu behelligen. «Der Meister kommt immer, wenn der Student bereit ist, mein Junge!», hatte er zu mir gesagt. «Und wenn du einen Meister hast, dann tue alles, was er sagt, denn nur dann bist du bereit.»

Der Tag wurde trüber. Die Wolken brauten sich über mir zusammen und der Wind frischte auf und begann die kleinen Steine herumzufegen.

Unter mir in der Ebene erschien am Fuße des Berges eine Gruppe von Männern. Sorgfältig hoben sie das bemitleidenswerte Bündel auf ein Pony, stiegen selbst auf ihr eigenes und ritten langsam davon. Ich starrte ihnen über die Ebene nach, bis der kleine Zug aus meiner Sicht verschwand. Langsam wandte ich mich ab und stieg betrübt den Berg hinauf.

Index